KB125771

맙
소사
·
마흔

맙소사 ◆ 마흔

세월을 받아들이는
어른의 자세에 대하여

파멜라 드러커맨 지음
안진이 옮김

세종서적

○

마흔은 두려운 나이다.

마흔에 우리는 비로소 우리 자신이 된다.

샤를 페기 | Charles Péguy

차례

봉주르, 마담

당신이 몇 살로 보이는지 알고 싶다면 프랑스의 카페에 들어가보라. 당신의 얼굴을 놓고 일종의 공개 투표가 이뤄질 테니까.

내가 파리에 처음 왔던 30대 초반, 이곳의 웨이터들은 나를 '마드모아젤 mademoiselle(프랑스어에서 젊은 여성을 가리키는 말. 영어의 'young lady'와 비슷한 뜻-옮긴이)'이라고 불렀다. 내가 카페에 들어가면 웨이터들은 "봉주르, 마드모아젤"이라고 인사했고, 내 앞에 커피를 놓아줄 때는 "여기 있습니다, 마드모아젤"이라고 말했다. 그 무렵 나는 여러 군데의 카페를 전전했다. 사무실이 없어서 날마다 카페에서 글을 썼기 때문이다. 어느 카페에 가든 나는 '마드모아젤'이었다. (원래 '마드모아젤'은 '미혼 여성'을 의미했지만 요즘에는 '젊은 여성'을 가리키는 말로 통용된다.)

그런데 내가 마흔이 될 즈음 사람들이 일제히 호칭을 바꿨다. 웨이터들은 나를 '마담madame'이라고 부르기 시작했다. 물론 과장된 태도와 장난기 어린 윙크가 따라붙었다. 마치 우리가 '마담' 놀이를 하고 있는 것처럼. 그리고 웨이터들의 말에는 간간이 '마드모아젤'도 섞여 있었다.

얼마 후에는 익살스러운 '마드모아젤'마저 사라졌다. 나를 부르는 '마담'은 머뭇머뭇하는 말도 아니고 농담도 아닌 그냥 '마담'이 됐다. 마치 파리의 웨이터들(대부분 남성이다)이 내가 젊은 여성과 중년 여성 사이의 중간 지대를 벗어났다고 단체로 결정한 것만 같았다.

어떤 의미에서는 호칭의 변화가 흥미롭게 느껴지기도 했다. 정말로 파리의 웨이터들은 퇴근 후에 한데 모여 화이트와인을 마시고 슬라이드를 보면서 어느 여성 고객들의 등급을 변경할 것인지 결정하는 걸까? (거슬리는 점 하나. 남자들은 젊어서나 나이 들어서나 똑같이 '무슈monsieur'로 불린다.)

나이 듦이 필연이라는 건 나도 당연히 안다. 또래 친구들의 얼굴에 크고 작은 주름살이 생기는 모습도 익히 봤다. 아직 40대인데도 나는 주변 사람들 몇몇이 70대에 어떤 모습일지 대강 짐작이 간다.

다만 내가 '마담'이라고 불릴 날이 올 줄은 몰랐다. 아니, 적어도 나의 동의 없이 '마담'으로 바뀔 줄은 몰랐다. 나는 미인이었던 적은 없지만 20대 때 나의 특별한 장점을 발견했다. 나는 동안이었다! 20대 때의 나는 10대 소녀 같은 피부를 가지고 있었다. 사람들은 내가 16세인지 26세인지 진짜로 헷갈려 했다. 한번은 뉴욕 지하철 승강장에 혼자 서 있는데 어떤 중년 아저씨가 다가오더니 다정한 목소리로 말했다. "당신은 아직 아기 때 얼굴 그대로군요."

그의 말이 맞았다. 나의 작은 장점을 잘 보존해야겠다 싶었다. 또래 친구들이 주름살에 관해 불평을 시작하기 한참 전부터 나는 아침마다 자외선 차단제와 아이 크림을 발랐고, 잠자리에 들기 전에는 더 많이 발랐다. 정말 웃긴 일이 아니면 함부로 웃지도 않았다.

나의 노력은 헛되지 않았다. 30대가 되고 나서도 낯선 사람들은 종종 나를 대학생으로 착각했으며 술집 바텐더들은 나에게 신분증을 보여달라고 요구했다. 나의 '체면 나이compliment age (사람들이 예의상 "몇 살 같아 보여요"라고 말할 때의 나이. 실제 나이는 사람들이 말하는 숫자에 6이나 7을 더해야 한다)'는 26세 근처를 맴돌았다.

40대가 되고 나서는 평범한 외모를 가진 여자인 내가 역전극을 펼칠 수 있겠다는 기대가 생겼다. 이제 반드시 아름다울 필요가 없는 단계에 들어섰으니까. 그저 나 자신을 잘 가꾸고 뚱뚱해지지 않는 것만으로도 예쁜 축에 들겠거니 했다.

한동안은 그런 전략이 먹히는 것 같았다. 지금까지 나보다 아름다웠던 여자들의 얼굴에 미세한 주름이 보였다. 만약 내가 누군가를 1~2년쯤 못 만났다면 그 사람을 만나기 전 마음의 준비를 단단히 해야 했다. 그렇지 않고선 상대방의 달라진 외모를 보고 놀란 기색을 내비치기 일쑤였으니까. (프랑스인들은 오랜 세월 동안 똑같은 외모를 유지하다가 갑자기 나이가 확 드는 현상을 '쿠 드 뵈coup de vieux ('나이의 일격'이라는 뜻-옮긴이)'라고 부른다.)

나는 같은 또래 친구들의 머리카락 뿌리 부분이 하얗게 변하고 이마에 주름이 지는 모습을 서글프지만 조금은 무심하게 바라봤다. "모든 사람은 언젠가는 자기 몫의 얼굴을 가지게 된다"는 격언의 산 증거가 바로 나라는 생각이었다. 보아하니 나의 몫은 영원한 젊음의 빛이로구나.

그러나 불과 한두 달 사이에 나에게도 어떤 변화가 찾아왔다.

이제 처음 만나는 사람들은 나에게 너무 어려 보인다는 찬사를 쏟아내지 않는다. 아이가 셋이나 있다고 밝혀도 사람들은 충격받은 표정을 짓지 않는다. 오랜만에 만나는 사람들은 내 얼굴을 조금 더 오래 쳐다본다. 나보다 젊은 지인을 만나기 위해 카페에 가면, 그 지인은 나를 얼른 알아보지 못하고 지나친다. 자기 앞에 서 있는 중년 여성이 나라고는 미처 생각지 못한다.

마흔이 된 사람 모두가 이런 변화를 겪으며 울적해하는 건 아니지만, 어떤 식으로든 '중년'의 충격을 경험하는 이들은 많은 것 같다. 한 친구는 그녀가 파티 장소에 들어갈 때 모두가 그녀를 보기 위해 고개를 돌리는 '신데렐라의 순간'이 없어졌다고 말했다. 나로 말하자면 내가 머리와 화장을 완벽하게 하고 거리에 나간 날에만 파리 남자들이 나를 응시한다는 사실을 알아차렸다. 그리고 남자들이 나를 쳐다볼 때조차도 나는 그들의 시선에서 예전과 다른, 신경에 거슬리는 메시지를 발견한다. '저 여자랑 자고 싶어. 아무 노력도 하지 않아도 된다면 말이지…….'

머지않아 '마담'들이 마치 우박을 동반한 폭풍우처럼 나에게 쏟아지기 시작했다. 내가 카페에 들어서는 순간 "봉주르, 마담", 요금을 내면 "메르시, 마담", 그리고 밖으로 나가려 하면 "오르부아au revoir('또 만나요'라는 뜻-옮긴이), 마담." 때로는 웨이터 몇 명이 한꺼번에 이런 인사말을 외친다.

더 서글픈 점은 웨이터들에게 나를 모욕할 의도가 없다는 것이다. 나는 국외 거주자 자격으로 프랑스에서 10년도 넘게 살았는데, 이곳에서 '마담'은 가장 흔하게 쓰이는 정중한 호칭이다. 나도 매일같이 다른 여자들을 '마담'이라고 부르고, 내 아이들에게도 우리가 사는 건물을 청소하는 노년의 포르투갈인 여성을 그렇게 부르라고 가르친다.

다시 말하면 나는 이제 '마담'의 영역에 확실히 들어섰다. 사람들은 마담이라고 불러도 내가 상처받지 않을 거라고 간주한다. 내가 '이제 돌이킬 수 없는 변화가 생겼구나'라고 느낀 건 우리 집 근처 인도에서 구걸을 하는 여자 노숙인을 지나치던 때였다.

"봉주르, 마드모아젤." 나보다 몇 걸음 앞에서 미니스커트를 입고 걸어가는 젊은 여자를 향해 노숙인이 소리쳤다.

"봉주르, 마담." 불과 몇 초 후, 내가 그 자리를 지나칠 때 노숙인은 이렇게 말했다.

모든 변화가 너무나 빠르게 다가왔기 때문에 나로서는 그걸 소화할 틈도 없었다. 나는 아직도 마드모아젤 시절에 입던 옷들을 그대로 간직하고 있다. 우리 집 식료품 창고에는 마드모아젤 시절에 즐겨 먹던 통조림이 보관되어 있다. 숫자로 계산을 해봐도 헷갈린다. 어떻게 이런 일이?

1~2년 사이에 세상의 모든 사람이 나보다 10년쯤 젊어졌단 말인가?

40대란 무엇인가? 지금까지 나는 어떤 연령대가 지나가기 전까지 그 시기의 의미가 무엇인지를 파악하지 못해서 매번 시간을 허비했다. 20대 때는 남편감을 찾기 위해 허둥지둥하다가 별다른 성과도 없이 시간을 흘려보냈다. 지금 생각하면 20대 때 나는 언론인으로서 열심히 경력을 쌓아야 했고, 아이가 생기기 전에 온갖 위험한 장소에 가봐야 했다. 그렇게 못 하고 20대를 헛되이 보낸 결과, 30대 초반이 되자마자 신문사 일자리를 잃었다. 자유의 몸이 된 나는 30대 내내 나의 슬픈 감정과 잃어버린 시간을 되새김질했다.

이번에는 기필코 40대가 끝나기 전에 이 시기에 뭘 해야 하는지 알아내고야 말겠다고 결심해본다. 하지만 생일이 돌아올 때마다 머리가 아찔하다. (언제나 지금까지 경험한 것 중에 나이가 가장 많은 생일이니까.) 요즘 40대들은 그 어느 때보다 많이 방황하고 있다. 40대는 스토리가 없는 시기다. 40은 그저 새로운 숫자가 아니라, 새로운 대기권에 진입한 느낌을 준다. 42세의 어느 사업가에게 내가 40대에 대해 연구하고 있다고 말했더니, 그는 눈을 동그랗게 떴다. 성공한 사업가고 말도 조리 있게 잘하는 사람이었지만 40이라는 나이 앞에서는 할 말을 잃었다.

"오, 부탁해요. 40대가 어떤 건지 나한테도 알려주세요." 그가 나에게 했던 말이다.

물론 같은 40대라도 당사자가 어떤 사람이냐에 따라 그 양상이 다르다. 가족, 건강, 경제력, 사는 나라에 따라서도 달라진다. 나는 40대를 경험하고 있지만 미국 국적의 백인 여성이기 때문에 소수자 집단에 속하지는 않는다. 내가 들은 이야기에 따르면 르완다에서는 여자가 마흔이 되면 그때부터 '할머니'로 불린다.

프랑스인들은 특유의 냉정하면서도 비관주의적인 태도로 중년을 '40대의 위기', '50대의 위기', 그리고 '한낮의 우울'로 세심하게 구분한다. 어떤 작가의 설명에 따르면 '한낮의 우울'이란 "50대 남자가 육아 도우미와 사랑에 빠지는 현상"이다. 하지만 프랑스에도 나이 듦에 대한 긍정적인 담론이 있다. 나이 듦을 사람이 자유로워지기 위해 노력하는 과정으로 보는 것이다. (프랑스인들에게도 단점은 있지만, 나는 그들의 사고방식에서 좋은 부분을 골라내 배우려고 한다.)

몇 살이든 간에 40세보다 어린 사람들은 40을 너무 많은 나이로 본다. 나는 20대의 미국 청년들이 40대를 너무 멀리 떨어져 있어서 현실감이 없는 연령으로 묘사하는 것을 종종 듣는다. 그들은 마흔이 되면 뭘 하기엔 너무 늦기 때문에 아직 해보지 못한 일들을 후회하게 될 거라고 이야기한다. 내가 두 아들 중 하나에게 40대에 관한 책을 쓰고 있다고 말했더니, 아들은 자기도 아홉 살의 삶에 관한 짧은 책을 쓰고 싶다면서 이렇게 말했다. "그 책에 이렇게 쓸 거야. 나는 아홉 살이다. 아직 어려서 다행이다."

하지만 내가 만나본 노년의 어른들은 만약 타임머신을 탄다면 가장 돌아가고 싶은 시기가 40대라고 답했다. "40대 때 대체 왜 내가 나이 들었다고 생각했을까?" 1985년에 마흔에 관한 책을 썼던 인류학자 스탠리 브랜디스Stanley Brandes의 질문이다. "지금에 와서 그때를 돌아보면 이런 생각이 들어요. '오 이런, 그때 나는 정말 운이 좋았구나.' 나는 40대가 인생의 시작이라고 생각합니다. 인생 후반기의 시작이 아니라요."

사실 요즘에 마흔은 '인생의 중간midlife'이 아니다. 『100세 인생100-Year Life』의 공동 저자인 경제학자 앤드루 스콧Andrew Scott에 따르면 "지금 40세인 사람은 95세까지 살게 될 확률이 50퍼센트"라고 한다.

그래도 40이라는 숫자는 무게감과 상징적인 의미가 있다고 인식된다. 예수는 40일 동안 금식했고, 마호메트는 40세 때 자기 앞에 나타난 대천사 가브리엘을 만났다. 성경에 나오는 대홍수는 40일 밤낮으로 계속됐다. 모세는 40세 때 이스라엘 민족을 이끌고 이집트를 탈출했는데, 이후 그들은 40년 동안 사막을 떠돌아 다녔다. 브랜디스의 책에 따르면 어떤 언어에서 '40'은 '많다'를 의미한다.

그리고 40이라는 나이에는 '전환점'의 느낌이 있다. 지금까지 나는 나 자신을 일정한 자격을 갖춘 젊은 사람으로 생각했고, 이제 막 인생의 한 단계를 마쳤지만 아직 다음 단계에 본격적으로 들어서지는 않았다. 프랑스 소설가 겸 극작가였던 빅토르 위고는 마흔을 "젊은이의 노년"이라고 했다. 언젠가 밝은 조명이 설치된 엘리베이터 안에서 내 얼굴을 꼼꼼히 뜯어보던 내 딸은 마흔이라는 전환점에 대해 더 직설적으로 표현했다. "엄마, 엄마는 늙은 건 아냐. 그런데 젊지도 않아."

나는 마담(아직은 신참 마담이지만)으로서 새로운 규칙을 따라야 한다는 사실을 알아가는 중이다. 내가 귀엽거나 순진하거나 사랑스러운 행동을 하면 사람들은 매력을 느끼기는커녕 당혹스러워 한다. 아무것도 모른다는 표정은 이제 내 얼굴과 어울리지 않는다. 나는 공항에서 줄을 제대로 서야 하고, 약속 시간도 칼같이 지켜야 한다.

솔직히 말하면 나의 정신세계도 조금씩 마담에 가까워지는 것을 느낀다. 이제 사람들의 이름과 어떤 사실들이 머릿속에 바로 떠오르지 않는다. 때로는 마치 우물에서 물을 길어 올리듯 힘겹게 정보를 끄집어내야 한다. 그리고 나는 이제 커피와 일곱 시간의 수면만으로 하루를 그럭저럭 버텨내지 못한다.

내 또래 친구들도 이런 식의 불평을 곧잘 한다. 친구들과 만나서 저녁식사를 하다 보면 의사가 하지 말라고 지시한 운동이 각자 하나씩은 있다는 사실을 알게 된다. "이제 우리는 연령 차별을 당했다고 주장할 수 있는 나이"라고 누군가가 이야기하면 한탄 섞인 웃음이 터져 나온다.

최근의 뇌과학 연구들은 40대에 인간의 능력이 감퇴한다고 이야기한다. 평균적으로 우리 40대들은 젊은 사람들보다 집중력이 흐트러지기 쉽고, 정보를 더 천천히 받아들이며, 구체적인 정보를 기억하는 능력도 떨어진다. (이름을 기억하는 능력은 평균적으로 20대 초반이 절정이다.)

하지만 과학은 40대의 여러 가지 장점도 함께 알려준다. 40대들은 정보 처리 능력이 떨어지긴 하지만 성숙과 통찰과 경험으로 그것을 보완한다. 우리는 젊은 사람들보다 상황의 본질을 파악하는 능력이 우수하고, 감정 조절과 갈등 해소에 능숙하며 타인에 대한 이해가 깊다. 또 돈

관리에 능하며 어떤 사건이 일어나는 이유를 잘 설명한다. 우리는 젊은 사람들보다 신중하다. 그리고 우리는 신경이 덜 예민한데, 이는 우리의 행복에 크게 기여한다. 실제로 현대 신경과학과 심리학은 아리스토텔레스가 2000년 전에 했던 다음과 같은 주장이 옳음을 입증하고 있다. "전성기primes를 맞이한 사람들은 자신감이 너무 커서 경솔해지지도 않고, 그렇다고 지나치게 수줍어하지도 않는다. 그들은 적당한 자신감을 지니고 있다. 전성기의 사람들은 모든 사람을 신뢰하지도 않고 모든 사람을 불신하지도 않는다. 그들은 사람을 제대로 판단한다."

나도 아리스토텔레스의 견해에 동의한다. 실제로 우리는 40대가 되기까지 상당히 많은 걸 배우면서 성장했다. 40년 가까이 우리 자신이 세상에 적응하지 못한다고 생각하며 살아왔지만 이제 우리 자신의 이런저런 면모가 그렇게 특이한 것은 아니라는 사실을 깨달았다. (나의 비과학적 추측에 따르면 우리의 95퍼센트는 남들과 동일하며 정말로 특이한 부분은 5퍼센트에 불과하다.) 그리고 대부분의 사람들은 남이 아니라 자기 자신에게 관심을 둔다. 40대에는 "모든 사람이 나를 싫어해"에서 "사람들은 사실 나에게 관심이 없구나"로 바뀐다.

여기서 10년이 더 지나면 우리의 40대다운 생각들도 순진무구하게 여겨질 것이 틀림없다. ("개미는 분자를 볼 수 있대요!" 대학 시절에 어떤 남학생이 내게 했던 말이다.) 사실 지금도 40대라는 시기는 우리 머릿속에 자리 잡고 있는 서로 모순되는 생각들의 집합처럼 느껴진다. 우리는 마침내 인간관계의 암호를 해독할 수 있게 됐지만 두 자리 숫자를 기억하지 못한다.

우리는 인생에서 소득이 가장 높은 시기에 이르렀지만(혹은 그 시기에 접근하고 있지만) 이제 보톡스를 맞아볼까라는 생각도 한다. 우리는 커리어의 정점을 향해 나아가고 있지만, 이제는 그 커리어가 어떻게 끝날지를 대강 예측할 수 있다.

요즘 40대가 혼란에 빠져 있다면 그 이유는 40대가 신기하게도 이정표가 하나도 없는 연령이기 때문이 아닐까. 아동기와 사춘기는 이정표로 꽉 차 있다. 우리는 쑥쑥 자라고, 학년이 바뀌며, 월경을 시작하고, 운전면허와 학위를 딴다. 그러고 나서 20대와 30대가 되면 인생의 동반자가 될지도 모르는 사람들과 연애를 하고, 일자리를 구하고, 생활비를 벌기 시작한다. 경우에 따라 승진을 하거나, 결혼을 하거나, 아기를 낳기도 한다. 이 모든 일에서 얻는 짜릿한 흥분은 우리가 앞으로 나아가고 있으며 성인으로서 삶을 만들어가고 있다는 확신을 제공한다.

40대 때도 학위와 일자리, 집과 배우자를 얻을 수는 있다. 하지만 이제는 그런 것들이 덜 신기하게 느껴진다. 우리의 성공에 펄쩍 뛰며 기뻐하던 부모와 어른들과 선생님들은 이제 당신들의 노년을 걱정하느라 바쁘다. 만약 우리에게 자녀가 있다면 우리가 그 아이들의 이정표에 감탄해야 한다. 내가 아는 어느 기자는 자기는 이제 어떤 분야에서도 '신동'이 될 수 없다고 푸념했다. (우리 둘보다 젊은 사람이 미국 연방대법원 판사로 임명된 직후였다.)

"5년 전만 해도 나를 만나는 사람들마다 '와, 진짜 사장님이세요?'라고 물으며 감탄했지요." 어느 TV 프로그램 제작사의 44세 사장이 한 말이다. 이제 사람들은 그가 사장인 걸 당연하게 받아들인다. "한때는 어린 나이에 성공한 청년 사업가였는데 이제 나이가 들었어요." 그가 덧붙였다.

그러면 지금의 우리는 어떤 존재인가? 우리는 여전히 왕성하게 활동하고, 변화하며, 마라톤에 참가할 수도 있다. 그러나 40대가 되면 전에는 생각지도 않았던 뭔가가 갑자기 바짝 다가온다. 그것은 바로 죽음에 대한 자각이다. 우리의 가능성이 예전보다 유한하게 느껴지며, 모든 선택은 다른 선택을 배제하는 것만 같다. 그리고 우리는 '지금이 아니면 안 된다'는 기분에 사로잡힌다. 만약 우리가 '언젠가' 어떤 일을 하겠다고 마음먹었다면, 예컨대 직업을 바꾼다거나 도스토옙스키 소설을 읽거나 부추 요리법을 배워야겠다고 결심했다면, 지금 당장 그 일에 뛰어들어야 한다.

시간 개념이 바뀌면서 우리는 우리가 동경하는 삶과 우리의 실제 삶 사이의 간극을 곰곰이 생각해보게 된다. (이는 고통스러운 일일 수도 있다.) 우리가 오래전부터 이야기만 하고 성취하지 못한 일들이 공허하게 들리기 시작한다. 우리가 실제로 갖지 못한 것을 가진 척하는 행동은 이제 무의미하다. 마흔이 되면 우리는 상상 속의 미래를 준비하거나 이력서에 넣기 위해 점수를 따지 않는다. 우리의 진짜 삶이 눈앞에서 펼쳐지고 있다. 우리는 독일 철학자 칸트가 '물物 자체Ding an sich'라고 불렀던 것에 도달했다.

40대에 가장 이상하게 느껴지는 점은 이제 우리가 책을 쓰고 학부모 모임에 참석하는 사람들이라는 것이다. 우리 또래 사람들이 '최고기술책임자CTO'라든가 '편집장' 같은 직함을 달고 다닌다. 추수감사절에 칠면조를 요리하는 것도 우리다. 요즘 나는 '누군가가 저것에 대해 어떤 조치를 취해야겠군'이라고 생각하다가 그 '누군가'가 나라는 사실에 흠칫 놀라곤 한다.

이것은 쉬운 전환은 아니다. 지금까지 나는 '세상에는 언제나 어른들이 있다'고 생각하면서 마음 편히 살았다. 나는 어른들이 어딘가에서 암을 치료하고 소환장을 발부하는 장면을 상상했다. 어른들은 비행기를 조종하고, 캔에 에어로졸을 주입하고, 텔레비전 신호를 마법처럼 전달하는 사람들이다. 어른들은 어떤 소설이 읽을 가치가 있는지 없는지, 어떤 뉴스가 신문 1면에 실려야 하는지를 척척 안다. 비상사태가 발생하면 (신비롭고 유능하고 현명한) 그 어른들이 나타나 나를 구해줄 거라고 믿었다.

나는 음모론을 신봉하는 사람은 아니지만 사람들이 왜 그런 이론에 이끌리는지는 알 것 같다. 한 무리의 어른들이 비밀리에 세상의 모든 것을 조종하고 있다는 생각은 그야말로 유혹적이니까. 나는 종교의 매력도 이해한다. 신이야말로 어른 중의 어른이다.

내가 나이 들어 보인다는 것이 그리 기분 좋지는 않다. 하지만 '마담'이 되는 것에 대해 불안을 느끼는 가장 큰 이유는 그 호칭이 내가 어른이라는 의미를 내포하기 때문이다. 말하자면 아직 능력이 부족한데 덜컥 승진을 해버린 기분이다.

그런데 어른이란 무엇인가? 어른은 정말로 존재하는가? 정말로 어른들이 있다면 그들이 아는 건 무엇인가? 그리고 나는 어떤 도약을 거쳐야 그런 어른이 될 수 있을까? 과연 나의 정신이 내 얼굴만큼 빠르게 성숙할 수 있을까?

당신이 40대 초반이 됐다는 징후들

나이를 비밀로 하고 싶다.

≈

컴퓨터 화면에서 출생 연도를 찾기 위해
마우스 휠을 아래로 내릴 때면 마음이 초조해진다.

≈

매장 점원이 노화 방지 크림을 권해서 놀란 적이 있다.

≈

친구에게 대학생인 자녀가 있다는 사실을 알고는 깜짝 놀란다.

≈

아이가 셋이라는 사실을 밝히면 사람들이 놀란다.

001 나는 왜 기자가 됐나

내가 어렸을 적에 우리 가족에게 나쁜 소식이란 없었다. 우리 외할머니는 가족 간의 다툼부터 이스라엘과 팔레스타인의 분쟁에 이르는 모든 것에 대해 유쾌한 말투로 다음과 같이 반응했다. "잘 해결될 거야!"

어린아이 입장에서 참기 어려운 건 그 한결같은 낙관주의만이 아니었다. 사실 내가 느꼈던 답답함은 특별하달 것도 없다. 지금의 중산층 미국인들 대부분이 자기 성찰 없이 마냥 유쾌한 가정에서 자랐을 테니까. 하지만 우리 집은 다른 가정보다 긍정의 정도가 컸다고 생각한다. 유쾌하지 않은 주제를 피하기 위해서였는지 우리 가족은 그 어떤 것에 대해서도 자세히 알아보려 하지 않았다. 우리의 조상들에 대해서도 자세히 이야기하는 법이 없었다. 나의 외조부모와 외증조부모 모두가 러시아에서 미국으로 건너온 이민자였다는 사실을 나는 열 살 무렵에 겨우 알았다. 그전까지는 우리가 미국 토박이인 줄로만 알았다. 우리가 이민자 집안이었다는 이야기를 아무도 해주지 않았으니까.

조상들이 미국에 건너온 과정에 대한 이야기를 정확히 들은 적도 없다. 우리 외할머니는 당신의 부모님이 '민스키 기베르니야'라는 곳에서 왔다고 말씀하셨다. 하지만 외할머니는 그곳이 정확히 어딘지는 몰랐다. 한번은 연방이민국 기록을 찾아봤는데 두 분의 흔적이 남아 있지 않다고 말씀하셨다. 그리고 외할머니의 가족은 사우스캐롤라이나주에 정착하자마자 미국에 완전히 동화됐다. 우리 외할머니는 미모의 미국 여학생이 되어 미국 남부 지방의 격언대로 살았다. "듣기 좋은 말을 할 게 아니면 차라리 침묵하라."

우리 가족 중 누구도 우리 조상들이 '민스키 기베르니야'에 친척들을 남겨두고 왔다고 말한 적은 없었다. 마침내 내가 외할머니에게 그 질문을 했더니, 외할머니는 당신의 어머니께서 러시아에 남았던 형제들과 사촌들에게 말린 콩과 옷을 소포로 보내곤 하셨다고 대답했다.

"하지만 제2차 세계대전 후에는 소포를 보내지 않았어. 연락이 끊겼단다." 외할머니의 말씀이었다.

연락이 끊겼단다. 아마도 홀로코스트 때 체포되어 죽음을 당했을 친척들의 운명에 대한 우리 가족의 설명은 이런 식이었다.

이와 같은 극단적인 긍정성은 우리 외가 쪽의 핏줄을 타고 흐르는 듯했다. 모든 세대는 다음 세대를 보호하기 위해 나쁜 소식을 일절 전하지 않았다. 나는 아버지의 40세 생일에 그것을 처음 알았다. 그때 나는 여섯 살이었다. 우리는 내가 어린 시절을 보낸 마이애미의 집에서 아버지의 생일을 축하하고 있었다. 우리 집 수영장 주변의 테라스에서 손님들이 술을 마시고 있었다. 나는 집 안에 있었는데 갑자기 첨벙 소리와 함께 소란이 벌어지는 모습이 보였다.

"무슨 일 있었어요?" 어머니에게 물었다.

"아무 일도 없었단다." 어머니가 나를 안심시켰다.

우리 어머니는 다정하고 따뜻하며 좋은 의도를 가진 분이다. 그때 어머니는 나를 보호하려 했다. 하지만 그날 어머니가 "래리 굿맨 아저씨가 술에 취해서 수영장에 빠졌단다"라고 대답했다면 오늘의 나는 지금의 나와 다른 사람일지도 모른다. 어쩌면 나는 다른 직업을 가지고 있었을지도 모른다. 어쩌면 나와 어머니는 세상에는 때때로 나쁜 일도 일어나며 내가 그 나쁜 일들을 똑똑히 본 거라는 이야기를 나눴을 것이다.

하지만 어머니는 그렇게 말하지 않았다. 그래서 나는 나쁜 일들은 테라스 너머에서, 저 멀리 어딘가에서 일어나기 때문에 늘 희미하게만 보인다고 여기게 됐다. 나쁜 일들은 아주 자세히 들여다보지 않으면 마치 그 일들이 일어나지 않은 것 같다.

마이애미는 이런 인생관을 간직하기가 쉬운 곳이었다. 마이애미는 일 년 열두 달 내내 날씨가 화창했으며 말 그대로 '공기 덕분에 만들어진invented out of air' 도시였다. 1950년대와 1960년대에 에어컨을 어디서나 구입할 수 있게 되면서 마이애미 경제가 활력을 얻었기 때문이다. 몇 년 후에는 장차 나의 시부모님 되실 분들이 마이애미의 오래된 집들 중 한 채를 방문했는데, 그 집은 런던에 있는 그분들의 집과 연식이 비슷했다. 지금 그 집은 역사가 오래된 주립 공원의 일부가 됐다. 내가 마이애미에서 어린 시절을 보냈다고 말하면 사람들은 종종 놀란다. 마이애미는 할머니, 할아버지들의 도시라는 관념이 있어서 그렇다. 하지만 실제로 은퇴한 노인들은 마이애미의 동쪽 해안에서 조금 떨어진 길쭉한 섬인 '마이애미비치Miami Beach'에 주로 산다. 마이애미의 주민들 대부분은 마이애미비치가 아닌 후덥지근하고 평범한 내륙 지대에 거주한다.

우리 부모님은 원래 망고 과수원이던 동네에 생애 첫 주택을 마련했다. 아직도 그곳에는 망고 나무들이 있고, 망고 열매가 우리 자동차 지붕에 툭 떨어져 차의 페인트칠이 벗겨지곤 한다. 동네의 다른 집들처럼 우리 집도 도롱뇽과 강도와 무더위를 막기 위해 콘크리트 구조에 에어컨을 갖추고 있었다. 간혹 시커먼 뱀이 환기구를 통해 주르르 미끄러져 들어오곤 했다. 우리는 해변 구경을 거의 못 하고 지냈다.

마이애미에 사는 사람들은 대부분 타지에서 온 이들이었다. 우리 동네에 살던 쿠바인 이웃들은 자신들이 곧 아바나로 돌아가리라고 확신했다. 우리 부모님의 친구들은 대부분 브루클린 억양 또는 인접한 세 개 주의 억양을 썼다. 우리는 플로리다주 남부에도 뉴욕과 똑같은 계절이 있는 것처럼 생활했지만, 백화점에서 산타클로스와 함께 찍은 사진 속의 나는 햇볕에 그을린 얼굴에 반바지 차림이다.

역사적 전통이 부재하고 사람들이 희망적 사고에 젖어 살던 마이애미의 분위기는 우리 가족에게 딱 맞았다. 어머니는 뭔가 유쾌하지 않은 소식(예컨대 우리가 아는 사람이 암에 걸렸다는 소식)을 전할 일이 있으면 저녁 반찬과 치어리딩 연습에 관한 이야기 사이에 그 소식을 슬며시 끼워 넣었다. 이처럼 나쁜 소식은 빠르게 휙 지나갔기에 내가 그걸 제대로 들은 건지 의심스러울 지경이었다.

그때는 1980년대였고 미국에서는 이혼율이 급증하고 있었다. 그래서 내가 알던 어른들 몇몇이 이혼한다는 이야기를 자주 들었지만, 그 이유가 무엇인지는 한 번도 듣지 못했다. 우리 부모님은 주변 사람들에 대한 이야기를 잘 안 했고 친척들에 대해서도 설명해주지 않았다. 언젠가 부모님이 알코올중독자 고모에 관해 뭔가를 속삭이는 걸 들었지만, 내가 자세히 알려달라고 하자 두 분은 입을 다물어버렸다. (한참 후 내가 들은 바에 따르면, 그 고모는 블러디메리 칵테일 한 잔만 마셔도 유대인을 저주하는 욕설을 퍼붓곤 했단다.)

우리 집에서 그런 이야기는 아이들에게 들려주기에 적합한 것으로 간주되지 않았다. 사실은 거의 모든 이야기가 아이들에게 들려주기에 부적합한 것으로 간주됐다. 우리 가족은 세상의 온갖 사건들, 새로운 옷, 여름휴가 이야기를 할 때 "그거 안됐다", "그거 예쁘구나", "아주 좋은 시간을 보냈어요"와 같은 애매모호한 표현을 사용했다. 우리가 좋게 평가하는 사람들에게는 '훌륭한'이라는 수식어가 붙었고(어머니의 친구 중 한

분은 예쁜 여자들을 '맛있어 보인다'라고 표현했다), 좋아하지 않는 사람들에 대해서는 '거슬린다'라고만 표현했다. 한 가지 주제에 대해 너무 길게 이야기하는 사람은 '따분한' 또는 '평범하지 않은' 사람으로 불렸다. (나중에 나는 그 '따분한' 사람들이 우리 중에서 그나마 지식인에 가까운 존재였다는 사실을 깨달았다.)

물론 나는 부모님에게서만 정보를 얻지는 않았다. 나는 에이즈와 정치범들에 대해 알고 있었고, 콜롬비아인 마약 조직이 마이애미에서 사람들을 죽였다는 사실도 알았다. 내가 읽은 책 속의 등장인물들은 각자의 배경 이야기와 서로 모순되는 성격과 내면세계를 가지고 있었다. 하지만 유순한 첫째 아이였던 나는 우리 집에서 일어나는 일들만이 실제 삶이라고 믿었다. 그리고 우리 집 식구들은 사실들을 모아서 패턴을 만들거나, 우리 자신의 경험을 분석한다거나, 다른 사람들에 대해 관찰한다거나 하는 일이 없었다. 우리 자신의 뿌리와 혈통과 사회적 지위에 대해 토론한 적도 없었다. 복잡한 진실을 지적하면 다들 불편해했다. 그것은 마치 래리 굿맨 아저씨가 수영장에 빠졌다고 말하는 것과 같았다.

내가 조금 더 커서는 내가 없을 때 어른들끼리 인생에 관한 진지한 대화를 나눌 거라고, 혹은 우리 가족이 지금은 소소한 이야기들만 하지만 때가 되면 우리도 마주 앉아 모든 이야기를 나눌 거라고 막연하게 생각했다. 어머니가 슈퍼마켓에 들를 때마다 싸구려 백과사전을 몇 권씩 사오기 시작하자 나는 마음이 놓였다. 드디어 우리 집에도 어떤 '사실'들이 들어오는구나. (그 백과사전들 중에서도 'S'로 시작되는 항목의 인기 있는 책들은 재고가 생길 때까지 기다려야 했다.)

역설적인 점은, 나의 아동기가 비밀에 싸여 있었지만 범죄적 요소는 하나도 없었다는 것이다. 나는 래리 굿맨 아저씨가 우리 수영장에서 무사히 나왔으리라고 확신한다. 아저씨는 알코올중독자도 아니었던 것 같다. 유쾌한 대화와 좋은 소식들로 이뤄진 연막 뒤에 나쁜 일은 거의 없었다.

우리 부모님에게 한 가지 어두운 비밀이 있긴 했다. 우리는 부자가 아니었다. 부모님의 친구들은 대부분 돈 걱정을 안 했지만 우리 부모님은 끊임없이 돈 걱정을 했다. 일반적인 기준으로 볼 때 우리가 가난했던 건 아니지만, 우리는 중상류층의 끝자락에 매달려 있었기 때문에 스스로 가난하다고 느꼈다.

마이애미에서 돈은 이루 말할 수 없이 중요했다. 사교성이 좋든 나쁘든, 심지어 전과가 있든 없든 간에 돈이 많은 사람은 지위와 매력을 인정받았다. (경제학자 존 케네스 갤브레이스 John Kenneth Galbraith의 분석에 따르면 플로리다는 언제나 "최소한의 물리적 노력으로 하루아침에 부자가 되려는 터무니없는 욕구"를 가진 사람들을 끌어들였다.)

그리고 1980년대에 마이애미는 미국에서 가장 불평등한 도시 중 하나로 바뀌고 있었다. 우리 부모님의 친구들은 우리 집 근처의 원래 살던 집을 팔고 해변과 가까운 곳에 더 큰 집을 지었다. 그들의 새 집에는 칵테일 바와 테니스 코트가 딸려 있었다. 머지않아 그들은 근사한 옷을 차려입고 자선 행사에 참석하고, 메르세데스 차를 몰고 다니고, 여름에는 마이애미의 무더위를 피해 콜로라도에 갔다.

우리 가족만 망고 과수원에 남아 있었다. 우리는 어리둥절했다. 저 돈은 대체 어디에서 나온 걸까? 저들은 갑자기 어떻게 은행 주인이 된 걸까?

우리 아버지는 구시대적인 사람이었다. 아버지는 제2차 세계대전 직전에 브루클린에서 태어났다. 아버지의 부모님은 노동 계급에 속하는 이민자 부부로서 구시, 베시, 예타 같은 이름을 가진 친척들과 한 동네에 모여 살았다. 나의 할아버지인 해리는 열두 살 때 학교를 그만두고 신문 배달을 했다. 처음에는 마차를 타고 다니다가 나중에는 트럭을 타고 다니며 배달을 했다. 입에는 늘 담배를 물고 있었다. 10대 소년 시절이던 어느 날, 아버지는 학교 수업이 끝나고 할아버지를 돕기 위해 트럭이 세워진 곳으로 갔다. 그리고 트럭 뒤편에서 할아버지를 발견했다. 할아버지는 신문 더미 위에 몸을 구부린 채 심장마비로 죽어 있었다.

아버지는 대학을 2년쯤 다닌 후에 텔레비전 제작사에서 이런저런 일을 했다. 우리 어머니는 뉴욕에서 소개팅에 나갔다가 아버지를 만났다. 그때 아버지는 잘생기고 나이가 적당하며 정장을 입고 출근하는 남자였고, 어머니가 그전에 사귀었던 남자친구들과 달리 마음씨 좋은 사람이었다.

그건 다 사실이었다. 하지만 어머니는 특유의 낙관주의 때문에 두 사람의 근본적인 차이점을 간과했다. 어머니의 가족들은 작은 유대인 마을에서 기세 좋게 뛰쳐나와 밝은 햇빛 속으로 나온 사람들이었다. 어머니의 부모님은 미국에서 태어나 자리를 잡고 성공한 사람들로서 빈틈없는 성격을 지니고 있었다.

아버지는 과거를 그리워하는 몽상가였고, 애국자였고, 고지식한 사람이었다. 아버지는 어머니의 사교성과 좋은 배경에 감탄하긴 했지만 항상 옛날에 살던 동네를 그리워했다.

어머니와 아버지는 어머니의 고향인 마이애미로 이사했다. 마이애미에는 방송 프로그램을 제작하는 일자리가 많지 않았으므로 아버지는 작은 광고 회사를 설립해 벼룩시장과 지역 경마장에 내걸 광고를 제작했다.

아버지의 '좋은 마음씨'는 뜨거운 태양 아래 녹아서 우울감으로 바뀌었다. 아버지는 창의적인 일에 재능이 있었다. 하지만 일거리를 계속 구하기 위해서는 고객이 될 사람들에게 영업을 잘해야 했다. 그리고 영업을 잘하려면 둘 중 하나가 필요했다. 사람들의 마음을 들여다보고 그들이 원하는 것을 금방 알아내는 능력이 있거나, 무엇을 팔든지 사람들이 달려들 정도로 빼어난 매력을 발산하거나.

아버지에게는 둘 다 없었다. 아버지는 일찍 잠자리에 들기를 좋아하고, 시시한 말장난을 즐기고, 진부한 격언을 자주 인용하는 분이다. (지금도 아버지가 가장 좋아하는 말은 "고장 난 시계도 하루에 두 번은 맞는다"라는 격언이다.) 아버지와 어머니 사이에서는 하루가 멀다 하고 싸움이 벌어졌다. 아버지가 운전을 너무 천천히 했다거나, 디너파티에서 아버지가 또 잠들어 버렸다는 것이 싸움의 이유였다. "난 그냥 눈을 감고 쉬고 있었다고." 아버지는 이렇게 변명하곤 했다.

결국 아버지는 마지막 남은 한 사람의 광고주에게만 의지하게 됐다. 아버지는 그게 당신 탓이라고 생각했다. 우리는 날마다 일종의 부조리한 대화를 나눴다. 내가 아버지에게 그날 하루는 어땠는지 물으면 아버지는 창피한 기색을 내비치며 "바빴다"라고 대답하곤 했다. 그때도 나는 아버지가 바쁘지 않다는 사실을 알고 있었다. 우리 부모님의 말다툼이 정말로 아버지가 차를 천천히 몰아서 생긴 일이 아니라는 것도 알고 있었다. 두 분이 싸운 이유는 아버지가 인생의 빠른 차선에 서 있지 않아서였다.

어머니는 아버지와 정반대였다. 어머니는 외향적이고, 카리스마 있고, 자신감이 넘쳐서 뭐든지 판매할 수 있는 사람이었다. 미인이고 인기가 많았던 어머니는 고등학교 때 패션 감각이 뛰어난 여학생으로 선발된 바 있으며 오하이오 주립 대학교에서 소매업 학위를 취득했다. 어머니는 새로운 것이면 뭐든지 관심을 가졌다. 최신 유행하는 옷, 새로 생긴 레스토랑. 어머니는 우리 집 거실을 갤러리로 개조해서 전도유망한 화가들의 전시회를 열어주기도 했다. 동업자를 구해서 여성복 가게를 차리기도 했는데, 그 매장은 일종의 사랑방 역할을 했다. 여자들은 그곳에 옷을 사러 오기도 했지만 그저 수다를 떨러 오기도 했다. 마이애미의 기후는 고온다습한 '열대 몬순'이지만 매장 안은 에어컨을 계속 틀어놓아서 추울 정도로 시원했으므로, 어머니의 고객들은 캐시미어 스웨터를 사들였다.

나는 어머니의 세계 안에서 자랐다. 나는 종일 어머니의 옷가게에서 시간을 보내거나, 그녀를 따라 백화점에 가서 사람들이 무엇을 놓고 경쟁하는지 구경했다. 여덟 살 때 다른 아이들은 스포츠 경기장에서 뛰어다니다 뼈가 부러졌지만 나는 '쇼핑 부상'을 입었다. 남동생과 함께 부르댕 백화점의 여성 스포츠의류 매장에서 장난을 치고 있었는데, 금전등록기를 실은 카트 한 대가 넘어지는 바람에 손목에 골절상을 입은 것이다.

쇼핑은 우리가 깊이 있게 토론했던 거의 유일한 주제였다. 쇼핑에 관한 우리의 대화는 지혜의 보고였다. "사랑하지 않는 물건은 사지 마라." 할머니는 이렇게 말씀하시곤 했다. 불교의 선문답에 버금가는 우리 가족의 질문은 다음과 같았다. "옷을 집으로 가져오면 매장에서 봤을 때만큼 좋아 보이지 않는 이유는 무엇인가?"

나의 유대교 성인식bat mitzvah 파티를 어떻게 열지 결정할 때가 왔을 때, 나는 그 시대에 유행하던 주제인 테니스, 우주여행, 하와이를 마다하고 '쇼핑'이라는 주제를 선택했다. 내가 속속들이 아는 유일한 주제가 그것이었으니까. 어머니와 나는 신용카드 모양의 좌석 이름표를 만들고, 파티 플래너를 고용해 블루밍데일 백화점과 니만마커스 백화점 쇼핑백으로 테이블 장식을 제작하게 했다. 우리가 쇼핑이라는 주제로 파티를 준비한다고 이야기하자 파티 플래너도 놀라는 얼굴이었지만, 우리 가족들 중에는 내가 성인이 된다는 사실을 기념하기 위해 '쇼핑 파티'를 여는 게 이상하다고 생각한 사람은 없었다.

하지만 우리에게 파티를 열 돈이 없다는 이야기는 나왔다. 나쁜 소식을 좀처럼 이야기하지 않는 우리였지만, 어느 날 어머니가 나를 침실로 불러서는 예산이 부족하니 그 파티를 취소해야겠다고 말했다. (대신 우리는 더 저렴한 장소로 바꿔서 작은 파티를 열었다.)

우리가 부족함 없는 생활을 할 수 있었던 이유는 나의 외할아버지께서 파티 비용과 우리 집 지붕 수리 비용을 대부분 내주셨기 때문이다. 외할아버지는 아버지와 똑같이 가난한 이민자의 아들이었지만 사람들과 친해지고 거래를 성사시켜 돈을 버는 능력을 지니고 있었다.

외할아버지가 학비를 대주신 덕분에 나는 사립 학교에 입학해서 마이애미 최고 부자들의 자녀들과 어울렸다. 나와 같은 반이던 몇몇 아이들은 마이애미비치의 으리으리한 저택에 살았는데, 때때로 그 저택들은 영화와 TV 세트장으로 쓰이기 위해 유료로 대여됐다. 어떤 아이들은 16세 생일에 포르셰 자동차를 선물로 받았다. 하루는 우리 어머니가 학교에 와서 도요타 자동차에 나를 태웠는데, 어떤 남자아이가 히죽거리며 말했다. "그건 너희 집 가정부 차니?"

나는 세상은 원래 그렇게 돌아가는 거라고만 생각했다. 당시에는 나에게 가장 좋은 미래는 성형외과 의사와 결혼하는 거라고 생각했다. (우리 외할머니가 남기신 또 하나의 가르침은 "가난한 여자가 부유한 남자와 사랑에 빠지기는 정말 쉽다"라는 것이었다.)

비록 그때는 의식하지 못했지만 『프레피를 위한 지침서Official Preppy Handbook』라는 책을 읽고 나서부터 내 삶이 바뀌었다('프레피'란 미국 명문 사립 고등학교에 다니는 부유층 학생들을 가리킨다–옮긴이). 『프레피를 위한 지침서』는 미국 동부 해안에서 대대로 부유하게 살아온 주류 백인들의 생활 풍습을 풍자적으로 서술한 책이었다. 그 책에 묘사된 세계에서는 사람들이 아이리시세터 사냥개를 키우고, 스위스 그슈타트로 스키 여행을 가고, 오리 무늬 벨트를 매고 다녔다. ("어떤 물건이 오리와 관련이 적을수록 그 물건은 오리 장식을 넣어달라고 간절히 외친다.")

그 책을 읽기 전에 나는 라틴계도 아니고 유대인도 흑인도 아닌 미국인들이 존재한다는 사실을 제대로 알지 못했다. 그리고 백인 주류인 와스프WASP의 미적 기준에 대해서도 몰랐다. 중고 가구를 가지고 있는 것이 좋은 일이라는 걸 누가 알았겠는가?

내가 프레피가 아니라는 건 나도 알고 있었다. 나는 '스킵Skip'이나 '빙크Bink' 같은 전형적인 프레피 별명을 가진 사람을 알지 못했다. ('후앙키Juanky'라고 부르던 쿠바 친구는 있었지만.) 나는 요트를 조금 탈 줄 알았지만, 아버지가 요트 경주에서 상으로 받아온 담배 상자들이 우리 집 여기저기에 놓여 있진 않았다.

하지만 『프레피를 위한 지침서』를 읽으니 우리 가족이 내게 말해주지 않는 것이 많다는 의심이 더 강해졌다. 일상생활을 샅샅이 뒤지고 해석하면 어떤 의미를 발견할 수 있다. 나의 일상도 그럴 거야. 우리가 사용하는 옷, 카펫, 언어, 우리 집 안팎에 흩어져 있는 물건들은 우리가 어느 종족에 속하는지를 알려주는 일종의 지도로구나.

우리 가족은 우리가 어느 종족에 속하는지에 대해 이야기한 적이 없었다. 우리는 종교적 계율을 엄격하게 따르지도 않았다. (원래 쇼핑이라는 주제로 열려고 했던 나의 성인식 파티에서 우리 가족은 새우 칵테일을 대접했다. 유대교 계율에서는 새우를 비롯한 갑각류 음식을 금기시하는데도.) 하지만 내가 부모님과 함께 레스토랑에 가면 나와는 만난 적이 없는데도 왠지 우리 어머니와 아는 사이 같아 보이는 아주머니들을 발견할 수 있었다. 그 아주머니들은 우리와 얼굴, 복장, 머리 모양이 똑같았다. 그들의 부모 또는 조부모는 우리와 비슷한 시기에 우리와 똑같이 유럽 대륙의 어느 나라에서 미국으로 건너온 사람들이었다. 마치 벨로루시 사람들의 마을 전체가 플로리다주 남부로 옮겨 왔고, 그들의 후손들이 지금 어느 이탈리아 식당에 모두 모여 저녁식사를 하고 있는 것만 같았다.

당시 나는 명료하게 의식한 건 아니지만, 내 삶과 일치하는 일종의 '프레피 지침서'를 꼭 갖고 싶었다. 우리가 매일같이 입는 옷, 우리가 소유하는 물건, 우리의 관습. 나는 모든 것의 숨은 의미를 알고 싶었다. 우리는 어떤 옷을 입는가? 우리 가족은 왜 뉴욕 사람들과 비슷한 억양을 쓰는가? 우리 가족은 정확히 어디에서 온 사람들인가? 하지만 내가 어떻게 나 자신에 관한 인류학적 연구를 할 수 있었겠는가? 나는 수영장에 빠진 사람이 누구였는지도 듣지 못했는데.

좀 더 크고 나서, 나는 스스로의 판단을 믿게 됐다. 고등학교 때 외할아버지가 돈을 보태주셔서 여행을 갔다가 집으로 돌아오는 비행기를 타기 직전, 나는 공항의 탑승객 라운지에서 내 사촌 언니의 남편과 우연히 마주쳤다. 사촌 언니와 두 아들은 거기 없었다. 그는 아름다운 금발 여자와 함께였고, 그 옆에는 그 여자와 똑같이 금발인 어린아이가 서 있었다. 나를 보자 그는 당황해서 어쩔 줄 몰랐다.

"닐 형부에게 다른 가족이 있더라." 나는 마이애미로 돌아와서 어머니에게 말했다.

"그럴 리가." 어머니가 답했다. (내가 아무런 행동도 하지 않았는데도 사촌 언니네 부부는 얼마 뒤 이혼했다.)

진실을 목격하는 재미를 알고 나니 나의 욕구는 더 커졌다. 나는 어머니가 가지고 있던 냉전 시대 스파이 소설들을 읽으면서, 나 자신이 예리한 두뇌를 이용해 암호를 풀고 범죄 사건을 해결하는 꿈을 꾸기 시작했다.

내가 스파이 영화의 줄거리를 다 따라가지도 못했다거나, 전화번호 하나도 똑똑히 못 외웠다거나, 비밀을 엄수하지도 못했다는 사실은 논외로 하자. 상상하던 미래 속에서 나는 외국 스파이가 차를 몰고 내 옆을 휙 스쳐가는 순간 자동차 번호판을 암기해서 끝내 그들의 계획을 알아냈다. 그때는 CIA가 나의 재능을 알아차리고 나를 채용할 것이 틀림없다고 믿었다.

이야기가 자연스럽게 흘러갔다면 나는 아마 대학에 입학할 때 영문학 전공을 선택했을 것이다. (그것이야말로 내가 즐겨 읽던 그 모든 스파이 소설들에서 뭔가를 얻었다는 뜻일 테니까.) 하지만 문학은 지나치게 말랑말랑한 전공 같았다. 나는 분석 능력을 연마하기 위해 철학을 선택했다. 나는 철학에 재능이 없었고 수업에서 재미를 느끼지 못했지만 끝내 전공을 바꾸지 않았다. 내가 어느 교수님에게 추천서를 부탁했을 때 그분은 다음과 같이 써줬다. "아마도 파멜라는 뭔가에 두각을 나타낼 겁니다. 하지만 그게 철학은 아닙니다."

한 학기 동안 멕시코에서 공부했을 때 나는 마이애미를 새로운 눈으로 보게 됐다. '진리La Realidad'라는 제목의 교환 학생 프로그램에 참가했던 나는 멕시코 시골의 비포장도로 주변에 있는 콘크리트 블록 집에서 7인 가족과 함께 살았다. 그 집에 딱 하나 있는 수도꼭지에서는 찬물만 나왔으므로 나는 데운 물을 양동이에 받아서 목욕을 했다. 그 멕시코 가족이 어느 날 저녁식사 후에 '마메이'라는 이국적인 과일을 내놓았다. 맛있게 후딱 먹어치우고 나서 고개를 들어 보니, 일곱 개의 낙심한 얼굴이 보였다. 그 과일 하나가 우리 모두의 후식이었던 것이다.

"우린 가난하지 않아요!" 마이애미에 돌아왔을 때 나는 격앙된 말투로 아버지에게 소리쳤다. 멕시코인들의 기준으로는 미국 중산층이 타는 도요타 자동차도 사치품이었다. 하지만 나의 새로운 시각은 아버지에게 별다른 위안이 되지 못했다. 아버지는 마이애미의 게임 자체를 부정하고 싶었던 게 아니라 그 게임에서 그만 지고 싶었을 뿐이니까. 어느 날, 우리 집 앞 망고 나무 아래 차도에서 도요타 안에 앉아 있던 중에 아버지가 진지한 고백을 했다.

"아빠는 돈을 벌 줄 모른단다."

돈을 벌 줄 모르긴 나도 마찬가지였다. 대학을 졸업하고 나서 나는 이스라엘 인터넷 벤처 기업에서 잠깐 일했는데, 그 회사의 사업 모델은 유대교 휴일에 관한 정보를 인터넷에 올리는 것이 전부인 듯했다. 나 자신을 위한 변명을 하자면, 나 역시 그 회사에 직원이 왜 그렇게 많이 필요한지 궁금했다. 그리고 직원들이 대부분 젊은 남자인 점도 이상했다. 그때 내가 몰랐던 사실은 내가 앉아 있던 자리에서 5미터쯤 떨어진 닫힌 문 안에서 프로그래머 군단이 진짜 사업을 벌이고 있었다는 것이다. 진짜 사업이란 온라인 포르노그래피였다. (동료 직원이던 사람이 한참 후에 우리 둘 다 그 회사를 떠나고 나서야 내게 들려준 이야기다.)

나는 여전히 레이저처럼 날카로운 지각력이 없는 상태로 성년기에 들어섰다. 칼날처럼 끝내주게 예리한 머리를 갖고 싶었지만 내 두뇌는 숟가락에 더 가까웠다. 나는 어떤 주제를 깊이 탐구할 줄은 알았지만 그러자면 시간이 필요했다. 나는 바보가 아니었지만 약삭빠른 것과도 거리가 멀었다. 나는 어떤 정보를 알고 나서 한참 후에 통찰을 얻곤 했다. 어떤 나쁜 일이나 놀라운 일이 생길 때 나의 즉각적인 충동은 그것을 무시하는 것이었다.

그래서 나는 기자가 되기로 결심했다. 어떤 사람들은 관찰력이 뛰어나서, 혹은 세상의 비리를 고발하기 위해서 기자를 지망한다. 나는 다른 이유로 기자라는 직업을 선택했다. 나는 내 주변에서 어떤 일이 벌어지는지를 이해하고 싶었다.

당신이 40대가 됐다는 징후들

턱에 수염 같은 털이 나도 놀랍지 않다.

≈

팔에 셀룰라이트가 생겼다.

≈

처음 만나는 사람들도 어쩐지 익숙하게 느껴진다.

≈

전날 밤에 술을 안 마셨는데도 숙취를 느끼며 깨어나곤 한다.

≈

이제는 자신보다 나이 많은 친구를 사귀어도
자신이 젊다는 느낌은 들지 않는다.

002 인생의 동반자를 찾아

마침내 나는 일생일대의 중대한 결정을 했다. '내가 성숙한 어른이 될 수는 없을 것 같으니, 그런 성숙한 사람을 찾아 잠자리를 같이하자.'

완벽한 대칭 몸매를 가진 할리우드 영화배우들을 봐도 내 심장은 빠르게 뛰지 않았다. 나는 어딘가 허술하면서도 똑똑한 남자들을 좋아했다. 고등학생 시절에는 매사추세츠주 출신의 아주 똑똑하고 리버럴한 하원 의원 바니 프랭크Barney Frank의 얼굴 사진을 내 방 벽에 붙여놓았다. (이것은 유명인에 대한 동경이므로 그가 동성애자라는 사실은 중요하지 않았다.)

실생활에서 나는 나보다 똑똑하거나, 적어도 나보다 나이가 많은 남자들과 데이트를 했다. 특히 내가 전혀 모르는 언어로 신문을 읽는 외국 남자들에게 매력을 느꼈다. 나는 일명 '로맨스 세계 일주'를 해봤다. 하지만 뉴욕에 살면서 독일어를 구사하는 천재 남자는 나와 눈을 마주칠 줄을 몰랐고, 헝가리인 심리 치료사는 내가 정신적으로 깊은 상처를 받은 사람이 아니라서 자기와 맞지 않는다며 나를 차버렸다.

내가 어느 신문사에 채용되어 라틴아메리카 취재를 담당하게 되자 나의 외국인 신랑감 후보들도 그만큼 많아졌다. 브라질에 근무하는 동안 나는 상파울로에 사는 유대인 남자들을 이리저리 찔러본 끝에 어머니와 함께 살던 DJ와 사귀게 됐다. 어느 아침식사 때 그의 어머니가 의미심장한 눈길로 나를 쳐다봤던 것으로 미뤄 보아, 그는 당시에 근래 입주한 가정부와 한바탕 즐기기도 했던 모양이다.

나는 세속적인 것들에 쉽게 현혹됐다. 나에게 구애하던 어느 러시아 남자는 4개국어를 유창하게 구사했다. 1년쯤 지나서야 나는 그의 입에서 나오는 어떤 언어에도 유머 감각이 없다는 사실을 가까스로 알아차렸다.

어느 멕시코 은행가와 함께 해변으로 여행을 떠났는데 그가 증권 거래 설명서 말고는 읽을거리를 가져오지 않았다면 그건 나쁜 징후다. 나도 안다. 그러나 나는 그의 생일에 가죽 장정된 일기장을 선물하고 그가 '텅 빈 책을 가지고 뭘 해야 하느냐'고 물은 다음에야 그 관계를 끝냈다.

결국 나는 미국 남자들에게 눈을 돌려 시카고 교외 출신에 아버지가 변호사인 남자와 데이트를 했다. 그랬더니 그 남자는 내가 이국적이지 않아서 별로라고 생각한 듯했다. "때로는 네가 마이애미에서 온 평범한 유대인 여자처럼 느껴져." 그 남자의 고백이었다. 그래, 나도 그렇게 생각해.

로맨스 세계 일주의 목표는 결혼이었지만, 내가 아는 사람들 중에 실제로 결혼한 사람은 몇 없었다. 그 몇 명도 결혼 생활이 행복하지 않았다. 내가 알던 남자 하나는 여자 동성애자와 결혼했는데, 그 여자 동성애자는 결혼하자마자 예쁜 필라테스 코치와 눈이 맞아서 떠나버렸다. 내 친구 일레인은 성격이 까칠한 시인과 짧은 결혼 생활을 했는데, 일레인의 친구들은 애초부터 그 시인을 "일레인의 첫 번째 남편"이라고 불렀다. 또 한 친구는 아이를 못 낳게 될 가능성을 걱정한 나머지 자기보다 어린 남자와 결혼했다. 그녀는 한동안 그를 "진짜 내 반쪽을 만나기 전의 짝"이라고 불렀다.

예전부터 나는 내가 우리 어머니와 비슷한 길을 걷게 되리라고 상상했다. 남자친구를 한두 명 사귀어보고 나서 27세쯤 결혼하겠지. 누구도 나에게 우리 세대가 15년, 길게는 20년 동안 이런저런 사람을 사귀면서 시간을 흘려보낼 거라고 말해주지 않았다. '27'이라는 나이가 찾아왔다 가버렸을 때 나는 그것을 인구통계학적 변화가 아니라 나의 개인적 실패로 해석했다.

내가 아는 사람 중에 새 시대의 연애 풍조에 쉽게 적응하는 사람은 거의 없었다. 나는 뉴욕에서 스트레스에 찌든 독신들이 매주 모여 자신의 연애에 관해 푸념을 늘어놓는 집단 치유 모임에 몇 달간 참석했다. 퇴근 후 저녁 시간에 진행되는 소설 쓰기 수업에 갔더니 거의 모든 수강생의 단편 소설이 20대 젊은이들의 연애 이야기였다. "다음 커플로 넘어갑시다." 강사는 이렇게 말하곤 했다.

나의 애정 생활은 연속 방영되는 텔레비전 시트콤 같았다. 모든 영수증을 1페니 단위까지 정확히 반으로 나눠서 지불한 즉흥 연기 강사가 있는가 하면, 처음으로 소설을 펴냈는데 내가 그 책에 열렬히 감탄하지 않았다는 이유로 이별을 통보한 햇병아리 작가도 있었다. 레스토랑에서 소개팅 상대가 도착하기를 기다리던 중 옆 테이블에서 자기 소개팅 상대를 기다리고 있던 남자에게 내 전화번호를 준 일도 있다.

이런 일이 벌어지는 사이에 우리 부모님은 비행기를 타고 뉴욕까지 날아와 두 분의 이혼 소식을 전했다. "뭘 그렇게 오래 끌었어요?" 남동생과 나는 거의 동시에 이렇게 대답했다.

나는 성격이 잘 맞지 않는 부부가 어떤지 잘 알고 있었으므로 나 역시 곧잘 그런 광경을 연출했다. 언젠가 나는 비행기 안에서 잘생긴 '인수합병 전문가'를 만났다. 그의 손은 사포처럼 거칠었고 그의 집 냉장고에는 페트병 생수만 달랑 들어 있었다. 우리가 사랑에 빠지지 않았다는 건 분명했다. 섹스 후의 고뇌에 찬 순간, 나는 그 남자에게 물었다. "우리가 왜 이러고 있는 거죠?" 그는 우리의 벌거벗은 몸을 손으로 가리키며 답했다. "지금이 우리가 제일 멋져 보일 때니까요."

기자로서 맡은 일을 언제 어떻게 해냈는지는 나도 잘 모르겠다. 나는 비행기를 타고 라틴아메리카 곳곳을 돌아다니며 선거와 경제 위기를 취재했다. 그러는 동안에도 연애 고민은 끊일 날이 없었다. 내가 잘못 선택한 남자친구와 관계를 끊으려고 애쓸 때도 있었고, 남자들이 나에게서 달아날 때도 있었다.

하지만 데이트는 중독될 만큼 짜릿한 맛도 있었다. 새로운 데이트 상대는 내 가슴을 찢어놓을 가능성도 있고 나와 같이 집을 장만할 가능성도 있었다. 그리고 내 주변 사람들도 거의 다 이런저런 사람을 바꿔가며 만나고 있었다. 지난번 애인에게 심각한 결함이 있었다면(예컨대 질투심이 강했다면) 다음번에는 정반대로 질투를 아예 안 하는 사람을 찾아서 만났다. 그러나 그 새로운 애인에게는 전혀 다른 단점이 있었으므로, 우리는 또 다른 문제를 가진 또 다른 사람에게 달려가곤 했다.

인생의 동반자를 선택하는 방법에 대한 구체적인 조언을 들은 적도 별로 없었다. 나는 "남자는 우유를 공짜로 얻을 수 있다면 젖소를 사지 않는단다"라는 고모의 충고를 무시했다. (그때 고모는 세 번째 남편과 살고 있었고 우유를 아주 많이 줘버린 상태였다.) 나는 어머니와 내 남자친구들에 대해 시시콜콜 의논하지는 않았지만, 어머니는 가게에서 파는 옷들을 정기적으로 내게 보내주셨다. 누군가가 '모든 사람에게는 소울메이트가 될 수 있는 사람이 30명쯤 있다'라는 이야기를 들려줬을 때 나는 안도했다. 하지만 독신인 남자 동료에게 그 이야기를 해줬더니 그는 이렇게 말했다. "그래, 맞아. 나는 그 30명 모두와 한 번씩 자보려고 하는 거야."

한번은 레바논 영화감독과 헤어질지 말지를 두고 깊이 고민하던 중에 인도인 기자에게 조언을 구했다. "질문은 하나야. 넌 그 남자를 믿니?"

그가 말했다. (힌디어 억양으로 들었을 때는 한층 심오하게 들렸다.) 만약 그 영화 감독이 모든 것을 잃어버린다면? 그가 일자리를 잃고, 지위와 명성을 잃고, 전 재산을 잃는다 해도 나는 그를 신뢰할 것인가?

대답은 '아니오'였다. 만약 세상이 그를 거절한다면 나는 세상과 의견을 같이할 터였다. 그때까지 내가 만났던 남자들은 대부분 연상이었지만(10년 동안 나는 34세 남자에게 유독 강한 매력을 느꼈다), 그들 중에 내가 원했던 '진짜 어른'의 신비를 지닌 사람은 하나도 없었다.

그 무렵 로맨틱한 기적이 일어났다. 내가 아르헨티나의 채무 위기를 취재하던 기간에 친구가 술집에서 사이먼을 소개해줬다. 사이먼은 파리에 거주하는 영국인 기자인데 축구 관련 기사를 쓰기 위해 며칠만 부에노스아이레스에 머무른다고 했다.

처음 만난 지 몇 분 만에 사이먼은 '세상에는 세 종류의 사람이 있다'는 특유의 이론을 제시했다. 열심히 노력하는 사람, 게으름을 피우는 사람, 공상하는 사람. 열심히 노력하는 사람은 실제로 일을 합니다. 게으름 피우는 사람은 일하는 척도 하지 않지요. 그리고 공상하는 사람은 위대한 일을 꿈꾸지만 실제로는 아무것도 안 해요. 그는 즉석에서 나를 정확히 분석했다. 당신은 공상을 좋아하는 노력가군요.

사이먼은 미남이고 여자들이 좋아하는 런던 악센트를 썼다. 그가 글 쓰는 사람이고 책을 좋아한다는 점도 마음에 들었다. (나중에 내가 생일마다 가죽 장정된 일기장을 선물해도 이 사람은 무척 기뻐할 거야.) 하지만 내가 그에게 빠져든 결정적인 이유는 당시에 30대 초반이던 그가 인류에 관한 설득력 있는(아니, 적어도 재미는 있는) 이론을 만들었다는 것이었다. 그는 살아 있는 『프레피를 위한 지침서』와 비슷한 존재였다. 언제나 모든 것을 분류하는 사람.

그 이유는 곧 알게 됐다. 그의 부모님은 인류학자로서 여섯 나라를 돌아다니며 어린 사이먼을 키웠다. 그들은 새로운 나라에 갈 때마다 그 나라 사람들과 자신들을 분석했다. 저명한 교수인 사이먼의 아버지를 만나기 전에 나는 사이먼에게 조언을 구했다. "괜찮을 거야." 사이먼이 말했다. "부탁이니 '문화'라는 말만 꺼내지 마……."

사이먼의 가족은 우리 가족과 달랐다. 사이먼네 집에는 수천 권의 책이 있었는데 그중 다수는 가족과 친구와 동료들의 저서였다. 그들은 자기 집안의 역사에 대해 여러 세대를 거슬러 올라가면서 논의했다.

그들은 세계사에 대한 지식도 풍부했기 때문에 역사 이야기를 자주 나눴다. 한번은 내가 한 질문에 사이먼의 아버지가 충격을 받은 얼굴로 대답한 적도 있다. "하지만 그건 3세기 때 일이란다." 그분은 그렇게만 말하면 다 알아들을 거라고 확신하고 있었다.

사이먼이 어린 시절을 보낸 집에서는 '사실'들이 항상 집 주변을 빙빙 돌았고 온갖 주제에 관한 토론이 이뤄졌다. 사이먼의 가족과 함께하는 저녁식사 자리에서는 뉴스에 대한 해석, 각자가 요즘 하는 일, 그리고 친척들의 단점에 대한 이야기가 오갔다. 사회적 계급에 대해서도 정밀하게 분석하고 그들 자신이 어느 계급에 속하는지도 이야기했다.

나쁜 소식도 자주 언급됐다. 사이먼네 가족들은 듣기 좋은 말이라고는 일절 할 줄 모르는 사람들 같았다. 내가 어머니를 따라 여성 스포츠 의류 매장에 가던 시절, 사이먼은 자기 눈앞에서 벌어지는 사건들에 이름을 붙이는 법을 배우고 있었다.

어린 시절의 이런 훈련은 사이먼을 일종의 인간 암호해독기로 만들었다. 그는 어떤 사람의 의도를 정확히 파악하고 그 사람의 장점과 단점을 가려낼 줄 알았다. 사람에 대한 그의 판단은 내가 그 사람이 신고 있는 신발과 그 사람이 들고 있는 가방의 브랜드를 판별하는 것만큼이나 정확했다.

사이먼과 함께 있으면 어떤 난해한 상호 작용도 해석할 수 있는 나만의 로제타석(고대 이집트 상형문자 해석의 열쇠가 된 유명한 비석-옮긴이)을 가진 듯했다. 둘이 함께 만찬에 참석한 날이면 나는 그에게 그 자리에 있었던 사람들이 어떤 신호를 보내고 무슨 이야기를 했는지 일일이 해석해달라고 요청했다. 내가 아무리 당혹스러운 질문을 해도 그에게는 그럴싸한 답이 있었다. 이웃 사람들이 왜 우리한테 못되게 굴었던 거야? 미국은 왜 아직도 이라크에서 싸우고 있지? 나는 세상의 모든 일에 관해 사이먼이 생각하는 바를 속속들이 알고 싶었다.

어느 날 우리는 호텔에 있다가 거울에 비친 우리 자신의 모습을 우연히 쳐다봤다. 창문을 통해 빛이 쏟아져 들어오고 있었다. 전경에는 우리가 룸서비스로 주문해서 먹고 남은 음식이 탁자 위에 마치 정물처럼 놓여 있었다. "우리가 마치 베르메르 Johannes Vermeer (17세기 네덜란드의 화가-옮긴이)의 초상화 속에 있는 사람들 같네." 사이먼은 이렇게 말했다. 아, 나는 이런 말을 내게 해주는 남자를 만나기 위해 15년을 기다린 거야. 이 자리에 바니 프랭크가 있었더라도 아마 똑같은 말을 하지 않았을까?

배우자가 될 가능성이 있는 모든 남자를 만나볼 필요는 없었다. 이제 그 순간이 왔으니까. "그 사람을 믿니?"에 대한 나의 대답이 "예"가 됐으니까.

사이먼이 왜 나를 좋아했는지를 이해하기까지는 얼마간의 시간이 필요했다. 사이먼도 나를 만나기 전까지 여러 명의 애인들 사이에서 방황했다고 한다. 그러다 내가 그를 붙잡았던 것이다. 그가 나를 만나기 전에 사귀었던 여자친구는 영문학 박사 과정을 밟고 있었는데, 그는 그녀가 소련의 스탈린이 누군지도 모른다는 사실을 발견했다. ("중국의 마오쩌둥도 모르더라." 내가 한참 후에 이 이야기를 다시 꺼냈을 때 그가 덧붙인 말이다.)

나도 완벽한 여자는 아니었다. 그래도 나는 20세기의 주요 독재자들의 이름은 다 알고 있었다. 신문사에서 해고당했을 때(내가 당한 여러 번의 해고들 중 하나였다) 나는 파리로 건너가서 프리랜서 기자로 변신했다. 그러고 얼마 지나지 않아 사이먼이 내게 청혼했다.

어느 날 밤, 사이먼과 나란히 침대에 누워 있던 내가 그를 향해 몸을 돌리고 불쑥 고백했다.

"나는 당신이 성숙한 어른이라서 당신이랑 결혼하는 거야." 막상 말하고 나니 그가 충격을 받을까봐 내심 두려웠다.

"나도 알아." 그는 이렇게 대답하더니, 돌아누워 잠에 빠져들었다.

당신이 40대가 됐다는 징후들

83년생 연예인에게 반했는데 그게 부적절한 감정인 것만 같다.

≈

맨스플레인mansplain*을 금방 알아차린다.

≈

배가 불룩하게 나오지 않은 남자는 다 말라 보인다.

≈

저녁식사를 하러 나가기 전에 커피를 마신다.

≈

이제 성인 여드름도 생기지 않는다.

* 남자들이 무작정 자신이 우위에 있다고 생각하며 여자들에게 설명을 늘어놓는 행동을 가리키는 신조어.-옮긴이

003 마흔이 시작되던 날

사이먼과 나는 30대 중반에 결혼을 했기 때문에 서둘러 아이를 가지려고 했다. 몇 년 만에 우리에게는 딸 하나와 아들 쌍둥이가 생겼다. (우리는 일명 'DITT족'이다. 쌍둥이 아기를 키우는 맞벌이 부부double income, toddler twins.)

나는 어른이 됐다는 징표 몇 가지를 획득했다. 이제 나는 결혼한 여성이고, 주택을 소유하고 있으며, 다섯 식구의 빨래를 한다. 나는 현명한 남자를 항상 곁에 두고 살아가며, 우리 아이들에게는 실질적인 권위를 행사한다. 나는 이제 가정을 꾸렸다. 하지만 아직도 어른이 됐다는 느낌은 들지 않는다. 그 이유 중 하나는 아직 나와 잘 통하는 친구들을 찾지 못했기 때문이다.

나는 연애 상대를 걸러내는 데 서툴렀던 것과 마찬가지로 친구를 걸러내는 데도 서툴렀다. 어릴 때부터 나는 자기밖에 모르는 미녀들의 들러리 노릇을 자주 했다. 그 미녀 친구들 중 하나는 내 결혼식에 흰색 드레스를 입고 왔다.

파리에 들렀던 내 친구들 몇몇을 보고는 사이먼도 깜짝 놀랐다. 뉴욕 친구 하나는 우리 집 지하실에 몇 주 동안 머물렀는데 거기서 올라올 때마다 나의 사고방식을 비판하고, 나의 글을 폄하하고, 자기 재산을 자랑했다. 우리 집을 떠나면서는 나무 빨래집게 몇 개를 작별 선물이라고 내놓았다.

아들 쌍둥이가 태어나고 불과 몇 주가 지났을 때, 고등학교 때 나와 같은 반이던 친구 하나가 꼭 우리 집에 와서 머물겠다고 고집을 부렸다. 그는 우리 아기들을 거들떠보지도 않았다. 그저 "소음이 끊이지 않는다"라고 불평했을 뿐.

내가 여행지에서 사귄 다른 친구는 자기의 새 여자친구와 함께 우리 집에서 주말을 보냈다. 그는 우리 집에 오자마자 우리 세탁기를 빌려 쓰고, 젖은 빨래를 집 안 곳곳에 걸어놓은 다음, 며칠 후에 빨래가 마를 때쯤 돌아오겠다고 통보했다. (그러고 보니 나의 우정에는 빨래라는 공통분모가 있었네.) 사이먼은 도무지 이해가 안 된다는 반응이었다. 그가 보기에 나는 깔끔하고 상냥하며 일반적인 기준으로도 '좋은 사람'이었다. 그런데 대체 왜 그런 사람들을 우리 부부의 삶에 끼어들게 하는가? 내가 친구로 삼을 수 있는 하고많은 사람들 중에 왜 하필 그들을 골랐는가? 친구와의 우정이 그렇게 괴로운 것이어야 하는가? 나와 달리 사이먼에게는 오랫동안 사귄 충실하고 사려 깊은 친구가 많았다. 우리의 결혼식에 참석한 하객은 대부분 그 친구들이었다. 그리고 사이먼의 여성 친구들 중 누구도 흰색 옷을 입고 오지 않았다.

나는 허풍을 잘 떨고 관심을 많이 요구하는 사람들에게 끌리는 경향이 있었다. 나르시시스트들에게 긍정적인 면이 있다면 그들은 자기 비하로 괴로워하는 것처럼 보이지 않는다는 것이다. 그들은 가짜 어른들이다. 그들에게는 지혜는 거의 없지만 확신은 잔뜩 있다. 그리고 그들은 내가 쉽게 감탄하고 내면이 불안정하며 못된 행동도 잘 참아주는 사람이라는 점을 본능적으로 간파한다.

내가 사이먼에게 "당신 친구들은 내 친구들처럼 예측 불가능한 변덕과 재미가 없다"라고 말했더니, 그는 "친절하고 재미있고 영리하면서도 신뢰가 가는 사람들을 곁에 둬야 한다"고 답했다. 그는 나에게 누군가와 친구가 되기 전에 그 사람을 잘 살펴서 만약 친절, 재미, 재치, 신뢰 중 하나라도 없다면 피하라고 충고했다. ("어떤 사람에게 당신과의 우정을 허락할 것인지 여부를 한참 동안 고민하라." 로마 철학자 세네카가 2000년 전에 한 말이다.)

하지만 나는 다른 사람을 분석하려는 게 아니었다. 나 자신이 더 걱정이었다. 내 눈에 다른 사람들은 3차원의 고체로 보였다. 다른 사람들은 지혜와 재치 같은 고정된 속성을 지니고 있었다. 반면 나는 겉으로는 선량해 보일지 몰라도 내 안에 일관된 성격이라고는 하나도 없는 듯 느껴졌다. 얼굴 인식 소프트웨어가 내 사진을 보고 나를 인식했을 때 나는 깜짝 놀랐다.

그래서인지 나는 친구들과의 우정이 오래 지속될 거라고 믿지 못했다. 마치 내가 상냥한 사람 역할을 연기하고, 새로 사귄 친구에게 관객 겸 비평가 역할을 맡기는 기분이었다. 내가 언제라도 모든 걸 망쳐놓을 수 있다고 생각했다. 나의 다음 대사가 저 친구의 주의를 끌지 못하면 어쩌지? 지금까지 내가 웃긴 이야기를 했으니, 이제 원래 내 모습으로 돌아가서 조금 지루해져도 되는 걸까? 저 사람이 지금은 나를 좋아하는 것 같은데 나중에 마음이 달라지면 어쩌지?

나는 새로운 친구들을 사귈 때 진심으로 그들을 좋아하며 그들에게 친절하게 대한다. 하지만 친절한 사람 역할을 계속하자니 피곤해진다. 나는 내면의 빈약함을 감추기 위해 자꾸만 뭔가를 숨기고 친구들과 거리를 둔다. 얼마 후에는 내 삶의 사소한 일들, 즉 내가 지금 쓰고 있는 기사의 내용이라든가 여행을 떠나는 날짜 같은 것을 이야기하지 않게 된다.

내가 이렇게 행동해도 개의치 않는 친구들은 자기 자신에게 집중하는 사람들밖에 없다. 그런 친구들은 내가 나 자신에 대해 많은 걸 드러내지 않아도 신경 쓰지 않는다. 아니 그 점을 눈치조차 못 챈다. 인터넷에서 나르시시즘의 증상 중 하나는 "내 삶이 나의 공허한 내면을 감추기 위한 장치라는 느낌"이라는 글을 읽었을 때, 나는 나도 나르시시스트가 아닐까 걱정되기 시작했다.

"당신은 자기에게 몰두하는 사람이지, 나르시시스트는 아냐." 사이먼이 나를 안심시켰다.

우리 모두 마흔에 가까워지자, 자기에 대한 집착이 유독 강한 친구들 몇몇의 상태가 점점 나빠지는 모습이 보였다. 20대 때는 사랑스러워 보였고 30대 때는 조금 걱정스러웠던 특징이 이제 40대가 되니 위험해 보였다. 젊은 시절의 특이한 행동이 굳어져서 성인의 병적인 특성으로 변하고 있었다.

내가 처한 상황도 예전과 달라졌다. 나 자신을 특이한 사람들에게 노출시키는 건 그렇다 치더라도, 남편과 아이들을 그들과 접촉시키는 건 또 다른 문제였다. 하지만 대개의 경우 나는 그 '친구'들과 절교를 선언할 필요도 없었다. 그들의 삶에 대한 긴 독백을 들어주지 않거나 우리 집 지하실에서 캠핑을 못 하게 하는 순간 그들은 연락을 뚝 끊었다.

나르시시스트들을 정리하고 나니 나에게 남은 사람은 아주 적었다. 그래도 나는 괜찮았다. 이제는 내가 누군가에게 호감을 가진다는 것은 그 사람에게 어떤 위험한 문제가 있다는 증거라는 생각마저 들었다.

나는 정상적이지 못했던 친구들과의 우정을 '단순한 지인보다는 가깝지만 친한 친구는 아닌 사람들'과의 관계로 대체했다. 그들은 대부분 나처럼 외국에서 프랑스로 건너온 사람들이었다. 그들은 영어로 말하고 자기 몫의 저녁식사비를 지불하는 사람이라면 누구든 가리지 않고 어울리려 했다. 내 입장에서는 누군가에게 휘둘리지 않으면서 이따금씩 사교 생활의 욕구를 충족할 수 있어서 좋았다.

하지만 40세 생일이 다가오자 그것도 불만족스럽게 느껴지기 시작했다. 그렇다. 어른이 된다는 것은 나를 잘 알지도 못하는 선량한 사람들과 무난한 관계를 맺는 것이 아니다. 그리고 우리 아이들도 이제 제법 자라서 사리를 분별하기 시작했다. 나에게 건강한 인간관계가 이렇게 적어서야 아이들에게 어떻게 모범을 보여주겠는가?

변화를 모색하기 위해 40세 생일을 축하하는 파티를 열기로 했다. 하지만 그때까지 내가 만나던 중산층 전문직 종사자들과 전업주부 엄마들은 초대하지 않기로 했다. 대신 내가 친구로 지내고 싶은 사람들, 그리고 나와 비슷한 부류라고 생각되는 사람들을 초대했다. 나와 안면이 있는 작가와 지식인들. 세심하게 선별해서 만든 명단은 초대 손님 여섯 명과 그들의 파트너로 이뤄져 있었다. 미국 명문대 교수, 다큐멘터리 영화감독, 남아공의 유명한 기자, 그리고 『뉴요커New Yorker』에 글을 쓰는 남자친구를 둔 한 여성. 그들 중에는 내가 딱 한 번 만나본 사람도 있었다.

내 생일이 마침 일요일이었으므로 오후 4시부터 6시까지 우리 집을 개방해서 파티를 열기로 했다. 그 정도면 손님들에게도 부담스럽지 않은 제안이었고, 바람 부는 일요일 오후에 달리 재미있는 일도 없었으므로 다들 초대를 수락했다.

나는 그날 하루 내내 꽃을 꽂아두고, 이탈리아산 치즈와 전채 요리를 준비해서 부엌 조리대 위에 올려놓고, 샴페인을 마실 유리잔 열두 개를 예쁘게 늘어놓았다. 우리 아이들에게는 파리 분위기가 물씬 풍기는 사랑스러운 옷을 입혀주면서 음식에 손도 대지 말라고 경고했다. 그리고

4시가 되기 직전에 차분하지만 세련된 재즈 음악을 틀었다. 나의 새로운 인생을 축하하는 음악은 이거야.

그러고 나서 나의 40대가 시작되기를 기다렸다. 처음 한 시간 동안은 아무도 안 왔다. 아이들은 처음에는 얌전히 앉아 있었지만 이내 뭘 먹고 싶다거나 밖에 나가서 놀고 싶다고 칭얼거렸다. 잠시 후에는 아이들이 동정 어린 표정으로 나를 쳐다봤다. "엄마 생일 파티에 왜 친구들이 아무도 안 와?" 남편은 우스워 죽겠다는 얼굴로 소파에서 책을 읽고 있었다.

5시가 되자 다큐멘터리 영화감독이 문자 메시지를 보냈다. 사정이 생겨서 그와 아내가 파티에 참석하지 못한다는 내용이었다. 나는 빈 샴페인 잔 두 개를 치웠다. 5시 15분에 남아공 기자가 남자친구를 데리고 나타났다. 두 사람은 우리 부부와 정중하게 이야기를 나누면서 사람이 거의 없는 집 안을 둘러봤다. 나에 대해 잘 알지도 못하는 사람들. 이 두 사람이 오늘의 유일한 손님일까?

5시 30분쯤 네다섯 명이 더 와서 우리 집 부엌의 아일랜드 식탁에 둘러앉았다. 나는 손님들 사이를 분주히 오가며 살롱 같은 분위기를 만들어보려고 애썼다. 그러나 그건 파리 시민들의 우아한 살롱이 아니었다. 자기가 왜 이 자리에 왔는지도 모르는 사람들이 띄엄띄엄 모여 앉아 있었고, 분위기는 어색했고, 음식은 지나치게 많았다. 6시 15분쯤 손님들은 다 떠났다. 샴페인은 첫 번째 병도 다 비워지지 않았다. 우리 아이들을 빼면 뭔가를 먹은 사람도 없었다.

40세 생일 파티의 실패로 한두 가지는 확실히 알았다. 내 나이에 꿈의 생일 파티를 연다는 건 불가능한 일이다. 그리고 아직 하루도 안 지났는데 나의 40대는 벌써 엉망이 되고 있었다.

당신이 40대가 됐다는 징후들

어릴 때 쓰던 방에 더 이상 당신의 흔적이 남아 있지 않다.

≈

성인이 되고 나서 생긴 추억들을 많이 가지고 있다.

≈

피부가 쪼글쪼글한 아메리카 원주민 여인이 나무 베틀 앞에 앉아 있는 세피아톤의 사진을 보다가, 당신도 그 여성과 비슷한 나이라는 점을 문득 깨닫는다.

≈

화장을 안 하고 나가면 '피곤해 보인다'는 소리를 계속 듣는다.

≈

보톡스를 맞을 생각은 없지만 앞머리를 짧게 잘라보고 싶은 마음은 있다.

004 부모 노릇은 어려워

어릴 때 우리 가족이 좋은 소식만 언급했던 것에 대한 반작용일까? 나는 우리 아이들에게 온갖 이야기를 해준다. 우리 부부는 아이들의 친구는 물론 우리가 아는 모든 사람의 성격을 아이들과 함께 분석한다.

내가 조금 과했는지도 모르겠다. 딸을 학교에 데려다주던 어느 날 아침, 나는 내가 어렸을 때는 가족과 함께 다른 사람에 대해 이러쿵저러쿵 이야기한 적이 한 번도 없었다고 말했다. 빈(딸아이의 애칭은 '빈 Bean'이다. 이 아이가 처음 태어났을 때 간호사가 비니 모자를 씌워주었기 때문이다)은 이해가 안 된다는 반응을 보였다.

"나는 어린 시절 내내 사람들 이야기를 하면서 지냈는데."

지금에 와서 생각해보니 영유아기 아이를 키우는 일은 체력 테스트에 가깝다. (나는 이 테스트를 비교적 쉽게 통과하는 법에 관한 책을 쓴 바 있다.) 아이들이 조금 더 자라면 육아는 부모의 인격적 성숙과 판단력을 평가하는 시험으로 바뀐다. 때때로 나는 작은 왕국의 통치자가 된 기분이다. 법률을 제정하고 분쟁을 중재하라는 요구가 끊이지 않는다. 왕국의 백성들에게 신뢰를 얻기 위해서는 현명하게 행동해야(아니면 공정하기라도 해야) 한다.

쌍둥이를 키우는 부모는 더욱 현명해져야 한다. 나의 큰아들이 악몽을 꾸다가 새벽 3시에 비명을 지르면 나는 아들의 방으로 황급히 달려간다. 괴물이 나오는 꿈을 꿨니? 아니면 테러리스트?

그게 아니란다. 아이의 말을 들어보니 꿈속에서 "엄마가 레오한테만 사탕을 주고 나한테는 하나도 안 줬어"라는 거였다. (쌍둥이를 키워보니 둘이 고작 몇 분 차이를 두고 태어났는데도 그 아이들은 아직도 자기가 형이고 동생이라는 관념을 가지고 있다. 그래서 나도 쌍둥이를 큰아들과 작은아들로 생각한다.)

아이들이 깨어 있는 시간에 나는 뭐든지 척척 해결하는 당당하고 권위 있는 모습을 보일지, 아니면 조금 더 자연스럽게 '우리 같이 한번 알아보자'는 태도를 취할지를 놓고 수시로 갈등한다. 나는 부모로서 행동해야 하는가, 아니면 원래의 내 모습 그대로 행동해야 하는가? 내가 약점을 너무 많이 보여주면 우리 아이들이 불안해하지는 않을까?

나의 경우 정해진 임무를 수행하는 일은 거의 완벽하게 해낸다. 연구 결과에 따르면 40대가 된 사람들의 '성실성'은 생애 최고 수준이다. 부모 역할을 해내기 위해서는 이 성실성이 최고로 중요하다는 생각도 간혹 든다. 내가 아이들의 겉옷에 이름표를 달고, 학교에서 받아온 서류에 서명하고, 양치질을 시킬 때가 그렇다. 임무 수행으로 따지면 나는 올림픽 금메달감이다.

반면 우리 아이들은 정해진 임무를 잘 수행하지 못한다. 마치 물리적 세계는 아이들의 통제력 밖에 있는 것만 같다. 우리 작은아들이 유치원에 다니던 시절, 바지 뒤쪽 엉덩이 부분에 보라색 얼룩을 묻혀서 집에 온 적이 있다. 아이는 그게 파이 얼룩이라고 했다. (정확히 말하자면 "타르트"라고 했다.)

"어쩌다 엉덩이에 파이를 묻힌 거니?" 정말로 알 수가 없어서 던진 질문이었다.

"내 잘못이 아냐. 파이가 의자에 떨어졌어. 그다음에 내가 그 의자에 앉아서 그래." 아이의 설명이었다.

"아이고. 너희 유치원은 바보들만 다니는 곳이니?" 나는 이렇게 답했다.

나는 뭔가를 잃어버리는 일도 좀처럼 없다. 그런데 우리 아이들은 제법 자랐어도 티셔츠 한 벌을 제대로 간수하지 못한다. 큰아들은 걸핏하면 "내 구슬 잃어버렸어!"라고 소리치며 집 안을 바삐 돌아다닌다. (아들의 말은 문자 그대로 구슬을 잃어버렸다는 뜻이다. 아들이 다니는 학교에서 구슬이 대유행이다.) 가족 여행을 떠날 때마다 나는 세 아이에게 각자 빨랫감을 넣을 봉지를 주는데, 아이들은 냄새 나는 옷과 깨끗한 옷을 섞어서 짐을

싸가지고 돌아온다.

하지만 아이들이 사실적이고, 윤리적이고, 조금은 철학적이기도 한 질문을 퍼부을 때 나는 덜 유능해진다. 엄마가 세 번째로 좋아하는 축구 선수가 누구야? 우린 왜 그 노숙자에게 돈을 주지 않은 거야? 엄마는 몇 개 나라에서 토해봤어? 히틀러는 왜 유대인을 싫어했어?

영적인 대화는 특히 부담스럽다.

"만약 신이 진짜로 있다면 매일 햇빛을 비춰주겠지. 오늘 날씨가 흐리니까 신은 없는 거야." 구름이 많이 낀 날에 야외로 나갔다가 큰아들이 했던 말이다.

"그거야말로 '날씨의 증거(원문은 "the weather proof"로, 어떤 자재나 물건이 비바람에 잘 견디는 성질을 뜻하는 용어다. 저자는 말장난을 하면서 아이의 질문에 은근슬쩍 넘어가고 있다—옮긴이)'로구나." 내가 답했다.

어떤 질문들에는 그럴싸한 대답을 지어내서 잘 넘어가지만, 이곳에서 나는 외국인이므로 아이들 눈에 내가 항상 유능한 어른으로 비치기란 불가능하다. 나는 프랑스에 산 지 10년이 넘었지만 아직도 일상생활에서 어리둥절할 때가 많다. 반면 이곳에서 태어나 프랑스 학교에 다닌 우리 아이들은 엄마가 3학년 수준의 프랑스어 문법을 모르고 나눗셈을 '프랑스식'으로 하지도 못한다는 사실을 금방 알아차렸다. 내가 학교 선생님이나 아이들 친구 부모에게 편지를 보낼 때마다 아이들은 꼭 자기들이 철자를 확인해야 한다고 고집한다. 한번은 내가 쌍둥이 아들의 생일 파티 초대장에다 나름대로 창의적인 표현을 만들어 썼더니, 작은아들이 조심스러우면서도 분명하게 이야기했다. "엄마. 내가 잘 아는데, 그런 말은 아무도 안 써."

물론 아이들 입장에서는 부모가 이민자라서 좋은 점도 있다. 아이들이 프랑스어로 욕을 해도 나는 그게 욕인 줄도 모르는 경우가 태반이다. 언젠가 프랑스 남자아이가 우리 집에 놀러 왔다가 "그런 말을 해도 너희 엄마가 뭐라고 안 해?"라며 부러운 듯 소리쳤을 때 나는 비로소 비속어 하나를 알게 됐다.

나는 아이들을 미국이라는 영역에 끌어들이려고 노력한다. 나의 영역에서 나는 완벽한 철자법과 문법을 구사하니까. 사이먼과 나는 아이들에게 영어로만 말하고, 아이들 책꽂이에 영어 동화책을 슬쩍 꽂아두기도 한다. 하지만 그런다고 우리 아이들이 미국 문화에 젖어들지는 않는다. 아이들은 프랑스어 냄새가 나는 영어를 구사하며("그거 젖었어요, 잔디? Is it wet, the grass?"), 어떤 영어 단어들은 책에서 보긴 했어도 발음할 줄을 모른다. 제1차 세계대전 휴전기념일Armistice Day (11월 11일-옮긴이)에 빈은 학교에서 제1차 세계대전 "플레이크"(빈이 말하려고 한 것은 '플라크plaque (동판)'였다)를 봤다고 나에게 말했다. 빈은 기분이 나빠졌을 때 "드-배스트-에드de-VAST-ed"라고 말한 적도 있다.

"데브-어스테이티드DEV-astated란 말이지?" 내가 빈의 말을 바로잡았다.

나는 늘 아이들의 영어를 나의 영어로 번역한다.

"피-오-너가 뭐야?" 어느 날 저녁, 내가 요리를 하고 있는데 빈이 물었다.

"뭐라고?"

"피-오-너. 로라 잉걸스 와일더Laura Ingalls Wilder(1867~1957. 미국의 작가이자 초등학교 교사로서 자신의 유년기 체험을 바탕으로 어린이를 위한 가족 역사소설 시리즈인 『초원의 집Little House in the Big Woods』을 집필했다-옮긴이)의 책에 나오는 사람들 있잖아."

"철자를 말해볼래?"

"P-I-O-N-E-E-R."(빈은 '파이어니어(개척자)'를 '피-오-너'로 잘못 발음했다._옮긴이)

미국 농담, 아니 다양한 농담을 아이들에게 알려주는 일은 비교적 잘하고 있다. 우리 아이들은 '전구 하나를 갈아 끼우려면 유대인 엄마 몇 명이 필요할까?'라는 유머러스한 수수께끼를 좋아한다. (답: 0명. "난 괜찮아요. 그냥 어둠 속에 앉아 있을래요.") 엄마가 방금 준 스웨터 두 벌 중에 한 벌을 입고 계단을 내려온 아들 이야기도 아이들이 좋아한다. 작은아들은 유대어 악센트까지 써가며 결정적인 한마디를 들려준다. "얘야, 다른 스웨터는 마음에 안 들었니?"

기쁘게도 우리 아이들은 영어의 관용적 표현을 몇 가지 배웠다. 하지만 아이들이 어떤 관용어를 선택할지는 순전히 아이들 마음이다. 프랑스인이 다 된 두 아들은 '누가 치즈를 썰었지?Who cut the cheese?('누가 방귀를 뀌었어?'라는 뜻의 영어 표현-옮긴이)'라는 표현이 재미있다고 생각하고, 미국 텔레비전을 즐겨 보는 빈은 '닥쳐Shut up!'를 제일 좋아한다. 이때 '닥쳐!'는 '나한테 그런 칭찬을 계속 해줘요!'를 의미한다.

"엄마 피가 부글부글 끓는구나My blood is boiling." 언젠가 내가 화가 났을 때 빈에게 했던 말이다.

"그게 관용어여야 할 텐데." 빈이 대답했다.

나와 달리 우리 아이들은 섭씨온도만 쓴다. 더운 날에 내가 무심코 화씨로 온도를 말하면 아이들은 놀라 나자빠진다. "밖에 나가면 안 되겠다. 우리가 다 타버릴 거야!" 두 아들 중 하나가 소리쳤다.

아이들을 미국화하기 위해 내가 준비한 비장의 무기는 아이들을 미국에서 열리는 캠프에 보내는 것이었다. 보스턴 교외에 사는 아이들과 통나무 오두막집에서 3주를 보내고 나면 내가 원하는 문화 변용acculturation이 자연스레 이뤄지겠지. 우리 아이들은 엄마의 나라에 감정적으로 친밀해지고 미국 비속어를 배워 오겠지.

카탈로그를 우편으로 주문해서 아이들에게 캠프 홍보 영상을 보여줬다. 영상 속에서는 우리 아이들과 비슷한 또래의 아이들이 모닥불을 피워놓고 노래를 부르기도 하고, 새로 사귄 친구들에 대해 자랑을 늘어놓았다. 경쾌한 배경 음악이 흐르는 가운데 캠프에 참가한 아이들이 나무로 둘러싸인 호수에서 물장난을 치는 모습을 본 순간 나는 소름이 돋았다. '어릴 때 내 모습 그대로잖아?'

하지만 우리 아이들은 기겁을 했다. 우리 아이들은 프랑스에서 자랐기 때문에 누군가가 자발적으로 그렇게 쾌활한 모습을 보일 수 있다는 것을 믿지 못했다. 빈은 그 홍보 영상이 마치 인질 동영상 같다고 생각했다.

"캠프에서 아이들에게 저런 이야기를 하라고 시킨 거야. 엄마 눈에는 안 보여?" 빈이 내게 물었다.

빈의 신경을 거스른 것은 캠프의 유쾌한 분위기만이 아니었다. 나팔 소리에 아이들이 일제히 기상해서 의무적으로 합창하는 모습도 불편했던 모양이다. "엄마, 나는 엄마 같은 미국식 어린 시절 체험 안 할래. 아침 7시에 일어나서 팔찌 만들기를 하고 싶지 않아. 하여간 난 싫으니까 엄마가 포기해."

당신이 40대 부모가 됐다는 징후들

수영을 했으니 샤워도 한 셈이라고 친다.

≈

셋째 아이에게 아기가 어떻게 만들어지는지
설명하는 일이 지루하게 느껴진다.

≈

아이들에게, 유튜브와 휴대 전화가 없던 시절에
사람들이 어떻게 살았나를 설명하느라 진땀을 뺀다.

≈

아이들의 동영상 시청 시간을 제한하지만
정작 당신은 15분마다 휴대 전화를 들여다본다.

≈

지금 아는 것을 배우기 위해 학교를 그렇게 오래 다녔다는
사실이 믿기지 않는다.

≈

가끔 당신이 늦잠을 자고 싶어서 아이들에게
학교 수업을 빼먹는 것을 허용한다.

005 마흔의 청력

크리스마스 즈음, 런던에 계신 사이먼의 부모님을 방문할 때면 나는 그들 가족에게 방금 했던 말을 다시 해달라는 부탁을 거듭한다. 그런 부탁을 제일 많이 하는 건 사이먼과 대화할 때다. 사이먼이 어떤 문장을 말하면 마지막 몇 단어가 공중에 흩어지는 것만 같다.

나는 두 가지 이유를 들어 사이먼을 탓했다. 사이먼은 영국 악센트를 쓴다. 그리고 약간 웅얼거리면서 말한다. 그가 가족들과 함께 있을 때는 이 버릇들이 더 심해진다. 하긴 그런 자리에서 나는 어차피 딴 생각을 한다. 사이먼네 가족들은 웨일스의 도로 간판과 1970년대 영국 축구에 대해 백과사전 같은 지식을 가지고 있어야 가능한 '트리비얼 퍼수트Trivial Pursuit'라는 영국판 상식 퀴즈 보드게임을 하면서 크리스마스를 보내기 때문이다.

물론 내가 사람들의 말을 잘 알아듣지 못하는 이유에 대해 다른 불길한 추측도 해봤다. 혹시 내가 청력을 잃고 있는 건 아닐까? 나는 사이먼에게는 아무 말도 안 했지만, 우리가 파리로 돌아오자마자 인근 병원에서 일하는 이비인후과 의사와 약속을 잡았다. (유럽 국가들의 의료는 '사회주의 의료'라고 여기는 미국인들의 통념과 달리 프랑스 의사들은 대부분 개인 병원에서 일한다. 그리고 환자는 자신이 원하는 의사를 자유롭게 선택할 수 있다.)

나를 진찰한 이비인후과 의사는 60대의 친절한 프랑스 남자였다. 내가 남편의 고약한 버릇을 설명하자 의사는 주의 깊게 들었다. (나는 프랑스어로 '웅얼거린다'가 뭔지도 미리 찾아보고 갔다. 그건 '마르몬네marmonner'였다.) 의사는 내 말을 끝까지 듣고 나서 나를 헤드폰이 장착된 의자에 앉혔다. 나는 마치 프랑스 초등학생처럼 '삐' 소리가 들릴 때마다 손을 들어 한 손가락으로 하늘을 가리켰다. 그러고 나서는 조그맣게 들리는 프랑스어 단어들을 따라했다. 자댕jardin, 에스프리esprit, 프레컹스fréquence.

검사를 끝내고 내가 의자에서 일어나자 의사가 나를 향해 빙그레 웃었다.

"그 귀는 몇 살이나 먹었나요?" 의사가 내게 물었다.

우리는 의사의 책상 앞으로 이동했다. 의사는 평생 동안 사람의 청력이 어떻게 변화하는가를 보여주는 그래프를 꺼냈다. 그래프의 선은 서서히 내려가는 형태였다. 의사의 말에 따르면 우리의 청력은 20세 때 "완벽"하다. 그리고 내 나이가 되면 아주 낮은 음성과 아주 높은 음성을 잘 듣지 못한다. "남편 탓으로 돌릴 수는 없습니다." 의사는 이렇게 설명했다. 그리고 내 청력은 정상적인 범주 안에 있다고 했다.

나는 마음이 놓이기도 했지만 한편으로는 놀랐다. 그전까지 나는 사람의 청력이 70대나 80대가 되기 전까지는 거의 일정하게 유지되는 줄 알았다. 보청기를 껴야 하고 소리치듯이 이야기해야 잘 듣는 건 70대 노인의 이야기 아니던가? 40대에 찾아올 피부와 정신의 나이 듦에 대해서는 나름대로 준비하고 있었지만 내 귀도 중년기에 접어들 거라고는 미처 생각지 못했다.

청력의 쇠퇴는 나의 부부 관계에도 그리 좋은 영향을 미치지 못했다. 남편이 말할 때의 음색이 바로 내가 잘 못 듣는 그 음색인 듯했다. 게다가 중년기의 육체적 쇠퇴는 이제 시작일 뿐이다. 인류학자 리처드 슈웨더 Richard Shweder의 글을 보면, 그가 스쿼시 경기를 하다가 허리를 삐끗했을 때 상대 선수가 이렇게 외쳤다고 한다. "선생님도 이제 중년이 되셨네요!"

최근에 마흔이 된 내 여자 친구 하나는 나와 점심식사를 하던 중 자기에게 '안검 하수'라는 증상이 나타났다고 말했다. 안검 하수란 한쪽 눈꺼풀이 힘없이 처지는 증상이다. 병원에 갔더니 의사는 그게 "나이가 들어서" 나타나는 증상이라고 말했다고 한다.

40대 중반이고 지금까지 잠을 이루지 못한 적이 없었다는 한 남자는 요즘 밤마다 소변을 보기 위해 몇 번씩 깬다고 이야기한다. 의사는 그의 전립선이 커져서 방광을 누르고 있다면서 운동을 하고, 토마토 주스를 마시고, 몇 가지 약을 먹어보라고 권유했다. 이 모든 방법은 효과가 없었다. 그러자 의사는 그냥 밤에 몇 번씩 깨는 걸 감수하면서 사는 수밖에 없다고 말했다. (현대 사회의 40대 성인들은 참 불쌍하다. 자기 아이들이 밤새도록 깨지 않고 자기 시작하는 시기가 오면, 그때부터 자신은 깊은 잠을 못 자게 되니까.)

물론 40대인 사람들 대부분은 건강하다. 40대 성인들의 다수는 마라톤에 참가하고 테니스와 농구를 즐긴다. 몇몇 특별한 사람들은 40대에도 하키나 골프 선수로 뛰고, 야구에서 투수를 맡고, 수영 실력을 과시하고, 발레단에서 춤을 춘다. 하지만 40대가 되면 반응 속도가 느려지고 폐활량은 작아지며 근육도 줄어들기 때문에 거의 모든 스포츠 종목에서 조금씩은 실력이 저하된다. 의사들은 우리 앞에서 '관절염' 같은 단어들을 이야기하기 시작한다. 예컨대 어떤 사람에게 영양처럼 빠르게 달리는 능력이 있었다 해도 40대 때는 그 능력이 사라진다. "이제 내가 아무리 열심히 노력해도 그렇게 빨리는 못 뛰어요." 20년이 넘도록 취미로 달리기를 했던 건강한 42세 성인의 증언이다.

생식에 관해서는 그나마 좋은 소식이 있다. 과거에 의사들은 정신이 번쩍 들게 하는 통계를 인용하곤 했다. 그중 하나는 30대 후반까지 출산을 하지 않은 여성은 영원히 자녀가 없을 확률이 30퍼센트라는 것이었다. 알고 보니 그 30이라는 숫자는 17세기와 18세기 프랑스의 출생 기록, 그리고 항생제와 초음파와 현대적 통계 기법이 없던 시대의 오래된 자료에 근거한 것이었다.

미국에서는 1990년 이후로 40~44세 여성에게서 태어나는 신생아의 비율이 두 배 가까이 늘었다. 이것은 기술이 발달한 덕택이기도 하다. 내가 아는 어느 49세 여성은 정자와 난자를 기증받아 얼마 전에 딸을 출산했다. 놀이터에서 만난 한 여성은 남편이 사망한 지 몇 년 지났을 때 미리 냉동해두었던 남편의 정자를 가지고 쌍둥이를 얻었다.

물론 40대 때 아이를 키우려면 더 힘들기도 하고, 다른 어려움도 뒤따른다. 42세에 처음으로 엄마가 된 여성은 아기의 손톱을 깎으려면 돋보기용 안경을 써야 한다고 나에게 말했다. 아기가 걸음마를 배울 무렵이면 40대 엄마는 자신이 눈 깜짝할 사이에 '가임기의 젊은 엄마'에서 '마담'으로 바뀐 느낌을 받을지도 모른다.

그리고 40대에는 몸의 작은 변화들이 축적되기 시작한다. 점점 누렇게 변해가는 나의 앞니는 어떤 치과적 개입도 거부한다. 원래 나는 외출할 때만 안경을 썼는데, 이제는 집 안을 돌아다닐 때도 안경이 필요하다. 내 입천장에 좁쌀만 한 혹이라도 생기면 나는 공포에 휩싸인다. 나의 혹을 검사한 의사는 그건 뼈가 돌출된 거니까 걱정할 필요 없으며 "환자분의 나이에는" 드문 일도 아니라고 말했다.

"그럼 이 혹은 언제 없어지나요?" 내가 물었다.

"없어지지 않습니다." 의사가 답했다. "그리고 반대편에도 혹이 생길 가능성이 있습니다."

이번에도 나의 정신은 나의 실제 연령을 따라가지 못했다. 이비인후과 의사가 청력 변화 그래프를 보여줬을 때 나는 그에게 말했다. 나는 나이가 들면서 찾아오는 갖가지 골치 아픈 일들을 다 건너뛸 계획이었다고. 나만은 예외이길 바랐다고.

"그렇죠. 우리 모두 마음속으로는 여전히 스무 살이니까요."

"아니요. 제 머릿속에서 저는 서른일곱 정도예요."

"나는 올해 예순아홉입니다. 하지만 마음으로는 내가 스무 살이라고 생각하죠." 의사는 다시 빙그레 웃으며 말했다.

"스무 살이라고요? 저는 스무 살이 되고 싶진 않은데요." 문득 그 의사에게 아내가 몇 명이나 있었을지 궁금해졌다.

"그래요. 서른이라고 해둡시다. 하지만 실제로 나는 예순아홉이에요. 그러니까 이 이야기의 결말은 그다지 좋지 않겠죠."

"250세까지 사는 사람도 가끔 나오면 좋을 텐데, 이상하게도 그런 일은 없네요." 내가 말했다

"내가 그런 사람이 될 겁니다!" 의사는 이렇게 대답하고는 한마디를 덧붙였다. "사랑이란 존재하지 않아요L'amour n'existe pas."

"사랑L'amour이요?" 나는 어리둥절했다.

"아니, 죽음La mort이요!" 의사가 다시 말했다. 내가 그의 말을 잘못 들은 것이다. "사랑은 당연히 존재하죠. 죽음이 존재하지 않는다고요. 아니, 적어도 우리 자신의 죽음은 존재하지 않아요. 우리에겐 남들의 죽음에 대한 증거는 있지만 우리 자신의 죽음에 대한 증거는 없잖아요."

나는 집에 가서도 사이먼에게는 아무 말도 하지 않았다. 내 귀에 대해

서도, 사랑에 대해서도, 죽음에 대해서도 이야기하지 않았다. 배우자를 옆에 두고 나이가 들어가는 기분은 좀 이상하다. 그래서 때로는 나이 들지 않는 척하는 것이 최선이다. 어쩌면 사이먼도 나에게 털어놓지 않는 것이 있을지 모른다. 나는 여전히 그에게 발음을 정확히 하라고 잔소리를 해댄다. 그도 우리의 의사소통이 원활하지 않은 것이 자기 잘못만은 아니라는 사실을 아는 것 같지만. 우리는 무언의 합의에 도달했다. 남편은 내가 아직도 신혼 때와 똑같은 귀를 가지고 있는 척을 한다. 그리고 나는 그의 말을 다 알아들은 척한다.

당신의 몸이 40대가 됐다는 징후들

조용하다는 이유만으로 어떤 식당을 선택한다.

≈

이제 당신에게 잠이란 침대에 몸을 눕히기만 하면 되는 것이 아니다.
약 먹기, 다크서클 없애기, 귀마개 하기,
편하고 질 좋은 베개 챙기기 등 복잡한 절차를 거쳐야 한다.

≈

온라인으로 문서를 읽을 때 적어도 200퍼센트는 확대해야 한다.

≈

체중을 잴 때마다 안경을 쓰는 게 불편해서
숫자가 디지털로 크게 표시되는 체중계를 새로 샀다.

≈

체중이 3~4킬로그램씩 늘었다 줄었다를 반복하고 나니
그 살에 일종의 애정을 느낀다.

006 중년의 섹스

"너 애인 있니?" 레퓌블리크 광장을 가로지르던 중 찰리가 물었다.

찰리는 내 고등학교 친구인데, 아내와 아들을 데리고 파리에 잠깐 놀러왔다. 나와 찰리는 우리 집 근처에서 단 둘이 산책 중이었다. 찰리는 내가 그를 처음 만났을 때와 거의 똑같았다. 아주 똑똑하고 매력이 넘치는 미남. 나는 열다섯 살 때 그에게 푹 빠져 있었지만 그때는 그런 여학생이 한둘이 아니었다. 찰리는 대학 시절 여자친구였던 로렌과 결혼했는데, 로렌은 좋은 직장에서 의학 연구를 한다고 했다. 찰리는 파트타임으로 일하면서 아들을 돌보고 있었다.

찰리의 질문에 나는 화들짝 놀랐다. 찰리와 그런 주제로 이야기를 나눠본 적도 없었고, 나에게는 딱히 이야기할 거리도 없었다. 사이먼과 나는 스와핑도 안 하고 개방 결혼open marriage(성적으로 개방된 결혼을 의미한다-옮긴이)을 지향하지도 않는다. 우리 부부의 목표는 밤 11시 전에 잠자리에 드는 거였다.

"아니, 애인 없는데." 나는 당황한 기색을 보이지 않으려고 애쓰며 대답했다. "넌 있어?"

"응. 로렌도 있고 나도 있어." 찰리가 나를 향해 활짝 웃으며 말했다.

"너의 그…… 특별한 친구를 얼마나 자주 만나는데?"

"3주에 한 번쯤? 한동안 로렌에게는 애인이 있고 나한테는 없었거든. 그게 정말 싫더라고. 그래서 '나도 누군가를 찾으면 내 기분이 나아지겠지'라는 결론에 도달했지, 뭐. 애인을 만드니까 정말로 기분이 나아지더라."

찰리는 자기 배우자가 다른 사람들에게도 매력적이라는 사실을 확인하면 흥분이 된다고 말했다. 그리고 누군가에게 반할 때 에너지가 솟아오르는 느낌도 좋다고 했다. "그 누군가와 성관계까지 안 가도 괜찮아. 때로는 그냥 다른 사람의 손이 내 손에 스치는 짜릿한 감각만으로 충분해." 그러면 가정에서는……? "그러면 부부 관계의 역동성이 유지되지. 나는 권태에 빠지는 건 원하지 않거든."

찰리는 이 모든 이야기를 들으면서 내가 충격받는 모습을 즐기는 듯했다. 찰리는 언제나 새롭고 유혹적인 아이디어를 제시하는 친구였다. 찰리가 레게 음악을 처음 알려줬던 열다섯 살 때도 나는 지금과 마찬가지로 정신이 아찔했다. 혹시 애인을 두고 나와 바람을 피우고 싶어서 일부러 그런 화제를 꺼낸 걸까? 오랜 세월이 지났지만 찰리와 나 사이에는 과거와 똑같은 부글부글한 에너지가 흐르고 있었다. 찰리와 이야기를 나누고 있자니 내가 존재조차 잊어버리고 있던 나 자신의 일부분이 되살아났다. 그는 10대 청소년 시절의 내 마음에 대한 기억을 불러일으키는 실마리 같은 존재였다.

나는 딱 한 번 남편 외의 남자와 얽혔던 일에 대해 찰리에게 이야기했다. 한참 전에 나는 친구의 결혼식에서 만난 남자에게 키스했다. 그때 나는 술에 취해서 들뜬 상태였고 하객들은 다 농장에 있었다. 나는 키스 이상의 행동은 하지 않았다. 그리고 나중에는 규칙을 위반한 것 같은 느낌을 받았다. 일부일처제는 이상한 개념이지만, 그래도 나는 그게 중요한 제도라는 생각을 품고 살아왔다.

내 이야기를 듣고도 찰리의 반응은 시큰둥했다. "말로 작업 걸기, 결혼식에서 만난 사람이랑 하룻밤 즐기기. 그런 것들은 허용되어야 마땅하지." 찰리는 아내와 함께 시골에서 열린 어떤 결혼식에 갔다가 다른 부부와 스와핑을 해봤다고 말했다. 오두막집에서 두 쌍이 나란히 섹스를 했다나. "지금 내가 꼭 해보고 싶은 건 로렌과 애인을 공유하는 거야."

찰리가 말하면 이 모든 이야기가 정상처럼 들렸다. 갑자기 나 혼자만 개방 결혼을 즐기지 않는 바보가 된 기분이었다. 나의 불륜 지수가 1.0이라면 찰리는 8.0이었다.

찰리는 나에게 '애인'을 만들라고 강력하게 권했다. 그리고 애인은 한 명으로는 충분하지 않을 거라고 했다. "적어도 세 번이나 네 번은 애인을 만들어봐야 해. 처음 한두 번은 죄책감에 시달리기 때문에 느긋하게 즐기지 못하거든." 찰리는 나에게 최대한 빨리 애인을 찾으라고 충고했다. 그의 견해에 따르면 나는 "아직 귀엽"단다. "그렇지만 그 귀여움이 언제까지 유지될지는 모르는" 거란다.

지금이 내가 연애 상대로 유효한 마지막 시기일까? 이 시기가 지나면 섹스의 암흑기에 빠져든단 말인가? 나는 다른 사람들에게서도 이것과 비슷한 메시지를 받곤 했다. "5년만 지나면 아무도 당신과 자고 싶어 하지 않을 거라는 느낌을 받으시나요?" 30대 후반의 작가가 내게 물었다. 나와 나이가 비슷한 캐나다인 친구 하나는 얼마 전에 길모퉁이를 돌다가 "50세쯤 된 여자"와 정면으로 마주쳤다고 한다. 그런데 그 여자가 갑자기 그의 사타구니를 붙잡더니 입술에 키스를 했다고 한다. 그게 얼마나 불쾌한 일이었는지를 강조하기 위해 내 친구는 "50세쯤 된 여자라니까!"라고 반복해서 말했다. 요즘에는 텔레비전에서 출연자들이 마음 놓고 조롱해도 되는 집단이 사실상 없다. 그런데 나이 든 여성들은 예외다. 나이 든 여성들의 나체를 보는 것이 얼마나 불쾌한지에 대해서는 마음껏 이야기해도 된다.

물론 예외도 있다. 사회운동가인 친구 하나는 내게 고무적인 이야기를 들려줬다. 그는 결혼식에 갔다가 "놀라울 만큼 매력적인" 60세 여성을 만났다고 했다.

"그분은 본드 걸이었어." 그 친구가 덧붙였다.

"본드 걸 역할을 맡아도 될 만큼 예뻤다는 거야?" 내가 물었다.

"아니. 젊은 시절에 진짜로 제임스 본드 영화에 출연했대."

미국 여성들은 40세에도 정기적으로 섹스를 하고 있다. 하지만 전국적인 통계에 따르면 50대 미국 여성의 3분의 1은 지난 1년 동안 섹스를 하지 않았다. 그리고 60대 여성의 절반 정도는 지난 1년 동안 섹스를 하지 않았다. 70대 여성들은 사실상 독신이라고 봐야 한다. 영국 여성들에 대한 통계도 암울하긴 마찬가지다. 어느 연령대에서나 남자들의 처지가 한결 낫다.

평소 나는 '폐경'이라는 말을 입에 담지도 않는다. 그 말을 입 밖에 내기만 해도 폐경이 앞당겨질 거라는 비과학적인 걱정 때문이다. (아기를 쳐다보기만 해도 모유가 나올 가능성이 있지 않은가.) 하지만 내가 용기를 내서 구글 검색을 해보니 폐경기는 51세 전후로 시작되며 관련 증상으로는 음부 건조증, 가슴 수축, 그리고 내 마음에 쏙 드는 표현으로 '음부 위축' 등이 있었다. '음부 위축vaginal atrophy'이란 생식에 필요한 통로가 탄력성을 잃는 것이다. 이 모든 증상이 나타나는 시기는 성적인 활동이 실제로 감소하기 시작하는 시기와 일치한다. 폐경기의 증상이나 섹스의 감소는 듣기만 해도 불쾌한 말들이지만, 솔직히 말해서 진화론적인 논리에 부합하긴 한다. 우리가 재생산을 못 하게 된다면 성욕이 무슨 소용인가? 어쩌면 내 섹스가 상품 가치를 유지할 날이 얼마 남지 않았다는 찰리의 경고가 옳은 건지도 모르겠다.

하지만 프랑스는 여성들에게 조금 다른 성생활의 서사를 제공한다. 예전부터 나는 60대의 프랑스인 부부가 매장에서 란제리를 함께 고르는 모습에 놀랐고, 프랑스 영화에서 중장년과 노년 여성들이 매력적인 역할로 나온다는 사실 역시 신선하다고 생각했다. 오스트레일리아에서 온 우리 이웃들은 필라테스 수업이 끝날 때마다 70대의 몸매 좋은 할머니가 레이스 속옷으로 갈아입는 모습을 보며 감탄한다.

파리에서 이런 규범들은 자기 관리를 잘하는 소수의 여성에게만 적용되는 게 아니다. 프랑스 전체의 성생활 통계도 비슷한 결론을 가리킨다. 50대의 프랑스 여성들 가운데 지난 1년 동안 섹스를 한 번도 안 한 사람은 15퍼센트에 불과하다. (미국의 33퍼센트와 비교해보라.) 60대의 프랑스 여성들 중에서도 지난해에 섹스를 하지 않은 사람은 고작 27퍼센트다. (미국의 경우 50퍼센트.)

프랑스에서도 여성들이 나이가 들수록 섹스를 덜 하긴 한다. 하지만 갑자기 섹스의 암흑기에 빠지는 것이 아니라 섹스 횟수가 점진적으로 줄어든다. 대다수 프랑스 여성들은 60대에 들어서도, 혹은 그 이후까지도 활발한 성생활을 한다.

물론 프랑스에서도 청춘의 아름다움을 예찬한다. 광고에 주로 나오는 사람들은 탱탱한 피부를 가진 22세 젊은이들이다. 파리에 사는 어느 60대 여교수는 프렌치 어니언 수프를 먹으면서 나에게 말했다. "프랑스에 사는 여자들은 50이 넘으면 참수형을 당해요." 다른 나라와 차이가 있다면 프랑스에서는 젊고 아름답지 않은 사람들도 섹스를 할 거라고 간주된다는 점이다. 섹스는 건강한 성인들의 대다수가 평생 동안 일상적으로 하는 일일 뿐이다.

한번은 파리에서 사귄 친구의 50세 생일 파티에 갔다. 그 친구는 과학자이자 세 아이의 엄마였는데, 그 친구네 집 거실에서 손님들 수십 명이 레드와인을 마시고 모로코 음식을 먹고 있었다. 사람들은 서로 가벼운 대화를 나누기도 하고 빌리지 피플Village People의 디스코 음악에 맞춰 춤을 추기도 했다. (우리 세대의 향수를 자극하는 음악은 미국이나 프랑스나 별반 다르지 않다.)

"나이 50에 이 정도면 나쁘지 않은데요!" 파티에 참석한 손님들 중 하나에게 내가 말했다. 그 손님은 무슨 말인지 모르겠다는 표정이었다. 내가 그 댄스파티를 잘못 해석한 것이다. 그들은 젊음을 흉내 내려던 게 아니라 그냥 떠들썩하게 축하하는 중이었다.

프랑스에서는 특정한 나이를 '최후의 전성기'로 해석하지도 않는다. 이곳에서는 50을 넘겨도 섹시하게 살 수 있다. 나는 어느 동료의 소개로 68세의 프랑스 할머니면서 기자인 엘렌을 만났다. 엘렌은 본드 걸은 아니지만 날씬한 편이고 스웨터, 롱부츠, 가죽 미니스커트를 멋지게 차려입었다. 기혼 여성인 엘렌은 매력적이고 동적인 에너지를 발산했다. 그리고 그녀도 그 사실을 의식하고 있었다.

"반짝반짝 빛나지 않는 30세 여자도 있고, 나이가 많지만 반짝반짝 빛나는 여자도 있어요. 나는 나이가 들었어도 빛나는 사람이에요." 엘렌이 따뜻한 미소를 지으며 내게 말했다. "나는 삶을 정말, 정말 사랑해요. 가슴이 터질 것처럼 사랑하지요. 그래서 저절로 그렇게 되는 것 같아요. 눈동자 속에 작은 빛이 반짝이고, 아침에 일어나려는 의욕이 샘솟아요."

엘렌은 '반짝반짝 빛난다'가 의도적인 선택인 것처럼 이야기했다. "젊은 시절에 한 가지 결심을 했어요. 내 나이에 맞게 아름다운belle dans mon âge 사람이 되겠노라고요. 인공 보형물이나 주름 제거술 같은 데 의존할 생각은 없어요. 주름을 굳이 없애지 않지요. 그 대신 우아하게 꾸미고, 화장을 잘하고, 나 스스로 즐겁게 생활하려고 해요." 그녀는 마지막 부분을 한 번 더 강조했다. "나 스스로 즐겁게 생활하면 된답니다."

엘렌은 그녀 자신의 즐거움을 위해 잠깐씩 은밀한 정사를 즐긴다. 그녀의 50대는 성생활의 절정기였다고 한다. "미친 짓도 해봤어요. 거리에서 마음에 드는 남자를 만나고 호텔까지 같이 가는 거 있잖아요. 내가 그랬다니까요. 지금도 못 할 건 없지만."

엘렌은 아주 조심스러운 태도로 비밀 연애 이야기를 들려줬다. "남편은 내가 아주 존경하는 사람이고 내가 사랑하는 사람이에요. 그래서 남편이 나의 불장난을 몰랐으면 해요." 애인들 중 하나는 엘렌이 가터벨트를 착용하기를 원했다. 그래서 그녀는 그 애인과 밀회를 즐긴 후, 주차장에 세워둔 차 안에서 평범한 스타킹으로 다시 갈아입고는 했다고 한다.

엘렌은 가장 최근의 모험에 관한 기억을 떠올리며 싱긋 웃었다. 그것은 2년 전이었고, 기절할 정도로 황홀했다. "그 사람은 굉장한 미남이고 나보다 젊었어요. 우리는 우연히 만나 서로를 좋아하게 됐고, 나는 그 사람과 함께 호텔에 갔지요. 만남은 두 달쯤 계속된 걸로 기억해요. 그러고 나서 내가 끝내자고 했어요."

엘렌은 부유한 파리 시민이고 대학 졸업장과 시골 별장도 가지고 있다. 그녀에게는 호텔에 갈 수 있는 경제적 여유가 있다. 하지만 엘렌이 들려준 이야기는 프랑스의 다른 노년 여성들이 해준 이야기와 비슷했다. 프랑스에는 일종의 문화적 각본이 있는 것이다.

프랑스 여자들은 50세 때 참수형을 당한다고 나에게 말했던 여교수는 자신이 몇 년 전부터 짧고 비밀스러운 정사를 경험했다는 이야기를 들려줬다.

그 여교수도 기혼 여성이고 손주가 있다. 그녀는 아내와 할머니라는 두 가지 역할에 충실한 사람이다. "일하는 시간이 있고, 가족을 위해 쓰는 시간이 있잖아요. 그러고 나면 나 자신을 위한 시간도 있어야지요. 애인과 같이 있을 때는 '누구누구의 아내'로서, '누구누구의 엄마'로서, 전문가로서가 아니라 온전히 나 자신으로서 사랑받고 인정받아요. 다른 누군가와 연결되지 않은 나, 오직 나로서, 나만의 내면세계를 가진 사람으로서 사랑받는 거예요."

항상 지금 눈앞에서 벌어지는 일에 집중하는 것도 즐거움의 비결 중 하나다. (내 생각에 프랑스인들은 어느 미국인 작가에게 자기 이야기를 들려주고 그녀가 받는 충격에서 또 하나의 즐거움을 느끼는 것 같다.)

프랑스인들은 잠깐씩 바람을 피우는 사적인 경험들이 평생 동안 자신에게 좋은 영향을 미친다고도 말한다. 아까 그 여교수는 다음과 같이 말했다. "일을 할 때 기분이 좋으면 능률이 오르잖아요. 가끔 애인과 즐거운 시간을 보내면 내 아이들 또는 남편과 대화할 때도 반응을 잘해주게 됩니다. 기분이 아주 좋으니까요."

여교수는 나중에 자신이 의무에 충실했던 어머니와 아내로 기억되기기를 원하지는 않는다고 말했다. "그건 싫어요. 너무 따분하잖아요. 마지막 순간에 숨을 거두면서 '나는 평생 좋은 시간을 보냈어. 아무도 모르게, 오직 나 자신을 위한 순간들을 충분히 누렸지'라고 생각할 수 있어야 해요."

어느 쪽의 담론이 진짜일까? 여성이 나이가 들면 성생활도 쇠퇴한다는 영미권의 담론일까, 아니면 여성이 나이 들어서도 오랫동안 섹시함을 유지하고 활발한 성생활도 할 수 있다는 프랑스식 담론일까? 학자들의 연구 결과를 한번 찾아보자. 나는 모든 웨이터들이 나를 '마담'이라고 부르는 동네 카페에 앉아서, 한 오스트레일리아 학자가 발표한 「섹스와 폐경기 여성: 비판적 검토와 분석」이라는 학술 논문을 읽었다. (나는 최선을 다해 제목을 감췄다.)

그 논문은 프랑스식 담론을 강력하게 옹호하고 있었다. 여성의 성욕이 나이가 들수록 쇠퇴할 필연적인 이유는 없으며, "어떤 여성들은 중년기 또는 그 이후에 성욕이 증가하고 성생활 능력이 향상된다"라고 했다.

물론 노화가 진행되면서 여성 호르몬 수치가 떨어지면 음부가 건조해지거나 "수축"되는 등의 문제가 생길 수도 있다. 그러나 이런 것들은 성 기능과 관련이 있을 뿐이며 성적 욕구와는 무관하다. 음부 건조증이나 수축은 이제 그 여성이 섹스를 하려면 윤활제가 필요하다는 뜻이다. 시력이 떨어지면 안경을 써야 하는 것과 같은 이치다. 어떤 여성의 시력이 떨어졌다고 해서 그녀가 사물을 보려는 욕구를 상실했다고 주장하는 사람은 없다.

알고 보니 이것은 오스트레일리아의 소수 페미니스트들만의 견해가 아니었다. 미국국립보건원에 소속된 어느 연구자의 보고서는 다음과 같은 결론을 제시했다. "적어도 폐경 초기에는 폐경기 증상들이 성행위 및 성 기능에 미치는 영향이 아주 미미하다."

실제로 일부 여성들은 중년기에 이르면 성적 욕구를 상실한다. 그러나 여기에는 문화적 담론의 영향이 크다. 『노년학 저널 Journal of Aging Studies』에 실린 또 한 편의 논문은 다음과 같이 주장한다. "이런 패턴의 한가운데에 연령 차별과 성차별이 있다. 연령 차별과 성차별은 노년기 여성은 섹스 상대로서 부적절하거나 매력적이지 않다는 견해를 강화한다. 심지어는 여성들 자신도 이런 시각을 갖게 만든다."

달리 말하면 만약 내 주변 사람들이 나에게 '너는 특정한 나이가 지난 후에는 섹시하지 않을 거야', 또는 '50대가 되면 너는 섹스의 암흑기를 맞이할 거야'라고 거듭 이야기할 경우, 실제로 그런 일이 벌어질 확률은 높아진다. 저술가 수전 손택의 표현을 빌리자면 다음과 같다. "나이

든다는 것은 곧 상상력이 시험에 빠지는 것이다."

나는 내 친구 찰리가 미국의 문화적 규범의 일부를 흡수한 것을 용서하기로 했다. 아마도 그는 나에게 수작을 걸어 재미를 좀 보려고 했던 것 같다. 한편으로는 그가 직업적인 인정을 받지 못한 대신 섹스로 인정받기 위해 많은 투자를 했다는 생각도 든다. 그는 여자들을 홀리는 솜씨가 뛰어나니까.

"그는 코르티잔courtesan(상류 사회 남성의 사교계 모임에 동반하며 그의 공인된 정부精婦 역할을 하던 여성-옮긴이)이야." 찰리를 만나서 그를 좋아하게 된 사이먼이 말했다. "여기가 네덜란드 귀족 사회였다면 찰리는 아주 평범한 사람으로 간주됐을 거야."

어쨌든 나의 성적 매력에 대한 찰리의 견해는 아직도 달라지지 않았다. 우리가 파리 북부를 산책하는 동안 나는 내심 궁금했다. 찰리는 길가의 수많은 작은 호텔들 중 한 곳에 즉흥적으로 들어가자고 제안할 것인가? 만약 그가 진짜로 그런 제안을 한다면 내가 뭐라고 답할지는 잘 모르겠다. 그러나 그런 제안은 없었다. 찰리는 개방 결혼을 원하지만 나와의 개방 결혼을 원하는 건 아니다. 솔직히 말하자면 우리의 관계는 30년이 지나고 나서도 하나도 변하지 않았다. 나는 여전히 찰리에게서 매력을 발견하며, 그는 나를 매혹하는 걸 좋아한다. 우리 사이에는 여전히 이해와 애정과 전율이 있다. 그리고 여전히 그게 전부다. 어쩌면 지금으로부터 30년이 지나고, 우리가 절뚝거리며 다른 어느 도시를 함께 걸어가고 있을 때쯤 그는 나에게는 너무 늦어버린 또 하나의 거창한 계획을 불쑥 이야기할지도 모른다. 그리고 나는 그게 싫지 않다. 젊은 시절에는 모든 관계가 깔끔하게 풀리고 명확하게 정의되기를 바랐다. 하지만 지금은 어떤 사람들은 애매한 중간 지대에 위치한다는 사실을 알고 있으며, 그 덕분에 나의 세계가 더 풍요로워진다고도 생각한다. 찰리가 그 특유의 모습으로 내 삶에 있어주는 것이 나에게는 행운이다.

당신이 40대의 성생활을 하고 있다는 징후들

지금껏 같이 잔 사람이 몇 명인지 더 이상 신경 쓰이지 않는다.
(혹은 기억하지 못한다.)

≈

인생에서 최고의 섹스를 나눈 사람과 결혼해서는 안 된다는 사실을 깨닫는다.

≈

당신이 아는 어떤 성인이 섹스를 한다는 사실,
심지어 당신의 부모님과 조부모님이 섹스를 한다는 사실을 생각해도
더 이상 비위가 상하지 않는다.

≈

원하기만 하면 언제든지 여러 종류의 성적 환상들을 떠올릴 수 있다.

≈

때로는 당신의 배우자 또는 애인에 관해 성적인 환상을 품는다.

≈

알몸을 다른 누군가에게 보여준다는 것은 상상도 못할 일이다.

007 특별한 섹스에 도전하기

앞에서 나는 남편 이외의 남자와 위험한 행동을 딱 한 번 했다고 밝혔다. 그건 사실이다. 하지만 남편과 함께 모험을 해본 적도 있다. 그 모험은 남편의 40세 생일 전날 밤에 시작됐다. 나 역시 마흔이 얼마 남지 않았던 때였다.

남편의 생일을 앞두고 던지는 질문은 언제나 똑같다. 물욕이 전혀 없는 남자에게 무슨 선물을 줄 것인가? 사이먼은 쇼핑을 즐기는 사람이 아니다. 언젠가 그는 자기 옷장 앞에 가만히 서 있다가 선언했다. "지금 가진 바지만으로도 평생 입을 수 있겠어." 짝 없는 양말 십여 개가 들어 있는 서랍은 어떻게 할 거냐고 내가 물으면 대답은 이렇다. "내 유산을 물려받을 사람이 그것도 정리하겠지."

나는 사이먼의 40세 생일 선물로 빈티지 손목시계를 사주기로 마음먹었다. 그런 손목시계를 차고 다니면 그가 닳아 해진 스웨터를 입긴 했지만 멀쩡한 직장에 다니는 어른이라는 사실을 온 세상이 알게 될 테니까.

빈티지 손목시계는 비싼 데다가 한번 사면 반품이 불가능한 물건이므로, 나는 어느 날 잠자리에 들기 전에 사이먼에게 나의 계획을 미리 이야기했다. (우리는 주로 이 시간에 대화를 나눈다.) 그러자 사이먼은 잠시 머뭇거리더니 생일에 진짜 받고 싶은 게 따로 있다고 말했다. 그가 원하는 선물은 물건이 아닌 서비스였다. 나와 다른 여자를 데리고 하는 스리섬 threesome.(3명이 함께하는 성행위)

나는 사이먼의 요청에 크게 놀라지는 않았다. 그는 전에도 스리섬 이야기를 꺼낸 적이 있었다. (선물로 달라고 말한 적은 없지만.) 그리고 나는 스리섬을 해보지 않았지만, 두 여자와 함께 침대로 간다는 건 남자들이 흔히 가지고 있는 환상이며 대부분의 이성애자 포르노그래피에도 나오는 설정이다.

사이먼의 요청은 즉흥적이면서도 진지했다. 나 역시 즉흥적으로 그의 요청을 받아들였다. 기자인 나는 마감 시간을 어기는 걸 싫어한다. (남편이 마흔이 될 날이 6주 앞으로 다가와 있었다.) 스리섬은 내가 조용히 중년기에 접어들고 있지 않다는 증거라는 점도 좋았다. 게다가 손목시계를 사주면 사이먼이 그걸 잃어버리거나 욕조에 빠뜨릴 거라는 확신이 들었다.

(사이먼의 정확한 표현은 이랬다. "나는 그걸 잃어버리고 망가뜨릴 것 같은데.")

그리고 솔직히 말하자면 나에게도 기분 전환이 필요했다. 그때 나는 육아책 집필을 마무리하는 단계였는데, 마지막 부분이 잘 써지지 않아서 잠시 다른 데 눈을 돌리고 싶었다.

우리는 일단 '스리섬을 한다'는 원칙적인 합의를 이뤘다. 그러고도 그 개념 자체가 워낙 낯설어서 몇 주 동안은 그냥 생각만 하고 있었다. 그리고 이따금씩 내가 여자 친구들의 이름을 거론했다.

"그 친구면 괜찮을까?" 나는 사이먼에게 물었다.

"물론이지." 사이먼은 매번 이렇게 답했다. 그에게는 우리가 아는 거의 모든 여자, 그러니까 내 여자 친구들과 자기 남자 친구의 아내들이 모두 예선 통과였다. 그는 임신한 아내들도 거부하지 않았다. 까다롭게 굴다가 기회를 날려버리고 싶지 않은 모양이었다.

하지만 사이먼의 동의는 어차피 중요하지 않았다. 우선 나는 너무 창피해서 내가 아는 사람 앞에서는 그 이야기를 꺼내지 못했다. 그리고 스리섬을 해본 적이 없긴 하지만 친구를 데려오는 건 실수라는 확신이 들었다. 당일에도 무척 어색할 테고, 그날 이후로도 그 친구와 어색하게 지내게 될 것 같았다. 그리고 누군가가 우리 부부의 아늑한 섹스에 쐐기를 박고 들어오는 것도 싫었다. 스리섬은 일회성이어야 했다.

어찌됐든 내 여자 친구들 중 누구에게 그걸 물어봐야 할지도 알 수 없었다. 이성애자 여자들은 동성 섹스에 대한 환상을 친구끼리 잘 공유하지 않는다. 나는 친구들 중에 누가 스리섬이라는 발상을 좋아할지, 누가 질색할지 알 수가 없었다.

마침내 우리는 용기를 냈다. 런던에서 사이먼을 찾아온 친구들과 브런치를 함께하면서 우리의 계획을 털어놓고 의논했다. 그러자 그 친구들 중 하나인 금융업에 종사하는 영국인이 얼굴을 찡그리더니 입을 다물어버렸다. 그 친구는 독신 여성이고 우리처럼 마흔에 가까운 나이였다.

"깜짝 놀라신 것 같네요." 내가 그녀에게 말했다.

"네. 정말 특이한 이야기를 하셨잖아요!" 그녀가 얼굴을 붉히며 말했다.

브런치 모임이 끝난 직후, 나는 뉴욕의 여성잡지 편집장으로부터 이메일을 한 통 받았다. 잡지에 실을 에세이가 필요한데 나에게 좋은 아이디어가 있는지 묻는 내용이었다.

나는 자유 기고가로 일하는 사람이지만 아무거나 써달라는 부탁에는 익숙하지 않았다. 부랴부랴 세 가지 아이디어를 메일로 써서 보냈다. 파리에서 친구 사귀기, 우리 집 부엌 리노베이션 대소동, 그리고 마지막으로 남편의 생일에 스리섬 계획하기. 솔직히 말해서 나는 셋 중 어느 하나가 특별히 돋보인다고는 생각지 못했다.

편집장은 거의 실시간으로 답장을 보내왔다. 그녀는 스리섬에 관해 자세히 알고 싶다면서 내가 다른 여자를 구했는지도 물었다. 잠시 후 나는 '40번째 생일 스리섬'이라는 제목의 2800단어 에세이를 작성한다는 계약을 체결했다. 편집장은 내가 원한다면 실명을 공개하지 않고 출판해도 된다고 말해줬다.

그 에세이가 아니더라도 어차피 스리섬은 할 생각이었다. 하지만 그

문서에 서명하고 나니 나는 이제 계약에 따라 스리섬을 끝까지 해낼 의무를 가진 사람이 됐다. 나는 그것을 글로 써서 단어당 얼마를 받을 예정이었다. 그리고 만약 내 마음이 바뀌어서 에세이에 섹스 이야기를 포함시키지 않는다면, 그 에세이는 조그맣게 실릴 것이 분명했다.

'내가 돈을 벌려고 섹스를 하는 건가?'보다 중요한 질문은 '내가 과연 섹스를 하게 될까?'였다. 나는 여자들이 곧 중년이 될 부부 사이에 끼는 것을 선호하지 않는다는 사실을 깨달았다. 사이먼과 나는 온라인 광고는 내지 않기로 했다. 성병 환자를 공개 모집하는 거나 다름없을 테니까.

우리는 가장 이상적인 제3자는 섹시한 지인이라는 결론에 도달했다. 그녀는 건강 검진을 받은 사람이어야 하지만(지인들이 대상포진을 앓고 있는지 아닌지는 다 안다), 나중에 우리와 마주칠 일은 별로 없어야 한다. 곧 후보자 한 명이 떠올랐다. 그녀는 내가 디너파티에서 한두 번 만난 친구의 미국인 친구였다. 콘서트에서 우연히 우리 뒷자리에 앉았는데, 남자친구로 보이는 사람과 함께였다. 나는 그녀가 상당히 매력적이라는 사실을 처음으로 의식했다. 큰 키와 마른 몸매를 가진 그녀의 허리는 발레리나처럼 가늘었다. 그리고 나는 그녀가 과감한 성격일 거라고 확신했다.

"저 여자 어떨까?" 음악이 시작될 무렵 내가 남편에게 속삭였다.

"좋아!" 남편이 대답했다. 지나치게 크다 싶은 목소리로.

콘서트가 끝나고 우리 넷은 잠시 대화를 나눴다. 나는 그 여자와 줄곧 눈을 마주치면서 그녀의 이름이 에마라는 걸 알아냈고, 공연에 대한 그녀의 견해에 감탄하는 척했다. 내가 점심식사를 제안하자 그녀는 기분 좋게 받아들였다. 며칠 후에 나는 좋은 옷을 입고 나가서 그녀와 태국 음식점에 갔다. 기쁘게도 내가 그 자리에 도착해보니 그녀 역시 옷을 잘 차려입고 왔다. 그녀는 이것이 데이트라는 사실을 눈치 챈 걸까?

평소 나는 남들이 나를 어떻게 생각할지에 너무 신경을 쓰는 바람에 나와 같이 식사하던 사람이 피를 흘리며 죽어가도 못 알아차린다. 하지만 이번엔 스리섬을 계획하고 있었으므로 에마에게 집중해야 했다. 수프를 먹으면서 에마의 이야기를 주의 깊게 듣던 나는, 평소 같았으면 몇 년이 지나도록 몰랐을 사실 하나를 금방 알아차렸다. 그녀는 겉으로 보기에는 자유분방하지만 내면에는 커다란 불안을 간직하고 있었다. 그녀의 이야기에는 자기에게 함부로 대하는 남자친구에게 매달렸다는 내용이 반복해서 등장했다. 그녀는 키가 큰 사람이었지 당당한 사람은 아니었던 것이다.

에마는 감정적으로 약하고 불안정해서 스리섬 상대로는 적합하지 않았지만 나는 연습이나 해볼 겸 이야기를 꺼냈다. 나는 여자들끼리 서로 비밀을 털어놓는 형식을 빌려 슬쩍 이렇게 말했다. "우리 남편이 자기 생일 선물로 뭘 달라고 하는지 들으면 기절초풍할걸요?" 나는 나도 스리섬에 동의했지만 함께할 상대를 아직 못 찾았다고 털어놓았다.

에마도 내가 그녀에게 제안을 하고 있다는 사실을 이해한 것 같았다. 그러나 그녀는 미끼를 덥석 무는 대신 스리섬의 카산드라(그리스 신화에서 아폴론은 카산드라가 자기의 요구에 따르기만 한다면 예언의 능력을 주겠다고 약속했지만, 카산드라는 예언 능력만 받고 아폴론의 요구는 거절했다-옮긴이)로 변신했다.

그녀는 예전 남자친구가 자기를 압박해서 그 남자의 다른 애인과 셋이 동침했었다는 이야기를 늘어놓았다. 그리고 어떤 커플이 하룻밤 스와핑을 했는데 다시는 원래 상태로 돌아오지 못했다는 이야기도 했다. 에마는 내 남편이 다른 여자에게 성적인 행동을 하는 장면을 보고 내가 상처받을 수도 있다고 경고했다. "그리고 제3의 여자가 엄청나게 섹시하면 어떻게 하려고요? 그런 위험을 어떻게 감당하죠?"

에마는 스리섬 후보자로서 실격이었다. 그런데 그녀는 나중에 다른 아시아 음식점에서 점심식사를 또 하자는 이야기를 했다. 당황스럽게도 그녀는 나와 친구가 되고 싶은 모양이었다. 갑자기 나는 내가 약혼하자마자 자취를 감춘 남자 '친구들'을 십분 이해하게 됐다. 용건이 끝났는데 무엇 때문에 그 사람 주위에 계속 머무르겠는가?

그날 밤 사이먼에게 나의 '데이트' 이야기를 들려줬다. 그날 데이트에 50유로와 내 근무 시간의 절반이 들어갔다.

"그렇게 해줘서 고마워." 사이먼은 얼굴도 돌리지 않고 오직 자기 컴퓨터만 쳐다보며 말했다. 그건 내가 오전 내내 집에서 배관공이 오기를 기다리거나, 우리 집 전화기의 충전식 배터리를 스스로 교체할 때 그가 하는 말과 똑같았다. 스리섬을 계획하는 일은 어느새 '관리자'로서 나의 업무 중 하나가 돼 있었다.

그럼에도 불구하고 세상을 남자의 시각으로 바라보는 것은 신기한 경험이었다. 나는 어디를 가든 여자들을 유심히 쳐다보기 시작했다. 서점에서 책을 고를 때도 그랬고 슈퍼마켓에서 줄을 설 때도 그랬다. 심지어 홀로코스트에 관한 책을 자주 읽는 중년 이민자들의 북클럽 모임에 가서도 사람들을 훑어보며 후보자를 물색했다.

비록 유혹은 한 번밖에 못 했고 그것조차 실패했지만, 세상을 대하는 나의 태도가 달라진 것만 같았다. 나는 예쁘장하게 앉아서 사람들이 나를 발견하기를 기다리는 대신, 내가 원하는 게 뭔지를 스스로 결정하고 그것을 손에 넣기 위해 움직이는 사람이다! 남들이 나를 어떻게 생각할지 관심 갖는 대신 내가 사람들에게 무엇을 원하는지에 대해 집중하게 됐다. 갑자기 나 자신이 어떤 방으로 성큼성큼 걸어 들어가서 승진을 요구하는 모습을 상상할 수 있게 됐다. (사실 나는 자유 기고가라서 그 말을 쉽게 할 수 있다. "저는 승진을 원합니다!" 나는 이렇게 소리친다. "하지만 선생님은 여기 직원이 아니잖아요." 사람들은 이렇게 대답할 것이다.)

예전에 남몰래 간직했던 환상을 공개적으로 이야기한다는 것도 기분 좋은 일이었다. 갑자기 스리섬이 아주 흔하게 이뤄지는 일처럼 느껴졌다. 하지만 스리섬에 관한 사람들의 메시지는 역설적 성격을 띠고 있었다. 모든 남성 이성애자는 스리섬을 해보고 싶어 하지만, 그게 좋았다고 말하는 사람은 찾아보기 어려웠다. 한 친구가 나에게 들려준 경험담에 따르면, 그는 2001년 9월 11일 밤에 두 여자와 함께 침대에 있었다. 그래서 텔레비전에서 흘러나오는 9·11 뉴스를 셋이 함께 봤단다. 하지만 다른 수많은 스리섬 경험담과 마찬가지로 그 친구의 이야기도 경계해야 할 부분을 알려주고 있었다. 두 명의 여자 중 한 명이 내 친구에게 홀딱 반해서 일방적인 구애를 시작했던 것이다. "모든 스리섬의 안에는 결국

둘이서 하는 섹스와 혼자서 하는 섹스가 있습니다." 어느 TV 드라마 주인공이 하는 경고다. 파리에서 일하는 영국인 심리 치료사에게 나의 계획을 이야기했더니, 그 심리 치료사도 제3의 인물을 섣불리 데려왔다가 나의 부부 관계를 망가뜨릴 가능성이 있다고 충고했다.

나는 계획을 단념하지 않았지만, 스리섬에 참여할 다른 여자를 찾는 일은 진전이 없었다. 잡지 편집장이 에세이의 진행 상황을 묻는 이메일을 보내왔을 때, 나는 우리가 마감 시한을 사이먼의 실제 생일보다 몇 주 뒤로 미뤘다고 답했다.

나는 웹사이트 몇 군데를 찾아보기로 했다. 설마 인터넷에 있는 사람들 모두가 임질 환자는 아니겠지? 검색을 시작하자 우리에게 경쟁자가 꽤 많다는 사실을 알 수 있었다. 적어도 10쌍이 넘는 부부가 스리섬을 같이할 여자를 구하고 있었다. 그들은 모두 자신들이 훌륭한 외모를 가진 30세 미만의 부부라고 주장했다.

외모나 젊음으로는 경쟁할 수 없었으므로 절박함을 강조하는 방법으로 차별화를 시도했다. 나의 구인 광고 글은 다음과 같았다. "남편에게 최고의 생일 선물을 해주고 싶습니다. 저, 그리고 다른 여자와 함께하는 경험을 주고 싶어요. 저를 도와주실 분?" 15분 후에 교양 있고 친절한 답장이 하나 날아왔다.

"안녕하세요? 저에게도 똑같은 환상을 가진 남자친구가 있답니다. (진부하죠. 저도 그렇게 생각해요. 하지만 남자들은 다 똑같잖아요!) 어쩌면 우리가 서로를 도와주는 거래를 할 수도 있겠네요. (꼭 그래야 하는 건 아니지만요.) 만약 우리가 서로에게 호감을 느낀다면 제가 기꺼이 도와드리고 싶어요. 어떤 시나리오를 염두에 두고 계신가요?"

그녀는 'N'이라고 서명했다.

'부담 없는 만남no strings'이라는 이름의 웹사이트를 방문하는 익명의 여성을 덮어놓고 믿는 건 십중팔구 경솔한 행동이겠지만, 나는 N이라는 여자 이외의 다른 사람에게는 연락하지 않기로 마음먹었다. 나는 N의 정다운 말투와 완벽한 철자법이 마음에 들었다. 교환 섹스를 해줄 자신은 없었지만, 그녀의 메시지로 미뤄 보면 교환이 필요조건은 아닌 듯했다. (물론 내가 그날 밤 사이먼에게 그녀의 메시지를 읽어주자 그는 곧바로 "내가 당신을 보내줄게"라고 대답했다.)

우리는 이메일을 몇 번 더 주고받았다. 나는 나 자신을 'P'라고 불렀다. 파리에 사는 영국인인 'N'은 자신이 40대 후반의 이성애자며 현재 이혼한 상태고 질병이 없는 엄마라고 소개했다. 나에게 아이들이 있다는 이야기를 듣고 그녀 역시 안도하는 듯했다. 그녀는 일종의 섹스 이타주의 정신으로 나의 광고에 응답했다고 말하면서 "죽을 때까지 멍청이로 살 필요는 없다"라는 프랑스 속담을 인용했다. 그 속담은 '쳇바퀴에 갇혀 지루하게 생활하지 말자'는 뜻인 것 같았다.

N과 커피를 마시기 위해 원피스로 갈아입던 중, 문득 내가 지금부터 하려는 일이 얼마나 이상한가 하는 생각이 들었다. 낯선 사람에게 나와 내 남편과 동침해달라고 설득하러 간다니. 이제 이건 현실이다. 나는 초조했다. 지금까지 나는 유혹을 당하는 쪽이었는데. 어떻게 내가 이 여자

를 설득해서 옷을 벗게 만들 것인가?

상당히 오랜 기간 동안 이 질문과 씨름했던 사이먼은 나에게 약간의 도움말을 해줬다.

"여자들을 만날 때는 그들이 하는 말을 하나도 빠짐없이 잘 들어야 해. 여자들은 하나같이 감정적으로 복잡한 문제를 간직하고 있거든. 당신은 그 사람의 문제가 어떤 건지를 알아내야 해. 질문을 계속 던져봐. 유쾌하면서도 든든하고 조금은 신비로운 모습을 보여줘야 해." 내가 포기할까봐 두려웠는지, 사이먼은 "인생을 재미있게 살려면 때로는 목을 내밀기도 해야" 한다고 덧붙였다.

"내밀게 될 건 내 목이 아니지." 내가 대답했다.

N이 카페에 들어섰을 때 나는 이미 자리에 앉아 있었다. N은 친근감 있는 얼굴에 갈색 머리를 지닌 예쁘장하고 늘씬한 여자였다. 내가 보기에는 방금 화장을 하고 나온 것 같았다. 그녀 역시 나에게 좋은 인상을 심어주고 싶었던 것이다. 남편도 그녀를 좋아할 거라는 확신이 들었다.

N이 남자친구의 고민거리, 혼자 아이를 키우는 삶, 나이 드신 아버지의 건강 문제를 이야기하는 동안 나는 그 이야기에 관심을 기울이는 것처럼 보이려고 애썼다. 우리가 아주 특이한 상황에서 만났는데도 그녀는 여자들끼리의 유대라는 관습을 충실히 따랐다.

나는 화제를 섹스 쪽으로 돌렸다. N은 다른 여자와 섹스를 해본 적이 없어서 그게 어떤 느낌일지 잘 모르겠다고 말했다. 그녀는 자기 남자친구와의 교환 섹스는 언급하지 않았다. 내가 사이먼의 사진을 보여주자 그녀는 힐끔 쳐다보고 말았다. 그녀에게 이건 어디까지나 우리 둘 사이의 일이었다.

우리는 순수한 의미로 양 볼에 키스하고 다정하게 작별했다. 나는 며칠 기다렸다가 그녀에게 메시지를 보냈다. 며칠 내내 그녀 생각을 했으며 그녀가 "모든 면에서" 매력적이라는 내용이었다. 곧 답장이 도착했다. 그녀는 모험을 해볼 의사가 있지만 우리의 계획을 더 자세히 논의하기 위해 한 번 더 만났으면 좋겠다고 했다.

계획이라고? 나는 스리섬은 즉흥적으로 진행되는 거라고 상상하고 있었는데. 하지만 이제 나는 목표 지향적이어야 한다. 그녀가 만남을 원한다면 기꺼이 그리하리라.

두 번째 만난 자리에서 그녀가 불안해하는 지점들이 드러났다. 이걸 하면 자기 남자친구를 두고 바람을 피우는 게 되느냐고? ("당연히 아니죠!") 우리 남편이 어떤 유형의 여자를 좋아하느냐고? ("갈색 머리 여자요!")

우리는 스리섬의 기본적인 규칙을 몇 가지 정했다. 섹스가 너무 공격적으로 흐르거나 포르노처럼 진행되는 것을 피하기 위해 우리 둘이 주도권을 가진다. 우리 둘이 허락하지 않는 한 내 남편이 먼저 움직이지는 않는다. 장소는 남편이 사무실로 쓰는 가구 딸린 소형 아파트. N과 내가 먼저 그곳에 가고, 우리가 준비되고 나서 남편이 들어온다.

"남편이 이 조건에 동의할 것 같아요?" 그녀가 물었다.

"그이는 그 방 안에 들어오는 것만으로도 고마워할걸요." 내가 대답했다.

모든 게 정해진 듯했다. 그런데 이번에도 우리는 날짜를 잡지 않은 상태로 헤어졌다. 나는 지난번처럼 "즐거운 만남이었다"라는 후속 메시지를 보냈다. N은 자기도 즐거웠다면서 다시 한 번 만나 우리의 계획에 대해 의논하고 싶다고 했다. 나는 N에게 진짜로 스리섬을 하려는 의도가 있는 건지 의심스러워지기 시작했다. 그녀를 만나러 갈 때마다 화장하는 것도 피곤했고 이제는 입고 나갈 옷도 마땅치 않았다. 그냥 남편에게 손목시계나 사줄 걸 그랬다 싶기도 했다.

하지만 사이먼에게 푸념을 했더니, 그는 "원래 누군가를 유혹하려면 이렇게 오래 걸린다"라며 나를 격려했다.

"내가 보기에 그녀는 아직 준비가 덜 됐어." 남편이 말했다. "어떤 부분에서 아직도 망설여지는 거야. 그 망설여지는 부분이 뭔지 알아내서 그녀가 그걸 극복하도록 해줘야 해."

N과 세 번째로 만나러 나가는 길. 나는 조금 더 편안하고 덜 계산적으로 굴기로 마음먹었다. 나는 "우리가 계획만 끝없이 세우고 있다"라고 은근히 그녀를 놀리면서, "내가 칠판과 지시문 카드를 가져와서 우리의 스리섬 각본을 만들겠다"는 농담을 던졌다. 이건 나에게도 사소한 일이 아니라고 솔직히 이야기했더니, 그녀는 자기도 마찬가지라고 했다. 잠시 동안 나는 내가 그녀를 침대로 유혹하는 입장이라는 사실조차 잊었다. 우리는 요염하게 서로를 N과 P라고 불렀다.

우리 사이의 이런 장난스러운 분위기야말로 N에게 필요했던 조건이었던 듯하다. 한 시간쯤 있다가 그녀는 달력을 꺼냈다. 우리의 스리섬은 일주일 후인 20일, 점심식사 후로 정해졌다.

집에 도착하니 사이먼이 나를 기다리고 있었다.

"그냥 내 모습을 솔직하게 보여주기로 했지." 내가 말했다.

"오, 안 돼." 사이먼이 말했다.

나는 우리가 스리섬 날짜를 정말로 잡았다는 희소식을 그에게 전했다. 그의 기대가 너무 높아지지 않게 하려고 현실적인 우려 사항도 이야기했다. 예컨대 N의 아버지가 86세라는 사실.

"그게 왜? 아버지가 그 자리에 오시진 않을 거잖아?"

"문제가 생길 수도 있다는 이야기야." 내가 말했다.

"연로한 아버지가 갑자기 돌아가실 수도 있다고? 사망하신다고? 세상을 떠나신다고? 우리 입장에서는 그분이 아무리 빨라도 21일 아침까지는 '호텔 체크아웃'을 하지 않기를 바라야겠네."

일주일 후, N의 아버지는 여전히 건강했다. 나는 N을 만나러 갈 준비를 했다.

"두 시간 후면 내가 스리섬을 한다." 나는 혼잣말을 계속했다. 적어도 죽을 때까지 멍청이로 살진 않겠구나.

카페에서 N을 만나 잠깐 커피를 마시고 모퉁이를 돌아 남편의 사무실로 향했다. 그곳으로 가는 길에 나는 꼭 간이음식점에 들러 먹을 걸 사가야 한다고 주장했다. 나중에 뭐가 먹고 싶어질지도 모르니까. 사실은 내 마음을 진정시키기 위해 쇼핑을 한 것이다.

하지만 사무실에 도착할 무렵에는 N이 초조해하고 있었다.

"당신이 주도해야 해요, 알았죠?" N이 재차 말했다. 나 역시 스리섬의 대장 노릇을 하고 싶지는 않았다. 그래서 사이먼이 도착했을 때 우리 둘 다 안도했다. N과 사이먼이 인사를 나누자마자 사이먼은 N과 신체 접촉을 시도하면서 분위기를 덜 딱딱하게 만들었다. 우리는 일종의 집단 포옹을 했다. 그러고 나서 우리 둘은 그가 우리의 옷을 벗기는 걸 허락했다.

내가 첫 번째로 놀랐던 점은 여자들이 침대에서 장신구를 착용해도 괜찮다는 것이었다. N은 큼직한 고리 모양 귀걸이까지 그대로 착용하고 있었다. 두 번째로 놀랐던 점은 스리섬이 너무나도…… 성적이었다는 것이다. 나는 동선과 음식에 지나치게 몰입하다 보니 우리 모두가 알몸이 되리라는 사실은 거의 잊고 있었다.

세 번째로 놀라웠던 점은 나처럼 세부적인 것에 신경을 쓰는 사람에게 스리섬이 조금 혼란스럽다는 것이다. 누가 어느 단계에 있는지 잊어버리기가 쉬웠다. 애매한 신음 소리도 많았다. 자기도 약간 헷갈렸다고 남편도 나중에 말했다.

그것은 예의 바른 스리섬이었다. 나는 우리 모두가 주의를 공평하게 배분하려고 노력하고 있다는 인상을 받았다. 그래서 명백히 둘이서 하거나 혼자서 하는 섹스는 없었다. N과 나는 마치 서로를 염려하는 친구처럼 이따금씩 "지금 어때요?"라고 서로에게 물었다.

40분쯤 지나고 나니 이제 됐다 싶었다. 나는 거기서 이메일을 확인해도 될지 고민하고 있었다. N은 아름다운 여자였지만 나의 민감한 부분이 그녀의 몸 위에 올라가 있는 광경은 지나치게 익숙하게 느껴졌다. 그러고 보면 내가 남자들에게 매력을 느끼는 이유 중 하나는 그들의 몸이 내 몸과 다르기 때문이었다.

섹스에 더 집중하려고 나름대로 노력하긴 했다. 어쨌든 이건 생일 선물이니까. 하지만 잠시 후 나는 두 사람이 성교를 계속하는 동안 그들을 도와주는 역할만 하고 있었다. 다시 시계를 보니 한 시간이나 지나 있어서 깜짝 놀랐다. 섹스가 이렇게 오래 지속될 수 있다는 것도 처음 알았다.

마침내 두 사람도 기운을 다 소진했다. 마지막에는 달콤한 순간이 있었다. 생일을 맞은 남자를 가운데 두고 우리 세 사람이 이불 속에 나란히 누웠다. 남자는 입이 귀에 걸려 있었다. 나중에 나는 진심이 담긴 감사 카드를 받겠구나. 그 카드에는 스리섬이 자기가 예상했던 것만큼 좋았다고 쓰여 있겠지. "실제로 그걸 해보니 내가 여자의 몸을 얼마나 좋아하는지 알겠더라. 여자가 둘 있으면 그걸 확실히 알 수 있어."

N도 기분이 좋아 보였다. 집에 가려고 다 같이 걸어가는 동안, N은 그날의 모든 경험이 생각보다 더 관능적이라서 놀랐다고 말했다. 특히 나와 함께한 부분이 관능적이었다고 했다. 나중에 한 번 더 하면 좋겠다는 의사를 넌지시 비치기도 했다.

나는 칭찬에 우쭐해졌지만 스리섬을 다시 해볼 계획은 없었다. 내 생일이 다가오고 있었는데, 그저 손목시계만 받아도 만족할 것 같았다.

당신이 40대 남자가 됐다는 징후들

어린 아들의 굵고 힘찬 오줌 줄기를 보며 질투를 느낀다.

≈

밤에 소변을 보기 위해 두 번만 깼다면 잘 잔 것이다.

≈

요즘 좋아하는 운동선수들 중
몇몇은 옛날에 좋아했던 운동선수의 아들이다.

≈

나이트클럽에서 여자를 유혹하려고
마지막까지 애쓰던 친구가 드디어 포기했다.

≈

20대 젊은이들의 아름다움에 감탄하지만,
그들과의 공통점은 별로 없다는 사실을 확실히 인지한다.

≈

더 이상 남의 집 소파에서 자고 싶지 않다.

008 죽음에 가까이 다가가다

성적인 경험으로서 스리섬은 그런대로 괜찮았다. 글 쓰는 사람의 입장에서 그것은 인생을 바꿔놓은 경험이었다. 스리섬에 관한 에세이를 쓸 때 나는 굳이 전지전능한 화자 같은 말투를 쓰지 않았다. 어차피 나 같은 사람에게 전지전능한 화자란 어울리지 않으니까. 그 글을 쓰면서 나는 나의 제한된 시각을 최대한 정확하게 전달하는 데 집중했다. 다시 말하자면 그냥 나 자신이 되기로 결심했다.

편집장에게 나의 에세이를 이메일로 보냈더니 곧바로 답장이 날아왔다.

"이 글을 읽는 사람들은 당신과 친구가 되기를 바랄 거예요." 편집장의 반응이었다. 나는 그녀의 칭찬과 내가 새로운 글쓰기 방식을 찾았다는 기쁨에 도취되어 글을 실명으로 공개하기로 마음먹었다. 사이먼은 그것을 생애 최고의 생일 선물을 받은 데 대한 사소한 대가로 받아들였다.

잡지사에서는 3000단어짜리 에세이를 수정하지 않고 거의 그대로 실어줬다. 모든 독자가 나와 친구가 되기를 바라진 않았다. 그런데 그보다 더 좋은 일이 생겼다. 사람들은 그 에세이를 읽고 나서 나를 조금 알게 됐다고 생각했다. 실제 생활에서 나는 사람들에게 항상 마음을 열진 못하지만, 적어도 지면에서는 사람들에게 내 모습을 솔직하게 보여주는 법을 배운 것이다.

어색한 순간들도 있었다. 아버지의 친구분이 치과 대기실에서 그 잡지를 우연히 보고는 우리 아버지에게도 그것을 보여주셨다. (아버지는 글을 잘 썼다고 나를 칭찬하셨다.) 사이먼의 남자 친구들과 동료들은 축하한다는 이메일을 끊임없이 보냈지만, 내가 보기에 어떤 화제든 편안하게 논의하는 것 같았던 사이먼의 가족들은 그 에세이에 대해 일언반구도 없었다. 내가 아는 여자들 중 한둘은 나 때문에 부부 간의 선물에 대한 기대치가 높아졌다고 불평하기도 했다. 그들의 남편도 이제 40세 생일 선물로 스리섬을 요구한다는 거였다.

그 에세이 덕분에 나의 성적 매력도 높아진 모양이었다. 나에게 한 번도 작업을 걸지 않던 남자들이 갑자기 다 안다는 미소를 짓거나 느끼하게 눈을 맞췄다. 여자들 몇몇은 만약 내가 제안한다면 자신들도 스리섬을 기꺼이 하겠다는 의사를 은근슬쩍 내비쳤다. ("나는 준비됐어." 잠재적인 제안을 받았다고 이야기할 때마다 남편은 이렇게 말했다.) 나의 심리 치료사마저도 나라는 사람을 예전보다 더 흥미롭게 바라보는 듯했다. 내가 스리섬에서 화제를 돌리려고 하면 심리 치료사는 다시 그 이야기로 나를 유도했다.

"그게 얼마나 좋았는지 이야기하고 있었잖아요." 심리 치료사가 말했다.

"그게 좋았다고 말한 적은 없는데요." 내가 대답했다. (나중에 심리 치료사는 인터넷에서 내 에세이를 찾아봤다고 시인했다.)

이런 경험을 하면서 불타는 의욕에 휩싸인 나는 그때부터 18개월 동안 컴퓨터 앞에서 살다시피 하면서 내 책을 마무리했다. 그것은 프랑스인들이 아이를 키우는 방법을 관찰하면서 내가 배운 것들을 정리한 책이었다. 그걸 쓰는 동안 나는 친구들 얼굴도 거의 못 보고, 육아의 의무는 남편에게 떠넘기고, 마음이 불편해질 만큼 많은 양의 케이크를 먹어치웠다. (잘 알려지지 않은 사실이지만 책을 쓰면 뚱뚱해진다.) 파리의 상점이 1년에 두 번 여는 할인 행사인 솔드soldes도 프랑스에 온 이후 처음으로 건너뛰었다. 아이들에게서 옮은 것으로 추정되는 머릿니를 없앨 시간조차 내지 못해서, 한동안 컴퓨터 앞에 앉아 머리를 박박 긁어대며 지냈다.

4월의 어느 날, 이탈리아식 빵인 파네토네 하나를 다 먹어치운 후에 나는 이메일에 내 원고 전체를 첨부하고 '보내기'를 눌렀다. 편집에 6개월이 더 소요될 예정이었지만 시간을 가장 많이 잡아먹는 작업은 끝났다.

10분 후 나는 침대에 쓰러졌다. 몇 달 동안 각성제와 탄수화물로만 버틴 이후였다. 그때 비로소 내 몸 전체가, 특히 허리가 아프다는 사실을 깨달았다. 나는 열두 시간을 내리 잤고, 이틀 동안 거의 침대에만 머물렀다.

드디어 자리에서 일어났을 때도 허리 통증은 그대로였다. 책상 앞에서 비정상적으로 많은 시간을 보낸 직후라서 그렇겠거니 했다. 나는 강제로 허리를 곧게 펴도록 해주는 발 받침대와 새 모니터를 주문했다. 그리고 시내로 나가서 병원 진료를 받았더니 의사는 마사지를 권유했다.

마사지를 여러 번 받았지만 통증은 더 심해지기만 했다. 한두 달 후에는 아이들을 안아 올리지도 못하고 고개를 양쪽으로 몇 밀리미터 이상 돌리지도 못하게 됐다. 며칠 후부터는 통증 때문에 밤잠을 이루지 못했다. 쌍둥이 아들 중 하나가 내 무릎으로 달려와 털썩 앉았을 때는 너무나 아파서 눈물이 찔끔 났다.

8월 말, 사타구니 양쪽에 혹이 하나씩 생겼다. 나는 4개월 전에 마사지를 권유했던 그 의사를 다시 찾아갔다. 의사는 내 혹을 보더니 크게 당황하는 얼굴이었다. 그녀는 즉시 피 검사를 지시하고 나를 내과 전문의에게 보냈다. 머리가 여기저기로 뻗쳐 있고 피곤해 보이는 내과 전문의가 환자를 치료하는 모습을 보니 영화 속의 미치광이 과학자가 생각났다. 그는 검사 결과지를 보더니 억양이 강한 영어로 이렇게 말했다. "아주 심각한 문제가 있습니다." 병명은 자기도 모른다고 했다.

다음 몇 주는 추가 검사를 받느라 다 지나갔다. 머지않아 나는 MRI를 프랑스어로 뭐라고 하는지 알게 됐다. 그것은 IRM이었다. 그리고 내가 침상 위에 엎드려 누워 있으면 의사가 내 엉덩이에서 골수를 뽑아냈다. 프랑스어로 골수를 뜻하는 '므알 오쇠즈moelle osseuse'는 발음이 너무나 어려웠다. (그 의사는 이라크 전쟁 시기에 프랑스 외무장관을 지냈던 은발의 도미니크 드빌팽Dominique de Villepin과 꼭 닮은 모습이었다.) 며칠 후 나는 다른 의사가 내 림프절 중 하나가 담긴 유리 용기를 운반하는 모습을 봤다. 내 림프절은 반짝이는 빨간색 젤리 같았다.

내 몸의 여러 부분을 초음파로 촬영한 사진이 담긴 커다란 비닐봉지를 주렁주렁 들고 낮 시간에 파리 지하철을 탔다. (미국에서는 의료용 초음파 사진을 의사들이 보관하지만 프랑스에서는 환자들이 보관한다.) 내가 아주 조금이라도 걱정스러운 기색을 보이면 의사들은 신경 안정제를 처방해주겠노라고 했다. 곧 나는 사이먼과 함께 '자낙스'라는 작은 흰색 알약을 복용하게 됐다. 우리 둘 다 자낙스가 없이는 잠을 이루지 못했다.

이 모든 일이 벌어지는 동안 나는 내 책의 원고를 수정하고 있었다. 교정을 마친 원고를 출판사로 돌려보낸 바로 그날, 나는 병원에 누워서 PET 단층 촬영을 했다. 프랑스에서는 PET 단층 촬영기를 'TEP 스캔-너scan-NER'라고 부르는 모양이었다. 어떤 남자가 프랑스어로 지시하는 소리가 들렸다. "잠깐 숨을 참으세요", "움직이지 마세요." 얼마 전에야 비로소 나 스스로 뭔가를 결정할 줄 아는 사람이 됐는데, 그 기계 안에서 나는 더 이상 결정권자가 아니었다.

모든 검사를 끝내고 저녁식사를 준비할 시간에 맞춰 집에 도착했다. 아직 큰일이 닥치지도 않았는데 남편과 나는 각자의 책임을 수행하느라 지친 상태였다. 세 아이가 매일 아침 7시에 우리 침대로 뛰어 들어오던 그때, 우리는 나의 건강 문제까지 감당하며 살아가느라 힘들었고 한편으로는 내가 그걸 이겨내지 못하면 어떡하나 하는 불안에 시달렸다.

보통 때 나는 온갖 일에 대해 사이먼에게 이야기하고, 그는 내가 끊임없이 우리의 관계를 분석하려고 하는 것을 귀찮아했다. 하지만 이제는 다음번 병원 약속을 언제로 잡을지 말고는 그와 무엇을 의논할 엄두가 나지 않았다. 처음으로 우리는 언어가 비집고 들어갈 수 없는 영역에 들어섰다.

마침내 우리는 나의 검사 결과를 듣기 위해 병원에 불려 갔다. 우리는 커다란 책상 앞에 앉아 있었고, 도미니크 드빌팽과 똑같이 생긴 의사를 포함한 두 명의 의사가 내 증상을 설명했다. 하지만 그들은 병명을 말해 주지는 않았다.

마침내 내가 중간에 끼어들었다.

"암인가요?" (프랑스어로 암은 영어와 똑같이 'cancer'라고 쓰지만 '캉세'라고 발음한다.)

두 의사는 거북한 이야기를 내가 먼저 꺼내서 안도하는 눈치였다. 둘 중 하나가 대답했다. "네. 비호지킨 림프종lymphome non hodgkinien이라고 불리는 혈액암입니다."

의사의 말이 떨어지자마자 나는 내가 슬로 모션으로 의자에서 떨어지는 것 같은 착각에 빠졌다. 내 몸이 움직이지 않고 서서히 가라앉는 것만 같았다. 사람들이 "세상이 빙글빙글 돈다"라고 말하는 게 이런 뜻이구나.

지난 몇 주 동안 공포에 질린 상태로 지냈지만, 얼른 뇌를 재정비해서 그 새로운 소식에 적응해야 했다. 책상 앞에 삐딱한 자세로 앉아 있어서 내 몸이 아팠던 게 아니다. 허리뼈에 암세포가 있어서 통증을 느꼈던 것이다. 의사들 중 하나는 내가 지금 당장 3개월 단위의 화학 요법과 면역 치료를 시작해야 한다고 말했다.

사이먼과 나는 최악의 시나리오에 대해 의논한 적이 없었다. 하지만 병원 건물에 들어서기 직전에 나는 사이먼에게 "만약 내가 죽으면 당신은 어떻게 할 거냐"라고 물어봤다. 그에게도 계획은 있어야 하니까. 그는 잠시 침묵을 지키다가 대답했다. "우린 런던으로 가야겠지. 누이랑 가까운 곳에서 살려고."

출판사 사람들은 내가 아픈 줄 전혀 몰랐다. 내가 병원 대기실에서 원고를 수정하는 줄도 전혀 몰랐다. 나는 출판사 사람들이 이 소식을 들으면 깜짝 놀라 출판 계획을 보류하지는 않을까 걱정했다. 그리고 그때까지는 나의 병이 원고 작업에 지장을 주지 않았다고 생각했다.

그러나 어쨌든 책날개에 들어갈 저자 사진은 필요했으므로, 머리카락이 다 빠지기 전에 사진을 찍어야 했다. 그래서 첫 번째 화학 치료를 받기 전날 사진사를 우리 동네 카페로 불렀다. 사진사는 내가 에스프레소 잔을 향해 손을 뻗으며 당당하게 카메라를 응시하는 장면을 카메라에 담았다.

언론인으로서 나는 주위의 모든 것에 대해 필요 이상으로 꼼꼼하게 알아보는 편이다. 하지만 이 질병에 대해서는 자세히 찾아보지 않았다.

사실은 내 몸 안에서 무슨 일이 벌어지고 있는지를 거의 이해하지 못하고 있었다. 내 몸 안에 어떤 혈구가 너무 많고 어떤 혈구가 부족한 건지 기억나지도 않았다. 내가 이제 어른이 됐다는 느낌을 받자마자 이 질병 때문에 다시 젖먹이 아기 같은 신세가 됐다. 나 자신을 의사들의 손길에 내맡기고 그들이 잘 치료해주기를 믿는 것 말고는 선택의 여지가 없었다.

그런데도 나는 일종의 어른다운 침착함을 유지했다. 책날개 사진에서도 그런 분위기가 느껴졌다. 그것은 지금까지 내가 경험한 것 중에 가장 심각한 상황이었다. 이제 나쁜 소식은 우리 집 테라스에 있지 않았다. 나쁜 소식은 내 몸 안에 있었다. 그리고 갑자기 한 가지가 아주 명확해졌다. 만약 이게 나만의 문제라면 나는 그냥 죽음을 선택할 수도 있다. 그러나 그건 나 한 사람만의 문제가 아니다. 그래서 나는 살아남아야 한다. 나는 내 아이들을 키워야 한다. 내가 떠나버리고 사이먼이 혼자 아이들을 키우는 일은 없어야 한다.

우리 집 근처 공공 병원이 혈액암 치료 전문 병원이라는 사실을 알고 나서부터는 시내의 호화로운 민간 병원에 가지 않고 그곳엘 갔다. 영어를 구사하는 안내원과 대리 주차 서비스가 없으면 어떤가. 내가 선택한 병원은 17세기에 헨리 4세가 전염병 환자들을 수용하기 위해 처음 설립한 곳이었다. 그 병원은 불필요한 서비스가 없고, 깨끗하고, 효율적이었다. 나를 담당한 의사는 카리스마 있는 금발 미녀였는데, 그녀는 내가 '비호지킨 림프종'이라는 병명을 제대로 발음하려고 애쓰는 것도 인내심 있게 들어줬다.

나는 첫 번째 치료를 받기 위해 병원에 도착했다. 프랑스어에서는 '치료'보다 조금 더 부드러운 느낌을 주는 단어인 '퀴르cure〔치유〕'를 쓴다. 나는 최신 유행인 테리직 셔츠와 찢어진 청바지와 검정색 운동화를 착용하고 갔는데, 그것은 의도적으로 선택한 패션이었다. '보다시피 나는 유행에 민감한 사람이에요. 그리고 유행에 민감한 사람은 죽지 않아요.' 안내원이 나를 '주간 병원'이라 불리는 외래 병동으로 안내했다. 그곳에 가니 수프 생각이 났다. 간호사가 내 팔에 주삿바늘을 꽂는 동안 나는 딴 생각을 하기 위해 내 노트북 컴퓨터로 미국 시트콤을 시청했다.

화학 요법의 즉각적인 효과는 체중 감소였다. 나는 저녁식사로 아주 커다란 그릇에 담긴 크림소스 파스타를 먹었는데도 다음 날 아침 체중이 0.5킬로그램 정도 줄어든 것을 확인했다. 성인이 되고 나서 이런 경험은 처음이었다.

두 번째 치료 날짜가 다가왔을 때 나는 척추 아랫부분에 생긴 딱딱한 혹을 발견하고 기절초풍했다. 당직 종양내과 의사가 내 혹을 검사하고 나서 웃음을 터뜨렸다. "그건 선생님의 뼈입니다." 그가 말했다. "전에는 살이 붙어 있어서 그 뼈를 못 느꼈던 거죠."

투병은 사람의 심리를 속성으로 배우는 과정이다. 나는 어떤 사람들은 나쁜 소식을 은근히 즐긴다는 사실, 그리고 여자들 중에는 원인을 불문하고 환자가 빼빼 마른 걸 질투하는 사람들이 있다는 사실을 발견했다. 놀랄 만큼 많은 사람들이 나에게 어서 사진을 찍어두라고 말했다.

내 결혼식에 흰색 드레스를 입고 왔던 친구는 아예 나에게 연락하지도 않았다.

내 병에 대한 부적절한 반응도 놀라울 만큼 다양했다. 몇몇 친구는 우연의 일치에 주목했다. '내가 아는 사람 중에 똑같은 병으로 죽은 사람이 있었어!' 학창 시절에 같은 반이었던 친구 하나는 나에게 암은 "마음" 때문에 생기는 병이라면서 된장국을 먹으면 나을 수 있다고 알려줬다. 어떤 여자는 우리 집에 들어와 우리 아이들이 보는 앞에서 그리스 신화에 나오는 안티고네처럼 통곡을 하더니 나를 끌어안고 고뇌에 찬 포옹을 했다. 또 한 친구는 "절대 통계를 보지 마!"라고 충고하면서 자기는 이미 통계를 봤다고 밝혔다.

하지만 모두가 그런 건 아니었다. 어떤 사람들은 내가 암 진단을 받기 직전에 알게 된 사이였는데도 말 그대로 나를 꼭 붙잡아줬다. 내가 절망에 빠지지 않은 건 그들 덕분이었다. 나는 중병을 앓은 적 있는 사람들의 심정을 이해하게 됐다. 심장 마비를 겪었던 남자, 우울증으로 두 번이나 입원했던 예전 직장의 동료, 유방암 치료를 받았던 어린 시절의 친구. 그들이 마치 전쟁터의 전우처럼 느껴졌다.

그리고 붙임성이 없고 쌀쌀맞은 면이 있는 나에게 사람들이 애정을 쏟아주는 모습에 감동을 받았다. 나와 북클럽 활동을 같이 하는 여자 친구는 우리 집에 들러 라자냐를 주고 갔다. 플로리다의 친척들은 내 몸을 감싸라고 포근한 담요를 보냈다. (나는 투병하는 사람에게 주는 선물로 이 담요를 강력 추천한다.) 나의 스리섬 상대였던 N도 아이들을 봐주겠다고 제안했다. 내가 사양하긴 했지만.

『뉴요커』에 기고하는 남자친구가 있으며 나의 실패한 40세 생일 파티를 목격했던 친구에게는 내 병 이야기를 쉽게 하지 못했다. 뉴욕의 문단은 좁아서, 그녀에게 말했다가는 우리 출판사까지 소문이 퍼질지도 모른다고 생각했다. 하지만 막상 그녀에게 말했더니 그녀와 남자친구 모두 나에게 각별한 관심을 기울였다. 그 남자친구는 자기가 아는 미국인 혈액암 전문가를 나에게 소개해줬고, 내 친구는 자기 할아버지의 물건이었던 부드러운 검정 베레모를 내게 선물했다.

나는 머리숱이 적어진 모습을 감추기 위해 항상 그 베레모를 쓰고 다녔다. 영화에 나오는 암 환자들처럼 머리를 아예 밀어버리는 대신 그냥 머리카락이 빠지도록 두기로 결심했다. 머리카락의 일부라도 최대한 오래 남아 있게 해주고 싶었다. 그리고 나는 머리카락이 '떨어진다tomber'라는 프랑스어의 시적인 표현이 마음에 들었다.

머지않아 내가 입는 외투와 스웨터가 죄다 탈색된 금발 머리카락으로 뒤덮였다. 그것은 그다지 아름답지 못한 광경이었다. 머리카락이 주로 빠지는 곳은 내 머리 꼭대기의 동그랗게 드러난 정수리라서, 언뜻 보면 남성들의 전형적인 탈모 증상 같았다. 머리에 아직 남아 있는 머리카락들도 빗질을 하거나 샴푸를 쓰기에는 너무 약했으므로 마치 밧줄처럼 덩어리로 뭉쳐 있었다. 화학 요법을 시작한 지 8주쯤 되니 나는 레게 머리로 치장한 코미디언 래리 데이비드Larry David처럼 보였다. 사이먼은 나의 대머리를 볼 때마다 심란했는지, 침대에 누울 때도 베레모를 써달라고 부탁했다.

3주마다 병원에 가서 다시 치료를 받아야 했다. 내가 작가라는 사실을 알게 된 전문의 한 사람이 자기가 쓴 소설의 원고를 내게 보여줬다. 암에 걸린 젊은 여자가 주인공인데 그녀는 소설의 끝부분에서 죽음을 맞이했다.

다음 치료 시간에 나는 원고를 그 의사에게 돌려주며 말했다. "한 가지만 고치면 좋겠어요. 주인공을 죽이지 마세요."

내 책을 편집하는 사람은 여전히 나의 병에 대해 아무것도 모르고 있었다. 하지만 그녀에겐 다른 걱정거리가 있었다. 스리섬으로 유명해진 사람이 쓴 육아기를 출판해도 될까 하는 걱정이었다. 나는 편집자에게 그 에세이는 나 자신의 음란한 면을 노출한 글이 아니라 내가 나 자신에 관해 솔직하게 쓴 글이라고 이야기했다. 사실 그 에세이에는 섹스 이야기도 거의 없었다. (신기하게도 영국인이던 잡지 편집자는 그 에세이를 보고도 아무런 거리낌이 없었다.) 뉴욕에서 홍보 전문가라는 사람이 내게 전화를 걸었다. 그는 만약 기자들이 스리섬에 관한 질문을 던지면 어떻게 대답해야 좋을지를 알려줬다. "네, 그걸 해봤어요. 하지만 사실 그렇게 좋진 않았어요"가 모범 답안이었다.

나의 가장 큰 걱정은 머리가 벗겨진 채로 북 투어를 진행하는 일이었다. 우리 어머니가 비행기를 타고 파리로 와서 나와 함께 가발 쇼핑을 다녔다. 파리 오페라극장 근처의 한 상점에서 판매원이 우리를 안쪽 방으로 안내하더니 진짜 머리카락으로 만든 값비싼 가발 몇 개를 꺼내 왔다. 판매원은 그 가발이 '인도네시아 사람이 아니라' 유럽인의 머리카락으로 만든 거라고 강조했다. 게다가 그녀는 내가 어떤 암에 걸렸는지를 자꾸 잊어버렸다. 나는 합성 섬유로 만든 짧은 금발 머리 가발을 선택했다. 그 가발은 인종 차별적이지도 않았고 가격도 고급 가발의 3분의 1이었기 때문이다.

우리는 북 투어 때 내가 입을 옷도 구입했다. 치료를 받기 전까지 나는 미국 기준으로 사이즈 6을 입었다. 그 정도면 과체중은 아니었지만 파리 사람들의 이상과는 거리가 멀었다. 내가 파리의 의류 매장에서 예쁜 옷을 입어볼 때 프랑스 판매원들은 무덤덤하게 "마음에 드세요?"라고 물어보곤 했다.

이제 나는 사이즈 2도 넉넉히 입게 됐다. 내가 사이즈 2 옷을 입고 베레모를 쓴 채로 탈의실에서 나오면 점원들은 만족스럽게 웃으면서 스웨터와 바지, 벨트를 추가하라고 권유했다. 원래 나는 옷을 고를 때 뚱뚱해 보이는지 아닌지를 기준으로 결정하던 사람이었다. 어떤 옷을 입어도 뚱뚱해 보이지 않는 경험은 성인이 되고 나서 처음이었다. 나는 몸에 달라붙는 원피스와 벨트 달린 재킷을 재빨리 구입했다. 순전히 내가 그런 옷을 구입할 수 있다는 게 좋아서였다.

어머니와 나는 내 병에 대해서도 잠깐 이야기를 나눴지만, 대부분의 시간 동안 어머니는 그저 인내심 있게 내 곁을 지켜줬다. 나는 우리가 언제나 함께했던 일인 쇼핑에서 작은 희망을 발견했다. 옷을 구입하는 행동에는 그 옷을 입을 미래가 있을 거라는 의미가 담긴다. 비록 공개석상에서 사진 찍을 때 입으려고 하이웨이스트 실크 스커트에 반소매 스웨터가 연결된 형태의 검정 드레스를 고르던 순간에는 '내가 이 옷을 입고 관속에 들어갈지도 모른다'는 생각이 뇌리를 스치긴 했지만.

뉴욕의 그 홍보 전문가가 연락을 해와서는 내가 미국의 텔레비전 아침 방송에 출연하게 됐다는 소식을 전했다. 안 되겠다. 내 상태를 계속 비밀에 부치기엔 압박이 너무 커졌다.

"꼭 해야 하는 이야기가 있어요." 나는 입을 열었다. 나는 감정을 싣지 않고 신속하게 내 상태를 알렸다. 그 이야기를 천천히 했다가는 울음이 터질 것 같았기 때문이다. 책이 출간되기 몇 주 전에 내 화학 치료가 끝날 예정이라고도 설명했다.

출판사 사람들은 모두 친절하기 그지없었다. 그런데 그들은 스리섬 에세이에 대해서는 여전히 우려하고 있었다. 나는 '만약 누군가가 스리섬에 관해 꼬치꼬치 물으면 내가 화제를 돌려 암 이야기를 꺼내겠다'라는 말로 그들을 안심시켰다.

어쨌든 육아에 관한 나의 조언은 두 단어로 압축되기에 이르렀다. "죽지 말자." 나는 아이들에게 '엄마가 아프지만 낫기 위해 치료를 받는 중'이라고 이야기했다. 그건 사실이었다. 화학 요법이 반쯤 진행된 시점이었는데 극심한 허리 통증은 사라졌다. 몇 달 만에 처음으로 고개를 돌릴 수도 있게 됐다.

나는 항상 검정색 베레모를 쓰고 다녔다. "우리 엄마는 대머리예요."

아직 말이 서툴렀던 딸은 내가 베레모를 벗은 모습을 볼 때마다 이렇게 선언했다.

1월, 마지막 치료를 받고 며칠이 지나서 다시 PET 촬영을 했다. 치료가 효과가 있었는지 알아보기 위한 검사였다. 나는 기계 속에 누워 프랑스 남자의 지시를 따랐다. 일주일 후, 사이먼과 나는 차가운 빗줄기를 뚫고 아이들을 학교에 데려다준 다음 금발 의사를 만나기 위해 병원으로 뛰어갔다. 의사가 우리에게 검사 결과를 알려주기로 한 날이었다. 우리가 자리에 앉기도 전에 의사가 설명을 시작했다.

"아주 좋은 소식이 있어요." 의사가 말했다. 내가 '완전 관해rémission complète(암의 징후와 증상이 완전히 소실된 상태를 가리키는 용어-옮긴이)' 상태라고 했다. 이번에는 나도 아무런 어려움 없이 프랑스어를 이해했다.

일주일쯤 후에 나는 머리카락을 완전히 밀었다. 실제로 삭발을 해보니 몇 달 전에 할 걸 그랬다는 생각이 들었다. 그러고 나서는 내 책을 홍보하기 위해 뉴욕으로 날아갔다. 가발 착용에 익숙하지 않았으므로 아침 프로그램에 출연하기 직전에 가발 위에 베레모를 쓰기로 마음먹었다. 베레모를 쓰면 마음이 편해지고 긴장도 덜 하게 되니까. (나는 방금 암을 이겨낸 사람이었지만, 그래도 텔레비전 생방송 출연을 앞두고는 긴장이 됐다.) 가발과 베레모를 같이 착용한 나는 반시온주의 유대인 아내 내지는 영양실조에 걸린 바스크 소작농처럼 보였다. 시청자들은 내가 "프랑스 사람처럼" 보이고 싶어서 그런 복장을 한 거라고 추측했다.

"베레모를 벗으세요." 생방송으로 내 모습이 나가자마자 에이전트가 나에게 문자 메시지를 보내왔다. 그 프로그램의 온라인 채팅방에서는 내가 알지도 못하는 사람들이 유쾌한 말투로 나에게 "프랑스에서는 지난 75년 동안 베레모가 유행한 적이 없어요"라고 알려줬다. (파리에 10년 동안 살아봐서 나도 그쯤은 안다.)

그래도 어느 평론가가 나를, 아니 적어도 글 속에 표현된 나의 페르소나를 "호감형"이라고 표현했을 때는 기분이 참 좋았다. 그리고 내 책을 읽은 후에 내가 친근하게 느껴졌다는 낯선 사람들의 메시지가 도착했다. 확실한 건 나는 41세고 지금 살아 있다는 사실이다. 그리고 나는 나다운 사람이 돼가는 중이다.

당신이 40대가 됐다는 징후들

말도 안 되는 일이 생기면 즉시 알아차린다.

≈

다른 사람을 진정시킬 줄 안다.

≈

당신에게 사람들을 조종할 능력이 있으며,
어떤 사람들 역시 오래전부터 당신을 조종해왔다는 사실을 깨닫는다.

≈

의리 있게 행동하면서도 경계를 풀지 않는다.

≈

극단적인 질투심은 일을 망친다는 사실을 안다.

≈

누군가가 당신에게 작업을 건다는 사실을 발견하고 깜짝 놀란다.
당신 스스로 가치가 없어졌다고 너무 일찍 판단해버린 탓이다.

009 전문 지식보다 중요한 것

놀랍게도 나의 육아책은 세상에 나오자마자 베스트셀러가 되어 저절로 유명세를 탔다. 맨해튼의 어느 서점에서 저자 낭독회를 마친 후에, 젊은 엄마 두 사람이 아기를 하나씩 안고 내게 다가오는데 그들의 얼굴에는 이상야릇한 표정이 어려 있었다. 나는 잠시 생각한 후에야 그 표정의 의미를 알아차렸다. 두 엄마는 나를 직접 만나서 떨렸던 것이다!

모든 독자가 나의 책을 좋아했던 건 아니지만, 그 책은 문화적인 대화의 소재가 됐다. 『뉴요커』는 나를 패러디했고 『포브스』는 나를 조롱했다. (기사 제목은 '됐어요. 저는 그냥 아이를 억만장자로 키울래요'였다.) 미국 오리

건주의 텔레비전 뉴스 프로그램은 아무것도 모르는 아이들에게 프랑스 육아법을 100퍼센트 적용하는 어느 엄마의 이야기를 소개했다. 그 엄마는 어마어마한 고급 요리를 아이들에게 차려주고 있었다. 온라인에서 나는 대만 사람이 제작한 동영상을 발견했다. 동영상 속에서는 아시아인으로 보이는 여자가 베레모를 쓰고 나와서(아마 나를 패러디한 거겠지?) 적포도주를 마시며 아이에게 「모나리자」 그리는 법을 가르쳤다. 몽골의 어느 여자는 영상 통화로 내게 연락해서 몽골어 번역본을 출간하고 싶다고 했다. 온 세상 사람들이 내게 이메일을 보내 육아 조언을 요청했다. 스리섬 에세이를 언급하는 사람은 거의 없었다.

그것은 유명세의 작은 충격이었다. 하지만 그건 하룻밤 사이에 내가 더 이상 일거리를 달라고 아쉬운 소리를 하는 무명 언론인이 아니게 됐다는 뜻이었다. 이제 나는 전문가 대접을 받고 있었다.

그럼 나는 진짜로 육아 전문가인가? 텔레비전에 잠깐 출연해서 육아 이야기를 하고 프랑스에 대해 잘 모르는 사람들에게 내 책의 내용을 요약해서 들려주는 건 어려운 일이 아니었다. 하지만 미국 명문대의 프랑스어 학과에서 강연해달라는 요청을 받았을 때는 무척 당황스러웠다. 진짜 전문가들 앞에서 한 시간 동안 설득력 있게 내 이야기를 할 수 있을까? 나는 기자인 만큼 책을 쓰기 위해 조사를 많이 했다. 하지만 이 강연에서 청중은 프랑스에 대해 공부하는 교수와 대학원생이고 그들 중 일부는 진짜 프랑스인이다. 나는 아마추어 인류학자인데 그들 중 일부는 진짜 인류학자다. 그들이 나에게 창피를 주기 위해 일부러 나를 초청한 건 아닌지 의심스러울 정도였다.

강연이 시작되기 직전에 나는 에스프레소 몇 잔을 연거푸 마시고 순전히 스트레스를 풀기 위해 M&M's 초콜릿 한 봉지를 다 먹었다. 나에게 없는 학문적 열정을 카페인의 에너지로 보충할 수 있기를 바랄 뿐. 수십 명이 대형 강의실을 꽉 채우고 있었다. 몇몇은 강의실 뒤쪽에 서 있었다. 여기저기 녹음 장비도 보였다. 내가 강의실 앞쪽에 자리를 잡자 교수가 나를 소개했다.

한 시간 동안 나는 청중의 질문에 답하고 내 책의 핵심 내용을 설명했다. 학생들은 호기심과 예의, 심지어는 존중이 담긴 말투를 썼다. 아무도 나의 학문적 자격에 시비를 걸지 않았고, 나를 추궁하려는 의도를 가진 사람도 없는 것 같았다. 잠시 후 박수가 터져 나왔다. 교수는 다 같이 위층으로 올라가 와인을 한 잔씩 마시자고 했다. 그 자리에서 교수는 기분 좋은 얼굴로 강연이 아주 잘됐다고 말해줬다. 대학원생들은 내가 낭독회에서 만난 엄마들과 똑같이 초조한 얼굴로 내게 다가왔다.

나는 어안이 벙벙했다. 전문가의 자격 요건이 내가 생각했던 것보다 낮은 걸까? 사람들은 누군가가 전문 지식을 가지고 있다고 스스로를 설득하기 위해 나에게 자신들의 성숙함을 투사하는 걸까? 아니면 내가 '가면 증후군 imposter syndrome (유능하고 사회적으로 인정받는 사람이 자신의 능력에 대해 의심하며 언젠가 무능함이 밝혀지지 않을까 걱정하는 심리 상태-옮긴이)'에 걸린 거고 실제의 나는 내가 생각하는 것보다 많은 지식을 가진 걸까?

이른바 '전문가' 지위를 인정받은 지 얼마 되지 않았을 때 나는 내가 전문가라고 간주했던, 아니 어른이라고 간주했던 사람들 중에도 자기에 대한 확신이 없어서 힘들어하는 사람이 더러 있다는 사실을 알았다. 동료들의 평가에 거의 전적으로 의존하는 학계에서는 그런 문제가 더욱 심각하다. 나는 친구들의 소개로 에이미라는 이름의 교수를 만난 적이 있다. 에이미는 일류 학교 여러 곳에서 공부를 마치고 미국 유수의 대학에서 강의를 하며 학술지에 정기적으로 논문을 기고한다.

"나는 가짜 지식인이에요." 나와 함께 와인을 마시던 에이미가 말했다. "나는 여러 가지 주제에 대해 수박 겉핥기식 지식만 가진 사람이에요. 시야가 좁아서 아주 작은 조각만 볼 줄 알지요. 더 크고 중요한 문제는 분석할 능력이 없어요." 에이미는 그녀보다 많이 알고 자신들의 연구 주제를 더 잘 파악하고 있는 사람들에게 둘러싸여 지내는 기분이라고 말했다. "만약 학자의 책무가 사람들의 세계관을 변화시키는 거라면 나는 그 일을 못 해낼 것 같아요."

에이미는 곧 종신 교수직에 지원하려고 하지만 아마 그 자리를 얻지 못할 거라고 말했다. "대학에서 나에게 종신 교수 자격을 주지 않는 게 옳을지도 몰라요. 나는 그 정도로 훌륭한 학자가 못 되니까요."

학자라고 다 그런 건 아니었다. 나는 키스라는 다른 교수를 만났는데, 그는 전공인 철학 분야에서 자기가 전문가가 됐다고 느낀 순간을 정확히 기억하고 있었다. 대학원생 시절에 그는 지도 교수들이 지식의 연금술사 같다고 생각했다. 교수들은 자기 분야의 역사를 인용하는 동시에 다양한 철학적 문제들을 구체적으로 논했다. 강의 시간에 교수들은 여러 가닥의 실을 하나로 엮어냈다. 키스는 이렇게 말했다. "학생 시절에는 그래요. 내가 지금은 미약하지만 나중에 교수들과 대등해질 거라고는 생각지 못하죠. 학생들은 '내가 어떻게 저런 학자가 될 수 있겠어?'라고 생각합니다."

박사 과정에 입학한 지 3년쯤 지나서 키스는 학부생들을 대상으로 강의를 하게 됐다. 어느 날 학생 하나가 수업 내용과 깊은 관련이 없는 난해한 질문을 던졌다. 키스는 철학이라는 학문에 대한 광범위한 이해가 있어야 가능한 심오하고 복합적인 대답을 그리 어렵지 않게 내놓았다. 후속 질문에도 똑같은 방식으로 대처했다. 키스는 그를 가르친 스승들과 똑같이 연금술을 하고 있었다!

"그 수업이 끝나고 내 연구실로 돌아와서 '오! 그건 내가 전문가가 되는 순간이었어'라고 혼자 생각했던 기억이 납니다." 키스는 그때 비로소 어른이 된 기분이었다고 말했다.

나는 자신이 도제 단계를 벗어난 시기를 정확하게 집어내는 사람을 만나서 기뻤다. 하지만 주변의 다른 학자들에게 키스의 이야기를 전해줬을 때 반응은 하나같이 시큰둥했다.

"허풍 떠는 법을 알면 어른이 된 건가?" 어느 영문학 교수가 냉담하게 반문했다. 사이먼의 아버지인 내 시아버님은 내가 석·박사 학위를 가진 사람들을 너무 쉽게 신뢰한다고 말씀하셨다. "어떤 지루한 전문 분야에서 유능하다는 것은 자기 자신을 깊이 파악하고 세상을 이해하며 남들을 이해하는 능력과 무관하단다. 그건 어른이 된다는 것과는 별개의 문제야."

그러니까 나는 전문적인 지식을 지혜로 착각하고 있었다. 우리가 진정한 어른이 되려면 전문 지식이 아니라 지혜를 갖춰야 한다. 아니, 나의 실수는 그게 아닌지도 모르겠다. 나는 어른이 된다는 걸 남자가 된다는 걸로 착각했는지도 모른다.

전문 지식에서 신비로움이라는 요소를 분리하고 나니, 내가 조사를 충분히 했으며 내 주장을 펼칠 만큼의 지식은 가지고 있다는 생각이 들었다. 그래도 나에겐 머릿속이 깨끗이 비워진 채로 세상과 거리를 두고 있는 느낌 같은 것이 있었다. 최근까지 의료용 촬영기 안에 누워서 과연 내가 살아남을 수 있을 것인지를 걱정하지 않았던가. 여전히 나는 유지 요법의 일환으로 3개월마다 면역 치료약을 받아야 했다.

나는 기쁜 마음으로 네덜란드와 러시아로 북 투어를 떠날 계획을 짜고 끝없이 이어지는 인터뷰 요청에 응했다. 어떤 부모가 프랑스식 육아법을 사용했더니 아기의 수면에 도움이 됐다고 나에게 말해줄 때마다 기분이 좋았다. 그리고 사교성이 부족한 사람에게 책은 아주 유용한 소개장이 된다. 나는 사교 행사에서 사람들과 친해지려고 열심히 노력할 필요가 없었다. 내 책을 읽은 사람들은 나를 원래 알고 있었던 것 같은 친근감을 느꼈다. 나는 그들이 가지고 있는 좋은 인상을 망가뜨리지만 않으면 된다.

하지만 나는 최근에 내 삶이 한순간에 바뀌는 경험을 했다. 그것도 두 번이나. 그래서 내가 새롭게 획득한 전문가라는 지위에 너무 들뜨지 않고 신중하게 행동하려 했다. 단층 촬영기 안에 있었던 순간과 똑같은 태도로 나의 작은 성공을 대하려 했다. 다른 사람의 목소리를 잘 듣고 평정을 유지하자.

나에게 진짜로 큰 영향을 미친 것은 나의 책 자체였다. 드디어 어떤 일을 잘 해냈다는 것이 내게는 커다란 위안이었다. 아주 젊던 시절에 사람들은 나에게 잠재력이 있다고 말해줬다. 30대 때는 내가 그 잠재력을 과연 발견할 수 있을지 의심스러웠다.

30대 중반에 최초의 책을 출간했을 때는 처음부터 다시 쓰고 싶은 마음이 들었다. 책에 대한 이런저런 평가가 있었지만, 실제로는 아무도 그 책을 제대로 읽지 않았다. 첫 번째 책과 비슷한 책을 하나 더 낼 경우 나의 출판 경력은 끝이 나고 다시금 짧은 에세이라도 쓰게 해달라고 편집자들에게 사정하는 처지가 될 판이었다. 사이먼이 나중에 고백한 바에 따르면 그도 나의 커리어를 걱정하고 있었다고 한다. 생활에 보탬이 되지 못해서 골이 난 아내랑 사는 것이 두려웠다나.

두 번째 책인 『프랑스 아이처럼Bring up Bébé』의 원고를 출판사에 보냈을 때 나는 내 능력으로 써낼 수 있는 가장 강렬한 책을 썼다고 자부했다. 그때는 단 한 문장도 바꾸고 싶지 않았다. 40대가 되자 나는 더 이상 잠재력에 의존하지 않았다. 드디어 나는 최상의 능력을 발휘하고 있었다.

그 책에도 부족한 점은 많았지만, 나는 어른에게 걸맞은 태도로 내 관점을 정하고 그 관점을 옹호했다. 이것이 나에게는 발전이었다. 어릴 때 나는 절대로 사물의 본질을 파악하지 말라고 배웠다. 그런데도 나는 복잡한 주제를 깊이 파고들어 그 주제 안에서 여러 가닥의 이야기를 뽑아냈다.

그리고 단층 촬영기의 관 안에서 나의 내밀한 부위를 노출하는 경험을 통해 나 자신을 더 잘 알게 됐다. 지금까지 나는 언제나 최악의 시나리오를 상상하며 살았다. 이제 나는 그 시나리오들 중 하나가 현실이 되더라도 내가 감당할 수 있다고 생각한다. 어떤 경우에도 나 자신이 산산이 부서지는 일은 없을 것이다. 나는 치료를 받은 다음에도 집으로 걸어와서 아이들을 위해 저녁식사를 준비했다. 그리고 나는 미국에서는 모든 게 더 나을 거라고 가정하면서 무작정 미국으로 다시 달려가지도 않았다. 나는 프랑스에 머물렀다. 다른 나라에 나 자신의 존재를 맡긴 셈이다. 그리고 촬영이 끝났을 때 나는 남편을 바꾸거나 뭔가를 급격하게 변화시키고 싶지 않았다. 나는 차분하게 촬영기에서 나왔고, 내 삶에 감사했고, 그 삶을 더 강렬하게 원하고 있었다.

당신이 40대가 됐다는 징후들

어떤 사람의 생활 방식을 보고 저 사람은
부모에게 물려받은 돈이 있는 것이 틀림없다고 생각한다.

≈

사소한 일이라도 누군가에게는 중요하다는 사실을 알기 때문에
그 일을 충실히 수행하려고 한다.

≈

옛날에는 신적인 존재였던 고등학교 선생님들이
이제 은퇴해서 당신과 연락을 주고받기를 원한다.

≈

영화 「졸업」을 보면서 젊은이들이 아닌 부모 세대에 공감한다.

≈

대단히 매력적인 사람을 만나도 쉽게 유혹당하지 않고 오히려 의심을 품는다.

010 중년의 위기?

'중년의 위기'라는 개념은 1957년 런던에서 처음 만들어졌다.

당시 40세였던 캐나다인 엘리엇 잭스Elliott Jaques는 영국정신분석학회 학술 대회에서 자신이 쓴 논문을 발표했다. 잭스는 100명 정도를 대상으로 연구한 결과, 30대 중반인 사람들은 일반적으로 몇 년 동안 우울한 시기를 경험한다고 주장했다.

의사이자 정신분석학자였던 잭스는 위대한 화가들의 생애를 연구하다가 이런 공통점을 발견했다. 위대한 화가들의 경우 30대 중반에 우울증이 다소 극단적인 형태로 나타났다. 보통 사람들의 경우 그 시기에 종교적 각성, 난잡한 성생활, 갑자기 삶을 즐기지 못하게 되는 것, 그리고 "건강과 외모에 대한 지나친 걱정", "젊음을 유지하려는 강박적인 노력" 등의 증상을 보인다.

30대 중반에 우울감이 찾아오는 이유는 삶의 절반이 지나갔으며 죽음은 남들에게만 일어나는 일이 아니라는 자각 때문이다. '죽음은 나에게도 찾아올 수 있다!' 잭스는 우울감을 경험하던 어느 36세 환자가 치료사에게 했던 말을 인용했다.

"지금까지 인생은 계속 위로만 올라가는 곡선 같았어요. 아득히 먼 곳에 있는 지평선만 보였죠. 지금은 내가 갑자기 언덕 꼭대기에 올라온 느낌이에요. 꼭대기에서는 내리막만 보이고, 길이 끝나는 지점도 시야에 들어옵니다. 물론 끝나는 지점은 아직 멀었지요. 그래도 끝에 죽음이 기다리고 있다는 게 분명해졌어요." (어쩌면 그는 19세기에 독일 철학자 쇼펜하우어가 쓴 다음과 같은 글을 떠올리고 있었는지도 모르겠다. "우리가 생이라는 언덕을 올라가는 동안에는 죽음이 눈에 보이지 않는다. 죽음은 언덕 반대편의 맨 밑에 숨어 있다. 하지만 우리가 언덕 꼭대기를 넘어서고 나면 죽음이 시야에 들어온다. 그전까지는 말로만 들었던 죽음이.")

잭스는 중년의 이러한 변화를 최초로 알아차린 사람이 자기라고 주장하지는 않았다. 그는 14세기에 이탈리아 문인 단테가 쓴 『신곡』의 주인공(학자들의 해석에 따르면 그 주인공은 35세다)이 책의 첫머리에서 다음과 같이 선언했다고 지적했다. "우리 인생길 반 고비에/ 나는 어두운 숲 속에 있었네/ 똑바로 가는 길을 잃어버린 채로." 잭스는 『신곡』의 이 도입부가

"중년기의 정신적 위기를 생생하고 완전하게 묘사"한다고 평가했다.

하지만 잭스는 현대적이고 임상적인 설명도 제공했다. 그리고 결정적으로 그는 그 현상에 "중년의 위기"라는 이름을 붙였다.

런던의 학술 대회에서 논문을 발표하는 동안 잭스는 초조한 심정이었다. 당대의 거물급 정신분석학자들이 그 자리에 앉아 있었기 때문이다. 정신분석학회 회장으로서 '이행대상transitional objects' 이론을 창시한 도널드 위니컷Donald Winnicott이라든가, 잭스의 스승이자 저명한 아동심리학자였던 멜라니 클라인Melanie Klein 같은 사람들이었다.

당시 정신분석학회는 몇몇 파벌로 갈라져 서로 경쟁하던 터라 분위기가 험악했다. 학술 대회 참가자들은 질의응답 시간에 발표자에게 공격적인 질문을 던졌다. 게다가 잭스는 단순히 추상적인 이론을 제시한 것이 아니었다. 나중에 그가 인터뷰에서 밝힌 바에 따르면 그가 논문에서 소개한 36세 환자는 그 자신이었다.

「중년의 위기The Mid Life Crisis」라는 논문을 다 읽은 잭스는 공격이 들어오기를 기다렸다. 그런데 공격은 없었다. 그가 나중에 회상한 바에 따르면 아주 짧은 토론이 있고 나서 "쥐 죽은 듯 고요"했다. 그러고 나서는 "무거운 침묵이 흘렀다." "나는 창피해서 견딜 수 없었다. 아무도 일어나서 발언을 하지 않았다. 생소한 분위기. 이런 일은 극히 드물었다." 다음 날 멜라니 클라인은 잭스를 위로하면서 이렇게 말했다. "정신분석학회가 감당하지 못하는 주제가 하나 있어. 그게 바로 '죽음'이야."

의기소침해진 잭스는 '중년의 위기'에 관한 연구에서 잠시 손을 뗐다.

다음번에 그는 시간과 노동 등 개인적 성격이 덜한 주제에 관한 논문을 썼다. "나는 그 논문이 대실패였다고 확신하고 있었다." 잭스의 회상이다.

그러나 잭스는 언덕 꼭대기에 서 있는 우울한 남자의 감정 상태를 완전히 잊어버리지는 않았다. 6년 후에 그는 그 논문을 『국제 정신분석학 저널The International Journal of Psychoanalysis』에 제출했고, 그 논문은 저널 1965년 10월호에 '죽음과 중년의 위기Death and the Mid-life Crisis'라는 제목으로 게재됐다.

이번에는 사람들이 침묵하는 대신 잭스의 이론에 열렬히 호응했다. '중년의 위기'는 '시대정신zeitgeist'과 나란히 놓일 만큼 중요한 개념으로 부상했다.

만약 당신이 1900년에 태어난 남자라면, 당신이 60세까지 살 확률은 50퍼센트 정도밖에 안 된다. 당시 남성의 평균 기대 수명은 약 52세였다. 그러니 마흔이라는 나이를 '끝의 시작'으로 생각할 만도 했다.

하지만 선진국에서는 평균 기대 수명이 매년 2.3년씩 증가하고 있었다. 1930년대에 태어난 어떤 사람이 60세까지 살 확률은 80퍼센트에 근접했다. 그러자 마흔이라는 나이는 새로운 활력을 얻었다. 1933년에 미국에서 가장 잘 팔린 논픽션 책은 『인생은 40부터Life Begins at Forty』였다. 그 책의 저자인 언론인 월터 피트킨Walter Pitkin은 다음과 같은 주장을 펼쳤다. "기계 시대Machine Age 이전에는 남자들 마흔이면 기력이 다 소진됐다. 그러나 산업화, 첨단 의학, 식기 세척기 덕분에 남녀 모두가 '생계 유지하기 making a living '라는 오래된 임무에서 해방되어 '삶을 살기 living '라는 새롭고 기이한 임무로 옮겨 갔다."

엘리엇 잭스가 1965년 「죽음과 중년의 위기」를 출판했을 때 서구 국가들의 평균 기대 수명은 거의 70까지 상승한 상태였다. 30대나 40대에 삶을 변화시키는 것도 가능한 일이 됐다. 이제 사람들이 오래 살게 됐으므로 30대 이후에 새로운 직업이나 새로운 배우자를 구해도 충분히 즐길 수 있었기 때문이다.

그리고 삶을 변화시키기도 쉬워지고 있었다. 여성들이 어느 때보다 많이 노동 시장에 진출하면서 경제적 독립을 획득했다. 중산층 전문직 종사자들은 과거 어느 때보다 심리 치료와 부부 상담을 많이 받았고 자기 자신을 이해하려는 노력을 기울였다. 사람들은 결혼을 낭만적인 관습으로만 여기지 않고 자아실현의 원천으로 생각했다. 이혼에 대한 법적 규제가 느슨해지는 추세였고 이혼율이 급증하기 직전이었다.

사회적으로도 민권 운동에서 피임약에 이르는 극적인 변동이 있었다. 중년의 위기를 겪는 것은 개인들만이 아니었다. 사회 전체가 중년의 위기를 경험하는 것만 같았다.

중년의 위기가 필연이라는 관념은 잭스의 학술 논문에서 대중문화로 신속하게 옮아갔다. 이 새로운 사회적 지식에 따르면 40대는 중년의 위기가 가장 많이 발생하는 시기였다. 1967년에 출간된 『중년의 위기 The Middle-Age Crisis』라는 책에서 바버라 프라이드 Barbara Fried 는 "40대에게 위기는 성장의 한 측면이며 정상적인 현상이다. 40대의 위기는 마치 어린 시절에 이가 나는 것처럼 자연스러운 일이다"라고 주장했다.

5~6년 전까지 없는 거나 마찬가지였던 '중년의 위기'는 갑자기 사람을 지배할 수도 있고 심지어 죽일 수도 있는 생물학적 필연처럼 받아들여졌다. "그 사람은 극심한 고통을 겪는다……. 자기 몸 안에서 어떤 일이 벌어지는지도 알지 못한다. 신체의 변화가 그 사람의 감정 상태에도 영향을 미친다." 1971년 「뉴욕타임스」 기사는 '중년의 위기'를 이렇게 설명했다. "그러면서 그 사람은 우유부단해지고 불안과 권태를 느낀다. '다 소용없다'는 사고방식을 갖게 되고 울타리에 갇힌 기분을 느낀다."

중년의 위기는 곧 책이 원래 제시했던 좁은 개념을 벗어나 인간의 거의 모든 내적 갈등을 포함하는 개념으로 확대됐다. 우리 자신이 원했던 모든 것을 성취했지만 그 성취의 의미를 찾지 못해서 위기가 찾아올 수도 있다. 혹은 충분한 성취를 이루지 못했기 때문에 위기에 빠질 수도 있다.

경영 관리 이론가들은 기업이 중년의 위기를 겪는 직원들에게 주의를 기울여야 한다고 촉구했다. 1972년 미국 정부의 어느 대책위원회에서는 중년의 위기가 35~40세 남성들의 사망률이 소폭 상승한 원인으로 추정된다고 경고했다. "일반적으로 중견 관리자들은 30대 후반에 이르면 자신이 쓸모없는 존재가 됐다는 느낌에 사로잡힌다. 그들은 자신의 경력이 정점에 도달했으며 앞으로 남은 삶은 불가피하게 긴 내리막길이 되리라는 사실을 깨닫는다." 중년의 위기를 생물학적인 현상으로 바라보는 시각도 있었지만, 대체로 중년의 위기는 중산층과 상류층에게 찾아오는 고통으로 간주됐다. 중년의 위기에 시달리는 사람들의 전형은 백인 남성 전문직 종사자로서 자기 계발에 대해 곰곰이 생각할 시간이 있고 스포츠카와 정부를 유지할 경제력도 있는 사람이었다. 육체노동자 또는 흑인은 자아실현을 하는 사람들로 여겨지지 않았다. 그리고 여성의 삶은 결혼, 폐경, 자식이 집을 떠나는 시점 등으로 이뤄진 별도의 시간표를 따른다고 간주됐다.

하지만 여자들은 중년의 위기 담론에 당시 초창기였던 여성운동과도 통하는 일종의 해방 서사가 포함된다는 사실을 곧 깨달았다. "우리의 삶이 마음에 들지 않으면 우리가 바꿀 수 있다." 이런 사고방식의 완벽한 대변인이 작가 게일 시히 Gail Sheehy였다.

시히는 웨스트체스터에서 광고 회사 임원의 딸로 태어났다. 그녀는 사회적 관습에 따라 가정학을 공부하고 의사와 결혼한 후 아이를 낳았지만, 그런 삶은 그녀에게 맞지 않았다. 1970년대 초반에 그녀는 이혼하고 기자로 일했다.

시히가 아일랜드 북부에서 취재를 하던 1972년 1월, 시위대의 일원이던 젊은 가톨릭교도가 그녀와 인터뷰 도중 얼굴에 총을 맞았다. 죽을 뻔했다는 것도 충격이었는데 얼마 후면 30대 중반이 된다는 충격까지 더해졌다. "어떤 외부적 힘이 나의 정신을 뒤흔들며 소리친 거죠. '진지하게 고민해봐! 당신 인생의 절반이 지나갔어.'"

시히가 만나본 학자들은 35세에 대혼란을 경험하는 건 정상적인 일이라고 설명했다. 성인들도 아이들과 마찬가지로 여러 발달 단계를 거치기 때문이라고 했다. 시히는 미국 곳곳을 돌아다니면서 고등 교육을 받은 18세에서 55세 사이의 미국 중산층 남녀를 인터뷰하고 그들의 삶에 대해 질문했다. 1976년 여름에 시히는 『인생 역정: 성인들의 예측 가능한 위기 Passage: Predictable Crises of Adult Life』라는, 400쪽에 가까운 책을 출간했다. 그해 8월 그 책은 「뉴욕타임스」 논픽션 부문 베스트셀러 1위에 올랐고, 그 후로도 1년간 10위 안에 머물렀다. 나도 우리 엄마의 침대 옆 탁자에서 그 책의 무지개색 줄무늬 표지를 본 기억이 난다.

시히는 미국인들에게 나타나는 중년의 위기를 찾아보러 다녔다. 그리고 그 결과 중년의 위기를 발견했다. "중년을 향하는 길에 들어서면 정체되는 느낌, 균형을 잃은 느낌, 우울하다는 느낌을 받게 된다." 『인생 역정』의 한 대목이다. "때때로 사람들은 인생관이 순식간에 변화하는 것을 느낀다. 몇 년 전까지만 해도 열정적으로 걸어갔던 길에서 이상한 불만족을 느낄 수도 있다." 시히의 주장에 따르면 37세부터 42세는 "거의 모든 사람이 가장 큰 불안을 경험하는 시기"다. 그리고 중년의 위기는 여성들도 예외가 아니다.

지난 10년 동안 힘을 축적한 하나의 개념이 시히의 책과 함께 기정사실로 변모했다. 미국 사회에서는 곧 '중년의 위기' 머그컵과 티셔츠가 판매되고 보드게임까지 등장했다. 그 보드게임의 목표는 "망가지지 않고, 이혼하지 않고, 파산하지 않고" 중년의 위기를 무사히 넘기는 것이었다.

그런데 중년의 위기는 실재하는 현상인가? 인류학자 스탠리 브랜디스는 회의적인 입장이다. 브랜디스는 마흔에 가까워졌을 때 그가 살던 버클리의 동네 서점에 갔는데, 그곳에 있는 모든 자기 계발 서적들이 그에게 곧 인생의 격변을 경험하게 되리라고 경고하고 있었다.

브랜디스는 고전으로 손꼽히는 마거릿 미드Margaret Mead의 1928년 작 『사모아의 청소년Coming of Age in Samoa』을 떠올렸다. 그 책에 따르면 미국인들은 10대 여자아이들이 사춘기의 위기를 맞이할 것이라고 가정하며, 그 때문에 실제로 많은 여자아이들이 사춘기에 방황을 한다. 하지만 미드가 관찰한 바에 따르면 사모아 사람들은 청소년기에 감정 변화가 심할 거라고 예상하지 않으며, 실제로 사모아 청소년들은 감정이 격하지 않다.

브랜디스는 중년의 위기 또한 문화적으로 만들어진 개념이라고 추론했다. "우리 사회의 문화가 나에게 중년의 위기라는 요술을 걸고 있다. 내가 반드시 그런 감정에 휩싸여야 할 이유는 없다." 그는 1985년에 『나이 마흔Forty: The Age and the Symbol』이라는 책을 통해 그의 이론을 공개했다.

브랜디스에게는 참고할 통계가 많지 않았지만, 머지않아 연구자들은 각종 조사의 결과를 분석하기 시작했다. 그중에는 1995년에 시작된 「미국 중년의 삶Midlife in the United States」(약어로 MIDUS)이라는 방대한 연구도 있었다. 그러면 통계는 중년의 위기에 대해 무엇을 말해주는가?

"대부분의 사람들은 위기를 겪지 않습니다." 초창기의 MIDUS 연구에 참여했으며 현재 브랜다이스 대학 교수인 마지 래치먼Margie Lachman의 말이다. 래치먼의 견해는, 중년인 사람들이 대체로 건강하고 사람을 만날 일이 많으며 커리어 측면에서도 소득이 가장 높은 시기를 맞이했기 때문에 "사람들은 대체로 만족한다"라는 것이다.

그의 설명에 따르면 중년의 위기를 실제로 경험한 사람들의 일부는 "위기에 취약"하거나 신경증 증세가 있는 사람들이다. 그들은 중년에만 그런 게 아니라 일생을 위기 속에서 산다. 그리고 중년의 위기를 경험한 사람들의 절반가량은 나이 듦 그 자체가 아닌 건강 이상, 실직, 이혼 같은 인생의 큰 사건이 원인이었다고 답했다.

MIDUS를 비롯한 각종 통계에 따르면 미국인들 가운데 10~20퍼센트만이 '중년의 위기'로 칭할 수 있는 경험을 한다.

통계가 제시되면서 대다수 과학자들은 중년의 위기가 생물학적 변화 때문이라는 가설을 폐기했다. 그들은 중년의 위기를 문화적으로 만들어진 현상으로 간주했다. 한때 중년의 위기를 소리 높여 외쳤던 대중 매체들이 이번에는 중년의 위기란 없다고 주장하기 시작했다. '중년의 위기에 관한 잘못된 믿음' 같은 제목의 기사들이 수십 개씩 쏟아져 나왔다.

하지만 중년의 위기는 그냥 부정해버리기에는 지나치게 흥미로운 개념이었다. 중년의 위기는 서구 중산층 담론의 한 부분으로 자리 잡았으며, 자아실현을 하며 인생을 사는 법에 관한 참신한 스토리를 제공한다.

마지 래치먼의 주장에 따르면 '중년의 위기' 이론이 성공한 또 하나의 이유는 사람들이 인생의 각 단계에 이름 붙이기를 좋아하기 때문이다. 예컨대 유아들을 가리켜 '미운 네 살'이라고 하는 것처럼. 래치먼은 이렇게 말한다. "사실 내가 아는 사람들 대부분은 자기의 네 살짜리 아이가 사랑스럽다고 말합니다." 중년의 위기라는 개념이 아직도 생명을 유지하는 이유 중 하나는 그 용어 자체가 아주 선정적이기 때문이다.

엘리엇 잭스는 그의 논문이 일으킨 파장을 바라보며 기뻐했다고 한다. 세계 각국에서 「죽음과 중년의 위기」를 재출간하자는 요청이 들어왔다.

그때 잭스는 다른 주제로 연구 분야를 옮긴 지 오래였다. 그는 노사관계 전문가로 변신해서, 노동자들에게 업무를 완성하라고 주어지는 시간의 양을 기준으로 성과를 평가하는 방법을 고안했다. 그는 미국 군대와 영국 국교회의 조직 개편 컨설팅을 담당했으며 20권이 넘는 저서를 출간했다. 중년의 위기에 관해 다시 글을 쓴 적은 없다.

잭스는 2003년에 사망했다. 그의 두 번째 아내로서 직장 조직에 관한 잭스의 아이디어를 전파하기 위한 단체의 공동 설립자인 캐스린 케이슨Kathryn Cason은 나에게 "중년의 위기는 그이의 초창기 업적 중 아주 작은 부분"이고 "그이는 20년, 30년이 지나서도 그 이야기는 하지 않으려 했다"라고 말했다. 그녀는 잭스가 나중에 쓴 논문들을 읽어보라고도 권했다.

솔직히 고백하건대 나는 잭스가 나중에 쓴 글을 읽지 않았다. 잭스는 중요한 아이디어를 많이 가지고 있었지만 세상은 그의 작은 아이디어 하나에만 관심을 보였다. 「뉴욕타임스」에 실린 그의 부고 기사는 다음과 같았다. 「엘리엇 잭스, 86, '중년의 위기'라는 용어를 최초로 만든 과학자 Elliott Jaques, 86, Scientist Who Coined 'Midlife Crisis'」

당신이 40대 중반이라는 징후들

신기하게도 신발 사이즈가 하나 커졌다.

≈

'어르신'으로 보이는 사람들이 이제 당신을 동료로 대우한다.
그들은 "그건 우리에게는 더 이상 중요하지 않아요.
하지만 우리 아이들에게는 중요합니다"와 같은 말들을 한다.

≈

지금 폐경기를 보내고 있는 사람을 몇 명 안다.

≈

갱년기 장애가 뭔지 아직도 잘 모르겠다. 그리고 별로 알고 싶지도 않다.

≈

마흔이 될 거라고 불안해하는 젊은 사람들에게
"마흔은 아마추어에게 좋은 시절이야"라고 말해줄 수 있다.

≈

아이가 셋 있다고 말하면 사람들이 놀라는 척을 한다.

011 융이 주는 메시지

마흔이라는 나이를 생각하면 영화 「그래비티」에서 샌드라 불럭이 우주 비행사로서 최초의 임무를 수행하는 장면이 떠오른다. 불럭은 고도의 훈련을 받은 과학자였으므로 NASA(미국항공우주국)에서는 그녀가 우주 비행에 투입될 준비가 됐을 거라고 판단한다. 하지만 불럭은 겁에 질려 있다. 그녀는 우주 비행 경력이 많은 자신만만한 고참 조지 클루니의 지휘를 받게 되어 다행이라고 생각한다. 두 사람은 말 그대로 줄로 연결되어 있다.

그러나 사고가 발생한다. 두 사람이 탄 우주선이 우주 파편과 충돌한 것. 클루니는 불럭에게 살아남을 기회를 주기 위해 두 사람을 연결하는 줄을 풀어버리고 자신은 우주로 날아가버린다. 사령부와의 무선 연락도 끊긴다. 불럭은 홀로 우주를 떠다니는 신세가 된다. 누구도 그녀에게 명령을 하거나 그녀를 구해주러 오지 않는다. 만약 그녀가 지구로 무사히 돌아가기를 원한다면 혼자만의 힘으로 그 방법을 찾아야 한다.

나 역시 사이먼이 나와 연결된 줄을 풀어버린 기분이다. 사이먼은 나를 잘 챙겨주는 어른 역할을 그만하기로 했다. 아니, 이것은 불충분한 표현이다. 사이먼은 운전도 할 줄 모르니까. 우리는 여전히 부부지간이고, 사이먼은 원래 자기가 하는 일에 대해 거창하게 떠벌리지 않는 사람이다. 하지만 내가 서서히 깨닫고 있는 바에 따르면 사이먼은 이제 나의 업무용 이메일 작성법에 관해 조언을 해주지 않으며, 내가 이틀짜리 출장을 갈지 말지 망설일 때 한 시간 동안 같이 고민해주지도 않는다. ("가고 싶으면 가." 그는 퉁명스럽게 한마디를 던진다.) 이제 그는 어떤 여자가 나보고 "복잡한 사람"이라고 말했는데 그게 무슨 뜻인지 분석해준다거나, 내가 유난히 기분 나쁜 트위터 메시지를 받았을 때 나의 자존심을 달래주기 위해 저녁 시간을 다 쓰려고 하지 않는다.

나는 사이먼의 태도가 달라진 걸 이해한다. 따지고 보면 나도 훈련을 마친 성인이니까. 나는 온종일 우리 아이들에게 충고와 지시를 한다. 나보다 조금 더 나이가 많은 지인들은 아이들을 나에게 보내 진로 선택 조언을 구하기 시작했다. 그리고 몽골에 사는 엄마들 몇몇은 나를 인생의 스승으로 여기는 듯했다. (나는 그분들이 몽골의 유목민 텐트 안에서 아기들에게

'메르시 merci'라는 말을 가르치는 광경을 상상하며 즐거워한다.)

나의 스승인 사이먼은 그가 젊어진 문제로 힘들어하고 있다. 그는 예전처럼 잠을 깊이 자지 못하고, 시간이 부족해서 자기 일도 겨우 끝마친다. 게다가 그는 런던까지 장거리 여행을 자주 다닌다. 런던의 요양원에 머무르고 있는데 건강이 점점 나빠지시는 어머니를 찾아가기 때문이다.

그리고 사이먼은 나로부터 특별한 존재로 대접받는 동시에 어린아이 취급을 당하는 것이 이제 달갑지 않은 모양이다. 나는 정치와 사람에 관한 그의 판단이라면 무조건 신뢰하지만, 그에게 실생활에 필요한 기술이 하나도 없다는 점에는 불만이다. "내가 당신이랑 이혼하는 사태가 생긴다면 그건 커튼 달 줄 아는 사람을 만나서일 거야." 어느 날 밤, 우리 집 거실에서 사다리에 올라가 있던 내가 한 말이다.

그리고 요즘 들어 나는 사이먼의 견해에 동의하지 않거나 그의 조언을 따르지 않는 일이 많아졌다. 나는 여전히 그가 대단히 영리하다고 생각하지만, 이제는 그가 형이상학적 진리의 체현자라기보다 특정한 관점을 가진 지적인 사람으로 보인다.

40대에 '나를 잘 챙겨주는 어른'을 포기하는 사람은 나 혼자가 아니다. 그것은 40대의 표지와도 같다. 그 이유 중 하나는 우리의 부모, 그러니까 우리 생각에는 아득한 옛날부터 어른이었던 분들이 나이 들었기 때문이다. 이제 부모님과 나누는 대화에는 거의 항상 건강에 관한 내용이 포함된다. 2013년에 37세부터 48세까지의 미국인을 대상으로 수행한 연구에 따르면 조사 대상자의 3분의 1에 가까운 사람들이 부모 중 한

쪽을 잃었으며 열 명 중 한 명은 부모를 다 잃었다. 조사 대상자 다섯 명 중 한 명은 노부모나 나이 든 친척을 정기적으로 찾아가고 있었다. 요즘 나는 친구의 부모님이 돌아가셨다는 소식을 두 달에 한 번꼴로 듣는다. "너희 부모님은 어떠셔?" 내 또래 사람들은 서로에게 이런 질문을 던진다. 의례적인 질문이 아니라 진심으로 걱정해서 하는 말이다.

이제 우리는 우주 공간을 표류하는 미아인 셈이다. 우리는 혼자 힘으로 헤쳐 나가야 한다. 하지만 어떻게? 영화 「그래비티」에서 샌드라 불럭은 처음에는 절망하고 포기한다. 그러다가 자신이 혼자 우주선을 조종하는 훈련을 받았다는 사실을 문득 깨닫는다. 결국 그녀는 지구로 돌아오는 데 성공한다. 물론 그전에 무중력 상태에서 아주 짧은 반바지 차림으로 섹시한 모습도 보여준다.

현실 세계의 사람들은 어떤 과정을 거쳐 어른이 되는가? 이 질문의 답을 찾기 위해 나는 스위스의 정신분석학자 칼 융에 관한 책을 읽기 시작했다. 융은 그의 저작과 그의 삶을 통해 분명한 메시지를 남겼다. 자기 힘으로 헤쳐 나간다는 건 단지 생물학적으로 불가피해서 하는 일이 아니라는 것이다. 그것은 인간이 성숙해지기 위해 반드시 해야 하는 일이다.

융은 1875년 스위스에서 목사의 아들로 태어났다. 1900년대 초반 취리히의 정신병원에서 일하는 젊은 정신과 의사로서 장래가 촉망되던 그는, 그때 막 명성을 얻기 시작한 지그문트 프로이트의 주장을 접했다. 두 사람은 서신 교환을 시작했고, 머지않아 아직 걸음마 단계였던 정신 분석이라는 학문을 함께 정립해나갔다. 프로이트는 정신 분석을 창시한 사람이었고, 그보다 열아홉 살 아래였던 융은 그의 수제자로 인정받았다. (프로이트도 비유대인 제자가 생겨서 무척 기뻐했다고 한다.) 1910년에 융은 권위 있는 정신분석학 학술지의 편집 담당이자 국제정신분석학회International Psychoanalytical Association 회장이었다. 융은 프로이트와 자신의 관계를 "아버지와 아들"이라는 말로 표현했다.

1912년, 37세였던 융은 정신과 의사로 개업하고 취리히 대학교에서 강의도 하면서 성공 가도를 달리고 있었다. 그는 스위스 시계 재벌의 딸 엠마와 결혼했다. 그들 부부는 융이 직접 설계한 5만 제곱피트 넓이의 집에서 아이들과 함께 취리히 호수를 내려다보며 생활했다.

하지만 융과 프로이트 사이에는 점점 화해하기 어려운 견해차가 생겨났다. 프로이트는 세속적이고 합리적인 사람으로서 정신분석학이 과학으로 간주되기를 바랐다. 반면 목사의 아들이던 융은 신비주의적이고 예술가적인 기질이 있어서 고대 신화와 주술에 갈수록 매력을 느꼈다. 마흔에 가까워지자 그가 의사가 되기 위해, 또 프로이트의 제자로 남기 위해 억눌러왔던 믿음이 다시 고개를 들었다.

프로이트와 융의 부자 같던 관계도 틀어졌다. "선생님과 제가 얼마나 다른가를 알았습니다. 그걸 깨닫고 나니 저의 입장이 근본적으로 바뀌더군요." 1912년 11월에 융이 프로이트에게 쓴 편지의 일부다.

"우리의 개인적인 관계를 다 정리하도록 하세." 6주 후 비엔나에서 프로이트는 이런 답장을 썼다.

프로이트와 결별했을 때 융은 사실상 정신분석학 관련자 대다수에게 기피 대상이 됐다. 그는 정신분석학회 회장 자리에서도 물러났다. 융은 몸에 연결된 전선이 끊겼기 때문에 혼자 힘으로 헤쳐 나가야 하는 우주 비행사 같은 처지였다. 하지만 그는 자기만의 것이 무엇인지에 대해 희미하게 감만 잡고 있을 뿐이었다.

그 시점에는 부잣집 딸과 결혼했다는 사실이 융에게 도움이 됐다. 그는 교수직에서도 물러나 개인 병원 의사로 돌아왔다. 그는 보편적인 진리를 찾아내기 위해 그 자신의 정신세계를 속속들이 분석하기로 마음먹었다.

38세 때부터 시작해서 약 6년 동안 융은 자기 내면을 탐색하는 일에 집중했다. 그러는 동안 그는 생생한 환각을 보았으며, 그가 들은 목소리와 그가 했던 경험을 기록했다. 때때로 그는 자신이 미쳐가고 있는 것은 아닌지 두려워했다. 1914년 제1차 세계대전이 발발하자 그는 자신이 목격했던 폭력적인 환각의 일부가 전쟁에 대한 암시였다고 확신했다. 또 융은 그가 진찰했던 환자들 중 한 명인 20대 여성을 정부로 삼고 일요일 저녁식사 때마다 그녀를 집에 데려왔다.

마침내 융은 어떤 경지에 이르렀다. 필레몬이라는 이름의 노인이 그의 환각 속에 반복적으로 출현했다. 융은 정원을 산책하다가 필레몬과 이야기를 나누곤 했다. 서서히 그는 필레몬이 자신의 내면에 있는 권위를 상징한다는 결론에 도달했다. 융은 프로이트와 결별하고 자기 안에서 새로운 스승을 찾은 셈이었다. (이 내면의 스승은 불완전했던 모양이다. 나중에 융은 반유대주의자라는 혐의를 받았다.)

융은 남은 평생 동안 그 뜨거웠던 6년 동안 자신에게 무슨 일이 일어났는가를 알아내려고 노력했다. "당시에 내가 경험하고 기록했던 것들을 나의 학문이라는 그릇 안에 담아내는 데 사실상 45년이 걸렸다." 1961년, 사망하기 직전에 그가 쓴 글이다. "나는 이 뜨거운 용암을 우연히 만났고, 그 용암의 불길이 내 인생을 바꿨다."

융은 사람들이 어떻게 어른이 되는가에 대한 이론을 창안한 셈이다. 그의 이론에 따르면 우리는 사춘기 때부터 약 35세까지는 자존심의 지배를 받는다. 우리의 자존심은 우리 자신의 불안정한 부분으로서 사회적 지위와 남들의 인정을 갈망한다. 이 시기에 우리는 관습에 따라 가정을 꾸리며 경력을 쌓는다.

그러나 35세에서 40세 정도가 되면 뭔가가 달라진다. 융의 경우처럼, 마흔에 가까워지면 사람들은 자신이 지금까지 숨겨왔고 부끄럽게 생각했던 자신의 일부를 마주하기 시작한다. 그동안 그들은 그 부분을 숨기는 것을 목표로 삶을 계획했을 수도 있다. 융은 이와 같은 인격의 숨은 측면을 '그림자Schatten'라고 불렀다. 융의 표현을 빌리자면 그림자란 "우리가 원하지 않는 우리 자신의 모습"이다.

나도 내 주변 사람들이 '그림자'를 대면하는 모습을 여러 번 봤다. 10년 전부터 소설을 쓰는 중이라고 주장하던 친구 하나는 드디어 자기에게 진짜 소질이 있는 일을 하겠다고 선언했다. 그 친구는 액세서리 디자인을 시작했다.

내가 아는 다른 여성은 결혼해서 아이 둘을 키우고 있는데, 자신이 남자에게 끌렸던 적이 한 번도 없었다는 사실을 남편에게 고백하고 스스로 이를 인정했다.

그림자를 대면하는 일은 씁쓸한 경험일 수도 있다. 그리고 모든 사람이 그런 대면에 성공하는 것도 아니다. 어릴 때부터 지적 능력이 뛰어나서 장래가 촉망됐던 친구가 나와 저녁식사를 함께하다가 말하길, 그녀는 자신이 집중력 부족 탓에 힘든 일을 끝까지 해내지 못한다는 사실을 이제야 깨달았다고 한다. "나는 마흔일곱인데, 내가 스물다섯이었을 때 사람들이 나에게 '너는 이러저러한 일을 해낼 거란다'고 말해준 일들 중에 하나도 성취한 게 없어." 그 친구의 말이다.

하지만 우리는 그림자와 대면하는 과정에서 새로운 에너지를 얻을 수도 있다. 마흔 살을 맞이한 어느 작가의 강연회에서 청중 한 사람이 그 작가에게 어떤 계기로 추리 소설을 쓰기로 했는지를 물었다. "내가 독창적인 주제 의식을 가진 소설을 영영 못 쓰리라는 사실을 깨달았거든요." 그 작가의 대답이었다.

금융업계에서 일하는 친구 하나는 10년이 넘는 세월 동안 키 크고 잘생긴 남자들을 사귀려고 애썼지만 결과는 좋지 못했다. 40대인데 아직 독신인 그녀는 키 크고 잘생긴 남자의 정자를 몇 병 구입해서 그걸로 임신에 성공했다.

융의 이론에 따르면, 우리가 우리 자신의 그림자를 솔직히 인정하고 내보일 때 그림자의 힘은 약해진다. 그럴 때 우리의 자존심은 한 발 물러나고 우리 인격의 다른 부분, 즉 '자아'가 나타날 자리가 마련된다. 자존심과 달리 자아는 변화하지 않는다. 자아는 어떤 사람의 고정된 속성이며 핵심적인 부분이다. 융은 이런 과정을 '개성화individuation'로 명명했다.

모든 사람이 개성화에 성공하는 건 아니다. 하지만 나는 사람들이 개성화를 해서 좋은 결과를 얻는 모습을 여러 번 봤다. 내 친구의 액세서리 디자인 사업은 번창하고 있다. 두 아이의 엄마인데 남편과 이혼한 동성애자는 지금 아내를 맞이했다. 나의 독신인 친구는 덩치가 아주 큰 두 아이의 엄마가 됐다.

이 사람들 중에 융처럼 6년 동안 폭풍 같은 시간을 보낸 사람은 없다. 다만 이들은 마흔을 전후해서 자신이 스스로에게 원하는 모습과 실제 자신 사이의 간극을 직시했다. 그들은 "나에게 가능한 건 무엇일까?", "내가 정말 잘하는 일은 뭘까?", "내가 진심으로 좋아하는 일은 뭐지?"와 같은 질문들을 던졌다. 그들은 자신이 해야 한다고 생각했던 일을 하고 있다는 겉치레에서 벗어났다. 그런 변화의 가장 중요한 결과는 그들이 편안해 보인다는 것이다.

나는 아직 개성화에 성공하지는 못했지만 적어도 나의 단점을 인정하기 시작했다. 나는 새로 사귄 친구와 점심식사를 하면서 "사실 나에게는 성격이라는 게 없거나 고정된 속성이 하나도 없는 것 같다"라고 말했다. 우리의 우정이 더 깊어지기 전에 그 점을 알려줘야 마땅하다는 생각이었다.

나는 그녀가 이별을 통보할 거라고 예상하고 마음을 단단히 먹었다. 그런데 그녀는 내 말에 동의하지 않았다.

"당신에게는 여러 가지 특징이 있어요." 그녀가 친절하게 말했다.

일단 그 말을 믿어보자.

작가라는 새로운 지위를 인정받은 나는 파리의 어느 도서관에서 열리는 칵테일파티에 초대받았다. 그 자리에 가보니 특이한 광경이 눈에 들어왔다. 파티 음식을 나르는 사람들을 제외하면 그 방 안에서 가장 젊은 사람이 나였다. (다른 초대 손님들은 대부분 그 도서관에 돈을 기부한 퇴직자들이었다.)

나는 라파예트 후작Marquis de Lafayette에 관한 연설을 들으면서 샴페인 한 잔을 비웠다. 두 번째 잔을 가져오려고 바 근처에 서 있다가, 70대의 잘생긴 영국 신사와 우연히 대화를 나누게 됐다. 그 노신사도 프랑스에서 활동하는 작가였다.

나는 그 노신사가 누군지 잘 알고 있었다. 그가 쓴 책들 중 하나를 대학 시절에 읽기도 했다. 그의 직업적 성공과 자신감이 절정에 달했던 40대 때 우리가 만났다면 그는 나를 거들떠보지도 않았을 것이다.

그러나 우리는 나이를 더 먹었고, 나는 샴페인을 마셔서 조금 알딸딸한 상태였다. 그래서 그 노신사가 7학년 9반이고 나는 4학년 6반이라는 사실도 잠시 잊었다. 그는 나의 농담에 웃어주고, 나의 글쓰기에 대해 물었다. 그의 관심을 받으니 내가 다시 젊고 매력적인 사람이 된 기분이었다. 그러고 보니 오랫동안 이런 기분을 느껴보지 못했네.

나는 지금 40대에 관해 연구하고 있는데 40대는 딱 집어서 뭐라고 말하기가 어려운 시기라고 그에게 말했다. 보통 내가 이 말을 하면 사람들은 멍하니 침묵을 지키는데, 그 노신사는 마치 융과 순간적인 교신이라도 하는 것처럼 눈을 반짝거렸다.

"40대는 나의 진짜 모습을 찾는 시기입니다." 노신사가 말했다. 그러고 나서 내 쪽으로 몸을 기울여 크게 속삭이는 소리로 이렇게 덧붙였다. "40대에도 나 자신을 모른다면 그 후에도 모를걸요."

우리는 바 앞에 서서 서로 마주 보며 싱긋 웃었다. 화려한 옷을 입은 백발의 남녀들이 우리 옆을 스쳐 지나갔다. 그 순간 나는 40대의 또 다른 의미를 발견했다. 40대에 파티의 여주인공 기분을 내고 싶으면 연상의 남자들과 시시덕거려야 하는구나.

당신이 40대가 됐다는 징후들

매사에 더 현실적인 태도를 취한다.
'버닝맨 Burning Man'에 관한 영상을 보긴 하지만 실제로 버닝맨 축제에 참가할 일은 영영 없으리라는 사실을 안다.

≈

사과가 가득 담긴 그릇을 보고 즉흥적으로 사과크럼블을 만들기로 마음먹는 사람이 될 수 없다는 사실을 깨닫는다.

≈

사람들과 술 마시기를 즐기는 사람인 척을 하지 않는다.
그냥 저녁식사 약속을 잡는다.

≈

약을 복용하지 않은 상태에서 여덟 시간 동안 연속으로 자는 것이 인생의 큰 기쁨 중에 하나가 된다. 아니다.
"약을 복용하지 않은 상태에서"는 지워버리자.

012 마흔의 옷 입기

내 안에 있는 권위를 조금씩 알아가고 있는데, 곧 다른 고민이 생겼다. 무슨 옷을 입어야 할지 모르겠다는 것. 화학 치료 기간 동안 빠진 살이 도로 붙긴 했지만 그게 문제가 아니었다. 마치 내 몸이 저절로 변형을 일으킨 것 같았다. 뭘 입어도 어울리는 것 같지가 않았다. 꼭 끼는 원피스를 입으면 여기저기 튀어나온 부분이 강조되고, 폭이 좁은 셔츠를 입으면 노출이 지나친 것 같았다. 예전에는 자랑거리였던 내 팔은 나이 드신 우리 고모의 팔과 바꿔 달아놓은 것처럼 보였다.

지금까지는 그렇지 않았는데, 이제는 옷을 잘못 입으면 위험할 정도로 나이 들어 보인다. 화려한 무늬가 들어간 재킷을 입으면 마치 카나스타(canasta. 노인들이 여가 활동으로 많이 즐기는 카드 게임의 일종–옮긴이) 선수처럼 보인다.

그리고 장난스러운 옷도 더 이상 입을 수가 없다. 내가 오랫동안 당당하게 입고 다닌 프린트 티셔츠와 '어린아이가 신어도 될 것 같은' 샌들은 이제 40대 중반이 된 내 얼굴 아래 있으면 유치해 보인다. 그렇다고 평범한 검정색 원피스 같은 무난한 기본 의상을 선택하면 너무 무심해 보인다. 조잡한 옷이나 싸구려 옷을 입으면 방금 중고 할인 판매대를 뒤지다 온 사람처럼 보인다. 나는 아침마다 입었다 도로 벗어버린 옷들 무더기 옆에 반쯤 벌거벗은 상태로 서 있었다.

나만 그런 게 아니었다. 내 친구들도 자신들의 몸에서 가려야 하는 부분이 자꾸만 늘어난다고 하소연했다. "내 다리가 할머니 다리 같아졌어." 회사에서 나와 통화하던 친구 루시가 전화기에 대고 속삭였다. 우리는 같이 바지를 사러 가기로 약속했다.

내 또래 남자들 역시 패션의 전환점에 서 있다. "아침마다 근사한 무늬가 들어간 셔츠를 아홉 벌쯤 꺼내지만, 뭘 입어도 배 부분에서 너무 꽉 끼더군요." 필라델피아에 사는 40세 남성이 내게 한 말이다. (그는 언젠가 그 셔츠들이 몸에 맞게 되리라는 희망을 간직하고 조깅을 하는 중이다.)

이런 것들은 예전에 없던 고민이므로 우리는 이런 고민을 어떻게 해결해야 할지 잘 모른다. 나이가 들었으니 이제 옷장 안에 있는 옷들을 바꿔야 하는 걸까? 우린 아직 젊은데 꼭 '나이에 맞는 옷을 입어야' 할까?

만약 우리가 나이에 맞는 옷을 입고 싶다면 그건 무엇을 뜻할까? 40대인 우리가 입어야 하는 옷은 정확히 무엇인가?

나는 세계의 패션 수도로 꼽히는 파리에 사는 사람이다. 그래서 슈퍼마켓에서 스쳐 지나는 여자들이나 학교에 아이들을 데려다주러 갈 때 만나는 여자들을 관찰하면서 단서를 찾아보기로 했다.

그래도 별다른 도움은 되지 않았다. 그 여자들은 너무 빨리 휙 스쳐 가기 때문에 그들이 옷을 입는 원칙 같은 것을 파악할 새가 없었다. 한번은 세련되게 꾸민 어떤 여자의 맞은편에 한참 동안 앉아 있었지만, 그때도 나는 그녀가 스웨터 한 벌과 보석 달린 반지만으로 어떻게 그렇게 '묘한 매력je ne sais quoi'을 만들어내는지 도무지 알 수 없었다. 어찌됐든 파리 여자들의 옷차림을 그대로 모방하고 싶지는 않았다. 설령 내가 파리 여자들과 똑같이 옷을 입는다 해도 그게 나에게 어울릴지는 의문이었다.

어릴 때부터 익숙했던 영역인 쇼핑에 의존할 수도 없었다. 파리에 오래 살긴 했지만 나는 아직도 이곳에서 쇼핑하는 데 익숙하지 않았다. 내가 어릴 때부터 접한 미국의 의류 매장(우리 어머니의 매장도 여기에 포함된다)은 여자들의 사교 클럽과 심리 치료사 상담실의 중간쯤 되는 곳이다. 미국 의류 매장에서는 옷을 입어보는 동안 판매원에게 내 외모에서 마음에 들지 않는 부분에 대해 시시콜콜 이야기할 수 있었다. 쇼핑을 하던 다른 손님들도 대화에 곧잘 끼어들었고, 잠시 후면 우리는 서로의 휴가 계획, 다이어트, 이혼 소식까지도 알게 됐다. 그리고 의류 매장에서 나눈 이야기는 밖으로 새어나가지 않는다는 불문율이 있었다.

미국의 의류 쇼핑은 지금도 그런 식이다. 어느 미국인 판매원이 나에게 들려준 이야기에 따르면, 언젠가 폐경기를 맞이한 고객이 계산대 근처에 질 윤활제 용기 여러 개를 자기가 좋아하는 순서대로 주르륵 세워 놓았다고 한다.

"청바지 사이즈가 어떻게 되세요?" 맞은편 가게에서 판매원이 나에게 큰 소리로 이렇게 물은 적도 있다.

"화장실에 다녀오고 나서 입으면 26사이즈도 들어갈걸요." 내가 큰 소리로 답했다.

"고객들은 하나같이 그렇게 말해요. '큰 거 하나만 빠져나가면 나도 26사이즈'라고요." 판매원이 말했다.

미국 의류 매장에서는 신중하게 행동할 필요가 없다. 그곳에서 우리 여자들은 모두 예뻐 보이기 위한 위대한 전투에 나선 동료들이다. 내가 청소년이던 시절 어떤 여자가 우리 어머니 가게 앞을 지나쳤는데, 그녀는 전보다 살이 붙고 흰머리도 많이 보였다. 매장 안에 있던 여자들은 그녀가 "포기했다"라고 떠들어댔다. 우리의 전투에서 항복하면 그녀처럼 된다.

파리의 의류 쇼핑은 그런 식이 아니다. 이곳의 판매원들은 정중하지만 냉담한 편이다. 그들은 사이즈를 조용히 이야기하며 손님들에게 공식적인 호칭을 사용한다. 고객들은 탈의실에서 신경질적인 독백을 늘어놓지 않는다. 내가 방금 입어본 스커트를 돌려주면서 젊은 판매원에게 "이 옷을 사려면 2킬로그램은 빼야겠네요"라고 말하면? 그 판매원은 냉랭하게 침묵을 지킨다. 내가 지나치게 개인적인 정보를 발설한 것이다.

고객들 사이에도 유대감이 거의 없다. 한번은 나와 어떤 여자가 동시에 탈의실에서 나왔는데 둘 다 똑같은 옷을 골라 입었다. 우리가 마치 쌍둥이처럼 거울에 비친 우리의 모습을 살펴보는 동안에도 그 여자는 나와 눈조차 마주치지 않았다. 프랑스의 매장에서 여자들은 각자 자기 참호 안에 머물면서 홀로 전투를 수행한다.

쇼핑을 하는 사람들은 크게 두 개의 범주로 나뉜다는 글을 읽은 적이 있다. 하나는 자기 마음에 드는 물건을 발견하면 그걸 쉽게 구입하는 사람들이고, 다른 하나는 결정하기 전에 모든 가능성을 따져보는 사람들이다. 프랑스 고객들은 대부분 첫 번째 유형인 듯하다. 그들은 블레이저 한 벌 또는 바지 한 벌에 주의를 집중하고, 그 옷을 입은 자기 모습을 조용히 살핀 후에 구입할지 말지를 결정한다.

그리고 이곳에서는 쇼핑이 여자들만의 활동이 아니다. 프랑스 여자가 옷을 입어보는 동안 그녀의 남편은 편안한 의자에 앉아 그 모습을 지켜보고, 어떤 재킷이 어디가 좋은지에 관해 차분한 목소리로 함께 토론한다. 블라우스에 대한 의견을 밝히는 것이 남자답지 못한 행동으로 간주되지도 않는다. 반면 내가 쇼핑 원정에서 귀환할 때마다 사이먼은 내가 구입한 물건들을 1초 동안 힐끔 쳐다보고 "좋네"라고 중얼거린 후에 다시 자기 책으로 눈을 돌린다.

누군가가 나에게 알려준 바에 따르면 파리 사람들은 보통 계절마다 '대표 의상signature piece'을 한 벌씩 구입한다. 예컨대 재킷 한 벌이나 신발 한 켤레를 새로 사서 원래 가지고 있던 옷들과 맞춰 입는다는 것. 나도 그렇게 해보고 싶은 마음은 굴뚝같지만 어떤 옷에 특별한 의미를 부여할지 결정하기가 어려웠다. 초록색 스웨이드 부츠? 이번 시즌에 유행하는 점프수트? 아니면 빈티지 모피? 만약 내가 진짜로 2킬로그램을 뺀다면 영화 「애니 홀」에 나오는 다이앤 키튼처럼 '매니시 룩'에 도전해봐도 되지 않을까? 나는 대표 의상 한 벌을 사고, 얼마 후에 한 벌을 더 샀다. 머지않아 내 옷장은 나만의 '대표 의상'을 찾으려다 실패한 결과물들로 가득 차고 말았다.

나는 모든 가능성을 따져봐야 하는 두 번째 유형의 쇼핑객이다. 나에게 옷을 구입하는 일은 자아의 모든 가능성을 탐색하는 일처럼 느껴진다. 내가 청바지를 보려고 매장에 들어간다고 치자. 한 시간 후에 나는 셔츠, 신발, 원피스, 수영복이 가득 쌓인 탈의실 안에 있다. 나는 이거다 싶으면 모조리 입어본다. 와이드 팬츠, 롱 원피스, 주름 스커트까지 가리지 않는다.

프랑스 판매원들은 나처럼 쇼핑하는 사람을 자주 보지 못한 터라 매출 상승을 기대하며 들떠 있었다. 하지만 나는 45분 동안이나 탈의실 안에서 옷들과 무언의 자기혐오에 푹 파묻혀 있다가 아무것도 사지 않고 미안한 얼굴로 뛰쳐나가거나, 아니면 죄책감을 못 이기고 옷 더미에서 스웨터 한 벌을 무작정 집어 들고 값을 치렀다.

다음 날이면 후회막심이다. 그렇게 구입한 스웨터는 어김없이 반품하고 싶어졌다. 미국에서는 고객이 매장에 다시 가서 마음이 바뀌었다고 말해도 아무도 놀라지 않는다.

그러나 프랑스에서 반품은 이론상으로는 허용되지만 현실에서는 적극적으로 억제된다. 한번은 내가 프랑스의 어느 백화점에서 한 번도 착용하지 않은 스카프를 반품하려고 했는데, 판매원은 내 체취가 남아 있는지 알아보기 위해 그 스카프를 구석구석 돌려가며 냄새를 맡았다. 그러고 나서는 문제가 뭔지 알려달라고 요구했다. 마침내 나도 그런 질문에 응수할 말을 찾아냈다. 보통은 거짓말이지만 그 대답을 하면 프랑스 판매원들도 더는 따지지 않는다. "남편이 그게 마음에 안 든대요."

이런 식으로 구입과 반품을 반복한 결과, 시간만 엄청나게 낭비하고 눈에 보이는 성과는 얻지 못했다. 여전히 나는 아침마다 뭘 입어야 할지 몰랐다.

그래서 브린 테일러Bryn Taylor를 만났다. 테일러는 뉴저지 태생으로 미국 전역을 돌아다니며 남녀 모두에게 옷 잘 입기 컨설팅을 해주는 사람이다. 그녀는 프랑스 패션을 관찰하기 위해 파리에 왔는데, 나와도 잠깐 만나 커피를 마시기로 했다.

나는 깡마른 몸매에 커다란 선글라스를 낀 까다로운 성격의 스타일리스트를 상상하고 있었다. 하지만 막상 만나보니 테일러는 큰 키와 건장한 체격을 지닌 겸손한 사람이었다. (그녀의 아버지와 삼촌이 프로 농구선수였다고 한다.) 그녀는 짧게 자른 머리에 군더더기 없는 파란색 블레이저 차림이었다. 그녀는 대개의 경우 고객들에게 중저가 브랜드 옷으로 컨설팅을 해주며, 고객들 중에 40대도 많다고 했다. "저는 뉴저지 사람이에요. 친구들과 함께 쇼핑몰을 구경하며 자랐죠. 사실 저는 명품을 즐기는 사람이 아니랍니다."

테일러의 설명에 따르면 대부분의 고객은 처음에 자신이 '개성 있는' 옷차림을 원한다고 말한다. "개성이라는 단어를 얼마나 자주 듣는지 몰라요." 테일러가 내게 말했다. 하지만 고객들은 '개성'이라고 스스로 말하면서도 그게 무슨 뜻인지를 잘 설명하지 못하고, 서로 비슷비슷해 보이는 옷들의 사진을 테일러에게 보낸다. "이 사진들을 합쳐보면 고객들의 머릿속에 뭐가 들어 있는지가 나와요. 고객들의 머릿속 그림은 현실적이지 못하고 일관성이 없어요. 자신이 어떤 스타일에 매력을 느끼는지 스스로도 모르는 겁니다."

테일러가 컨설팅을 해주는 고객들의 옷장 이야기를 들어보니 내 옷장과 비슷했다. 그들의 옷장은 개성 있게 보이기 위해 샀다가 실패한 옷들의 집합소였다. 한 여성은 검정색 바지만 스무 벌쯤 가지고 있었는데 그 옷들이 죄다 '실패'라고 생각했다.

테일러의 고객들은 쇼핑하는 모습도 나와 비슷했다. "그분들은 쇼핑을 하러 갈 때마다 어찌할 바를 모르고 헤맨다고 말해요. 매장에서 옷들에 압도당하는 거죠." 그 고객들은 어떤 옷이 자기 나이에 적합한지 헷갈려 했고, 몸매에 대한 콤플렉스도 가지고 있었다. "배, 팔, 엉덩이가

3대 고민 지점이랍니다." 테일러가 설명한다. "마흔을 넘긴 고객들의 대다수는 남에게 팔을 보여주기 싫어해요."

테일러의 고객들은 자기 몸에서 마음에 안 드는 부분에 대해서는 과도하게 의식하고 있지만 마음에 드는 부분이 어딘지는 잘 모른다. "그분들은 자기가 이해하지도 못하고 잘 알지도 못하는 몸 안에서 살고 있는 셈이죠."

이것은 문화적인 문제다. 인류학자로서 복장과 소비에 대해 연구하는 대니얼 밀러Daniel Miller는 미국과 영국 사회에는 "패션의 중심에 불안이 있다"라고 주장한다. 우리 사회의 페미니즘은 여성들에게 "외적 압력에 굴복하지 않고 자신을 위해 선택할 것"을 기대한다. 다른 영역도 그렇지만 패션이라는 영역에서 우리는 혈통과 생애 주기는 물론이고 우리 자신의 몸에 의해서도 속박당하기를 원치 않는다. 그래서 나는 마네킹에게 입혀진 옷은 사고 싶지 않다. 그리고 브린 테일러의 고객들은 자신들이 '개성 있게' 보이기를 원한다고 말한다. 우리 미국인들(그리고 영국인들)의 마음속 깊은 곳 어딘가에는 세상에 일찍이 없었던 아주 새로운 스타일을 우리 자신이 만들어내야 한다는 의무감이 있는 것 같다.

디자인 전공자가 아닌 평범한 여자들에게 그것은 무리한 주문이다. 우리 같은 사람들은 우리 자신이 어떤 옷을 좋아하는지 설명하기도 쉽지 않다. 그리고 우리는 우리 자신의 몸에 대해 애매하고 혼란스러운 인식을 형성했기 때문에 우리 모습을 객관적으로 보기가 어렵다. 어느 연구에서 여대생들의 90퍼센트 이상은 이른바 '신체 비하 대화fat talk'를 해본 적이 있다고 답했다. '신체 비하 대화'의 정의는 다음과 같다. '보통 체중인 두 여자가 대화하면서 서로 자기는 뚱뚱하고 상대는 뚱뚱하지 않다고 말해주는 일.'

그리고 프랑스와 달리 영미권 국가들에서 의류 쇼핑은 여자들이나 즐기는 하찮은 일로서 죄책감마저 느껴지는 활동이다. 의류 쇼핑에 너무 진지하게 접근해서는 안 된다. 미국의 의류 매장에서 어떤 고객이 결정을 못 하고 있으면 판매원이 이런 말을 건네기도 한다. "그냥 원피스 한 벌인데요, 뭐."

우리에게는 임무가 주어진다. 우리는 옷을 통해 우리 자신을 발견해야 하며 개성 있는 모습을 보여야 한다. 그러면서도 우리는 자신의 몸매를 부끄러워하며, 옷에 조금이라도 신경을 쓰는 건 떳떳하지 못한 일이라고 여긴다. 우리가 마음에 안 드는 바지를 스무 벌이나 구입하는 것은 놀라운 일이 아니다.

'개성'이라는 고민에 대한 브린 테일러의 해법은 그것을 아예 생각하지 말라는 것이다. 대신 테일러는 고객들의 예산과 체형에 초점을 맞춘다. 재단이 잘된 블레이저를 발견하면 그녀는 몇몇 여성 고객에게 그 옷을 입혀본다. 만약 어떤 고객에게 파란 블레이저가 잘 어울리면 테일러는 흰색 또는 가죽 블레이저를 추가로 구입해준다. (내가 수집한 정보에 따르면 블레이저야말로 40대 남녀의 대표 의상으로 적합한 옷이다.) 마찬가지로 어떤 고객이 시스드레스를 입어봤는데 보기 좋았다면 테일러는 디테일이 다른 시스드레스를 찾아본다.

이런 과정을 되풀이하다 보면 결국에는 개성 있는 옷차림이 완성된다. 그 고객의 키와 피부색, 머리 색, 액세서리만 가지고도 개성이 살아난다. 그리고 어차피 누군가가 자신에게 잘 어울리는 옷을 입고 있을 때는 그 '개성'이라는 건 날아가버린다고 테일러는 말한다. "그분들은 '개성 있는 패션'에 집착하고 있었지만 그게 무슨 뜻인지를 몰랐던 거예요. 사실은 그저 멋져 보이기를 원했던 게 아닐까요?"

그러고 보니 뉴저지 출신다운 테일러의 실용적인 태도는 파리 사람들의 접근법과 상당 부분 일치했다. 프랑스 여자들 중에도 쇼핑 실수를 하거나 팔 윗부분을 감추기를 원하는 사람은 적지 않다. 하지만 프랑스에는 쇼핑을 덜 불행한 일로 만드는 문화적 메시지들이 존재한다.

예컨대 나는 프랑스 여자가 자신이 '개성 있게' 보이려고 노력한다고 말하는 걸 들어본 적이 없다. 이곳 여자들은 항상 '우아하고' '세련되게' 보이고 싶다는 표현을 쓴다.

이것은 아마도 프랑스의 페미니즘이 남녀의 동등한 권리를 주장하지만 우아함과 매력에 관한 사회적 기준은 그대로 남아 있기 때문일 것이다. 프랑스의 어느 TV 프로그램에 낙태 합법화를 위해 싸웠던 페미니스트 정치인 시몬 베유Simone Veil가 출연했는데, 진행자는 그녀가 항상 하고 다니는 쪽진 머리를 풀어 내린 모습을 시청자들에게 한 번만 보여 달라고 부탁했다.

"좋아요, 원하신다면." 베유는 요염한 미소를 지으며 대답했다. 그리고는 머리핀을 빼기 시작했다.

프랑스에서는 외모에 진지한 관심을 기울이는 일을 폄하하지도 않고 하찮은 일로 취급하지도 않는다. "나에게는 옷과 화장에 흥미를 잃는 것이 곧 우울증이에요." 프랑스의 유명한 60대 모델인 이네스 드 라 프레상주Inès de la Fressange의 말이다. 그녀의 말은 부유한 파리 시민들의 일반적인 사고방식을 대변하고 있다.

프랑스 재무장관 출신이며 2018년 현재 국제통화기금IMF 총재 자리에 있는 크리스틴 라가르드Christine Lagarde 역시 그녀의 패션이 사람들의 관심을 끈다는 점을 부끄럽게 여기지 않는다. 라가르드는 어느 인터뷰에서 그녀가 처음 사회생활을 시작했을 무렵에 "너무나 당당하고 우아했던, 그리고 항상 자기 외모를 정성껏 가꿨던" 벨기에인 상사에게서 옷 잘 입는 요령을 배웠다고 밝히기도 했다.

라가르드는 미국인들을 반면교사로 삼았다고도 말했다. "1980년대와 1990년대에 미국에 갔더니, 직장 생활을 하는 여성들 대부분이 날마다 남성적인 느낌이 나는 옷만 입더군요. 나는 그걸 보고 저렇게는 하지 말아야겠다고 마음먹었어요."

개성 대신 우아함을 목표로 하면 압박이 조금 덜해진다. 우아하고 세련된 옷차림에는 어느 정도 정해진 공식이 있다. 마치 초콜릿 케이크를 만드는 방법이 정해져 있는 것처럼. 패션업계 종사자가 아닌 다음에야 무엇 때문에 우아하게 옷 입는 방법을 혼자만의 힘으로 찾아내려고 애쓴단 말인가? 그러다가 나중에는 탈의실에서 신경 발작을 일으키게 될지도 모른다.

물론 파리 사람들도 항상 옷을 잘 입는 건 아니다. 그리고 파리 사람들은 20대와 30대에 자유로운 실험을 해보는 것이 자연스러운 일이라고 생각한다. 하지만 "서서히 나만의 스타일을 찾게 된다"라고 그들은 말한다.

나만의 스타일을 찾아내려면 우선 내 몸매에 대해 잘 알아야 한다. 신체 비하 대화를 통해 초점을 흐리지 말자. 프랑스 여성들, 특히 30대와 40대에 이른 프랑스 여성들은 자신의 강점과 약점에 대해 실용적 관점에서 냉정하게 분석해야 한다. 그들 중 누구도 자기가 어떤 바지나 다 입을 수 있다고 믿지 않는다.

"나는 운이 좋은 편입니다. 키 크고 늘씬한 부모 밑에서 태어났고, 예전에 입던 사이즈가 아직 그대로거든요." 라가르드가 인터뷰에서 한 말이다. (라가르드는 20대에 프랑스 수중발레 국가대표팀에서 선수로 활약했다.)

프랑스판 『보그』의 전직 편집장이고 지금 60대인 카린 로이펠드Carine Roitfeld도 비슷한 태도로 자신의 약점을 직시한다. "나는 가슴이 풍성하진 않지만 다리와 발목은 아름다워요. 그래서 스커트를 즐겨 입지요." 그녀의 설명이다. "내 입은 예쁘지가 않아요. 그래서 눈에만 화장을 하고 립스틱은 바르지 않습니다."

옷을 종류별로 다 사려는 욕심을 버리고 나면 로이펠드처럼 목표가 분명한 쇼핑을 할 수 있다. "나는 헐렁한 코트가 좋은데 그런 옷은 내게 어울리지 않아요. 자루 속에 파묻힌 것처럼 보이거든요. 결국 내 스타일은 나의 날씬한 허리에 딱 맞는 스커트, 세로줄 무늬가 들어간 스타킹, 하이힐과 스웨터로 정해졌지요."

나만의 스타일을 찾으려면 나의 강점과 약점을 스프레드시트에 정리하는 것 이상의 노력이 필요하다. 파리에서 'AB33'이라는 이름의 고급 의류 매장을 운영하고 있는 아가트 뷔쇼트Agathe Buchotte는 나만의 스타일을 찾기 위해서는 "나 자신의 이미지에 통달해야" 한다고 말했다. 나 자신의 이미지에 통달한다는 말은 나 자신의 몸매는 물론이고 나 자신의 특징이 무엇이며 사람들이 나를 볼 때 무엇에 눈길을 주는가를 알고 있어야 한다는 뜻이다. 나의 외모가 어떻든 간에 나는 그걸 충분히 알고 내 외모의 주인이 돼야 한다.

이걸 알고 나니 왜 어떤 여자들이 특별하게 꾸미지 않고도 아주 매력적으로 보이는지가 이해된다. 그 여자들은 자기 자신을 잘 파악한 상태에서 자신 있게 구체적인 선택을 한다. 40대에 이르면 이것이 결정적으로 중요해진다. 만약 내 몸이 어디서 시작되고 어디서 끝나는지도 잘 모른다면 남들이 나의 어떤 점에 주목하는지도 모를 것이고, 아직도 나 자신의 여러 가지 모습을 시험해보는 중이라는 뜻이다. 40대가 자신의 체형에 대해서도 잘 모른다면 아침에 옷을 골라 입기가 어려울 수밖에 없다.

뷔쇼트는 우아하게 옷 입기가 쉽다고 말하지는 않았다. 나는 종종 그녀의 매장 앞을 지나다가 그 매장에 전시된 옷들의 무심한 듯하면서 세련된 스타일에 감탄하지만, 그녀는 자기도 마네킹에 어떤 옷을 입힐지 결정하지 못해서 몇 시간씩 고민하곤 한다고 털어놓았다. 그 때문에라도 전문가들이 만든 이미 검증된 패턴에 의지하는 게 낫다. 뷔쇼트는 자연스럽게 어우러진 것처럼 보이는 앙상블을 추구한다. 전체적으로 균형이 잡혀 있지만 계획해서 입은 것처럼 보이지는 않는 옷차림.

그리고 프랑스인들은 아름다움 그 자체가 중요하다고 생각하지는 않는다. 그들은 어떤 사람이 입는 옷과 그 사람의 삶의 질이 상징적으로 연관된다고 가정한다. 나 자신을 잘 알고 나 자신의 모습에 편안함을 느낀다면 나에게 어울리는 옷을 고르기도 쉽다. 그리고 나에게 잘 어울리는 스타일로 옷을 입고 나면 기분도 좋아진다.

40대가 된 사람이 '단순한 검정색 원피스' 같은 보편적인 옷을 입으면 갑자기 지나치게 단순해 보이는 이유가 바로 여기에 있다. 이런 옷들은 개인적 특징과 결단의 흔적을 보여주지 않기 때문에 마치 그 옷을 입은 사람에게 개성과 결단력이 없는 것처럼 느껴진다. 40대인 우리는 피부가 조금 더 얼룩덜룩해졌기 때문에 꽃무늬 원피스를 입으면 어색해 보일 수도 있고, 프린트가 들어간 옷을 입으면 초라해 보일 수도 있다.

해결책은 다양하겠지만, 안전한 방법이 하나 있다면 라인이 깔끔하게 떨어지고 색다른 디테일이 들어간 현대적인 옷들을 선택하는 것이다. 이런 옷들은 너무 평범하지도 않고 너무 특이하지도 않아야 한다. 잘 고른 디테일 한두 가지가 돋보이는 차림새를 만든다. 짜임이 훌륭한 스웨터 밖으로 체크무늬 셔츠의 깃을 드러내도 좋고, 어떤 옷과도 같이 입을 수 있는 헐렁한 새틴 블레이저도 좋다. (그렇다. 나는 블레이저 예찬론자가 됐다.)

만약 40대의 대표 색깔을 고르라면 남색이다.

남자들에게도 비슷한 지침이 적용된다. "젊은 시절에는 나 자신에 대해 뭔가를 말해주는 옷을 입고 싶었어요. 지금은 나에게 잘 어울리는 단색 옷이 좋아요." 아까 소개한 필라델피아 남자가 내게 말했다. 그는 단색인 데다 평범하기 때문에 5년 전에만 해도 눈길을 주지 않았던 "기절할 만큼 비싼 스웨터와 블레이저"를 열광적으로 찬양했다. 5년 전까지만 해도 그렇게 평범한 단색 옷에 눈길조차 주지 않았겠지만, 지금은 그런 옷들이 그에게 더할 나위 없이 잘 어울린다. "특별한 구석이 하나도 없는데도 요즘에는 이런 옷들을 입는 게 제일 좋아요." 그가 말했다.

프랑스 쇼핑객들과 판매원들은 '라 실루에트la silhouette', 즉 옷차림 전체의 윤곽선을 중시한다. 실루엣을 결정하는 공식도 있다. 헐렁한 스웨터를 입고 있다면 바지는 몸에 달라붙는 것으로 입어라. 헐렁한 바지를 입을 때는 몸에 달라붙는 상의가 필요하다. A라인 스커트는 굽 낮은 구두와 함께 입어야 예뻐 보인다. 전체적인 실루엣을 멋지게 구성했다면 옷과 소품 하나하나에 신경을 덜 써도 된다. 실루엣만 괜찮다면 티셔츠와 바지는 저렴한 제품으로 구입해도 무방하다.

'우아함'이라는 기준이 갑갑하게 느껴질 때도 당연히 있다. 파리에서는 슈퍼마켓에 갈 때도 트레이닝복을 대충 걸치고 가는 것이 허용되지 않는다. 파리 사람들이 항상 멋져 보이는 이유는 잘 차려입지 않는 것을 굴욕으로 간주하기 때문이다. 파리에서 옷은 자기를 표현하는 수단이면서 일종의 무기 역할도 한다. 남에게 조롱당하지 않기 위해 누구도 함부로 침범할 수 없는 세련된 겉모습을 만든다. 이곳에는 자기 집 안에서 가족과 함께 있을 때도 항상 단정한 차림을 해야 한다는 사회적 규범이 존재한다.

하지만 프랑스의 규범을 따르는 사람에게는 실존적인 보상이 주어진다. 나의 몸을 잘 알면 나 자신을 더 잘 알게 된다. "나의 정체성은 내 외모의 한 부분이다. 그리고 나의 외모는 내 정체성의 한 부분이다." 미국인이던 어슐러 K. 르 귄은 이렇게 썼다. (비록 르 귄은 프랑스 문학을 공부한 사람이고 프랑스인과 결혼했지만.)

"나는 내가 어디서 시작되고 어디서 끝나는지, 내 사이즈가 얼마인지, 어떤 옷이 나에게 어울리는지 알고 싶다." 88세에 사망한 르 귄이 남긴 글이다. "나는 이 몸 '안에' 있는 것이 아니다. 이 몸이 바로 나다. 허리선이 있든 없든 마찬가지다."

일단 나만의 패션 스타일을 알아내고 나면 그 스타일에서 너무 멀어지지 말아야 한다고 전문가들은 조언한다. 세월이 흐르면 우리의 스타일도 진화할 것이다. (우리를 나이 들어 보이게 만드는 실수는 스타일을 바꾸는 것이라고 이네스 드 라 프레상주는 말한다.) 하지만 뷔쇼트는 이렇게 말한다. "스타일은 항상 당신을 닮아야 합니다. 언제나 당신 자신과 친하게 지내야 해요."

순전히 나만의 힘으로 새로운 스타일을 창조해야 한다는 관념에서 해방된 나는 내가 제일 좋아하는 의류 매장에 가서 판매원의 판단에 나 자신을 맡겨버렸다. 어찌나 절박했던지 내가 개인적인 이야기를 지나치게 많이 늘어놓고 있다는 걱정도 되지 않았다. (한번은 1년에 두 차례 열리는 대대적인 할인 행사 기간 중에 일부러 형편없는 옷차림을 하고 갔다.)

"좀 도와주세요." 나는 판매원에게 이렇게 부탁한다. "내 주변에는 멋쟁이 여자들밖에 없는데 나는 뭘 입어야 할지 모르겠어요."

판매원은 이 손님이 진심인가를 확인하기 위해 내 눈을 들여다봤다. 그러고 나서 그녀는 내 옷차림에서 무엇이 문제인지를 딱 집어냈다. 내가 신은 샌들은 "유치"하고, 금속 장식이 박힌 손가방은 "모슈moche"하단다. 프랑스어로 모슈는 '보기 흉하다'라는 뜻이니 '돌직구'가 따로 없다.

그러고 나서 판매원은 매장 안을 한 바퀴 돌면서 행거에서 옷을 꺼냈다. 밑단이 짧은 검정색 스키니진, 프린트가 들어간 파란색 탱크톱, 소매가 팔 길이의 4분의 3 정도 되는 남색 블레이저. 지금까지 나는 그런 옷들을 눈여겨본 적이 없다. 그런 옷들은 내 눈에 매력적으로 보이지 않았으니까.

그런데 탈의실에서 나와서 점원이 건네주는 웨지힐 위에 올라섰더니, 거울 속에 새로운 사람의 모습이 보였다. 세련된 파리 여자들 무리에 들어갈 법한 사람.

스키니진은 나에게 딱 맞아서 보기 좋을 정도로만 늘어난다. 패턴이 들어간 탱크톱은 전체적인 차림이 지나치게 평범해 보이는 것을 막아준다. 블레이저는 분위기를 조금 얌전하게 잡아주는데, 4분의 3 소매가 놀라움과 활력의 요소를 제공한다. 이 옷들은 모두 지루하지도 않고 요란

하지도 않은 품질 좋은 기본 품목이다. 색깔은 서로 잘 어울리지만 똑같지는 않다. 웨지힐은 아름답기도 하지만 그걸 신고 제법 먼 거리를 걸을 수도 있다. 중년이 되고 나서 처음으로 조화를 달성한 느낌이다.

파리 사람이라면 누구나 즉석에서 말해줄 수 있는 것을 발견하기 위해 내가 수백 달러라는 돈과 수많은 토요일 오후를 낭비했다는 사실을 문득 깨달았다. 내가 다이앤 키튼처럼 보일 일은 영원히 없겠구나. 나는 작은 체구에 엉덩이가 크고 허리는 높은 아시케나지 유대인 여성이므로 스키니진과 블레이저, 굽 낮은 구두 차림이 예뻐 보이지. 다음에는 머리를 하나로 묶고 팔찌를 추가해봐야겠다.

나는 또 하나의 위대한 발견을 했다. 내 발목이 예쁜 편이었어! 40대가 되기 전에는 발목이 나의 강점이라고 생각해본 적이 없었다. 이제 내 몸에서 어느 각도로 보나 예뻐 보이는 부분은 발목과 종아리밖에 없다. 앞으로는 발목을 최대한 돋보이게 하는 데 중점을 두고 전체 옷차림을 계획해야겠다.

나의 새로운 스타일은 아주 독창적인 건 아니었다. 머지않아 나는 파리에서 마주치는 멋있는 여자들 중 일부가 나와 똑같은 조합으로 옷을 입고 있다는 사실을 알아차렸다. 그들은 나와 몸매가 비슷한 여자들이었으므로 그런 스타일이 잘 어울렸던 것이다. 하지만 우리는 제각기 다른 사람이고 서로 다른 색상과 소재, 신발과 머리 모양을 선택하기 때문에 똑같은 스타일이라도 다 달라 보인다. 굳이 말하자면 '패션 사촌'쯤 된다.

내가 내 외모의 주인이 됐는지는 아직 잘 모르겠지만, 적어도 나의 스타일은 발견했다. 그걸 알아낸 이후로는 그 스타일을 여러 가지로 변형해서 옷을 입고 있다. 그 스타일에서 멀어지려면 위험을 감수해야 한다. 개성 있게 보이려고 노력하지 않았더니 마침내 나다운 모습을 찾았다.

40대가 지켜야 할 패션의 법칙들

옷 세 벌을 한꺼번에 구입하면 그중 한 벌은 반드시 실패한다.

≈

매장에 걸려 있을 때 예뻐 보였던 긴 플레어스커트를
당신의 엉덩이에 걸치면 절대로 그렇게 예쁜 주름이 만들어지지 않는다.

≈

마네킹이 입고 있는 옷이 마음에 든다면 그것과 똑같은 옷을 구입하라.
당신 나름의 비슷한 패션을 창조하려는 시도는 하지 말라.

≈

매장에서 어떤 옷을 입어볼 때 거슬리는 점이 있다면
나중에 그 옷을 입을 때도 반드시 그 점이 거슬린다. 매장에서 어떤 신발을
신었을 때 발이 아프다면 나중에 거리를 다닐 때는 극심한 고통이 찾아온다.

≈

가끔은 옷에 큰돈을 쓰는 것도 가치 있는 일이다.
그 옷을 입을 때마다 당신이 행복해지고 자신감을 느낀다면.

≈

나머지 옷들에 투자하는 비용은 줄이고 질 좋은 옷 한두 벌을 구입하라.
당신이 남자라면 어떤 옷과도 잘 어울리는 수제 구두 한 켤레에
기꺼이 투자하라. 구두와 가방은 꼭 일류 디자이너 제품이 아니어도 된다.
이네스 드 라 프레상주는 이렇게 말했다. "45세가 넘어서도
고급 브랜드 옷을 쌓아놓고 사는 건 불행한 일일 수 있어요."

013 우아하게 나이 들기

이제 나답게 옷 입는 법은 알아냈지만 또 하나의 문제가 있었다. 나의 외모가 예전 같지 않다는 것. 아침에 세수를 하고 나서도 얼굴의 주름살(흔히 '일레븐'이라고 불리는 미간의 세로 주름살 두 개)은 사라지지 않았다. 파리 시내를 걸어 다니다가 갑자기 내 얼굴에 뭐가 돋아났는지 궁금해지기도 했다. 낯선 사람들이 나를 빤히 쳐다보는 느낌. 정확히 말하자면 나를 쳐다본다기보다 내 나이를 가늠해보는 느낌이었다.

나만 이런 느낌을 받는 건 아니었다. 캐나다의 어느 사회학자는 노년기 여성들의 일부는 자신들의 외모와 자신의 정체성 사이의 관계가 거의 끊어진 느낌을 받는다고 주장한다. 어느 71세 여성은 이웃들이 그녀를 볼 때 '개를 산책시키는 할머니구나'라고 생각하리라고 상상한다. "나의 내면은 예전과 똑같고, 외모는 껍데기일 뿐인데도 그래요."

나는 껍데기가 된 기분을 느끼지는 않는다. 그냥 내 이마에 11자가 뚜렷하게 새겨진 기분이다. 하지만 육체와 정신의 간극이 커지는 것은 느껴진다.

내 생각에 육체와 정신의 간극은 40대에 시작되며 시간이 갈수록 커지는 것 같다. 그래서 웨이터들이 나를 '마담'이라고 부를 때 내 가슴이 덜컹 내려앉는 게 아닐까. '마담'이라는 호칭은 나의 외모가 나의 본질, 나의 정신과 분리되고 있음을 뜻하니까.

정신적으로도 늙기를 바라는 사람은 없다. 내가 아는 어떤 60대 미국인들은 아직도 '중년'이라고 불릴 때마다 움찔한다. 어느 시점이 되면 우리는 실제의 우리 자신보다 훨씬 젊게 느낀다고 말해야만 한다. 실제 나이와 똑같은 느낌을 받는다고 하면 우리는 따분하고 무기력하며 전자기기를 작동할 줄 모르는 사람이 된다.

이 간극을 느낀다는 건 불안한 일이다. 그것은 중년의 위기는 아니지만 꾸준히 지속되는 통증이다. 나로 말하자면 때때로 나이 들어 보이는 건 받아들일 수 있다. 하지만 이제는 내가 어디를 가든 사람들이 나를 40대 중반 여자로 본다. 그것은 내가 가끔 벗어던질 수 있는 변장이 아니다. 나와 비슷한 나이의 여자들과 마주칠 때면 나는 말 없는 유대감 속에서 그들을 쳐다보고, 그들이 나이 듦에 대처하는 모습에 경의를 표한다.

몇 달 동안 집 밖에 나갈 때마다 이런 느낌을 받고 나서야 왜 낯선 사람들이 나를 빤히 쳐다봤는지를 알게 됐다. 그들이 나를 쳐다본 건 내가 나이 들어 보여서가 아니었다. 내가 겁에 질린 사람처럼 보였기 때문이다.

흔히 여자들은 나이 듦을 두려워할 거라고 생각한다. 그 두려움은 젊은 시절에 이미 시작된다.

나는 7학년 때 내가 아직 6학년처럼 보인다고 우쭐했던 기억이 난다. 10대 여학생 시절에는 '박쥐 날개' 같은 팔을 가지기 싫어서 팔근육 운동을 했다. (그래도 팔에 살은 붙었다.)

내가 20대와 30대였던 시절에는 명확한 문화적 메시지가 있었다. '지금이 나의 전성기다. 앞으로는 이런 외모를 가질 수 없을 것이다. 여자들은 그 짧은 젊은 시절의 미모에 향수를 느껴야 한다. 지금이 그 젊은 시절인데도!' 어느 연구 결과에 따르면 다양한 연령의 여성들 중, 25세부터 35세 사이 여성들에게 나이 들어 매력을 잃을 것에 대한 걱정이 가장 많았다.

드디어 40대가 된다는 건 마치 공포 영화에서 여주인공이 '집 안에 괴물이 있다'는 사실을 깨닫는 순간과 비슷하다. 우리가 수십 년 동안 두려워하고 어떻게든 피해보려 했던 축 늘어지고 얇아진 피부와 주름살이 어김없이 우리를 찾아왔다.

내가 아는 여자들(그리고 몇몇 남자들)은 자신들의 몸에 생긴 일을 마치 영화 「엑소시스트」의 한 장면처럼 무시무시하게 설명한다. 마흔에 느끼는 외모의 변화를 설명하기 위해서는 특수 효과가 필요한 모양이다.

"내 엉덩이와 배가 서로 자리를 바꿨어." 한 여자가 나에게 말했다.

"내 피부가 종잇장 같아졌어." 다른 여자의 말이다.

"내 턱은 이제 이중도 아니고 삼중이야! 미치겠어!" 40세의 한 친구가 나에게 보낸 메시지다. 내가 그 친구에게 우리 부부가 환하게 웃고 있는 사진을 별 생각 없이 보낸 직후에 그가 보낸 답장이었다. (당연히 나는 내 외모가 괜찮아 보이는 사진을 골라서 보냈다.)

우리보다 나이가 많은 사람들이 그런 이야기를 할 때면 영화는 더 무시무시해진다.

"40에서 50까지는 좋은 나이야. 마음껏 즐겨." 어느 50대 여성이 내게 말했다. "하지만 50대가 되면 얼굴 피부가 축축 늘어져." (나는 영화 「레이더스」에서 얼굴이 녹아내리는 장면을 떠올렸다.)

여자들이 나이 듦에 대처하는 방법에는 두 가지가 있는 듯했다. 첫째 방법은 그냥 나이 드는 대로 놓아두는 것이다. (짐작컨대 이 부류에 속하는 사람들은 공포 영화도 잘 볼 것 같다.) 나는 44세인 친구와 나이 듦에 관한 이야기를 나눈 적이 있는데, 그 친구는 곧바로 최근 자기 얼굴에 생긴 변화를 나열했다. 턱 아래 살이 늘어지기 시작하고, 눈 밑 지방이 볼록하게 처지고, 목에 주름이 잡히고(그녀는 "지금까지 난 징그러운 목을 가진 사람들을 경멸했는데"라고 덧붙였다), 미간에 "찡그린 모양"이 나타난다고 했다. 그녀는 11자 주름이 생긴 것은 자기 탓이라고 여겼다. "10대 때부터 찡그리기 시작했을 거야. 살짝 찌푸린 얼굴을 하면 내가 똑똑해 보인다고 생각했거든."

나는 공포 영화에 대처하는 것과 같은 방법으로 나이 듦에 대처하고 있다. 눈길을 다른 데로 돌리기. 내 얼굴의 11자 주름을 보지 않을 방도는 없다. 최근에 찍은 모든 사진에 그 주름이 보이기 때문이다. (스마트폰은 나이 듦의 적이다.) 그래서 나는 되도록 안경을 쓰지 않았을 때만 거울을 보려고 한다. 시력이 나빠져서 좋은 점은 나 자신의 모습을 포토샵 처리할 수 있다는 것이다. 지금까지 나는 사진을 찍을 때마다 피부가 탱탱해 보이게 하려고 마치 깜짝 놀란 것처럼 '오'자 입 모양을 하는 여배우들을 비웃었다. 하지만 이제는 내가 나 자신의 모습을 볼 때마다 본능적으로 그런 표정을 짓는다. 내 딸은 그걸 나의 '거울용 얼굴'이라고 부른다.

모든 사람이 나이 들어 보이는 걸 싫어하는 것 같진 않다. 심리학 연구에 따르면 동성애자 여성들은 이성애자 여성들에 비해, 그리고 아프리카계 미국인 여성들은 백인 여성들에 비해 나이를 먹으면 매력이 덜해질 거라는 걱정을 적게 한다. 얼마 전 나는 오랫동안 만나지 못했던 어느 독일 여성과 우연히 마주쳤는데 그녀가 중년의 풍요의 여신상처럼 변했다는 인상을 받았다. 그런데 그 독일 여성은 웃을 때 주름이 생기는 것과 한때 긴 금발이었던 머리카락이 절반 이상 흰머리로 바뀐 것을 편안하게 받아들이고 있었다. 내가 아는 어느 변호사는 '이제 내가 옛날의 내 아버지처럼 됐구나'라는 사고방식으로 재빨리 전환했다. 그는 41세 때 이제부터 티셔츠는 입지 않겠다고 선언했다.

하지만 내가 아는 사람들 대부분은 스트레스를 받고 있다. 아름다운 외모를 가진 사람들은 더 불안해한다. 어느 미남 동성애자가 나에게 말하길, 예전에 그는 어떤 남자들이 동성애자인지 여부를 쉽게 판별했다. 동성애자인 남자들은 예외 없이 그에게 작업을 걸었기 때문이다. 나이가 들자 그의 게이 레이더는 쓸모가 없어졌다.

아주 예쁜 40대 중반의 한 여성은 예전에는 비행기를 탈 때 수속 카운터 뒤의 남자에게 말만 잘하면 추가 비용 없이 비즈니스석으로 옮기는 혜택을 받았다고 한다. 그녀는 휴가 계획을 세울 필요도 없었다. 남자들이 자기 요트를 타고 같이 여행하자고 초대를 했으니까. 그러나 요즘 들어 비행기 좌석 혜택과 요트 여행 초대가 끊겼다. 그녀는 여전히 수속 카운터의 남자와 잡담을 나누지만 별다른 성과는 없다. 그녀는 손발 중 하나가 잘려 나간 느낌을 받으면서 걸어 다니는 듯했다.

그러면 40대인 사람은 어떻게 행동해야 할까? 하나의 전략은 사람들이 우리의 나이를 헷갈리도록 만드는 것이다. 텍사스 출신인 어떤 지인은 자기 할머니가 썼던 방법을 나에게 알려줬다. 사람들한테 실제 나이에 일곱 살을 더해서 말하는 것이다.

나: 그럼 저보고 50대라고 말하라는……?

텍사스 남자: 사람들은 당신이 환상적인 외모를 갖고 있다고 말할 거예요.

나: 만약 제가 서른 살이라고 말하면요?

텍사스 남자: 아무도 안 믿겠죠.

그리고 내가 어릴 때부터 알고 있던 전략도 있다. 일찍부터, 그리고 자주 병원 시술을 받으면서 나이 듦의 모든 징후와 싸운다! 마이애미를 비롯한 몇몇 지역에서는 중산층 여성들이 주름 제거 시술을 받고, 그다음에는 보톡스와 필러 주사를 맞는 것이 사실상의 의무로 여겨진다. 그 의무를 따르지 않는 여자들은 자연스럽다 못해 끔찍한 외모를 가지는 것을 감수해야 한다. 내가 아는 50대의 아름다운 마이애미 여성은 단지 성형외과 시술을 받은 적이 없다는 이유만으로 괴짜로 간주되고 있다.

내가 아는 훌륭한 페미니스트들 중에서도 몇몇은 여러 가지 미용 주사를 맞았다고 시인했다. 과하지 않은 시술을 받아서 그런지 그 사람들은 상당히 예뻐 보인다.

나도 11자 주름을 감추기 위해 보톡스를 한번 맞아볼까 한다고 사이먼에게 말했다.

"하지 마." 사이먼의 대답이었다. 내 남편에게 여자들의 피부 관리에 대한 소신이 있을 줄이야. 그는 자기가 나이 많은 여성들을 유심히 관찰해보니 젊게 보이는 비결은 날씬한 몸매를 유지하고 자연스러우면서도 우아하게 나이 드는 거였다고 주장했다.

사이먼의 견해는 나의 다른 친구가 했던 말인 "나는 우아한 나이 듦이라는 철학을 따르고 있어"와 통하는 것 같았다. 내 친구의 설명에 따르면 '우아한 나이 듦'이란 "신체의 자연스러운 변화를 인정하는 것"이란다. '우아한 나이 듦' 철학에 대해 더 자세히 알려달라고 재촉했더니 그녀는 자기도 그 이상은 모른다고 실토했다. 그저 '우아한 나이 듦'이라는 말이 좋았다나. 그러고 나서 친구는 자기가 지방 흡입술을 받은 이야기로 넘어갔다.

나 역시 우아한 나이 듦을 원한다. 하지만 우아한 나이 듦이란 것이 거울 앞을 지날 때마다 눈을 반쯤 감고, 내 눈꺼풀 밑 지방 덩어리가 펴지는 것을 도표로 만들고, '마담'은 진짜 내가 아니라고 믿고 사는 것과는 다르다고 생각한다.

그리고 나는 서른 살의 외모를 그리워하면서 남은 평생을 보내고 싶지는 않다. 그것은 페미니즘에 위배되고 실질적인 도움도 안 된다. 나의 건강에도 별로 좋지 않을 것 같다. 미국의 한 연구에 따르면 젊은 사람들 가운데 '노년에 대한 부정적 고정관념'을 가진 사람들이 향후 40년 동안 심장 질환에 시달릴 확률이 더 높았다. 우리 자신의 몸이 껍데기일 뿐이라고 느낀다면 우리가 운동하러 나가기는 더 어려워지고 쿠키를 계속 집어 먹게 되지 않겠는가.

그렇다면 대안은 무엇일까? 나의 11자 주름에 대해 더 건강하고 더 이성적인 다른 방법으로 생각할 수가 있을까?

그렇다. 만약 건강한 사고의 비결이 있다면 그것은 마음에 있다. 그것은 옷을 잘 입는 비결과도 관련이 있다. 우리는 껍데기와 자아 사이에 다리를 놓아야 한다. 다시 말하면 우리의 실제 나이를 주체적으로 받아들이고 나아가 그 나이를 자랑스럽게 생각해야 한다.

내가 프랑스식 방법을 조금 미화하고 있는지도 모르겠다. 하지만 내가 보기에 프랑스 여자들은 미국인인 나와 조금 다른 각도로 나이 듦에 접근한다. 이를테면 섹시한 60대 여성인 엘렌은 자신이 "내 나이 안에서 잘 지내기bien dans son âge"를 목표로 삼고 있다고 나에게 말했다. 그녀 외에도 많은 프랑스 여자들이 그런 표현을 쓴다. '내 나이 안에서 잘 지내기'란 내 나이에 어울리는 옷을 입고 내 나이를 편안하게 받아들인다는 뜻이다.

그러고 보니 내가 만나는 여자들 중에 진짜로 우아하게 나이 드는 것처럼 보이는 여자들은 실제 나이와 비슷하게 보였다. 그들은 마법을 쓴 것처럼 젊어 보이지 않았다. ("젊어 보이려고 애쓰는 건 나이 들어 보이는 가장 빠른 방법입니다." 이네스 드 라 프레상주의 말이다.)

그러나 이 여자들에게는 어떤 공통점이 있다. 그들은 모두 자기 생활에 열심이고 자신의 몸에 대해서도 편안함을 느끼는 것처럼 보인다. 그들은 겁에 질리거나 무신경해 보이지 않고, 자기 자신이 나오는 공포 영화를 보고 있는 것 같지도 않다. 물론 그들은 배가 25세 때처럼 날씬해진다고 하면 마다하지 않을 것이다. 11자 주름이 생긴 걸 보면서 기뻐하는 것도 아니다. 하지만 그들은 예전의 자기 외모를 그리워하며 항상 서글퍼하지 않는다. 그들은 현재의 자기 몸 안에서 충실히 살고 현재의 자기 몸과 나이를 즐긴다. (그리고 그 몸과 나이를 유지하는 데 상당한 에너지를 투입한다.) "내 나이 안에서 잘 지낸다"라는 건 지금 나이가 몇이든 간에 그 나이에서 최고의 모습으로 산다는 것이다. 나는 분명히 미인은 아닌데도 이렇게 살아가는 여자들을 알고 있는데, 그들에게선 마치 빛이 나는 것만 같다.

40대에 옷을 잘 입으려면 그저 평범하고 무난한 옷을 입을 것이 아니라 우리의 정체성을 반영하는 선택을 해야 하는 것처럼, 나이 들어도 훌륭한 외모를 간직하려면 틀로 찍어낸 것처럼 완벽한 상태를 달성하려고 노력하기보다 우리의 특징을 강조하고 긍정적으로 생각할 줄 알아야 한다.

매끄러운 피부를 가진 젊은 여자들이 매력적인 이유 중 하나는 그들에게 아직 빤한 스토리가 만들어지지 않았기 때문이다. 이론적으로 우리는 그들에게 우리가 원하는 모든 것을 투사할 수 있다. 반면 여자들이 나이가 들면 어떤 스토리를 가진 사람으로 보인다. 프랑스식 전략은 그 이야기를 달갑지 않은 짐처럼 취급하는 대신 자기만의 특징과 매력의 일부로 여기는 것이다. 자기만의 스토리가 없는 상태에서 40대, 또는 그 이상의 나이에 도달하는 것이야말로 이상한 일 아니겠는가.

프랑스에도 갖가지 주사와 시술은 있으며, 프랑스 여자들 중에도 주름 제거 시술을 받는 사람이 더러 있다. 그러나 그들의 목표는 과하지 않다. "나는 5년을 덜어내고 싶어요." 어느 파리 여자의 생각이다. 반면 미국인들은 '20년을 덜어내려고' 애를 쓴다.

"나이 듦이 아름다운 이유는 누군가의 인간적인 면모를 발견하기 때문입니다." 파리 6구에서 자기 이름을 내걸고 미용 학원을 설립한 엘사 와이저Elsa Weiser의 설명이다. 외모를 가꾸는 일이 지나치면 그 사람만의 특징이 제거된다고 그녀는 말한다. "특히 어느 정도 나이를 먹은 사람들은 상자에서 꺼낸 상품처럼 보이기를 원하지 않습니다. 우리는 꽁꽁 얼어 있지 않아요. 우리는 살아 있는 존재잖아요."

나는 나 자신의 특징을 발견하는 경험을 한 적이 있다. 어느 만찬 자리에서 나와 꼭 닮았는데 키만 나보다 큰 미국인 여자를 소개받은 것이다. 잠시 후 나는 그녀가 예수그리스도후기성도교회(일명 모르몬) 공동체에서 성장했다는 사실을 알았다. 그녀는 나의 모르몬교도 도플갱어인 셈이었다. 우리는 잠시 서로를 빤히 쳐다보고 나서 정말 많이 닮았다고 인정했다.

그 미국 여자는 뛰어난 미인이 아니었고, 흠 잡을 데 없는 외모도 아니었고, 깡마른 몸매도 아니었다. 하지만 그녀의 여러 가지 생김새들이 한데 어울려 매력적으로 느껴졌다. 비록 객관적인 시각으로 보면 그녀보다 매력적인 여자들이 수백 명도 넘겠지만, 나는 누군가가 세상의 다른 누구보다 그녀를 더 좋아하는 광경을 그려볼 수 있었다.

그녀와의 대면은 나에게 큰 깨달음을 선사했다. 누군가가 나를 원할 수 있는 이유를 생전 처음 알았다. 나는 나 자신이기 때문이다.

"오, 세상에. 누군가가 나랑 같이 자고 싶어 하는 이유를 이제야 알았어요!" 나는 그녀에게 말했다.

프랑스에서도 '자기 나이를 편안하게 받아들인다'는 것이 저절로 되는 일은 아니다. 그것은 어른이 의도를 가지고 하는 행동이다. 내 나이를 편안하게 받아들이려면 나의 생김새와 나의 마음, 그리고 나의 여러 특징들(나이도 포함해서)이 이 세상에 확고한 자리를 가지고 있다고 믿어야 한다. 즉 내가 어떻게 나이 들 것인가를 스스로 선택해야 한다. 그러려면 거울 속에 있는 바로 그 사람이 나라고 믿어야 한다.

당신이 40대 여성이라는 징후들

정치적인 이유로 머리 염색 또는 겨드랑이 제모를 거부하는 친구들이 이제는 매력적인 반항아로 보이지 않는다. 털만 두드러져 보일 뿐.

≈

머리를 아주 정성껏 손질하고 나간 날에만 거리의 사람들이 시선을 준다. 하지만 그들은 이미 당신의 딸을 칭찬하기 시작했다.

≈

'수영장 파티'에 갔는데 여자들 중 수영복을 입은 사람이 거의 없다. 자리에서 일어나는 사람도 별로 없다.

≈

세상 모든 일의 숨은 비용을 알게 된다.
신이 나서 여기저기 옮겨 다니던 당신의 어린 시절 뒤에는 학교 등록 절차와 이삿짐 싸기를 도맡아 처리했던 어머니가 있었다는 사실을 깨닫는다.

≈

이른바 '가면 증후군'에서 해방되고 싶어진다.

014 삶의 규칙을 대하는 자세

어린 시절 나는 삶의 규칙을 수집하는 아이였다. 여기서 삶의 규칙이란 세상이 어떻게 돌아가는가에 대한 단순명쾌한 진리를 의미한다. 나에게 최초의 규칙은 아홉 살인가 열 살이었을 때 이웃집 그로스 아주머니의 자동차 뒷좌석에 앉아 하교하는 길에 들은 것이었다. 내가 그로스 아주머니에게 "아주머니에게 우선통행권이 있으니 우리 골목길로 들어가셔도 되지 않나요?"라고 말한 직후였다.

그로스 아주머니는 골목길로 들어서지 않았다. 아주머니는 후방 거울로 나를 쳐다보며 이렇게 말했을 뿐이다. "우선통행을 하다가 죽을 수도 있단다."

그로스 아주머니가 너무나 확신에 찬 목소리로 진지하게 말했기 때문에, 나는 함부로 우선통행을 하는 건 어리석은 일이라고 판단했다. 그리고 문득 이런 생각이 들었다. 모든 어른은 각자 삶의 경험에서 얻어낸 교훈을 한두 가지씩 간직하고 있을 거라고. 그때 나는 세상에 대해 잘 알고 싶은 욕구가 넘쳤다. 만약 내가 수많은 사람에게서 중요한 교훈을 수집할 수만 있다면 나는 거의 모든 상황에 대비할 수 있으리라 생각했다. 그런 규칙들을 안다고 해서 내가 현명해지진 않겠지만, 대체로 지혜로운 방향으로 나아갈 수는 있을 것 같았다. 그러면 전부는 아닐지라도 어떤 일들은 잘 해내지 않겠는가.

머지않아 나는 사람들이 심오한 진리를 이야기해야 하는 순간에도 좀처럼 그렇게 하지 않는다는 사실을 발견했다. 매주 토요일, 신도들 앞에선 랍비는 그 주에 유대교 성인식을 치르는 아이의 귀에 대고 뭔가를 비밀스럽게 속삭였다. 나는 랍비가 그 아이를 성인기까지 인도해줄 진리의 충고를 해주는 거라고 추측했다. 그 충고가 뭔지 나도 알고 싶었다. 그러나 막상 내 차례가 왔을 때 랍비가 내 귀에 속삭여준 말은 대충 다음과 같았다. "오늘은 정말 중요한 날이란다." 그러고 나서 곧바로 오르간 연주가 시작됐다.

규칙들은 내가 기대하지 않을 때 나타났다. 사람들은 규칙을 불쑥 이야기하곤 했다. 어린 시절이 지나고 나서부터는 누군가가 "남자는 첫 번째 데이트에서 자신이 원하는 바를 이야기한다"라든가 "빼빼 마른 여자들은 반드시 그 몸매를 유지하는 일에 시간을 많이 쓰더라"라고 말할 때마다 내 귀가 쫑긋 섰다. 나는 이런 규칙들을 어른이면 누구나 무기고에 보관하고 있다가 활용해야 하는 '사실'로 받아들였다.

상투적인 표현들은 오히려 신빙성이 없게 느껴졌다. 나는 자명해 보이는 규칙을 좋아했지만, 그런 규칙들은 아주 드물고 구체적이어서 사람들의 주목을 받지 못했다. "엉덩이를 깨끗하게 씻고 다니는 것이야말로 건강 유지의 비결이야." 나의 남자친구 중 하나가 화장실에서 나오면서 내게 했던 말이다. "이혼하지 마세요." 어느 직장 동료가 전 남편과 험악한 말다툼을 하고 나서 내게 해준 말이다.

사람들과 어울리는 방법에 관한 조언들은 아주 실용적이었다. 당장이라도 활용이 가능했다. 어느 코미디언은 누군가와 지루한 대화를 계속하고 있다면 "그들에게 숫자로 대답해야 하는 질문을 연거푸 던져라"라고 알려줬다. 어느 여성 사업가는 자신이 디너파티를 열 때는 세 가지 주제가 금지라고 나에게 말해줬다. 자녀, 직장, 부동산. (나는 세 가지로 이뤄진 규칙을 특히 좋아한다.)

그리고 나는 딱히 쓸모가 없어 보이는 규칙들도 수집했다. 그런 규칙들을 알면 어떤 불확실한 미래가 찾아오더라도 다 대비하고 있다는 기분이 들었다. 말하자면 나만의 지하실에 식수와 탄약을 비축해놓은 느낌. 어느 영화 제작자가 라디오에 나와서 "저예산 영화를 만들 때는 대사가 있는 역할이 여럿이면 안 됩니다. 배우들이 대사를 하는 경우 출연료를 더 많이 지급해야 하거든요"라고 말했을 때 나는 흥분했다. (그래서 저예산 영화의 레스토랑 장면에서는 웨이트리스가 메모장을 들고 가만히 서 있는 경우가 많다고 그는 말했다.)

어떤 규칙이 나의 개인적인 판테온에 모셔둘 자격이 있는지 여부를 판별하는 나만의 방법은 그 규칙이 어떤 사람의 마지막 말로 적합한가를 보는 거였다. 임종을 앞둔 어떤 사람이 사랑하는 사람들에게 둘러싸인 채 "어떤 언어를 유창하게 한다고 말하려면 신발 끈 묶는 법을 그 언어로 설명할 수 있어야 한단다"라고 말하는 장면을 상상할 수 있는가? (사실 나는 그걸 상상할 수 있다.)

그리고 나는 누군가가 남에게서 들은 규칙을 전해줄 경우 그것을 뜻밖의 행운으로 간주했다. 남자친구가 자기 친구와 동침하는 일을 겪은 어떤 여자가 나에게 들려준 이야기에 따르면, 그녀의 심리 치료사는 그 현상에 대해 지극히 합리적인 설명을 해줬다고 한다. "원래 사람들은 자기가 아는 사람과 자거든요." (내 생각에 이런 건 한 사람의 마지막 말로도 손색이 없다. 그런 말이 필요할 경우라면.) 또 어떤 사람은 자기 친구에게서 들은 규칙을 내게 알려줬는데, 그것은 현대판 결혼의 공식이었다. "여자는 7일 내지 10일마다 남편과 관계를 가져야 한다. 그러지 않으면 남편은 조금씩 미쳐간다."

나는 수식이 포함되는 규칙을 선호했다. 그런 규칙들은 과학적으로 보였기 때문이다. "귀여움은 3분의 2야." 언젠가 친구가 내게 했던 말이다. 이 규칙은 어떤 것이 정상적인 크기의 3분의 2 정도 되면 귀엽게 느껴진다는 뜻이다. (그가 키 작고 사랑스러운 여자와 짧은 결혼 생활을 하면서 얻은 거라고는 이 교훈밖에 없었다.)

해외여행을 다니기 시작하면서부터는 다양한 표현도 수집하기 시작했다. 외국인들의 격언은 대체로 자기 나라에서만 검증받은 것이었지만 나에게는 참신하게 느껴졌다. 교환 학생 자격으로 일본에서 공부하던 기간에 나는 "원숭이도 나무에서 떨어진다"라는 표현을 배웠다. (그 이후로 나는 일본과 무관한 자리에서도 이 표현을 자주 써먹었다. 사람들이 어리둥절한 표정을 짓긴 했지만.)

나는 "먹어야 식욕이 생긴다"라는 이탈리아 격언과 "친구라야 실망도 느낀다"라는 냉소적인 프랑스인들의 격언이 설득력 있다고 생각했다. 뭔가가 너무 늦게 찾아올 때는 "식사 후의 겨자"라는 네덜란드어 표현이 딱 맞았다.

어떤 표현이 외국에서 널리 쓰이는 관용어인지, 아니면 어떤 외국인이 어쩌다 내뱉은 말인지를 구분하기 어려울 때도 있었다. "싫은 사람들과 좋은 장소에 있는 것보다는 좋은 사람들과 싫은 장소에 있는 편이 낫지요." 어느 파리 여자가 나에게 들려준 말이다. 나중에 알고 보니 그건 그녀의 남편이 어느 날 버스 안에서 중얼거린 말이었다.

서서히 어떤 생각이 고개를 들었다. 나는 삶에 대해 배우기 위해서가 아니라 나 자신의 무지를 감추기 위해 규칙과 표현들을 수집하고 있는 게 아닐까? 20대 때 나는 할리우드의 어느 에이전트가 점심식사 후에 시거를 피우면서 할 것만 같은 말들을 따라 하기 시작했다. "옷은 영국인처럼 입고, 생각은 유대인처럼 하라(류 워서맨Lew Wasserman)." "나에게 아름다운 여자를 보여주시오. 그러면 내가 그녀를 따먹는 데 싫증이 난 남자를 보여드리겠소." 이런 말들은 나의 실제 생활과 거리가 너무 멀었다.

삶의 규칙을 수집하려는 열망 때문에 나는 미신적인 믿음에 쉽게 넘어가곤 했다. 언젠가 오찬 자리에서 주최자가 나에게 이렇게 말한 적이 있다. "케이크를 나눠주는 동안 조각이 하나라도 넘어진다면 그 케이크를 받은 사람은 6년 동안 결혼을 못 한대요." 그때부터 나는 브라우니처럼 무게중심이 아래쪽에 있는 디저트만 고집했다. 몇 년이 지나서야 나는 그녀가 나에게 진짜로 하고 싶었던 말이 뭔지를 짐작하게 됐다. "남편감을 찾고 싶으면 케이크를 그렇게 많이 먹지 마세요."

그리고 나는 종교에도 쉽게 이끌렸다. 신앙생활이란 결국 일상생활에 필요한 작은 규칙들의 집합이 아니겠는가? 나는 20대 때 유대교에 대해 더 깊이 탐색하면서 규칙의 금맥을 우연히 발견한 기분이었다. 믿음이 깊은 유대인은 구약에 나오는 수백 가지 계율을 그냥 따르기만 하지 않는다. 다양한 상황에 그 계율들을 어떻게 적용할지에 관해 수 세기 동안 랍비들이 남긴 주석까지 다 연구한다.

- 어떤 남자가 지붕에서 떨어지는 바람에 우연히 자기 아내가 아닌 여자의 몸 위에 떨어지고, 그 여자와 성교를 했다면?
- 유대교 유월절을 앞두고 계율에 따라 집 안의 빵을 모두 없앴는데, 유월절이 시작되기 직전에 빵 한 덩어리가 부엌 창문으로 날아 들어와 당신

의 수프 냄비 속으로 떨어진다면? 당신은 그 수프를 먹어도 될까?

나는 도넛을 먹기 전에 하는 기도와 복숭아를 한 입 베어 물기 전에 하는 기도가 따로 있다는 사실을 알게 됐다. 감자 한 알에 바치는 축복 기도는 감자칩에 대한 축복 기도와 달랐다. 감자칩은 원래 감자의 형태를 유지하고 있지 않으니까. (프링글스 감자칩에 대해서는 랍비들이 맹렬한 토론을 벌이고 있다. 프링글스는 감자의 모양을 어느 정도 유지하고 있기 때문이다.)

나는 이 모든 세세한 규칙들이 정말 좋았다. 우리 조상들의 강박 장애를 엿보는 기분이라고나 할까. 저예산 영화를 만들 일이 절대 없을 텐데도 내가 저예산 영화 제작의 요령을 수집했던 건 다 이유가 있었다. 나는 도무지 일어날 것 같지 않은 가상 시나리오에 집착하던 사람들의 후손이니까!

나는 유대교의 계율을 다 따르진 않았지만, 새로운 규칙을 계속 생각해냈다. 만약 하느님이 내가 게를 먹지 않기를 바라신다면, 내가 토요일 오후에 테니스를 치는 것도 하느님이 원치 않으시는 일이 아닐까? (신앙생활을 나보다 오래한 사람들은 어디에 선을 그을지를 아는 것 같았다. 나는 정통파 유대교인과 데이트한 적이 있는데, 그는 혼외정사 금지만 빼놓고 모든 계율을 충실히 따랐다.)

결국 나는 엄격한 신앙생활에서 한발 물러났다. 피넛버터를 앞에 놓고 어떤 축복의 말을 해야 하는지에 대해 노심초사하지 않아도 나는 자격지심이 충분한 사람이었다. (실은 덩어리진 피넛버터와 부드러운 피넛버터에 대한 기도문이 따로 있었다.) 하지만 원래 규칙을 좋아하는 사람의 입장에서는 규칙의 일부만 따르자니 신앙생활을 하는 게 아니라 강제를 당하는 것처럼 느껴졌다.

그래서 다시금 내가 그동안 수집한 비종교적인 규칙에서 매일의 위안을 찾기 시작했다. 하지만 나이가 들수록 그런 규칙들도 엉성해 보였다. 삶의 규칙들을 닥치는 대로 수집한다고 해서 나 자신이 더 어른스러워진 느낌이 들진 않았다. 그 규칙들은 나에게 다른 사람에 대한 판단력과 공감과 이해를 제공하지도 않았다. 확실히 어른이 된다는 건 사람들의 근거 없는 통찰과 외모 가꾸기 비결들을 진공청소기처럼 빨아들이기만 하면 되는 게 아니었다. 이제 내가 스스로 어떤 지혜를 만들어낼 때가 왔다.

40대의 십계명

≈

1. 반팔 옷을 입고 있을 때는 누구에게도 손을 흔들지 말라.
2. 곧 살이 빠질 거라는 기대를 품고 너무 꽉 끼는 청바지를 사지 말라.
3. 식사를 같이하고 싶지 않은 사람에게 언제 점심식사나 같이하자고 말하지 말라. 그런 말을 안 건네도 그들은 당신이 생각하는 것만큼 많이 실망하지 않는다.
4. 패션업계에서 일하는 사람을 만나러 나갈 때는 당신이 가진 것 중에 '가장 패셔너블한' 옷을 입지 말라. 그냥 검정색 옷이 낫다.
5. 친절하다고 해서 반드시 우정 어린 관계가 되진 않지만, 누군가와 친구가 되려면 친절은 꼭 필요하다.
6. 만약 어떤 남자와 함께 있는 여자가 그의 딸인지 여자친구인지 헷갈린다면, 아마 여자친구일 확률이 높다.
7. 만약 어떤 아이와 함께 있는 여자가 엄마인지 할머니인지 헷갈린다면, 아마도 엄마일 확률이 높다. (아기가 쌍둥이라면 더욱 그렇다.)
8. 진짜로 성숙한 어른은 어디에도 없다. 다들 어른 역할을 연기하고 있을 뿐이다. 그리고 어떤 사람들은 더 자신감 있게 연기한다.
9. 예전 남자친구(여자친구)들을 용서하라. 최악이었던 사람들도 용서해주자. 그들도 어른 연기를 했던 것일 뿐이니까.
10. 재즈를 좋아하지 않는다고 솔직하게 말해도 괜찮다.

015 지혜란 무엇인가

40대에는 여러 가지 변화가 찾아온다. 요즘 나는 예전에 들어본 농담을 또 듣고도 우스워서 깔깔거린다. 공항에서는 화면에 뜨는 나의 탑승구 번호를 보고도 몇 초 후에 잊어버린다. 우리 아이들 선생님의 얼굴은 아는데 이름은 대지 못한다. (변명을 하자면 선생님들이 다 프랑스인이고 그중 한 분은 계속 새로운 사람과 결혼한다.)

하지만 40대에는 다른 변화도 찾아온다. 이 변화는 탑승구 번호가 머릿속에서 사라지는 것을 보상하고도 남는다. 최근 나는 어떤 새로운 상황이나 문제에 직면할 때마다 머릿속에서 일종의 인덱스카드가 튀어나오는 느낌을 받는다. 이 인덱스카드에는 내가 과거에 경험했던 비슷한 상황들이 기록되어 있으며 그 일이 어떻게 마무리됐는지도 적혀 있다. 그 인덱스카드를 활용하면 지금 어떻게 해야 할지에 대해 어느 정도 감이 잡힌다. 오해는 마시라. 나는 하늘로부터 신탁을 받는 것이 아니다. 그리고 경험의 범위에도 제약이 있으므로 중국 정치라든가 핵 확산 문제에 대해서는 인덱스카드가 없다.

하지만 일상생활 속에서 예전 같으면 나를 괴롭혔을 상황이 발생하는 경우, 이제는 내가 어떻게 대처해야 할지를 비교적 명확하게 안다. 요즘에는 의심과 후회에 젖어 그냥 흘려보내는 시간도 줄었다. 내 삶을 발전시키기 위해 시간을 더 효율적으로 쓰고 있다. 사이먼에게 당신은 어떻게 생각하느냐고 물어볼 생각조차 안 들 때가 많다.

머릿속에 인덱스카드 체계가 만들어진 건 기쁜 일이다. 그리고 가만히 보니 내 나이 또래의 다른 사람들도 각자의 인덱스카드를 가지고 있는 듯했다. 우리 모두의 인덱스카드를 합치면 몇 장이나 될까? 드디어 우리도 지혜로운 사람이 되고 있는 걸까?

수천 년 전부터 사람들은 '지혜란 무엇인가'를 고민했지만, 현대 사회에서 지혜 연구에 최초로 뛰어든 학자는 뉴욕에 살던 비비언 클레이튼Vivian Clayton이었다.

클레이튼은 1950년 브루클린에서 태어났다. 그녀의 어머니는 고등학교에서 속기법을 가르치는 교사였고 아버지는 자유 계약 형식으로 모피

디자인에 종사했다. 그녀는 어릴 때부터 어머니와 아버지가 서로 얼마나 다른가를 보면서 놀라곤 했다.

"어머니는 감성 지능이 낮은 편이었고 공감 능력도 아버지보다 훨씬 떨어졌어요. 어머니는 뭔가를 충동적으로 결정하곤 했는데 그게 치명적일 때도 있었죠." 클레이튼은 캘리포니아주 북부의 자택에서 나와 통화하면서 이렇게 말했다.

클레이튼의 아버지는 어머니보다 훨씬 침착한 사람으로서 뭔가를 결정하기 전에 시간을 두고 천천히 생각했다. 때때로 아버지는 아무것도 하지 않는 게 최선이라고 판단했다. 그는 자신의 선택이 딸에게 불이익을 줄지 모른다고 걱정했으며, 일반적으로 사람들이 어떻게 반응하고 무엇을 느끼는가를 이해하고 있었다. "아버지의 가장 큰 장점은 공감 능력이었어요." 클레이튼의 회상이다.

클레이튼의 아버지 사이먼은 경제적으로 성공하진 못했다. 한번은 딸 클레이튼이 아버지의 직장에 가서 하루를 보냈는데, 부녀는 사이먼의 작업대 위에서 점심을 먹고 그 위에 취침용 매트를 깔고 낮잠까지 잤다. 클레이튼은 아버지의 인생이 얼마나 좁은지를 문득 깨달았다. "그건 아버지 사무실 크기였어요. 꼭 그만큼이었죠."

그래도 사이먼은 제약이 있는 삶에 만족하며 살았다. 여러 해 동안 그는 모피업계 신문에 '사이먼 세즈Simon Sez'라는 제목으로 매주 칼럼을 썼다. 맨해튼의 모피 산업 지구였던 네 블록에서 일하는 사람들의 기이한 생활을 묘사하는 내용이었다.

클레이튼이 보기에 어머니는 충동적으로 행동하고 홧김에 움직일 때가 많았기 때문에 원하는 것을 얻는 경우가 드물었던 반면 아버지의 방식은 종종 성공을 거뒀다. "아버지는 한참 동안 생각해서 해결책을 찾아내곤 했는데, 시간을 들인 덕분에 좋은 결과가 있었던 것 같아요."

클레이튼의 아버지는 자기 자신에 대해서도 아주 정확히 이해하는 사람이었다. "아버지는 당신이 큰 야망을 가진 사람이 아니라는 점을 아셨어요. 당신의 단점이 뭔지도 잘 아셨죠. 가끔은 완벽하지 못해서 미안하다는 말씀도 하셨어요."

클레이튼은 아버지의 이 형언하기 어려운 성격을 정확히 파악하려고 노력하던 중에 대학 심리학 수업의 과제로 지혜에 관한 보고서를 썼다. 그 보고서는 심리학 박사논문으로 발전했다. 그 논문에서 클레이튼은 지혜라는 주제를 집중적으로 탐구했다. 그녀가 아는 한 지혜라는 주제를 연구하는 학자는 그녀가 유일했다.

그래서 클레이튼은 우선 '지혜란 무엇인가'를 알아내야 했다. 지혜의 공통분모를 찾기 위해 그녀는 성경, 고대 로마의 희곡, 『월든walden』으로 유명한 소로의 글, 케네디의 연설문 등 지혜의 원천으로 간주되는 다양한 문헌을 정독했다. 그리고 법학 교수, 변호사, 은퇴한 판사들에게 그들이 아는 지혜로운 사람들 이야기를 들려달라고 부탁했다.

1978년부터 클레이튼은, 지혜란 지성과 감성을 활용해 지식을 분석하고 그것에 관해 숙고하는 의사결정 과정이라는 취지의 참신한 논문들을 연달아 발표했다. 그녀의 주장에 따르면 지혜는 지능과 구별된다. 지능은 우리에게 어떤 일을 처리하는 방법을 알려준다. 지혜는 윤리적 사회적 성격을 띠기 때문에 우리가 어떤 일을 할지 말지 결정하는 근거가 된다.

클레이튼이 알아낸 바에 따르면 꼭 머리가 좋아야 지혜로운 것은 아니다. 지혜로운 사람이 되기 위해서는 어떤 결정에 포함되는 모든 요소를 이해하는 데 필요한 "적정 수준의 지능"만 있으면 된다. 또 지혜로운 사람이 되려면 공감을 할 줄 알아야 하며, 그 공감을 다른 요소들과 합쳐서 "최종적인 결심 또는 판단"을 해야 한다. 그리고 지혜로운 결정에는 숙고가 필요하므로 결정 자체는 천천히 이뤄지는 것이 대부분이다.

다시 말하자면 클레이튼이 정의한 '지혜'는 그녀의 아버지와 닮아 있다.

지혜에 관한 훌륭한 연구에 힘입어 클레이튼은 뉴욕 컬럼비아 대학교의 교원이 됐다. 아버지가 작업대 위에서 잠자던 도시로 의기양양하게 귀환한 셈이다.

클레이튼의 연구는 지혜 연구에 대한 관심을 촉발했다. 기자들은 클레이튼에게 전화를 걸어 인터뷰를 요청했다. 컬럼비아 대학교 이사회에서도 그녀가 다음번에 발표할 논문 주제를 알고 싶어 했다. 동료들과 경쟁자들은 그녀의 연구실에 불쑥 찾아와 연구가 얼마나 진척되었는지 살피곤 했다. 클레이튼이 사람들의 지혜를 측정하는 방법을 알아낼 수 있을까? 그녀는 지혜를 가르칠 수 있을까?

그러나 지혜란 규정하기 힘든 개념이었다. 클레이튼이 1982년 논문에 쓴 바에 따르면 지능은 "논리적으로 사고하고, 개념화하고, 현실을 추상화하는 능력"이다. 반면 지혜는 "인간의 본성을 파악하는 능력"이다. 인간의 본성은 역설과 모순을 포함하며 수시로 변화한다.

31세 때 클레이튼은 주변의 모든 사람을 놀라게 하는 결정을 내렸다. 컬럼비아 대학교에 사표를 낸 것이다. 지혜라는 주제가 그녀에게는 너무 버거웠다. 그녀는 평생 지혜에 관해서만 연구하고 싶지도 않았다. 그리고 그녀는 자기 자신을 잘 알았다. 그녀는 속도가 느리고 뭐든지 꾸준히 하는 유형이었으며 외부의 압력이 가해지면 좋은 성과를 내지 못했다. "내가 천성적으로 학자로 적합한 사람은 아니라는 사실을 깨달았어요." 그녀가 내게 말했다. "만약 내가 인생에서 뭐라도 성취하면서 생활비도 벌려면 당장 이곳을 뛰쳐나가 다시 공부한 다음에 직장을 구하는 게 낫다는 생각이었죠."

비비언 클레이튼이 지혜 연구에서 손을 떼고 나서도 여러 학자들이 후속 연구에 뛰어들었다. 머지않아 '베를린 지혜 프로젝트Berlin Wisdom Paradigm'라는 대규모 연구의 결과가 발표되고, '지혜 균형이론balance theory of wisdom'과 '생성적 지혜Emergent Wisdom Model'라는 개념도 등장했다. 예일 대학교의 어느 심리학자는 중학생들에게 지혜를 가르치는 프로젝트를 시작했다.

그리고 지혜의 정의도 다양하게 제시됐다. 어떤 학자들은 실용적인 관점에서 지혜란 "일상적인 문제를 해결하는 데 도움이 되는 전문 지식"이라고 정의했다. 또 어떤 학자들은 지혜를 "개인적 성장의 절정" 또는 "삶에 대한 깊은 이해 또는 진리를 찾으려는 욕구"라고 조금 더 어렵게 정의했다. 또 어떤 이들은 지혜란 "사람들이 간절히 원하지만 좀처럼 얻지 못하는 이상"이라고 간주했다.

지혜의 정의에 대해 합의가 이뤄진 적은 아직 없지만, 마침내 어떤 공통적인(아니면 적어도 서로 겹치는) 설명은 나온 것 같다.

지혜로운 사람들은 큰 그림을 볼 줄 안다. 그들은 당면한 문제를 넘어 넓은 맥락과 장기적 연관성을 파악한다. 그들은 집단의 분위기에 휩쓸리지 않는다.

그러면서도 자신의 지식과 판단과 관점이 한계를 지닌다는 사실을 인정한다. 그들은 겸손하다. 그들은 모든 결정은 불완전한 정보를 토대로 이뤄지기 때문에 결과도 불완전하다는 사실을 안다.

지혜로운 사람들은 삶이 모호하고 복잡하다는 사실을 안다. 그들은 확실한 것보다는 미묘한 뉘앙스에 주목한다. 그들은 대부분의 사람과 상황에는 좋은 요소와 나쁜 요소가 공존한다는 사실을 알고, 어느 것이 좋은 요소고 어느 것이 나쁜 요소인가를 신속하게 가려낸다. 네덜란드의 전설적인 축구 선수 요한 크루이프 Johan Cruyff는 어떤 선수가 실력 없어 보이더라도 그 선수의 다양한 능력(왼발 기술, 오른발 기술, 헤딩, 속도 등)을 분석해보면 어떤 기술은 아주 뛰어나다는 사실을 발견할 수 있다고 지적했다.

지혜로운 사람들은 어떤 상황에서나 결과는 여러 가지로 나올 수 있다

는 사실을 안다. 사람의 행동에는 예측하지 못한 결과가 따른다. 그리고 좋은 해결책에도 숨은 비용은 있다. 내가 남편에게 우리가 지금 사는 아파트보다 넓고 집세도 저렴한 새 아파트 광고를 보여줬을 때, 남편은 아예 이사를 고려하지도 않았다. 그의 주장에 따르면 새집의 장점보다 이사라는 큰일을 치르고 새로운 장소에 적응하는 불편이 더 크다.

지혜로운 사람들은 자기 자신을 잘 안다. 그들은 자신의 장점과 단점을 정직하게 분석한다. 그들은 자신의 가족사와 그들이 살았던 시대의 역사적 의미를 상당히 깊게 이해한다. 앙겔라 메르켈은 독일 총리에 선출된 직후 영국 총리 토니 블레어와 회동을 했다. 블레어의 비서실장은 그 회동을 다음과 같이 회상한다. "메르켈 당선인은 거물을 만나는데도 당황하는 기색 없이 털썩 주저앉으면서 다음과 같은 말로 상대방을 무장해제했어요. '저에게는 열 가지 고민이 있습니다.'" 그러고 나서 메르켈은 그 고민들을 하나씩 나열했다. 첫 번째 고민은 '카리스마가 없다'라는 것이었다. 그러나 블레어는 깊은 인상을 받았다.

하지만 지혜로운 사람들은 자기중심적이지는 않다. 지혜로운 사람들은 다른 사람의 관점을 인정하고, 다른 사람의 목표와 가치관은 자신의 것과 다르다는 사실을 인정한다. 신경증 환자들은 설령 아주 똑똑하더라도 지혜와는 거리가 멀다. 신경증 환자들은 자기 위주로만 생각하기 때문이다.

지혜로운 사람들은 사람의 마음을 잘 읽어낸다. 그들은 사람들이 어떤 생각을 하고 다양한 상황에서 어떻게 행동할 것인지를 통찰한다. 그들은 사람들의 동기와 감정 상태를 파악하며, 그들 자신의 행동과 결정이 다른 사람에게 어떤 영향을 미칠지를 예측한다.

타인에 대해 안다는 건 단순한 지식이 아니다. 지혜로운 사람은 다른 사람을 진심으로 배려하며 공감과 아량과 온정을 바탕으로 행동한다. 그들은 갈등 해소, 타협, 아량, 용서를 선호하며 자선과 나눔의 가치를 믿는다. 넬슨 만델라는 남아프리카공화국 대통령이 되고 나서도 직원이 차를 가지고 집무실에 들어올 때마다 자리에서 일어났다. 그리고 그 직원이 나갈 때까지 계속 서 있었다. 또 만델라는 신생 민주공화국의 평화로운 정권 이양을 위해 두 번째 출마는 하지 않기로 결심했다. 지혜로운 사람들은 자기만의 발전을 생각하지 않고 공동의 이익을 고려해서 행동한다.

지혜로운 사람들은 실용적이며 적응력이 뛰어나다. 지혜로운 사람들은 삶의 불확실성을 감당할 수 있다. 현실이 기존의 믿음과 충돌할 때 그들은 사고방식을 바꾼다. "지혜로운 사람들은 평정을 잃지 않으면서 현실을 있는 그대로 받아들인다." 사회학자 모니카 아델트Monika Ardelt의 설명이다. 지혜로운 사람들은 실현 불가능한 목표를 추구하지 않는다. 지혜로운 사람들은 변화에 능숙하다. 나는 어떤 사람이 "버락 오바마는 자신이 얻을 수 있는 것만을 원하기 때문에 지혜로운 정치인"이라고 말하는 것을 들은 적이 있다.

지혜로운 사람들에게는 경험이 풍부하다. 심리학자 폴 발테스Paul Baltes와 재키 스미스Jacqui Smith의 주장에 따르면 그들의 경험에는 "풍부한 사실적 지식과 풍부한 과정적 지식"이 모두 포함된다. 어떤 사람이 지혜로운 동시에 무지할 수는 없다. 우리에게는 판단의 근거가 될 자료가 필요하다. 지혜로운 사람들은 이 자료를 토대로 당면한 상황의 어떤 부분에 초점을 맞추고 어떤 부분은 간과해도 될지를 알아낸다.

지혜로운 사람들은 회복력이 강하다. 그들은 부정적인 경험에서 교훈을 얻고, 실패를 하더라도 다시 일어선다. 역경이 닥칠 때도 감정의 균형과 유머 감각을 잃지 않는다. 그들은 과거의 불행한 일을 두고두고 생각하기보다 긍정적인 일에 초점을 맞춘다. 하지만 자신이 곧 일확천금을 할 거라는 식의 비합리적인 말에 설득을 당하지는 않는다.

지혜로운 사람들은 가만히 있어야 할 때를 안다. 일반적으로 사람들에게는 '행동 편향action bias'이 있기 때문에 어떤 문제가 생기면 그걸 해결하기 위해 뭔가를 하려고 한다. 하지만 지혜로운 사람들은 때로는 아무것도 하지 않거나 가만히 기다리는 것이 최선이라는 사실을 안다. 설령 다른 이들이 그들에게 어서 행동하라고 소리치더라도 그들은 흔들리지 않는다. 앙겔라 메르켈은 총리가 된 후에 프랑스 대통령 니콜라 사르코지에게 '문제 해결책을 빨리 제시하라는 압박'을 멈춰달라고 요청했다. 때로는 우리가 어떤 문제를 해결하기 위해 급하게 결정을 내리지 않아도 그 문제들이 변화하거나 사라진다고 메르켈은 주장했다. "나는 시간에게 시간을 주는 사람입니다. 왜냐하면 느림 속에서 커다란 희망을 봤거든요."

내가 쌍둥이를 낳기 위해 수술대 위에 누웠을 때였다. 산과 전문의가 내

자궁 경부를 검사했다. 그는 수술복을 입은 사람들에게 둘러싸여 있었는데, 그 사람들은 필요할 경우 즉각 개입해서 제왕절개를 하려는 의욕에 불타고 있었다. 산과 의사 역시 수술이 필요할 경우에 대비해 손을 소독하고 들어왔다.

의사는 쌍둥이 아기들을 밀어낼 수도 있었고 내 배를 갈라서 끄집어낼 수도 있었다. 하지만 그는 아무것도 하지 않기로 마음먹었다. 그는 다른 의사와 간호사들에게 20분 후에 다시 오라고 지시했다. 조금만 더 기다리면 쌍둥이들이 제 힘으로 내려와서 옛날 방식으로 자연스럽게 나오리라는 사실을 경험으로 알았던 것이다. 20분 후, 정말로 쌍둥이들이 나왔다.

지혜로운 사람들은 어떤 일을 할지 말지를 대체로 올바르게 판단한다.

지금까지 설명한 모든 자질들은 우리가 옳았다는 판정을 자주 받을 경우에만 '지혜'로 간주된다. 발테스의 주장에 따르면 지혜로운 사람들은 삶의 불확실성 앞에서 "건전하고 실행 가능한 판단을 하려는 의지와 탁월한 능력"을 지니고 있다. 또 신경과학자 엘커넌 골드버그Elkhonon Goldgerg의 설명에 따르면 지혜로운 사람들은 "사물의 본성을 깊이 통찰할 뿐 아니라 그 본성을 변화시키기 위해 어떤 조치가 취해져야 하는가에 대한 예리한 이해"를 가지고 있다.

연구자들이 지혜의 그럴싸한 정의를 찾아냈으니, 이제 그들은 사람들이 지혜로운지 아닌지를 판별하는 테스트를 실시할 수도 있다. 그리고 사람이 나이가 들수록 지혜가 늘어나는지도 측정할 수 있다. 40대인 사람들이 젊은 사람들, 예컨대 20대인 사람들보다 지혜로울까?

만약 지혜를 아주 폭넓게 측량하는 방법을 택한다면 답은 "반드시 그렇지는 않다"라고 한다. "지혜를 연구하는 학자들의 대부분은 지혜란 나이가 든다고 저절로 생기는 것이 아니며 노년의 성인들 속에서 오히려 더 찾아보기 힘들다는 데 동의할 것이다." 모니카 아델트의 글이다. 아델트는 52세가 넘은 사람들과 대학생들의 지혜가 거의 똑같다는 결론을 얻었다. (다만 대학 학위를 가진 노인들은 대학생들보다 지혜 점수가 상당히 높았다.)

비비언 클레이튼은 나이 든 사람일수록 '지혜'를 나이와 결부시키지 않고 이해심 또는 공감 능력과 결부시킨다는 사실을 발견했다. "어떤 나이에나 그 시기에 맞는 지혜가 있어요. 심지어 어린 시절에도요." 클레이튼이 나에게 한 말이다. 그녀의 말을 듣고 나는 로마 극작가 푸블릴리우스 시루스Publilius Syrus의 다음과 같은 말을 떠올렸다. "지혜의 원천은 우수한 능력이다. 긴 세월이 아니라."

아델트의 주장에 따르면 지혜는 나이를 먹는다고 저절로 생기지는 않는다. "하지만 나이가 들면서 점점 지혜로워질 수는 있다." 지혜로운 사람이 되려면 "동기, 결심, 자기 점검, 자기 성찰, 그리고 모든 경험에 대한 개방성"이 필요하다.

그리고 연구자들이 지혜의 여러 요소들을 분리해서 시험해본 결과, 그 요소들은 대부분 중년에 이르면 향상되는 것으로 나타났다. 40대와 50대들은 젊은 사람들보다 긍정적이고 감정 조절을 잘하며, 자기 자신에게 덜 집중하고, 다른 사람의 마음을 더 잘 읽는다. 아마도 그래서 40대

및 50대들이 젊은 사람들보다 사회적 갈등을 잘 이해하는 것 같다.

중년인 사람들은 학자들이 말하는 이른바 '결정성 지능crystallized intelligence'도 더 많이 가지고 있다. 결정성 지능이란 '유동성 지능fluid intelligence'과 대비되는 용어로서 결론을 이끌어내는 능력, 경험을 기반으로 판단하는 능력, 지식을 새로운 상황에 적용하는 능력 등을 가리킨다.

이런 정의는 내 머릿속에서 튀어나오는 인덱스카드와 흡사한 것도 같다. 나의 인덱스카드도 현재 상황과 비슷한 상황에서 어떤 결과가 나왔는가를 알려주기 때문이다. 인덱스카드는 지혜의 여러 요소 중 하나일 따름이지만 나는 그것을 기꺼이 받아들이겠다. 우리 40대들은 더 일찍부터 인덱스카드를 활용할 수도 있었겠지만 그것을 절실히 필요로 하는 시기는 지금이다. 우리는 지금 어느 때보다 많은 책임을 떠안고 있으며 자유 시간은 가장 적게 누리기 때문이다.

또한 우리는 뭔가를 결정하거나 조언을 해달라는 요청을 점점 많이 받고 있다. 한 친구가 자기 남편이 다른 여자들 몇몇과 섹스를 하고 있다고 고백했다는 이야기를 나에게 한 적이 있다. 그 친구는 남편의 고백은 그들의 혼인 관계가 끝났다는 의미라고 확신했다.

내 의견은 달랐다. 온갖 재앙을 극복하고 재결합한 부부의 사례들이 정리된 인덱스카드가 내 머릿속에서 튀어나왔다. 나는 친구에게 재앙 같은 사건이 평생에 걸친 러브스토리의 끝이 아니라 그 일부가 되는 경우를 많이 봤다고 이야기했다. 그리고 돌이킬 수 없는 결정을 충동적으로 하지 말라고 당부했다.

나의 충고는 형편없는 것이었을지도 모른다. 여전히 나는 지혜와는 거리가 멀고, 거의 항상 작은 그림만 쳐다보며 산다. 하지만 뭐가 뭔지 모르겠다는 느낌이 조금 줄어든 건 분명 발전이므로 나는 그걸 기쁘게 받아들인다. 지금까지 내 인덱스카드는 나를 더 행복하게 만들었다. 그 인덱스카드는 적어도 내가 어릴 때부터 갈망하던 것의 출발점 정도는 된다. 더 많은 지식을 쌓고, 후회를 덜 하고, 지금 일어나고 있는 사건을 더 잘 파악하는 것.

비비언 클레이튼은 컬럼비아 대학교를 떠난 후에 캘리포니아주로 이사해 노인 전문 신경정신과학 교육을 받았다. 그녀는 개인 상담소를 열어 노인들이 스스로 법적 결정을 내릴 수 있는지 여부를 평가하는 서비스를 제공하고 있다. 실생활 속에서 새로운 관점으로 의사 결정에 관한 연구를 시작한 셈이다.

클레이튼은 자신이 시작했던 지혜 연구가 심리학의 한 분야로 발전하는 모습을 멀리서 지켜봤다. 그녀는 몇몇 주요 대학에 설립된 지혜 연구센터들의 이름을 알고 있었다. 하지만 거의 40년이 지난 지금, 클레이튼은 자신이 뉴욕을 떠난 것이 올바른 결정이었다고 확신한다.

"그 결정을 후회한 적이 없습니다. 나는 중요한 일을 해냈고, 그때가 그만둘 때였어요. 직관적으로 그걸 알았죠."

당신이 40대가 됐다는 징후들

나이 든 사람이라고 다 현명한 건 아니라는 사실을 안다.

≈

그래도 나이 든 사람이 당신보다는 많이 알기를 바라면서 그들에게 조언을 구한다.

≈

사람들의 장점과 단점을 잘 알아본다. 그리고 어떤 사람이 한 영역에서는 매우 영리하지만 다른 영역에서는 쓸모없을 수도 있다는 사실을 안다. 세상에는 '똑똑한 바보'와 '상냥한 악당'이 있다는 것을 경험으로 안다.

≈

어떤 사람의 단점을 인식하면서도 그 사람을 좋아해준다.

≈

당신이 지금까지 당신 세대의 속도로 움직이고 있었다는 사실을 깨닫는다. 그 속도가 얼마인지 오랫동안 알지 못했을 뿐이다.

016 진심을 담아 조언하기

45세가 되고 나서 일주일쯤 지났을 때였다. 파리에 위치한 미국 미술·디자인학교 교장으로부터 이메일을 받았다. 교장은 나에게 그 학교 졸업식에 참석해서 연설을 해달라고 부탁했다.

졸업식은 한 달쯤 남은 시점이었으므로 내가 마지막 순간에 선정된 연사라는 점을 짐작할 수 있었다. 그리고 졸업생이 35명 정도라고 했으니, 연설을 하고 돈을 받아봤자 내가 그날 입을 옷을 구입하는 비용보다도 적을 것 같았다. (졸업생의 다수는 패션디자인 전공자였다.)

그래도 나는 교장의 요청을 받아들였다. 다음 세대에게 조언을 하고 아주 작은 도움이라도 줄 수 있다면 그것은 어른이 되어가는 나의 느린 여정에서 중요한 한 걸음이 되리라는 판단이었다.

그런데 그 학생들에게 무슨 이야기를 들려줘야 할까? 그들이 프랑스 육아법에 대한 이야기를 원하지는 않을 터였다. 그렇다고 내가 들었던 졸업식 연설들을 모방할 수도 없었다. 내가 대학을 졸업하던 날에는 어느 미국 상원의원이 와서 폴란드에 관해 주로 이야기한 다음 우리에게 행운을 빌어주고 끝났다.

아이디어를 얻기 위해 인터넷에서 졸업식 연설들을 찾아봤다. 졸업식 연설 영상을 열 개가 넘게 시청하고 나서 나는 훌륭한 연설의 세 가지 법칙을 발견했다. 첫째, 훌륭한 연설은 15분 내에 끝난다. 둘째, 연사가 유명인이라는 인상을 줄 수 있으면 더 좋다. 셋째, 한때 흥행했던 시트콤에 출연한 사람이라고 해서 더 귀중한 조언을 해준다는 보장은 없다.

그리고 나는 졸업식에 외부 인사가 와서 연설하는 건 미국에만 있는 일이라는 사실을 알아냈다. 영국인들도 졸업식을 열긴 하지만 외부 인사를 초청해 연설을 듣지는 않는다. (영국에서 대학을 다닌 우리 남편의 졸업식은 처음부터 끝까지 라틴어로 진행됐다고 한다.)

프랑스 대학들은 보통 졸업식 자체가 없다. 프랑스에서는 졸업장을 우편으로 보내준다. 파리의 유명 대학에 재직 중인 어느 교수가 언젠가 학생들에게 2005년 스티브 잡스의 스탠퍼드 대학교 졸업연설 장면을 보여줬다. 잡스는 자신이 대학을 중퇴하고 서예를 배웠는데, 그때는 그게 쓸모없는 일 같았지만 나중에 그 경험을 바탕으로 애플 컴퓨터의 예쁜 서

체들을 개발했다고 이야기했다. 잡스는 열정을 따라가면 특이한 선택들도 언젠가 의미 있는 것으로 바뀌고 인생의 위대한 서사가 만들어진다는 말로 연설을 마무리했다.

프랑스 학생들은 그 연설을 보고 감동을 받지 않았다. 그들은 그 연설이 "현실과 동떨어진 이야기"라고 하거나 "캘리포니아식"이라고 평했다.

그래서 나도 입장이 난처해졌다. 원래 졸업식 연설이란 격려의 말을 해주는 거 아닌가? 내가 인터넷으로 시청한 졸업식 연설은 대부분 다음과 같이 요약된다. "네, 여러분은 할 수 있습니다. 이렇게 하세요." 그러나 나는 파리에서 연설할 예정이었고, 졸업생들 중 미국인 학생은 4분의 1밖에 안 됐다. (그 학교의 학생은 200명쯤 되는데, 그 학생들은 48개 나라에서 왔다.) 내가 지나치게 낙관적인 이야기를 하면 망상증 환자처럼 보이겠지? 프랑스의 졸업식 연설들은 다음과 같은 메시지를 전할 것만 같았다. "아니오, 여러분은 그걸 해낼 수 없습니다. 불가능한 일이에요. 무모하게 도전하지 마세요."

연설을 며칠 앞둔 어느 날, 나는 그 학교에서 매년 연말에 개최하는 패션쇼에 참석했다. 패션쇼가 시작되기를 기다리는 동안 내 옆에 앉아 있던 학생과 우연히 대화를 나누게 됐다. 그 학생은 나에게 왜 그 자리에 왔는지를 물었다.

"나는 작가예요. 이번 토요일 졸업식에서 연설을 하기로 했거든요." 내가 이렇게 대답하자 그 학생은 놀란 표정이었다. 그 학생은 내 이름을 들어보지 못했고 내가 쓴 책을 읽어본 적도 없었다. "연설 요청을 받고 뜻밖이었지만 영광이라고 생각했죠." 내가 한마디를 더 했다.

학생은 내 말을 주의 깊게 듣고 나서 이렇게 말했다. "네. 원래 어떤 일이든지 꾸준히 하다가 실력자가 되면 사람들이 이런저런 부탁을 하잖아요. 그러면 연설 같은 걸 예전에 안 해봤더라도 한번 해보자는 생각이 들 것 같아요."

이번에는 내가 놀랐다. 22세 학생이 벌써 그걸 안다니. 1980년대 이후 태어난 신세대들은 20대와 30대 때의 감성 발달 수준이 우리 세대보다 훨씬 높은 것 같다. 아마도 인터넷 채팅방에서 비슷한 생각을 가진 사람들과 대화를 나누고 「어쿼드Awkward」와 같은 TV 드라마를 보면서 자라서일까? 우리의 젊은 시절에는 어떤 사람에 대해 '어색하다'는 말도 잘 하지 않았다. 우리 모두가 어색하게 행동했으니까.

이틀 후, 나는 새로 산 보라색 원피스 차림으로 지하철을 타고 졸업식이 열리는 장소인 호텔로 갔다. 호텔의 으리으리한 행사장에는 사람이 125명쯤 있었는데, 그중에는 세계 각지에서 날아온 부모들도 있었다. 그곳에 도착하자마자 처음 든 생각은 이랬다. '연설료로 받은 돈은 그냥 저축하고 옷장에 있던 옷이나 꺼내 입을 걸.' 행사장 안에 있는 사람들은 거의 모두 검정색 옷을 입고 있었다.

졸업생들은 작가가 아니었다. 하지만 그들도 나처럼 작업실에서 긴 시간을 보내며 뭔가를 창조하려고 애쓸 터였다. 그래서 나는 비록 유명 인사는 아니었지만, 그 자리에서 15분도 안 되는 짧은 시간을 이용해 그들에게 조언을 해주기 시작했다. 나의 조언은 거의 모든 형태의 창조적 작업에 적용 가능한 것이었다.

여러분은 자격이 있습니다. 아니, 여러분만 허풍을 떠는 게 아닙니다. 패션쇼에서 내 옆자리에 앉아 있던 학생의 말이 옳아요. 여러분이 다음번 일을 해낼 준비가 다 됐다고 느끼는 날은 안 올 겁니다. 하지만 다른 누구도 그런 걸 느끼진 못합니다. 걱정 말고 일에 뛰어드십시오.

일상의 모든 사건은 여러분의 일에 영감을 제공할 여지가 있습니다. 미국의 작가이자 영화감독인 노라 에프런Nora Ephron은 "모든 것은 복제품"이라고 말했어요. 누군가가 여러분에게 이야기를 들려줄 때 반복되는 소주제를 찾아보세요. 아니면 모퉁이를 도는 순간 여러분의 눈길을 사로잡는 뭔가를 발견할지도 모릅니다. 그런 걸 활용하세요. 여러분이 어떤 프로젝트에 깊이 관여하게 되면 그 프로젝트와 관련된 정보가 여러분의 삶 속에 쏟아져 들어올 겁니다.

영감을 찾아다니세요. 여러분이 좋아하는 예술가의 글을 읽거나 작품을 감상하세요. "내가 하는 일의 대부분은 다른 사람의 작품을 보면서 '저건 나도 할 수 있겠는데. 나도 저렇게 해보고 싶어'라고 생각하는 데서 출발합니다." 작가 및 영화감독인 미란다 줄리Miranda July의 말입니다.

오프라인 상태로 방 안에 있어 보세요. 진짜 방일 필요는 없습니다. 사람으로 붐비는 카페에서도 혼자 있을 수가 있습니다. 저는 거리를 걷거나 파리 지하철을 타고 다니다가 갑자기 아이디어를 얻고는 합니다. (지하철 8호선을 추천해요.) 하루 중 여러분이 가장 생산적이고 머리가 맑은 시간이 언제인지 알아내서, 그 시간을 반드시 확보하세요. 우리 삶의 많은 부분은 중요한 사건들 사이의 죽은 시간입니다. 이 사이 시간들을 포르노그래피와 애완동물 동영상으로 채우지 마십시오. 여러분의 뇌가 아이디어를 생각해내려면 빈틈이 있어야 하고 약간은 지루할 때도 있어야 합니다. "고독할 때 내면의 목소리가 들린다." 시인 웬델 베리 Wendell Berry의 말입니다.

아이디어가 떠오르면 곧바로 메모해야 합니다. 여러분의 기억력을 믿지 마세요. 언제나 펜과 노트를 들고 다니세요. 좋은 읽을거리도요.

창작 활동을 할 때마다 틀까지 몽땅 다 새롭게 만들 필요는 없습니다. 이미 확립된 틀을 이용하는 건 사기가 아니에요. 우리 남편이 자주 인용하는 어떤 편집자의 말이 있습니다. "당신은 원하는 방식대로 글을 써도 상관없지만, 나는 그 글의 내용을 시간 순으로 이해할 수 있어야 합니다."

여러분이 씨를 뿌린 곳에서 작물을 정성껏 키우십시오. 네, 그래요. 머그컵에 새겨진 상투적인 문구 같죠? 하지만 정성을 다하는 건 반드시 필요한 일입니다. 나중에 여러분이 그 어떤 특이한 재능이나 전문 지식을 갖게 되더라도 기쁘게 받아들이십시오. 여러분에게 주어진 일이 무엇이든 그게 세상에서 가장 중요한 일이라는 태도로 임하십시오.

관건은 자료 조사입니다. 어느 건축가는 자신이 맨땅에 건물을 세워야 한다는 이유로 걱정했던 적은 없다고 나에게 말했습니다. "정보를 계속 수집하다 보면 건물의 형체가 저절로 나타난다"라고 하더군요. 만약 여러분이 꽤 오랫동안 노력했는데도 앞으로 나아가지 못하고 있다면 그건 아직 그 주제에 관해 잘 모르기 때문일 수도 있습니다. 출발점으로 돌아가 더 많은 자료를 찾아보세요.

비정상을 기꺼이 받아들이세요. 내가 기자 일을 처음 시작했을 때 선배 기자가 해준 이야기가 있습니다. 기사를 쓰기 위해 취재를 할 때마다 내가 상상했던 이야기의 깔끔한 전개를 어지럽히는 어떤 사실 또는 디테일을 발견하게 됩니다. 그 디테일은 신경에 거슬리고 불편하기 때문에 나는 그걸 무시하고 싶어집니다. 그럴 때면 그 디테일을 주의 깊게 살피면서 그게 무엇을 말해주는지 봅니다. 그렇게 하면 나의 기사가 더 풍부해지고, 진실해지고, 예측 불가능해지고, 반론에도 견딜 수 있게 됩니다.

"너무 바보같이 굴지도 말고 너무 심각하게 굴지도 말라." 가수 저비스 코커Jarvis Cocker는 이것이 로큰롤 음악을 작곡하는 열쇠라고 말합니다. (그의 논리에 따르면 너무 심각한 사람은 "나이 들어서 창피해진다"고 합니다. 또 그는 운율 맞추기에 너무 집착하지 말라고 충고하면서 다음의 예를 듭니다. "나는 유령을 보고 싶지 않아I don't want to see a ghost/ 세상에서 제일 무서운 게 유령이야It's the thing I fear the most.")

너그러운 마음을 가지세요. 여러분이 사회생활 초기에 만나는 사람들의 다수는 수십 년이 지나고 나서도 여러분의 주변에 있을 겁니다. 만약 여러분이 처음부터 사람들에게 못되게 굴면 그들은 그걸 계속 기억할 겁니다.

본업 외의 일에도 주의를 기울이세요. 나는 브라질에서 경제 전문 기자로 일하던 중 삼바 댄스 수업을 들었답니다. 나중에는 신문의 문화예술

섹션에 삼바 댄스에 관한 짧은 기사를 쓰기도 했어요. 나의 상사는 그걸 알아차리지도 못했었죠. 그 기사를 읽은 사람은 별로 없는 듯했어요. 그건 내가 그런 식의 자유로운 글쓰기를 생업으로 삼기 한참 전의 일이에요. 하지만 나의 내면을 환하게 밝혀준 글은 그게 처음이었어요.

여러분에게 부정적인 말을 하는 사람들을 무시하세요. 다른 직업에 종사하는 사람들은 "어떻게 그런 일을 해내시나요?"라든가 "나 같으면 온종일 방 안에 앉아 있는 일은 못할 것 같아요"라고 말할 겁니다. 그들은 여러분을 저녁식사 중에 갑자기 노트에 뭔가를 적어 넣는 강박증 환자쯤으로 생각할 거예요. 신경 쓰지 말고 계속 노력하세요. 여러분은 행운아입니다. 그리고 여러분이 알지도 못하는 사이에 실력이 점점 좋아질 겁니다.

작품은 여러분의 통제 아래 있지만, 사람들이 그 작품을 좋아할지 여부는 당신이 통제할 수 없습니다. 내가 아는 어느 작가는 자신이 선불교식 접근법을 쓴다면서 이렇게 설명했습니다. "과정에는 온전히 헌신하되, 결과에 대해서는 마음을 비웁니다."

완성은 완벽보다 훌륭합니다. 작품의 완성에 대한 두려움은 놓아버리세요. 어떤 일을 끝까지 해내는 능력은 유치원에서만 필요한 게 아닙니다. 그런 능력은 성인들에게도 반드시 필요해요.

조금은 강박증이 있어도 괜찮습니다. 보통은 그런 사람들이 일을 잘 해내거든요. 고인이 된 개리 샌들링Garry Shandling은 언젠가 TV 프로그램을 제작하던 중에 다른 프로그램을 제작하고 있던 코미디언과 우연히 마주쳤습니다. 샌들링은 그에게 제작이 잘되어가느냐고 물었어요. "그 코미디언은 대답했어요. '생각했던 것보다 훨씬 쉬운데요. 아주 재미있게 일하고 있어요.' 그 말을 들으니 '오, 신이시여'라는 생각이 들더군요. 당연히 그는 며칠 후에 잘렸죠." 똑같은 일을 반복하기는 시간이 갈수록 쉬워지지만, 최상의 실력을 발휘하는 것은 시간이 간다고 저절로 되는 일이 아닙니다.

이렇게 초인적인 노력을 기울이는 건 가치 있는 일입니다. 대다수 사람에게 결혼이나 출산은 삶에서 절정의 순간이겠지요. 하지만 여러분 안의 어떤 신비로운 곳에서 조각이나 옷이나 향수나 그래픽디자인 작품을 만들어낸다면, 그리고 다른 사람들이 그것에 어떤 반응을 나타낸다면 그것 역시 절정의 순간입니다. "그것은 정확하고 구체적인 목표를 향해 전진하는 과정이 아닙니다. 그저 일을 한다는 자체가 중요합니다." 화가 마이라 칼만Maira Kalman의 말입니다. "당신의 작업에 열정을 쏟는다면 당신은 언제나 행복할 겁니다."

지금까지 말한 충고를 다 따르더라도 여러분의 첫 번째 시도는 형편없을 겁니다. 창작이라는 과정의 상당 부분은, 여러분이 창조하기를 원하는 아름다운 목표물과 여러분이 방금 창조해낸 슬픈 결과물 사이의 간극을 참아내는 겁니다. 여러분이 알고 있는 명작은 모두 누군가의 형편없었던 첫 작품에서 비롯된 거라는 점을 기억하세요. 여러분의 스무 번째 작품 역시 훌륭하지 않을지도 모릅니다. 하지만 첫 번째 작품이 훌륭하지 않으리란 건 거의 확실하죠.

나는 졸업생들에게 마지막으로 두 가지를 이야기하고 연설을 마쳤다. 첫 번째는 내가 사이먼에게서 들은 가장 창의적인 조언이었다. 버스나 택시에서 내릴 때는 좌석을 다시 한 번 쳐다보면서 두고 내리는 물건이 없는지 확인하세요. 혹시라도 작품 포트폴리오를 잃어버린다면 직장을 구하지 못할 테니까요.

두 번째는 낙관적이지만 거창하지는 않은 프랑스어 표현이었다. "누구나 자기의 자리를 찾게 마련이다 vous alles trouver votre place." 나는 세상 어딘가에 나와 똑같은 모양의 빈자리가 있다는 발상이 마음에 듭니다. 여러분, 그런 빈자리를 찾았다 싶으면 곧바로 달려가세요. (그런 자리를 찾기까지 수십 년이 걸릴 수도 있다는 이야기는 하지 않았다.)

그러고 나서 나는 진짜 어른이 된 기분으로 지하철에 올라타 귀가했다.

당신이 40대가 됐다는 징후들

한두 가지 일은 예전보다 훨씬 잘하게 됐다.

≈

20대인 사람들이 당신에게 조언을 구하고,
진짜로 그 조언을 따르는 것 같기도 하다.

≈

남에게 귀중한 조언을 해준다. 당신의 친구들도 남에게 조언을 한다.

≈

남들도 당신처럼 무지하다는 사실을 안다.

≈

부모님이 더 이상 당신을 바꾸려 하지 않는다.

017 가구는 건졌지만

졸업식 연설이 순조롭게 이뤄진 후에 나는 브라질에서 강연을 해달라는 요청을 받았다. 브라질에 다시 갈 생각을 하니 마음이 설레었다. 나는 브라질의 중소 도시인 벨루오리존치Belo Horizonte에서 열리는 '세계 어머니 세미나International Seminar of Mothers'라는 행사에서 강연할 예정이었다. 벨루오리존치는 브라질이 국가적 굴욕을 당한 장소로도 잘 알려져 있다. 2014년 월드컵 준결승에서 독일이 브라질 국가대표 축구팀을 7 대 1로 꺾었던 곳이 바로 벨루오리존치였다.

이번에는 강연 주제가 프랑스 육아법이었기 때문에 크게 걱정되진 않았다. 나는 행사를 몇 주 앞두고서야 연설에 대해 고민하기 시작했는데, 그때쯤 행사 관계자가 수천 명의 엄마들이 내 강연을 들으러 올 거라고 알려줬다. 청중이 그렇게 많은 강연은 처음이었다.

또 주최 측에서는 내가 무려 한 시간 동안 혼자 강연을 하고 나서 질문을 받기를 원했다. 나는 혼자 그렇게 길게 이야기를 해본 적이 없었다. (미국 대학에서 내가 했던 강연은 토론에 가까웠다.) 프랑스 육아법이라는 주제에 관한 나의 설명은 보통 20분이면 끝난다.

"참가자들이 기대를 많이 하고 있어요." 행사 관계자(그녀 역시 한 사람의 브라질 엄마였다)가 나에게 보낸 이메일의 일부였다. 나는 그녀에게 내가 무엇을 이야기하면 좋을지 구체적으로 알려달라고 요청했다. 브라질 엄마들이 무엇에 관심이 있을지 상상하기는 쉽지 않았다. 그리고 그 무렵 나는 강연을 자주 다녔기 때문에 똑같은 이야기를 되풀이하는 데 싫증이 나 있었다. 나의 불안은 점점 커졌다.

"엄마와 여성의 시각으로 이야기를 해주면 아주 재미있을 거예요." 행사 관계자의 답장이었다.

그게 다란 말인가? 온라인 연설 계산기를 찾아서 계산해보니 한 시간 동안 강연을 하려면 5000단어를 말해야 한다는 결과가 나왔다. 그래서 나는 그전까지 했던 여러 차례의 강연을 합쳐서 5000단어를 만든 후 그 내용을 다시 편집했다.

그러고 나서 브라질행 비행기에 올랐다. 곧 내가 1000명도 넘는 엄마들 앞에 서게 된다니. 비현실적으로 느껴지기도 하고 걱정도 됐다. 밤새도록 비행하면서 나는 누군가가 나의 섹스 동영상을 발견하는 악몽에 시달렸다. 잠에서 깨어나니 벨루오리존치에 도착해 있었다.

공항의 도착 라운지에서 또 한 사람의 강연자를 만났다. 그녀는 육아책을 쓴 미국인 할머니였다.

"선생님도 한 시간 동안이나 강연을 해달라는 부탁을 받으셨나요?" 그녀와 함께 택시 승강장까지 짐을 끌고 가던 중에 내가 물었다.

"네, 맞아요. 너무 길죠." 그녀도 나와 마찬가지로 한 시간 강연이 벅차다고 느낀다는 대답을 들으니 마음이 놓였다.

호텔에 도착해서 그 행사를 주관하는 브라질 사람들을 직접 만났다. 그들은 수의사로 일하다가 컨퍼런스 사업으로 업종을 바꿨는데, 실제로 행사를 개최하기는 이번이 처음이라고 했다. 그들 중 하나는 키가 크고 매력적인 여자였는데, 영화 「미녀 삼총사」에 나오는 여배우처럼 검은 머리를 길게 늘어뜨리고 있었다.

"당신도 수의사인가요?" 내가 물었다.

"저는 돼지 전문이랍니다." 그녀가 대답했다.

나는 내 방으로 올라가서 연설문 원고를 다듬고 싶었지만, 행사 관계자들은 나를 기자회견장으로 안내했다. 그곳은 기자들과 브라질의 '엄마 블로거'들로 바글바글했다. 블로거들 중에 모피 조끼를 입은 금발 여자가 있었는데, 그녀는 오늘 처음으로 아기를 떼어놓고 외출했다고 사람들에게 말하는 중이었다. 그녀의 말은 감정의 파도를 일으켰다. 그 방에 있던 사람들 모두가(나만 빼고) 눈물을 글썽이고 있었다.

잠시 후 나는 탁자 앞에 앉아, 컨퍼런스에 참석한 엄마들 몇몇과 인사를 나눴다. 그들은 치과의사, 마케팅 전문가, 또는 집에서 아이를 키우는 중산층 엄마였다. 다들 어린아이 사진이 붙은 이름표를 달고 있었다. 임신한 여자들 몇몇은 태아의 초음파 사진을 붙이고 있었다. 나는 그들이 하나같이 젊어 보여서 새삼 놀랐다. 몇 년 전 내 책이 세상에 나왔을 때만 해도 나도 저런 모습이었을 텐데. 당황스럽게도 이제 나는 저들보다 나이가 많은 엄마로 바뀌었다.

모든 여자가 나를 포옹한 것 같다. 파리에서 12년 동안 했던 것보다 브라질에서 사흘 동안 포옹을 더 많이 했다. 나와 머리를 맞대고 사진을 찍고 싶다는 사람도 많았다. 만약 브라질 중부에서 프랑스 머릿니가 유행한다면 최초 감염자는 나일 것이다.

행사에 참가한 브라질 엄마들은 아이들을 다루기가 어렵다고 말했다. 나는 포르투갈어에 '아이의 떼쓰기'를 의미하는 단어가 여러 개라는 사실을 알게 됐다. '마냐manha'는 징징대며 투덜거린다는 뜻, '칠리케chilique'는 완전히 폭발한다는 뜻, 그리고 '미마다mimada'는 버릇없다, '바바babá'는 육아 도우미, '폴구이스타folguista'는 원래 고용된 육아 도우미가 못 오는 날에 임시로 오는 육아 도우미라고 했다.

연설문을 조금 더 수정하려고 노력했지만 도무지 시간이 나지 않았다. 다음 날 아침, 강연을 위해 아래층으로 내려갔더니 행사 관계자들 중 한 명(소 전문 수의사)이 이전 강연에 대한 이야기를 해줬다. 나보다 먼저 강연한 사람이 자신이 아기를 낳기 두 달 전에 남편이 사망한 이야기를 들려줬다는 것이다. "정말 훌륭한 강연이었어요. 강연장이 눈물바다였죠."

폭이 아주 넓은 강연장에 들어서니 예의 미국인 할머니가 연단 위에서 강연을 하고 있었다. 1000명쯤 되는 브라질 엄마들이 헤드폰을 끼고 동시통역으로 강연을 듣고 있었는데 완전히 몰입하는 모습이었다.

누가 보더라도 강연은 성공이었다. 엄마 청중들은 굉장한 흥미를 나타냈고 연사가 질문에 답할 때마다 깔깔 웃었다. 그 미국인 할머니는 진실하고 현명한 사람이었다. 그리고 교사이자 전문가로서의 역할을 대단히 즐기고 있었다. 그녀는 열광적인 박수를 받으며 연단을 내려왔다.

잠시 후 브라질 육아 잡지의 편집장이 나를 소개했다. 갑자기 내 앞에 브라질 엄마들의 바다가 펼쳐졌다. 탁자는 없었으므로 나는 17쪽짜리 원고와 강연용 포인터와 마이크로폰을 손에 들고 있어야 했다. 게다가 연설문을 보느냐 청중을 보느냐에 따라 안경을 썼다 벗었다 했다.

처음 5분은 그럭저럭 괜찮았다. 나는 포르투갈어로 자기소개를 하고 나서, 파리에 처음 왔을 때 내가 이방인처럼 느껴졌던 이야기를 했다.

청중들은 내 이야기 속으로 들어갈 준비가 된 것 같았다. 그런데 그때부터 열기가 식었다. 내가 연설문 원고의 6쪽에 도달할 무렵, 강연장 안은 어찌나 조용했는지 무선 헤드셋을 통해 흘러나오는 동시통역자의 음성이 내게도 들릴 정도였다. 내가 원고를 한 장 넘길 때마다 청중에게 등을 돌리고 내 뒤쪽의 의자에 마이크로폰을 내려놓는 동작도 집중하는 데 방해가 됐다. 나는 사람들의 선의를 잔인하게 시험하고 있었다. 원고가 8쪽에 이를 때쯤엔 엄마들 몇몇이 자리를 뜨지나 않을까 겁이 났다.

강연을 하는 나도 알고는 있었다. 이 강연이 영화 속 한 장면이라면, 지금 이 순간 나는 준비된 원고 읽기를 멈추고 종이를 북북 찢어버려야 한다. 그러고는 엄마로서 내가 겪은 어려움을 진솔하게 이야기해야 한다. 하지만 그런 행동을 하려면 내 몸 안에 흥분과 영감이 가득해야만 하는데, 사실 나도 청중들과 마찬가지로 그 시간이 지루했다.

나는 무미건조한 이야기를 계속 해나갔다. 강연장 안에는 체념이 담긴 의례적인 침묵이 흘렀다. 마침내 강연을 끝낸 나는 몇 가지 질문에 답한 후 무대 아래로 내려오면서 아주 점잖은 박수를 받았다.

강연장에서 엄마 청중들이 한꺼번에 나가버리는 사태는 없었다. 나의 강연은 에너지가 별로 없고 평범했지만 대실패는 아니었다. 프랑스 속담에 따르면 나는 그래도 "가구는 건졌다." (이 표현은 집이 불에 타서 무너졌지만 적어도 가구 몇 점은 마당으로 끌고 나오는 데 성공했다는 뜻이다.) 내 기분은 최악이었다.

"잘 들었어요." 내 강연을 지켜본 미국인 할머니가 인사말을 건넸다. 그녀는 승자의 기쁨에 젖어 있었으리라.

나는 그녀의 강연을 칭찬했다. 그러자 그녀는 빙그레 웃으면서 몇 주 동안 그것만 준비했다고 말했다.

그날 저녁, 연사들을 위한 만찬이 열렸다. 나와 같은 테이블에 앉아 있던 한 여자가 다운증후군 아들을 키우느라 얼마나 힘든지를 이야기했더니, 그 테이블의 모든 사람이(이번에도 나만 빼고) 눈물을 흘렸다.

"왜들 이러세요, 여러분? 브라질 사람들은 하루에 열 번쯤 꼭 울어야만 하나요?" 분위기를 밝게 하려고 해본 말이었다. 그런데 모두들 내가 괴물이라도 되는 것처럼 나를 쳐다봤다.

그 순간 나는 드디어 이해했다. 브라질 엄마들이 강연장에서나 이 만찬장에서 내게 무엇을 원했는가를 너무 늦게 알았다! 브라질 엄마들은 단순히 육아의 비결을 배우러 온 것이 아니었다. 그들은 감정을 공유하는 경험에 몸소 참여하기를 원했다. 그들은 기꺼이 눈물을 흘릴 준비가 돼 있었다. 브라질에서 울음은 모임이 성공했다는 증거이자 사람들이 누군가와 유대감을 느낀다는 신호로 통한다. ("집단적으로 감정에 휩싸이는 건 브라질 특유의 행동 방식이에요." 브라질에서 귀국한 후, 브라질계 미국인 작가인 줄리아나 바르바사 Juliana Barbassa 에게서 들은 설명이다.) 그 브라질 수의사들은 내가 그걸 당연히 알 거라고 생각해서 굳이 설명하지도 않았던 것이다.

만찬의 주 요리가 나오자, 그날 아침 연단에서 나를 소개했던 잡지 편집장(50대의 카리스마 있는 여성이었다)이 내 강연 이야기를 꺼냈다. "선생님 자신도 강연 내용이 다 마음에 드는 건 아니라는 인상을 받았어요." 그녀는 섬세한 표현을 썼다.

"네. 훨씬 재미있는 이야깃거리가 있는데 못 하고 있다는 느낌이었어요." 내가 대답했다. 솔직히 말해서 나는 프랑스 육아법에 관해 똑같은 이야기를 반복하는 일이 재미없다고 느끼고 있었다.

편집장은 포크를 내려놓았다. 내 말에 화가 난 모양이었다.

"다시는 그러지 마세요." 그녀가 말했다. "사람들이 무슨 이야기를 기대하는지를 의식하지 마세요. 선생님이 최고로 잘할 수 있는 이야기를 하세요. 그러면 사람들도 따라올 거라는 확신을 가지셔야 해요."

"사람들은 그저 선생님이 어떤 사람인지를 알고 싶은 거예요." 그녀의 목소리는 이제 고함 소리에 가까웠다. "공감의 순간을 창조하기만 하면 됩니다." 그녀는 내가 나 자신의 이야기에 권태를 느낀 것을 꾸짖고 있었다. "자기 일을 존중하세요. 내용을 계속 바꾸고, 그 일과 함께 성장하세요. 그게 바로 성숙이죠!"

"그리고," 그녀가 덧붙였다. "다음번에는 준비된 원고를 읽지 마세요."

편집장의 훈계가 끝날 때쯤 내 눈에는 눈물이 고여 있었다. 나는 감동을 받았다. 비록 나는 40대였지만, 그 편집장은 나의 그저 그런 강연을 내 본모습이라고 생각지 않고 나의 잠재력을 봐준 것이다. 그녀가 무심하게 지나치지 않고 나에게 직접 그런 말을 해줬다는 점도 감동적이었다. 비록 강연 내용을 수정하기에는 너무 늦었고, 그녀와 내가 다시 만날 일도 없겠지만 말이다. 파리에서는 누구도 나에게 이런 식으로 책임을 추궁하지 않았다. 내가 "봉주르"라는 인사말을 빠뜨렸다고 핀잔을 줄 때만 빼고. 내가 선택한 거주지에서는 사람들이 서로 일정한 거리를 유지한다.

내가 눈물을 흘린 이유는 갑자기 내가 기회를 놓쳤다는 사실을 깨달았기 때문이었다. 집에서 아주 멀리 떨어진 곳이긴 하지만 1000명도 넘는 사람들 앞에 선다는 것 자체가 뭔가를 창조하고 유대를 형성할 기회였다. 청중을 존중하고 그들이 나와 차이가 있더라도 기꺼이 나에게 공감하리라고 믿는 대신, 나는 내 강연을 서글픈 의무처럼 취급하고 헛되이 흘려보냈다. 강연을 다시 할 수 있다면 얼마나 좋을까.

뭔가가 잘될 때는 에너지가 솟아난다. 설령 아주 작은 성공이라도 성공은 선의와 기회로 이어진다. (나중에 그 미국인 할머니는 브라질에서 몇 번 더 초청을 받았다. 나는 그러지 못했다.) 그러나 뭔가가 잘되지 않을 때는 정반대의 일이 벌어진다. 벨루오리존치에서 연설한 지 4개월이 지난 지금도 그 생각만 하면 자신감이 싹 달아난다.

내가 브라질을 떠나는 날 아침, 그 편집장이 호텔 로비에 와서 작별인사를 했다. 나는 만찬장에서 솔직한 마음을 나누고 나서 그녀와 가까워진 기분이 들었고, 그녀 역시 연락을 계속 주고받자고 약속했다. 그러나 그녀의 소식은 두 번 다시 듣지 못했다. 우리의 인연은 그걸로 끝이었다. 나는 가구만 건졌다. 그리고 이제는 그 가구마저도 내게 없다.

당신이 40대가 됐다는 징후들

어떤 공공장소 또는 친구네 집 부엌이
리노베이션되는 모습을 두 번째로 본다.

≈

1950년대 북유럽 가구를 사랑한다는 사실을 인정한다.
그게 당신 세대의 흔하디흔한 취향일지라도.

≈

아직도 당신이 직장에서 '중견'에 속하는지 헷갈린다.

≈

즉흥연기 교실에 가면 '나이 많은 여자' 역할을 맡는다.

≈

삶에 조금이라도 의미가 있었던 사람들을 모두 검색 엔진에서 찾아봤다.
가끔은 이미 찾아봤다는 사실도 잊고 또 검색한다.

018 새롭게 세상을 관찰하기

첫아이가 태어난 후에 나는 출생 시기가 비슷한 아기들을 키우는 영어권 엄마들의 '육아 모임'에 들어갔다. 그런데 머지않아 내가 다른 엄마들과 공통점이 별로 없다는 사실을 깨달았다. 나는 말벗도 구하고 배변 훈련 시키는 요령도 배우기 위해 그 모임에 합류했지만, 엄마들에게 좋은 인상을 심어주려고 애쓰지는 않았다. 한 엄마를 자꾸만 그녀의 아기 이름(둘 다 B로 시작하는 이름이었다)으로 잘못 부르기도 했다. 또 한 엄마가 미국 대통령 선거에서 극우파 후보에게 투표할 생각이라고 했을 때 나는 "정신 나갔어요?"와 비슷한 말을 내뱉었다. 그 엄마는 그걸 모욕으로 받아들였는지 흠칫 놀랐다. 그다음 주에 나는 모임이 취소됐다는 문자 메시지를 받았고, 엄마들이 나만 빼고 근처 공원에서 만났다는 이야기를 나중에 들었다.

솔직히 말해서 나는 개의치 않았다. 파리는 대도시니까 새로운 사람을 만날 기회는 늘 있겠거니 했다. 하지만 내가 미처 생각지 못한 점이 있었다. 우리가 나이 들고 생활이 안정될수록 마치 직장에서처럼 생활에서도 똑같은 사람들과 자꾸 마주치게 된다는 사실. 특히 자녀의 나이가 비슷한 사람들끼리는 더욱 마주칠 일이 많다. 게다가 파리의 영어 상용자들의 세계는 매우 좁았다. 나는 해마다 핼러윈 파티, 영어권 퀴즈의 밤, 영어권 축구 시합에서 그 모임 엄마들과 종종 마주쳤다. 그리고 그때마다 그들이 나를 싫어한다는 인상을 받았다.

딸이 중학교에 입학하자, 나는 극우파에게 투표하겠다고 말했다가 나에게 모욕당한 그 여자의 아이들도 같은 학교에 다닌다는 사실을 알게 됐다. 그뿐 아니라 그녀는 내가 새로 들어간 집단에서 기둥 역할을 하는 사람이었다. 나는 '학부모의 밤' 행사에서 그녀가 크리스마스 파티 준비 책임자로서 박수갈채를 받는 모습을 봤다.

육아 모임에서 따돌림을 당한 이후로 나도 나름대로 발전하긴 했다. 40대에 들어서자 감정 조절을 예전보다 잘하게 됐다. 곤혹스러운 상황에 처하는 일도 줄어들었다. 그리고 나는 어떤 생각을 입 밖에 내지 않고 머릿속에만 간직할 줄도 알게 됐다.

나를 싫어하는 어떤 사람과 긴밀한 관계가 된다고 생각하니 마음이 불편했다. 그래서 우리 사이의 앙금을 해소하기로 마음먹었다. 학부모의 밤 행사가 끝나고 모두 교실로 이동해서 와인을 한 잔씩 마시는 시간에, 나는 용기를 내서 그 엄마에게 다가갔다.

"안녕하세요." 나는 조심스러우면서도 친근하게 말을 걸었다.

그녀는 어리둥절한 얼굴로 나를 쳐다봤다.

"저예요, 파멜라." 나는 이렇게 말하고는 그녀의 어리둥절한 표정이 혐오로 바뀌기를 기다렸다.

"우리, 같은 육아 모임에 있었잖아요?" 내가 단서를 제공했다. 그녀는 나를 한 번 더 유심히 쳐다봤다. 조금은 알겠다는 표정이 스쳐갔다.

"아하, 카라와 친구였군요?" 마침내 그녀가 물었다. 그 물음에는 아무런 감정이 섞여 있지 않았다. 다만 자기 눈앞에 있는 낯선 사람과 하나라도 연결 고리를 찾기 위해 의례적으로 노력하는 기색이었다.

실제로 나는 카라와 친한 편이었다. 그녀가 나에 대해 기억하는 건 그게 전부였다. 그녀는 나를 싫어하지 않았다. 그녀는 내가 누군지도 잘 몰랐다.

지난 몇 년 동안 나는 한 사람의 인간으로서 상당한 발전을 이룩했지만, 지혜의 중요한 요소 하나는 아직 획득하지 못한 상태였다. 남들이 지금 무엇을 생각하고 어떻게 느끼고 있는지를 이해하는 능력. 나는 인간관계의 법칙을 더 잘 알고 사람들의 의도와 감정 상태를 알아차릴 수 있으면 좋겠다고 생각했다.

변명을 하자면 그건 쉬운 일이 아니다. 불교에서는 세계를 명료하게 인식하는 것을 인생의 가장 중요한 과업으로 본다. 우리는 세상의 이치를 터득하기 위해 이 땅에 온 것이다. 그리고 불교에서는 그 과업을 수행하는 것이 매우 중요하다고 가르친다. 우리 주변에서 일어나는 일을 이해하지 못해도 한순간의 즐거움은 누릴 수 있다. 그러나 오래 지속되는 행복과 평온한 삶을 누리려면 우리 자신의 삶과 주변 사물들의 본질을 파악해야 한다.

세상의 이치를 아는 것은 나의 행복을 위해 반드시 필요한 일 같았다. 그리고 그것은 성숙한 어른이 되기 위해서도 필요한 일이었다. 진짜 성숙한 어른들은 자기 주변에서 무슨 일이 일어나는지를 이해하는 것처럼 보였다. 그들은 사회적 역학 관계를 잘 알고 사람들의 의도와 감정을 간파한다.

일반적으로 내 또래 사람들은 그런 능력이 높다고 간주된다. 40대와 50대들은 '눈만 보고 마음 읽기'라는 실험에서 모든 연령 집단 중에 가장 높은 점수를 얻었다. '눈만 보고 마음 읽기'란 피험자들이 사람들의 눈을 촬영한 사진들을 보면서 그 사람들 각자가 어떤 기분인가를 선택하는 실험이다. 이런 능력은 40세에서 60세까지 높은 수준을 유지한다.

마음 읽기는 21세기에 꼭 필요한 능력이다. 택시는 물론이고 세금까지 자동화되는 시대지만, 다른 사람의 마음을 읽고 그 사람의 감정적 필요를 이해하는 능력 면에서는 아직 인간이 컴퓨터보다 우위에 있다. 몇 년이 더 지나면 '마음 읽기'가 인간이 더 잘하는 유일한 일이 될지도 모른다.

그러나 사람의 마음을 잘 읽으려면 정확히 어떻게 해야 할까? 분위기를 잘 파악하는 비결은 무엇인가? 나는 나름대로 성숙해지긴 했지만 아직도 주변의 일들을 이해하지 못할 때가 많다. 세상사를 파악하는 능력도 다듬고 키울 수 있는 것일까? 어떻게?

생각해보니 나는 바로 이 주제에 능통한 전문가를 집에 두고 있었다. 남편 사이먼은 사람 읽기의 명수였다. 가끔은 그가 심령술을 구사하는 건 아닌지 의심스러울 정도였다. 우리가 식사 또는 대화를 끝마치기 무섭게 나는 항상 "방금 대체 무슨 일이 일어난 거야?"라는 질문을 던졌다. 한번은 우리가 파티에 갔다가 전직 기자였다는 여자를 만났는데, 대화를 나누는 사이에 그녀의 태도가 갑자기 냉랭하게 바뀌었다. 나는 내가 어떤 말실수를 해서 그녀의 기분이 상한 거라고 짐작했다.

사이먼의 시각은 달랐다. 사이먼은 그녀가 두 명의 언론인과 대화를 나누다 보니 문득 자신이 언론계를 떠난 사실이 부끄러워진 거라고 짐작했다. 그녀가 냉랭해진 시점은 그녀 자신이 홍보업계에서 새로 구한 일자리에 대해 설명할 때였다는 것이다.

요즘도 사이먼이 나를 위해 24시간 사람들을 읽어주지는 않는다. 대신 그는 '물고기 잡는 법 알려주기' 단계로 넘어가서 그가 가진 요령을 내게 설명해준다.

사이먼의 요령 중 하나는 관찰을 통해 익히 알고 있었다. 사이먼은 사람들이 하는 말을 대단히 주의 깊게 듣는다. 때때로 그는 이야기를 너무 열심히 듣는 나머지 사람들을 향해 얼굴을 찌푸리는 것처럼 보인다. 친구들이 나에게 슬쩍 다가와서 "혹시 너희 남편이 나를 싫어하니?"라고 물은 적도 있었다. (대개의 경우 남편은 내 친구들을 싫어하지 않는다.)

사이먼은 자신이 눈과 귀로 단서를 수집한다고 설명했다. 첫째, 저 사람은 언제 흥미를 잃는가? 사이먼의 말에 따르면 어떤 사람이 시선을 돌린다는 건 지루하다는 뜻이다. (내가 시선을 자주 돌려서 신경에 거슬린다고도 했다.) 그리고 사이먼은 사람들이 언제 화제를 바꾸는지도 유심히 관찰한다. "사람들이 '그거 재미있네요'라고 말하는 건 보통 지금 그 이야기는 그만 하고 싶다는 의사 표현이야."

또 사이먼은 말하는 사람이 무엇에 관심을 기울이는지를 파악한다. 이 사람은 어떤 화제를 자주 꺼내는가? 어떤 문구를 인용하는가? 사이먼의 주장에 따르면 사람들은 일종의 개인적인 좌우명 같은 메시지를 반복해서 이야기한다. 사람들은 자신의 어떤 믿음을 남들도 공유하게 만들고 싶어 하며, 그 믿음은 그들이 하는 이야기에 일관되게 반영된다. 사람들의 메시지는 "나는 편안한 육아를 하는 사람이에요!"라든가 "내 연봉은 1억이 조금 넘어요"라든가 "나는 솔직한 사람이라서 이미지 관리 따위는 하지 않아요" 또는 "나에게는 친구가 많아요" 같은 것들이다.

"그 사람들이 거짓말을 하는 건 아냐." 사이먼의 설명이다. "하지만 사람들은 대개 자기 자신에 대해 스스로 만들어낸 스토리를 가지고 있지. 그리고 그걸 믿고 있어. 그러니까 사람들의 말을 액면 그대로 믿기보다 그들이 만들어낸 스토리가 뭔지를 이해해야 해."

나는 누군가를 만날 때 상대가 제시하는 스토리를 의심할 줄도 모르고 액면 그대로 받아들이는 편이다. 나는 '와, 저 부모는 정말 편안한 육아를 하는구나. 그리고 친구도 많아'라고 생각하면서 대화를 끝마친다. 나는 아직도 사람들의 외모에 현혹당해서 또는 상대가 나를 어떻게 생각할지 걱정하다가 본질을 놓치곤 한다.

어릴 때부터 사람들을 분석해본 적이 없어서일까? 나는 사람들이 어떤 이야기를 할 때 그들을 관찰해서 그들이 어떤 패턴으로 행동하는지 알아내야겠다는 생각 자체를 거의 안 했다. 나는 그 대화의 경험에 완전히 휩쓸리기 때문에 그들의 행동 패턴에 대해 많은 것을 알아차리지 못했다.

사람들과 대화할 때 분석을 해보기 시작했다. 그러자 그동안 내가 중요한 정보를 얼마나 많이 놓쳤는지를 새삼 깨달았다. '남자는 첫 번째 데이트에서 자신이 원하는 바를 이야기한다'는 규칙처럼 사람들은 언제나 자기 자신에 관한 데이터를 쏟아낸다. 충분히 주의를 기울이기만 하면 우리도 그 데이터를 수집할 수 있다.

사람들에 대한 정보를 수집하려면 자기 자신에 대한 집착을 중단해야 한다. 그래야 과도한 잡음이 사라져서 정보를 받아들일 수가 있다. 사이먼은 천리안이 아니었다. 다만 그는 남들이 자기를 어떻게 생각할지에 신경을 쓰고 안달하지 않을 뿐. 그래서 그의 뇌는 여유를 가지고 사람들의 동기와 성격과 목표를 파악한다. ("이상한 행동만 안 하면 되는 거야. 그리고 사람들에게 질문을 해봐. 그러면 다들 당신을 좋아할 거야." 사이먼이 나에게 해준 조언이다.)

다행히 중년기에 이르면 머릿속의 잡음을 가라앉히기가 쉬워진다. 심리학 연구 결과에 따르면 평균적으로 우리 같은 중년들은 적어도 젊은 사람들보다는 덜 신경질적이다. 즉 우리는 우리 자신의 불안을 남에게 투사하지 않고, 남들이 나를 어떻게 생각할까라는 걱정에 얽매이지도 않는다.

서서히 나는 사람들을 겉으로 보이는 모습만으로 판단하지 않고 그들을 암호처럼 해독하기 시작했다. 우리 아들이 다니는 학교에서 예쁘장한 다른 엄마를 만날 때 나는 더 이상 다음과 같은 생각의 무의미한 순환에 빠져들지 않는다. '저 여자는 진짜 예쁘다. 진짜 예쁘네. 저 여자는 나보다 예뻐.' 그 대신 나는 그녀가 말하거나 생각하는 동안 그녀를 관찰한다. '저 여자는 예뻐. 하지만 수줍음을 타는 것 같아. 그리고 조금은 둔해 보이네.'

나는 발전하고 있었다. 하지만 육아 모임 엄마와의 관계에 대해서는 아직도 감이 잡히지 않았다. 내가 뭘 착각했던 거지?

"햄릿." 사이먼이 대답했다.

나는 설명을 제대로 해보라고 채근했다.

"신경이 예민한 사람들은 인생을 희곡 『햄릿』처럼 생각해. 자기가 주인공 햄릿이고, 모든 사람이 자기만 쳐다보고, 자기의 내면세계에 대해 남들이 이러쿵저러쿵 이야기한다고 착각하지." 사이먼은 이렇게 설명했다. 사실은 모든 사람이 자기만의 햄릿이다. 우리 모두 남들을 우리 자신의 연극에 나오는 조연쯤으로 바라본다. 사람들은 내가 하는 말 한 마디 한 마디를 계속 평가하면서 그걸 근거로 내 성격을 판단하지 않는다. 사람들이 내 말에 주의를 기울일 때도 내 인상이 어떤지가 그 사람들에게 최고로 중요한 건 아니다. 사람들은 각자 자기 연극의 주인공을 걱정하느라 바쁘다. 자기 연극의 주인공이란? 그들 자신이다.

"당신이 사람들에게 남기는 인상은 당신 생각만큼 강하지 않아. 왜냐하면 당신은 그들의 이야기에서 가장 중요한 등장인물이 아니거든." 사이먼의 표현이다.

사이먼은 오래전에 사귀었던 여자친구가 대학 언론학 수업에서 발표했던 이야기를 들려줬다. 그녀는 너무 초조했던 나머지 발표의 첫 30초 동안 그 자리에 얼어붙었다. 마침내 그녀는 웅얼웅얼 몇 마디를 하고 나서 창피한 마음에 교실을 뛰쳐나갔다.

몇 시간 후 여자친구는 눈물을 흘리며 사이먼의 방으로 왔다. 그녀는 수업을 같이 듣는 친구들이 언제까지나 자기를 바보로 여길 거라고 확신하고 있었다. 사이먼은 아직 다듬어지지 않았던 그 특유의 햄릿 이론으로 대답했다.

"그때 나는 이렇게 말했어. '지금 너에 대해 생각하고 있는 사람은 아무도 없어. 친구들은 모두 자기 발표에 대해서만 생각하고, 자기가 짝사랑하는 사람이나 자기 고민거리에 대해 생각하고 있을걸. 네 발표는 지금쯤 다 잊혔어. 아무도 신경 안 쓴다니까.'" 사이먼의 말을 듣고 여자친구도 마음을 놓았다.

사이먼이 오래전 일을 회상하는 동안 나는 그의 말을 주의 깊게 들으면서 그동안 그가 언급했던 다른 여자친구들에 대해 한번 생각해봤다. 그중에는 스탈린과 마오의 이름을 몰랐던 여자친구도 있었지……. 나는 남편이 좋아하는 여자들에게 어떤 공통점이 있다는 사실을 문득 깨달았다. 그는 조금은 어리숙한 여자들(나도 여기에 포함된다)들과 사귀기를 좋아한다.

내가 사이먼에게 이 이야기를 하니 그는 펄쩍 뛰며 부인했다. 그는 조금 놀란 기색이었다. 첫째로 나에게 통찰력이 생겼기 때문이고, 둘째로 정곡을 찔렀기 때문이다.

세상의 이치를 파악하기 위한 탐색의 과정에서 내가 얻은 또 하나의 통찰은, 내가 남편에게만 의존할 필요가 없다는 것이었다. 세상사를 파악하는 기술을 가진 세계적인 전문가들이 있지 않은가. 그 전문가들 중에는 의사들도 있다.

전통적으로 의사들은 관찰력이 뛰어나다. 명탐정 셜록 홈스를 창조한 작가 아서 코넌 도일도 원래 의사였다. 홈스는 어떤 사람의 손만 보고 직업을 알아맞히거나, 어떤 장소에서 없어진 물건을 대번에 알아차린다. 동료 왓슨이 홈스의 능력에 감탄할 때마다 홈스는 왓슨에게 핀잔을 준다. "자네는 보긴 하지만, 세심하게 관찰하진 않아."

실존 인물 중에서 관찰 전문가를 찾는다면 피부과 의사 어윈 브레이버맨 Irwin Braverman이 있다.

현재 80대인 브레이버맨은 예일 의과대학의 피부학 명예 교수다. 그는 1998년에 예일 대학교 박물관의 큐레이터와 함께 의과대학 학생들의 인지 능력을 계발하기 위한 강의를 설계했다. 그 강의는 이제 예일 대학교 의과대학 1학년 학생들의 필수 과목이 됐으며 세계 각국의 70개 의과대학에 개설되어 있다. 뉴욕 경찰청과 런던 수도경찰국도 그것을 약간 변형한 교육법을 활용한다.

1930년대에 보스턴에서 자란 브레이버맨은 평생 동안 사람들의 피부만 들여다보면서 살고 싶지는 않았다. 그의 꿈은 건축가나 고고학자가 되는 것이었다.

"나는 시각이 발달한 사람입니다." 뉴헤이븐에 사는 그가 나와 전화 통화를 하면서 말했다. "박물관에 가서 그림 보는 걸 좋아했습니다. 어린 시절부터 뭔가를 보는 걸 좋아했어요."

브레이버맨의 가족(에스페란토어를 쓰는 러시아 출신의 유대인 이민자 가족)은 건축가와 고고학자라는 직업에 대해 못마땅하게 생각했다. "우리 삼촌이 나한테 말하길, 1930년대와 1940년대에 유대인 건축가 또는 고고학자가 있다는 이야기는 못 들어봤다고 했어요. 사실이 그랬죠. 우리 부모님은 의사, 변호사 아니면 사업가가 되라고 하셨어요. 아니면 기자도 괜찮다고 하셨죠."

하버드 대학교 학부생 시절에 브레이버맨은 실험실에서 일하기를 좋아했다. 그래서 의학을 선택하고, 결국에는 피부과 전공의가 됐다. "피부과에서 보내는 시간의 90퍼센트를 시각적 진단에 할애합니다." 그는 말했다. 피부과 의사들은 환자의 피부를 보는 것만으로 몸 속 깊은 곳에서 진행되고 있는 질병을 발견할 수도 있다. (브레이버맨은 40대 때 『전신성 피부질환의 증상』이라는 제목의 고전적인 의학 교과서를 집필했다.)

오랫동안 학생들을 가르치고 환자를 치료해본 브레이버맨은 학생들이 정보 암기는 잘하지만 관찰력은 썩 좋지 못하다는 사실에 주목했다. 학생들은 다양한 피부 발진을 촬영한 슬라이드를 보면서 그중에 환자의 피부 상태와 일치하는 슬라이드를 골라내곤 했다. 하지만 슬라이드를 암기하는 것이 의학의 전부는 아니다. "적어도 하루에 한 번은 내가 지금까지 못 본 증상을 보게 됩니다." 브레이버맨의 설명이다.

그리고 학생들은 때때로 피부의 상처를 제대로 묘사하지 못하거나 환자의 다른 중요한 특징을 간과했다. 그들은 명백하게 "비정상"인 증상만 알아차렸다. 아니면 그들은 환자가 호소하는 주된 증상에만 주의를 기울이고 그 환자와 관련된 모든 사실들을 천천히 점검하려고 하지 않았다. "때로는 정상적으로 보이는 특징들 속에 병명을 알려주는 단서가 있습니다."

셜록 홈스와 마찬가지로, 브레이버맨도 마침내 그가 가르치는 학생들에게 무엇이 부족한가를 알아냈다. 학생들에게는 좋은 의사에게 필요한 하나의 기술이 없었다. 그것은 브레이버맨 자신이 오랫동안 환자를 진찰하면서 습득한 기술이었다. 어떤 사람 또는 이미지를 아주 열심히 들여다보고, 오랜 시간 관찰하면서 점점 더 많은 것을 파악하는 기술. 의사는 어떤 것을 볼 때 힐끔 보고 말아서는 안 된다. 계속 그 앞을 왔다

갔다 하면서 자기에게 필요한 정보를 빠짐없이 찾아내야 한다. 이처럼 집중적으로 보는 행위를 브레이버맨은 '시각적 분석'이라고 불렀다.

사이먼과 마찬가지로 브레이버맨도 사람들의 말을 아주 열심히 듣는다. "환자가 이야기를 하도록 놓아두고 주의 깊게 들으면, 대개의 경우 과거의 이야기 속에서 답을 찾을 수 있습니다." 브레이버맨의 설명이다. "이 사람이 뭐라고 말하는가? 이 사람은 그 이야기를 어떤 방식으로 하는가? 이 사람이 말하지 않는 부분은 무엇인가?" 가끔은 진료 시간이 끝나고 환자에게서 들은 이야기를 곰곰이 생각하던 중에 단서가 나타나기도 한다. 예컨대 환자가 별 생각 없이 '며칠 전에 시골로 등산을 다녀왔는데 진드기에 물린 게 아니길 바란다'고 말했을 수도 있다.

브레이버맨은 학생들의 약점에 대한 해결책을 의학이 아니라 그가 예전에 좋아했던 과목인 미술에서 찾았다. 그는 의과대학 1학년 학생들을 데리고 예일 대학교 영국미술원에 전시된 19세기 유화를 보러 갔다. 어떤 날은 학생들에게 15~30분 동안 한 점의 그림(인물을 그린 그림이 대부분이었다)만 쳐다보라고 지시했다. 그러고 나서 학생들에게 그 그림 속에 있는 것을 모두 묘사해보라고 했다. 학생들은 그 관찰 결과를 토대로 그림 속에서 무슨 일이 벌어지고 있는가를 이해하는 연습을 했다.

보통 한 반의 학생들 중 한두 명은 훈련을 시켜도 관찰력이 향상되지 않았다. 그리고 몇몇은 원래 관찰력이 뛰어나기 때문에 따로 훈련을 할 필요가 없었다. 그러나 대다수 학생의 관찰력은 중간 수준이었는데, 그들에게 훈련을 시키면 그림을 시각적으로 분석하는 기술이 눈에 띄게 늘었다. 그러고 나면 피부 질환을 진단하는 능력도 향상됐다.

"그 수업을 마치고 간 학생들은 '지금까지 제가 뭔가를 볼 때 대충 보고 있었다는 사실을 깨달았습니다. 모든 걸 꼼꼼히 살펴보기도 전에 결론을 내렸던 거예요'라고 말하곤 했습니다." 브레이버맨의 말이다. "누구나 이런 훈련으로 관찰력을 향상시킬 수 있습니다. 의사에게만 필요한 수업은 아니에요."

뭔가를 보고 또 보면 거기에서 더 많은 것을 발견한다! 나는 그게 참으로 신선한 발상이라고 생각했다. 그것은 40대의 대표적인 장점일 수도 있다. 마흔이 넘으면 우리는 사람과 문제와 상황이 끝없이 다양하기만 한 게 아니라는 사실을 알게 된다. 세상에는 겹치고 되풀이되는 일이 많다. 갑자기 세상은 무한하지 않고 예측 불가능해 보이지도 않는다. 그러면서도 훨씬 더 흥미로워 보인다. 우리는 전에 여러 번 봤던 것을 다시 보면서 새로운 의미를 발견한다.

철학자 쇼펜하우어도 다음과 같은 말을 남겼다. "인생은 처음 40년간은 나에게 텍스트를 준다. 그후 30년은 그 텍스트에 관한 주석을 제공한다."

나에게는 박물관에 가서 그림을 한참 동안 쳐다볼 시간적 여유는 없다. 그래도 브레이버맨의 교훈을 가슴에 새겨본다. 나도 세상과 사물을 거듭 보면서 그 안에서 점점 더 많은 것을 발견하고 싶다. 우선은 내가 가장 많이 접촉하는 사람을 열정적으로 관찰하면서 연습을 해보기로 했다. 내가 가장 많이 접촉하는 사람은 다름 아닌 나 자신이다. 거울에 비친 나 자신의 얼굴을 시각적으로 분석하고 싶은 마음은 아직 들지 않기 때문에, 내가 좋아하는 것과 좋아하지 않는 것의 목록부터 만들어 본다.

내가 좋아하는 것들

- 즉흥연기.
- 자살골. (축구에서 실수로 우리 편 골대에 공을 차 넣는 일. 여기선 비유적 표현이다.)
- 고리 모양 귀걸이.
- 수프에 들어 있는 크루통.
- 여자 동성애자.
- 스웨터.
- 벨트 달린 원피스.
- 캔에 담긴 차가운 탄산수를 처음 한 모금 마실 때 느껴지는 금속 맛.
- '시미(shimmy. 어깨와 엉덩이를 흔들며 춤추다-옮긴이)'라는 단어.
- '부비(boobies. 젖가슴-옮긴이)'라는 단어.
- 목욕.
- 아일랜드 사람들의 악센트.
- 우유가 들어간 차.
- 독일에서 박사 학위를 두 개 가진 여자는 '프라우 독토르 독토르Frau Dockor Doktor'라고 불린다는 사실.

- 정의justice.
- 농담.
- 외국어로 된 농담 배우기.
- 히피 사회운동가 애비 호프먼Abbie Hoffman이 1968년 공모죄로 재판을 받던 중 판사에게 했던 말이 무의미한 헛소리인 줄 알았는데, 알고 보니 유대어였다는 사실. (그는 판사를 "주류 백인 파워엘리트의 대표자"라고 불렀다.)
- 텍사스 대학교의 기록 보관인이 아이작 바셰비스 싱어Issac Bashevis Singer의 서류를 검토하던 중 반쯤 남은 샌드위치를 발견했다는 사실.
- 아침에 마시는 커피.
- 하루가 통째로 내 앞에 남아 있을 때의 기분.
- 케이크.
- 샐러드.
- 누군가의 치아에 양상추가 껴 있는 모습을 발견할 때.
- 누군가가 손톱을 물어뜯는다는 사실을 알아차릴 때.
- 누군가가 교활한 사람임을 발견할 때.
- 누군가의 손가방이 가짜임을 알아차릴 때.
- 상대보다 내가 덜 초조해할 때.
- 상대가 하는 말의 속뜻을 알지만 내가 굳이 이야기하지는 않을 때.
- 옷을 잘 입은 여자를 남몰래 뜯어볼 시간이 있을 때.
- 짧게 깎은 손톱.

- 짧아진 연필.
- 샴페인의 첫 잔.
- 문자 보내기와 전화 걸기를 멈추는 순간.
- 휴가 여행에서 돌아오기.
- 나의 반사실적인 삶. (그 속에서 나는 코미디언과 노닥거리고 욕을 퍼부어댄다.)
- 좋은 읽을거리가 있을 때.
- 글을 다 쓴 후의 기분.
- 팬케이크.
- 자신감.
- 태국 요리와 맥주.
- 다른 누군가가 마이애미 출신이라는 사실을 발견할 때.
- 서로를 이해하는 느낌.
- 친구들과 함께 드라마 주제가 부르기.

내가 좋아하지 않는 것들

- 좁은 공간.
- 클러치 달린 손가방.
- 달콤한 간장 소스.
- 치사한 행동.
- 거절.
- 깜짝 파티.

- 긴장감.

- 시차에 대해 불평하는 사람들.

- 애완동물의 암수를 못 알아보면 화를 내는 사람들.

- "나에게는 자연이 필요 없다"라고 말하는 사람들.

- 우리 집에 놀러오겠다면서 내가 계획을 세우기를 바라는 사람들.

- 우리 집에 들어서자마자 와이파이 비밀번호부터 묻는 사람들.

- 내가 신뢰하지 않는 사람들.

- 불의.

- 고통.

- 나만의 편견.

- 매력적이지 않은 히피 커플.

- 매력적인 히피 커플.

- 열렬한 무신론자.

- 음성 메시지.

- '중년'이라는 단어.

- 무관심.

- 급하게 달려가는 것.

- 시간 약속에 늦는 사람을 기다리는 것.

당신이 40대의 뇌를 가지고 있다는 징후들

단어 하나가 떠오르지 않아서 무려 48시간 동안 생각했다.

≈

그 단어는 '치핵 hemorrhoids'이었다.

≈

대화가 끝났는데 방금 무슨 일이 벌어진 건지 몰라서 어리둥절하게 있는 일은 이제 별로 없다.

≈

20대들과 이야기를 나눠보면 자신감과 경험의 차이가 느껴진다. 그래서 20대로 돌아가고 싶은 마음이 없어진다.

≈

하지만 60대들과 이야기를 나눌 때 당신에 대한 그들의 느낌은 조금 다르다.

≈

'남들이 나를 어떻게 볼지'에 대한 걱정을 덜 하면 그들에 대해 놀라울 만큼 많은 정보를 수집할 수 있다는 걸 배웠다.

019 타인의 마음을 읽는 법

내가 꾸준히 조사해온 또 하나의 주제는 나의 모국이다. 마침 나는 미국이 아닌 곳에 살고 있으므로 나 자신을 다른 나라에서 온 사람들과 비교해볼 기회가 있었다. 나의 고민도 문화적 차이에서 비롯된 거라는 생각이 고개를 들었다.

나에게는 어릴 때 가족을 따라 서울에서 캘리포니아로 건너온 친구가 하나 있다. 그 친구는 한국인 부모님으로부터 "눈치가 없다"라는 소리를 자주 들었다고 했다. 그 말을 들었을 때 나는 미국이 어떤 나라인지를 불현듯 깨달았다. 한국어로 '눈치'란 문자 그대로 '눈으로 어림짐작한다'

라는 뜻이다. 눈치는 뭔가를 재빨리 알아차리는 능력이다. 눈치 빠른 사람들은 말로 표현되지 않는 신호를 읽어내고 다른 사람들의 마음 상태를 미뤄 짐작한다. 그들은 상황을 파악하고 사교적 단서를 금방 알아차린다.

'눈치'와 뜻이 정확히 일치하는 영어 단어는 없다. 어느 날 저녁, 조용한 레스토랑에서 내 친구 레베카네 아이들이 소란을 피웠는데 레베카는 아이들을 나무라면서 "여기 분위기를 좀 읽어봐"라고 말했다. (물론 그 아이들은 그러지 않았다.)

한국 부모들은 미국에서 자란 자녀들이 눈치가 없다는 불평을 종종 한다. 다양한 이름으로 불리는 이 '눈치'는 동아시아 문화권에서 높이 평가되는 기술이다. "타인의 마음을 '읽어내는' 능력은 반드시 필요하다." 심리학자 헤이젤 로즈 마커스Hazel Rose Markus와 시노부 기타야마Shinobu Kitayama가 1991년에 발표한 논문의 한 대목이다. 「문화와 자아Culture and the Self」라는 이 논문은 그들의 대표작이기도 하다.

마커스와 기타야마는 타인의 마음을 읽어내기 위해 다음과 같은 것들이 필요하다고 말한다. "다른 사람이 느끼고 생각하는 바를 자기도 똑같이 느끼고 생각하려는 의지와 능력이 있어야 한다. 언어로 표현되지 않는 정보를 흡수할 줄 알아야 하며, 그러고 나서는 타인이 원하는 바를 달성하고 목표를 실현하도록 기꺼이 도와줘야 한다." 미국에서 강조되는 지점은 다르다. 우리 미국인들은 다른 사람에게 맞추기보다는 우리 자신의 감정과 취향에 충실하라는 소리를 듣는다. "미국 문화는 개인들 사이의 아주 긴밀한 유대가 가능하다고 여기지 않으며 그런 것을 높이 평가하지도 않는다." 마커스와 기타야마가 쓴 논문의 일부다. "미국에서는 개인들이 타인으로부터 독립성을 유지하기 위해 자기 자신에게 관심을 쏟고 자기만의 개성을 표현하려 한다."

미국인들의 이런 행동은 아기가 태어나는 순간부터 시작된다. 내가 육아에 관한 글을 쓰면서 알게 된 바에 따르면, 나를 포함한 미국인들은 아이들도 각자 자기에게 맞는 수면 시간과 음식 취향을 가지고 있다고 가정한다. 우리는 어린이집 같은 보육 시설에서는 내 아이의 독특한 생활 리듬과 취향을 맞춰줄 수 없을 거라고 생각하면서 어린이집을 불신한다. 만약 어떤 유아가 쌀밥, 오렌지, 아보카도 따위를 좋아하지 않는다면 그 아이에게도 그런 취향을 표현할 권리가 있다고 본다. 우리는 학교에서도 아이들의 자기표현이 중요시되기를 바란다.

그 아이들이 성인이 되면 어떨까? 연구자들에 따르면 미국 아이들과 동아시아 아이들이 성인이 되는 시점에 그들은 실제로 세상을 다르게 인식한다. 어느 메타연구의 결론에 따르면 동아시아 사람들은 대체로 "고맥락high context" 성향이어서 어떤 상황과 그 상황 속에 있는 어떤 개인의 행동을 이해하기 위해서는 다른 모든 관계자들의 상호 작용을 고려해야 한다고 생각한다. 그리고 동아시아 문화권에서는 아주 많은 정보가 비언어적으로 전달되기 때문에 말로 표현되지 않는 미묘한 단서에 주의를 기울이는 능력이 반드시 필요하다. 즉 주변 상황을 제대로 이해하려면 '눈치'가 있어야 한다.

연구에 따르면 미국인들은 대체로 “저맥락” 성향이다. 우리 미국인들은 어떤 상황 속에 있는 사람들 모두의 행동을 분석하기보다 행위자 개개인과 그들의 선택에 주목한다. 그리고 우리가 가장 신경을 많이 쓰는 개별 행위자는 단연 나 자신이다. 타인의 감정 상태에서 단서를 얻는 대신 우리는 나 자신의 취향에서 단서를 얻고 다음과 같은 질문을 던진다. ‘나는 어떤 음식을 좋아하지?’, ‘나에게 어울리는 스타일은 어떤 걸까?’, ‘지금 내가 자아실현을 하고 있는 건가?’

그래서 미국에서는 대화가 종종 자기 자랑을 위한 긴 독백과 비슷해진다. 나는 최근에 어떤 모임에 참석했다가 어느 미국 여성에게 직업을 물어봤는데, 그녀는 자신이 지금까지 어떤 일들을 했는가를 10분 동안이나 장황하게 설명했다. 그녀는 자기를 적극적으로 표현하라는 미국 문화의 명령을 따랐을 뿐이다. 사람들이 지루해하는 줄도 모르고.

그러니 한국인 부모들이 자녀가 미국에서 자란 탓에 눈치가 없다고 걱정하는 것도 무리가 아니다. 우리는 남의 말을 주의 깊게 듣고 비언어적인 단서를 수집하는 훈련을 받지 않았다. “프랑스 사람들은 ‘미국인들은 따분하다’는 불평을 곧잘 한다. 그들이 보기에 미국인들은 가벼운 질문에도 ‘일장연설’로 답한다.” 인류학자 레이먼드 캐럴Raymonde Carroll이 펴낸 『문화적 오해Cultural Misunderstandings』의 한 대목이다. 2014년 미국 예시바 대학교 심리학자가 주도한 연구에서는, 연구자들이 서로 연관이 없는 두 건의 인스턴트 메시지 대화를 합쳐놓았는데도 참가자들의 42퍼센트가 그 사실을 알아차리지도 못했다.

다시 말하자면 나의 눈치 없음은 순전히 내 잘못만은 아니다. 심지어 내 부모님을 탓할 수도 없다. 눈치가 없는 건 미국인의 어쩔 수 없는 속성이다.

물론 아시아 사람들만 눈치가 있는 건 아니다. 그리고 타인의 마음을 읽어내는 능력은 다양한 모습으로 나타난다. 이스라엘의 초대 총리였던 다비드 벤-구리온David Ben-Gurion은 다른 나라들이 보내는 외교적 신호를 능숙하게 읽어냈다. 말하자면 그에게는 지정학적 눈치가 있었다. 하지만 그는 사람들의 신호를 읽어내는 데는 서툴렀다. (인간관계의 눈치는 그의 아내에게 있었다. 그녀는 회의에 배석했다가 회의가 끝난 후에 말로 표현되지 않는 역학 관계를 그에게 설명해주곤 했다.) 내가 대학 시절에 알고 지냈던 친구 하나는 일종의 '눈치 감정이입'을 했다. 그녀는 어떤 사람과 길에서 스치기만 해도 이렇게 말했다. "내가 저 사람인 것만 같아."

나의 영국인 남편에게는 일반적인 눈치가 있다. 그리고 내가 보기에 우리 딸 빈도 남편에게서 눈치를 물려받은 것 같다. 언젠가 나는 여름 스포츠 캠프에 참가한 딸을 데리러 갔다가 축구장 앞에서 준비 중인 10대 남학생 두 명과 수다를 떨었다. 두 남학생은 나와 즐겁게 이야기를 나누는 것 같았는데, 빈이 얼른 가자며 자꾸만 나를 잡아끌었다.

"그 오빠들이 엄마를 놀려대고 있었는데 그것도 몰랐어?" 우리가 차에 타자마자 빈이 내게 말했다. 그러니까 나는 그 남학생들이 중년의 어느 엄마를 향해 낄낄대는 것을 유쾌한 웃음으로 착각했던 것이다.

빈의 눈치는 프랑스에서 자라면서 자연스럽게 습득된 건지도 모른다. 그러고 보면 나의 새로운 조국에도 특유의 '눈치'가 있다는 생각이 든다. '프랑스식 눈치'는 타인과의 관계에서도 필요하지만 자기 자신을 향하기도 한다. 프랑스에서 우리는 방 안의 분위기를 읽어낼 줄도 알아야 하지만, 우리 자신을 아주 정확하게 이해하고 있어야 한다. 이런 능력을 갖추지 못한 사람을 경멸하는 의미로 '눈에 잼이 묻어 있다la confiture dans les yeux'라는 표현을 쓰기도 한다.

나는 내 눈가의 잼을 닦기 위해 프랑스로 건너온 게 아니다. 나는 남편을 위해 이 나라에 온 것이다. (남편은 런던의 높은 집값을 감당하기 어려워했다.) 하지만 파리에서 한동안 살아보고 프랑스어 실력도 조금씩 늘고 나니, 'clairvoyance(천리안, 투시력, 통찰력 등을 가리킨다-옮긴이)'라는 영어 단어가 '명료하게 본다'는 의미의 프랑스어 단어에서 유래한 것이 우연이 아니라는 생각이 들었다. 프랑스에서는 내 주변에서 일어나고 있는 일들(가족, 직장, 지인들에게 일어나고 있는 일들)을 알아차리고 그 모든 일에 대한 나 자신의 반응을 정확히 이해하는 것이 생활의 핵심적인 과제였다.

프랑스식 눈치 보기는 어린 시절부터 시작된다. 프랑스의 국립 유치원들은 타인에 대한 이해를 강조한다. 프랑스 엄마들은 자신들의 육아 비결은 아이를 주의 깊게 관찰하고 이해하는 것이라고 말한다. 그러고 나서는 자기 아이의 성격을 상세히 설명하고 서로 모순되는 자질들에 대해서도 이야기한다.

프랑스의 초등학교는 경험에 이름을 붙이고 정리하도록 가르치는 곳이다. 우리 아이들은 학교에서 단순히 시계 보는 방법만 배우지 않았다. 아이들은 그 시간이 어떤 시간인지를 이야기할 수 있어야 했다. 프랑스 교육자들은 인류의 역사도 마치 사건들의 순차적인 행렬처럼 다룬다. 학생들은 선사 시대부터 시작해서 중요한 사건들을 연대기 순으로 배우고, 인류가 겪은 중요한 사건들 중에 자신들이 어디쯤 위치하는가를 이해한 상태로 졸업한다. 우리 아이들의 초등학교 성적표에는 십여 가지의 구체적인 항목에 대해 아이들의 점수가 나오는데, 그 항목들 중에는 '언어와 비판적 거리를 유지하기'와 같은 아리송한 능력도 있었다.

이곳 프랑스에서는 아이들이 어릴 때부터 놀랍고 역설적인 성질들을 인지하는 연습을 한다. 한번은 내가 작은아들에게 겉옷을 입으라고 잔소리를 했더니 아들이 거리에서 나를 향해 이렇게 말했다. "엄마, 나는 조금 추운 게 좋아." 그때 나의 어린 아들이 진짜 프랑스인이구나 싶었다. 큰아들은 어느 날 자기가 유아용 식사 의자를 치울 준비가 됐다고 선언했다. 자기가 그 의자를 꼼꼼히 살펴보니 "그게 편하긴 하지만 아기들 물건 같아서" 이제는 안 쓰기로 했단다.

지금까지 내가 살아온 것과 비교하면 파리 사람들은 시각적 자극을 훨씬 정교하고 정확하게 인식한다. 파리 사람들은 일상생활 속에서 끊임없이 시각적 분석을 수행하는 것처럼 보인다. 내가 우리 동네의 액자 가게에 포스터를 들고 찾아갔더니 점원은 여러 가지 액자를 가져와서 각각의 액자가 포스터에 정확히 어떤 영향을 미칠지를 설명했다. 파리의 의류 매장에서 판매원들은 "예쁘네요"라든가 "그건 벗어버리세요" 같은 말을 하지 않는다. 미국의 의류 매장에서는 늘 그런 말을 들었는데. 파리의 판매원들은 특정한 색깔의 스웨터가 나를 더 "빛나게" 해준다든가, 이 빨간 가방에는 파란색 장식도 들어가 있어서 저쪽의 빨간 가방보다 다용도로 쓸 수 있다든가, 끈으로 된 이 샌들은 나의 피부색과 충돌한다든가(그건 사실이다. 하지만 나는 그런 생각은 못 해봤다) 하는 식으로 말한다. 안경을 착용해보고 있는 내게 "그건 얼굴을 잡아먹어요"라고 말하기도 했다. 이곳 파리에서, 어떤 것이 "묘하게 매력적je ne sais quoi"이라는 표현을 실제로 쓰는 사람은 보지 못했다. 만약 그런 말을 쓰면 너무 모호하게 들릴 것이다.

프랑스 사람들은 자기 삶 속의 사회적 상호 작용에 대해서도 마치 소설처럼 정확하게 묘사하곤 한다. 나는 여배우들이 자기가 일도 열심히 하고 아이들에게도 헌신한다는 이야기를 늘어놓는 미국식 연예인 인터뷰에 익숙해져 있었다. 그런데 프랑스 여배우들은 인터뷰를 할 때 일이나 자녀 이야기는 거의 하지 않는다. 대신 그들은 자신의 마음을 정확히 이해하고 있으며, 그 마음의 상태에 삶을 맞춰나가고 있음을 보여주려고 애쓴다.

특히 마흔을 넘긴 여배우들의 인터뷰는 그런 성격이 두드러진다. 「귀여운 반항아L'Effrontée」의 여배우 샤를로트 갱스부르는 파리에서 뉴욕으로 이사한 직후에 프랑스판 『엘르』와 인터뷰하면서 자기 자신과 새로운 생활에 대해 짧고 불친절한 대답을 했다.

"나는 무난한 사람이 아니에요. 그리고 개방적인 사람도 아닌 것 같아요. 쉽게 말문이 트이지 않지요." 그녀의 말이다.

당시 45세였던 갱스부르는 아직 미국에서 새로운 친구를 사귀지 못했다고 대답했다. 그러면서 파리에 살 때도 사람들과 많이 어울리지는 않았다고 덧붙였다. "성격상 흥겹게 노는 걸 즐기지 않아서요." 그녀는 뉴욕에서 혼자 산책하는 일에 시간을 많이 쓴다고 털어놓았다. "그리고 나는 약간 불안정한 상태를 아주 좋아한답니다."

갱스부르의 인터뷰 답변이 미국 독자들에게는 너무 불친절하다고 느껴질 법도 하다. 하지만 프랑스의 기준으로 본다면 갱스부르의 답변은 그녀의 정신적 성숙을 드러낸다. 갱스부르의 답변은 그녀가 자기 자신을 정확히 파악하고 있으며 자기 정체성에 맞게 삶을 꾸려간다는 증거로 받아들여진다.

물론 프랑스인들이 주변 상황을 파악하는 데 열심인 이유 중 하나는 말로 표현할 수 없는 일이 많다고 생각하기 때문이다. 매너를 중시하는 프랑스 사회는 때때로 투명성보다 우아한 외관을 더 높이 평가한다. 18세기에 지식인 장 자크 루소도 이 점에 대해 불평한 바 있다. 루소의 편지에는 다음과 같은 구절이 등장한다. "예의 바른 우리 사회의 유일한 진실은 자기 생각을 절대로 말하지 말라는 것이다. 전제 조건이 달린 말, 예의상 하는 말, 이중적인 말, 절반만 진실인 말은 예외다."

루소가 프랑스의 현실을 많이 바꾼 것 같지는 않다. "프랑스인들은 지나치게 솔직한 것을 순진하거나 무례한 것으로 간주한다." 프랑스 학자 파스칼 보드리Pascal Baudry가 한 말이다.

이런 설명들이 혼란스럽게 느껴지는가? 혼란스러운 게 사실이다. 우리는 우리 자신에 대해 정확히 알아야 하지만, 우리가 아는 것들을 무턱대고 다 공개할 것이 아니라 선별적으로 공개해야 한다. 사람들은 타인에게서 일정한 맥락을 가진 정확한 위장을 기대한다. 프랑스어에는 "숨어서 살고, 행복하게 살아라"라는 표현도 있다.

우리의 진짜 모습을 언제 솔직하게 드러내야 하며 언제 드러내지 말아야 할지를 터득하는 것은 프랑스에서 자라거나 외국인으로서 적응하는 과정의 중요한 한 부분이다. 친구들과의 관계에서는 정확성이 중요하며 잡지 인터뷰에서는 자기를 적당히 노출해야 한다. 프랑스의 부동산 광고들은 '맞은편 집vis-à-vis'이 없는 아파트를 강조하는데, 이것은 다른 어떤 집에서도 그 아파트를 들여다보지 못한다는 뜻이다. 프랑스에서 집은 사적인 공간이므로 남들이 안을 들여다보지 못하는 집을 최고로 친다.

프랑스에 산 지도 10년이 넘었고, 사이먼과 함께 살다 보니 나의 눈치도 조금씩은 빨라지고 있다. 이제 나는 내가 누군가를 지루하게 만들고 있을 때, 그리고 상대가 나를 싫어하거나 모욕적인 대우를 하고 있을 때 눈치를 챈다. (나는 사람들의 미세한 표정을 읽는 온라인 강좌도 들었다. 혐오와 경멸이라는 두 가지 감정은 얼굴에 비대칭적인 신호로 나타나기 때문에 비교적 발견하기 쉽다.)

또 나는 나 자신의 한계를 보완하는 요령을 익혔다. 어떤 잘생긴 남자가 나에게 작업을 거는 게 아닐까 의심될 때마다 '저 사람은 그저 세심한 동성애자일 수도 있어'라고 스스로를 타이른다. 그리고 새로운 친구에게 우리 아파트를 빌려주고 싶은 충동에 휩싸일 때면 나는 그것을 '이 사람에게 성격 장애가 있을지도 모른다는 증거'로 간주한다.

그러나 시간이 갈수록 내가 주변에서 벌어지는 일들을 잘 파악한다는 느낌이 든다. 어느 날 사이먼과 내가 우리 아파트의 계단을 올라가던 중에 자기 집 앞에 나와 있던 이웃 남자와 마주쳤다. 그 이웃은 우리에게 인사를 건네지도 않고 집 안으로 뛰어 들어갔다.

"사교성이 없어서 그래"가 사이먼의 분석이었다. 하지만 나의 해석은 달랐다. "저 사람은 목욕 가운을 입고 있어서 창피했던 거야." 내가 이렇게 설명하자 사이먼은 잠시 생각하더니 내 말에 일리가 있다고 인정했다. 드디어 나에게도 뭔가가 보인다.

당신이 40대가 됐다는 징후들

당신 나이의 두 배쯤 되는 사람을 만날 일이 거의 없다.

≈

아침을 아무리 늦게 먹어도 2시 전에 점심을 먹지 않으면 몸이 떨릴 정도로 허기를 느낀다.

≈

고등학교 시절 얼굴이 아기 같아서 40대의 모습을 상상할 수도 없었던 친구가 이제는 40대처럼 보인다.

≈

당신이 가사를 다 외우는 노래들은 적어도 20년 전 곡들이다.

≈

임신한 여자들의 대다수는 아주 젊어 보인다.

≈

끔찍한 배경 이야기*가 있긴 하지만 추수감사절이 좋아졌다.

---

* '추수감사절의 유래'를 검색해보면 불편한 진실을 알 수 있다. 미국의 추수감사절은 17세기에 아메리카 대륙에 도착한 청교도들이 원주민인 인디언들의 도움으로 가을에 첫 수확을 마치고 축제를 연 데서 비롯되었다고 한다. 그러나 축제 이후 청교도들은 땅을 차지하기 위해 인디언을 몰아내고 그들을 잔혹하게 학살했다.–옮긴이

020 친구 사귀기

나이 들어 신경이 덜 예민해져서 좋은 점은 친구를 사귀기가 쉬워졌다는 것이다. 원래 나는 사람을 고를 때도 두 번째 유형의 쇼핑객이었다. 선택 전에 모든 가능성을 살펴봐야 하는 사람. 다만 이 경우에는 내가 구입할 수 있는 신발을 하나하나 다 살펴보는 대신, 사람을 최대한 많이 만나보고 나서 누구를 친구로 삼을지 결정하는 것이 달랐다.

얼마간의 시간이 지나서야 사람은 운동화와 다르다는 사실을 알았다. 내 쪽에서 거리를 두고 관찰하면 사람들은 불쾌해했다. 40대가 되고 나니 내가 진심으로 좋아하는 어떤 사람을 발견한다는 것 자체가 축복이라는 생각이 든다. 저 바깥에 다른 누가 있는지는 중요하지 않다.

나이가 들면서 친구 관계가 더 좋아진 사람은 나만이 아니다. 나와 나이가 비슷한 사람들은 대부분 그렇다. 여기에는 생물학적인 이유가 있을지도 모르겠다. 우리는 성실성이 극대화된 시기를 맞이했기 때문에(성실성에는 '노력'과 '질서' 같은 속성들도 포함된다) 친구들과 함께 계획을 세우거나 서로가 책임을 제대로 수행하리라고 믿는 일이 예전보다 쉽다. 내 친구들 중 가장 엉뚱한 친구들도 이제는 한결 책임감 있고 정돈된 모습이다.

또한 40대인 사람들은 일반적으로 젊은 사람들보다 무난하게 행동한다. 그리고 우리는 똑같은 노래를 듣고, 똑같은 머리 모양을 해보고, 똑같은 신기술을 경험하고, 국가적인 비극을 함께 겪으면서 40년이라는 세월을 보냈기 때문에 20대와 30대에는 못 느꼈던 일종의 동료 의식을 느낀다.

종합해보면 나와 동년배인 사람들과는 시간을 함께 보내기가 더 쉽다는 이야기가 된다. 나의 스무 번째 고등학교 동창 모임을 떠올려보면, 그 자리에 모인 옛 친구들은 서로 경쟁하려고 했고 조금은 냉랭했다. 나는 서른 번째 동창 모임에는 참석하지 않았다. 그때는 미국에 살고 있지 않았기 때문이다. 하지만 그 모임의 준비 과정과 홍수처럼 밀려드는 메시지, 스냅 사진들을 보고 내가 판단한 바로는 모임의 전반적인 분위기가 더 따뜻해졌고 친구들도 서로를 친절하게 대하는 듯했다. 그들은 더 이상 다른 사람인 척하지 않았고, 그저 함께 어울려 즐거운 시간을 보내기를 원했다. (나이가 들어서 좋은 점 중 하나는 친구들과 어울릴 줄 알게 되는 거라는 사실을 우리 모두 깨달았다.)

40대 초반에는 '지금이 아니면 절대 안 된다'는 심정으로 약간 초조해진다면, 40대 중반 이후에는 조금 더 여유로워지는 느낌이다. 아이가 없다고 불안해하던 사람들, 번듯한 직장이 없거나 자기에게 잘 맞는 배우자가 없다고 안달하던 사람들도 이제 나름대로 만족스러운 해결책을 찾아냈거나 방향을 다시 잡았다. 그들이 꼭 자기가 계획했던 대로 사는 건 아니다. 하지만 그들은 자기가 받아들일 수 있는 삶을 찾았다. 아니면 살다 보니 자기의 삶을 좋아하게 됐거나.

그리고 신경과민에서 벗어나면 우리에게 공통점이 얼마나 많은지를 알게 된다. 우리는 집단의 분위기에 녹아들 줄 알고, 우리가 공통의 경험을 하고 있다고 자부한다. 오랜 세월 동안 나만 예외인 것 같았고, 나만 불안정하고 남들과 조화를 못 이룬다는 느낌으로 지냈지만, 이제는 나도 남들과 비슷한 데가 많다는 걸 안다. 그걸 알고 나면 조금은 실망스럽지만 한편으로는 마음이 놓인다.

그리고 프랑스 사람들의 우정을 관찰한 것도 내게 도움이 됐다. 미국인들의 우정은 빠른 속도로 발전할 수도 있다. 몇 주 만에 커피에서 점심식사로 발전하고, 얼마 후에는 저녁식사도 함께하는 사이가 된다. 만약 어떤 사람이 우리 이웃에 살고, 아이들이 같은 반이고, 그 사람과 내가 서로에게 어느 정도 호감을 느낀다면 자연스럽게 커피를 마시러 간다. 그러는 사이에 우정이 싹튼다.

우리 미국인들은 어디서나 이런 식으로 행동한다. 내가 화학 치료를 마치고 머리를 다시 기르고 있을 무렵, 나는 한동안 전설적인 여배우 진 세버그 스타일의 짧은 머리를 하고 다녔다. 그런데 어느 날 저녁에 잠깐 만난 어느 미국인 이민자가 그 만남 직후에 내게 이메일을 보냈다. (그녀는 내가 짧은 머리를 하게 된 배경을 몰랐다.) "나는 당신을 보자마자 '저 여자가 어떤 사람인지 알고 싶다, 정말 멋져 보인다'는 생각을 했어요." 그리고 우리는 당장 만났다.

프랑스인들의 규칙은 다르다. 가까운 곳에 사는 사람이라고 해서 더 친해진다는 보장은 전혀 없다. 지금 사는 동네에 온 지 10년이 지났어도 나는 이웃들의 이름도 잘 모른다. 그리고 옆집에 사는 부부에게도 여전히 정중한 호칭을 사용한다. 사람들을 예의 바르게 대하고 안전한 거리를 유지하는 것, 그래서 그 사람들이 당신의 사생활을 침해하거나 새로운 의무를 형성하지 못하도록 하는 것은 프랑스인들의 주특기다. 누군가와 시시콜콜한 이야기를 나눠야 할 의무는 없다. 내가 어떤 사람과 이야기를 하고 싶지 않다면 안 해도 된다.

때로는 프랑스인들도 단시일 내에 친구를 사귄다. 하지만 일반적으로 프랑스인들은 조심스럽게 우정을 가꿔간다. 프랑스 사람과 친해지려면 머리 모양만 가지고는 안 된다. 몇 달 동안, 아니 몇 년 동안 누군가와 공식적으로 아는 사이였다가 서서히 서로에게 호감을 느낄 수도 있지만 굳이 둘이 따로 만나자는 제안을 하지는 않는다. 첫 만남에서 첫 커피까지 몇 년이 걸리기도 한다.

처음에는 나도 프랑스 사람들의 느린 사귐을 이상하게 여겼다. 어떤 사람의 태도가 따뜻하게 바뀌어서 그 사람이 나와 친해질 준비가 됐다는 해석이 가능해질 때쯤이면 나는 그 사람이 너무 오랫동안 나에게 쌀쌀맞게 굴었던 걸 원망하고 있었다. 나는 그들이 두 번째 유형의 쇼핑객처럼 행동하면서 더 나은 사람이 없는지 둘러보고 있는 거라고 의심했다.

사실 그들은 천천히 나를 알아가고 있었을 뿐이다. 그리고 나는 속도가 느린 프랑스식 우정이 나의 '숟가락형 뇌'와 잘 맞는다는 사실을 발견했다. 나는 프랑스인이 아닌 사람들과의 관계에도 프랑스인들의 규칙을 적용하기 시작했다. 비록 일부 미국인들은 나를 쌀쌀맞은 사람으로 여기는 것 같았지만. 그래도 나는 사람들에 대한 나의 판단을 예전보다 신뢰하게 됐다. 천천히 움직인다는 건 아드레날린에 흠뻑 젖은 첫인상에 의존할 필요도 없고 나 자신이 준비되기도 전에 우정에 뛰어들 필요도 없다는 뜻이었다. 나는 시간을 두고 사람들을 알아나가면서 그들에 대한 나의 가설을 검증해볼 수 있었다.

프랑스식 우정의 법칙들은 입바른 소리 하기를 좋아하는 나의 성향에도 잘 맞았다. 미국인들의 우정에는 격려와 위로가 상당히 많이 포함된다. "어떤 친구가 곤란한 처지에 놓였거나 실패하고 있을 때 우리는 그게 다 네 탓만은 아니라고 말해주면서 기분을 풀어주고, 그 친구의 장점을 일일이 열거해주고, 그 친구가 자신감을 되찾도록 도와줘야 한다." 레이먼드 캐럴의 글이다.

그러나 프랑스에서는 똑같은 상황에서 친구에게 솔직한 의견을 말해줘야 한다. "친구는 내가 나 자신에 대해 혼란스러워하는 부분을 소리 내어 말해주는 존재다." 역시 캐럴의 설명이다. "그 친구가 나에게 애정이 있다면 나를 비난하지 않으면서 애정 어린 질책으로 정신을 차리게 해줘야 한다. 그러면 나는 나중에 친구에게 솔직히 말해줘서 고맙다고 인사하면서 다음과 같이 말한다. '이제 좀 나아졌어. 지난번에는 네가 나를 일으켜 세워주길 바랐단다.'"

우정이 발전하는 경로에 대한 생각도 다르다. 미국인들 사이에서는 어떤 우정은 오래 지속되지만 어떤 우정은 연약하기 짝이 없다. 나는 내 머리 모양이 마음에 든다고 했던 여자와 술을 한 잔 했다. 그날 그녀는 자기가 살아온 이야기를 다 털어놓았다. 하지만 우리의 만남은 그걸로 끝이었다. 설령 내가 누군가와 저녁식사를 같이하는 단계에 들어서더라도 어느 한쪽이 다른 도시로 이사하거나, 출산을 하거나, 아니면 그저 나에게 실망하거나 질릴 경우 그 우정은 한순간에 끝날 수도 있다. (그래서인지 나는 영원한 오디션을 치르고 있는 기분이었다. 그리고 실제로도 그랬다.) 일반적인 법칙에 따르면 우리는 균형과 호혜성을 기대하므로 어느 한쪽이 저녁식사를 더 자주 제안하거나 더 큰 호의를 요구할 때는 마음이 불편해진다. 프랑스인들의 경우 친구끼리 어려운 시기에 곁을 지켜줘야 한다고는 생각하지만, 친구 사이라 해도 과도한 요구는 금물이다. 그러면 상대가 너무 큰 부담을 느껴서 멀어지기 때문이다.

프랑스 친구들도 한쪽이 이사를 하거나 직업을 바꾸면 연락이 끊기기도 한다. 친구끼리 사이가 나빠질 위험도 당연히 있다. 하지만 일반적인 경우 오랜 검증 기간을 거쳐서 어떤 사람이 나와 같은 부류라는 점을 확인했다면 그 관계는 오래 지속되리라고 기대한다. 그런 단계에 이르면 '그 사람을 속속들이 안다'고 말할 수 있다. 철저한 검증을 거친 덕분에 우리는 관계의 지속 가능성에 자신을 가진다.

나에게는 이런 우정이 더 안전하게 느껴진다. 일종의 종신 회원권이 따라오는 우정.

나도 느린 속도로 진정한 친구들을 사귀었고, 오랜 친구들 몇몇과의 우정은 더 굳게 다졌다. 인간관계에 대한 나의 불안은 아직 남아 있고, 때로는 남들이 그 불안을 알아차린다. (외국인으로 산다는 것이 나의 어색한 행동에 대한 좋은 변명이 되긴 한다.) 하지만 이제는 그런 경우가 드물다. 요즘 내가 누군가를 만나려고 할 때마다 어떤 목소리가 내 머릿속에 들어와서 묻는다. "세 시간 동안 무슨 이야기를 나눌 건데? 네가 비호감이라는 걸 그녀에게 들키면 어쩔 건데?" 나는 그 목소리를 억누르고 어쨌든 그 친구를 만나러 간다. 나에게도 나름의 장점이 있고, 호감을 사기 위해 끊임없이 남들의 비위를 맞출 필요도 없다는 생각이다.

그리고 나의 내면세계가 예전보다 고요해진 지금은 인간관계에 대한 불안이 나보다 심한 사람들이 여기저기에 많다는 사실을 알았다. 내가 아는 어떤 여자가 나와 점심식사를 같이하면서 고백한 바에 따르면, 그녀는 사람들과 어울리는 것보다 책 속에 파묻히는 게 훨씬 쉽다고 생각한다. 그리고 그녀가 가진 사람들에 대한 지식은 대부분 19세기 소설을 읽으면서 터득한 거라고 했다. 그녀는 새로운 사람을 만날 때마다 제인 오스틴 소설의 어떤 등장인물이 그 사람과 가장 비슷한지를 가늠해본다고 했다.

나는 내 친구가 되기 위한 기본적인 자격 요건이 뭔지도 알아냈다. 첫째는 그 사람에게 유머 감각이 있어야 한다는 것이다. (제인 오스틴 이야기를 했던 그 여자도 유머 감각을 가진 사람이다. 그리고 그녀가 이런저런 속내를 털어놓았는데도 나는 그녀와 친구가 됐다.)

우스운 이야기를 혼자 계속 늘어놓는 사람이나 재치 있는 문구를 주고받을 사람을 기대하지는 않는다. 내 친구가 될 사람은 때로는 진지해지고 때로는 유머 감각을 발휘하면 좋겠다. 하지만 요즘 나는 유머 감각이 전혀 없는 사람은 잘 알아본다. 유머는 하찮은 것이 아니며, 그저 웃기만 한다고 유머 감각이 있는 것도 아니다. 유머가 없는 사람은 생각이 꽉 막혀 있고 현재의 상황이나 자기 자신과 거리를 둘 줄 모른다. 간혹 나는 유능하고 똑똑하지만 딱 집어 말하기 어려운 어떤 이유 때문에 다시 만나고 싶어지지는 않는 사람을 만난다. 나중에 생각해보면 그 이유를 알게 된다. 그 사람에게는 유머가 전혀 없었다.

그리고 나는 상대가 내 말을 잘 듣는지 여부도 관찰하게 됐다. 남의 말을 경청하는 건 기본적인 기술이지만 누구나 가진 기술도 아니다. (사이먼은 때때로 어떤 노인에 대해 이렇게 말한다. "그분은 청력이 안 좋으신 게 아냐. 남의 말을 듣는 습관이 안 들어서 그래.")

인간관계가 더 편안해지면서 사람들에 대한 나의 집착도 느슨해졌다.

나와 친구가 된 사람들 모두가 언제까지나 내 삶 속에 머무르는 건 아니었다. 잊을 수 없는 사람들과 근사한 하루 저녁 또는 즐거운 며칠을 함께 보냈다고 치자. 지금 그 사람들은 홍콩에 살고, 그들과 다시 만날 일은 없을 것이다. 인생은 원래 그렇다.

그리고 나는 나와 동류인 사람들을 더 잘 알아보게 됐다. 언젠가 미국의 극작가 겸 코미디언인 제리 사인필드는 에미상 시상식에서 그가 가장 좋아하는 순서는 코미디 작가들이 무대에 올라가서 상을 받는 시간이라고 말했다. "꼭 크레틴병 환자들 같은 늙은 난쟁이들이 우르르 나옵니다. 하나같이 못생긴 인간들이죠. 그때 나는 '내가 바로 저렇지. 내가 속한 집단이 저거야'라고 생각한답니다."

내가 속한 집단은 읽고 쓰기를 좋아하는 전직 사회 부적응자들이다. 알고 보니 우리 같은 사람들이 꽤 많았다. 어느 날 나는 새로 사귄 친구 두 사람에게 뜬금없이 주말에 같이 놀러가자고 제안했다. 둘 다 동의했으므로 우리는 사흘 동안 호텔에 함께 머무르면서 식사를 같이하고, 수영을 하고, 서로의 방에서 밤늦도록 이야기를 나눴다. 우리는 어린 시절에 안정적인 소속감을 느끼면서 자라지 못했지만 마침내 나에게 맞는 삶의 방식을 발견한 느낌을 서로에게 이야기했다. 몇 번인가는 이야기를 나누다 갑자기 노래가 터져 나왔다.

그 주말에 우리는 남몰래 간직하던 이야기를 털어놓기도 했다. 새로 사귄 두 친구 중 하나는 어느 홀로코스트 생존자에게서 자위의 기술을 배웠다고 고백했다. (그것은 합법적인 배움이었다. 그 생존자가 그의 학교에서 성교육을 담당했기 때문이다.) 나는 친구들에게 대학 시절 자유 주제로 동영상을 제작하는 과제가 있었다고 말했다. 그때 나는 나 자신에 관한 다큐멘터리를 만들기로 하고 우리 기숙사에 사는 학생들을 일일이 찾아다니면서 나에 대해 어떻게 생각하는지 물어봤다.

여기까지 이야기하고 나서 잠시 움찔했다. 친구들이 나를 이상하게 볼 것이 틀림없어. 나에 대한 불편한 진실을 너무 많이 공개했구나. 하지만 결과는 예상과 정반대였다.

"오, 좋아요. 당신다운 행동이군요!" 둘 중 하나가 애정 어린 대답을 해줬다. 그 이야기가 나의 좋은 점을 부각시킨 건 아니었지만, 내 친구들은 그 이야기를 듣고 나서 나를 더 좋아하게 된 것 같았다. 완벽은 우정의 필수 요건이 아니다. 하지만 사람들에게 나 자신을 보여주는 건 우정의 필수 요건이다.

당신이 40대가 됐다는 징후들

남의 말을 비판하지 않고 들을 줄 안다.

≈

남녀 관계에 대한 한쪽의 설명만 믿거나 친구들의 이야기를 액면 그대로 받아들이지 않는다. 누군가가 당신을 부당하게 대했던 일을 이야기하고 나서도 당신은 다음과 같이 덧붙인다.
"이건 어디까지나 제 생각이에요."

≈

친구들이 당신의 취향을 공유하지 않아도 괜찮다.

≈

당신이 함께 있기를 좋아하는 사람들 중 일부는 당신에게 매주 중요한 사람들이다. 당신은 그 사람들이 하는 말을 정말로 기억한다. 당신은 그들을 소중히 여기고, 그들을 위해서라면 언제라도 시간을 낸다.

≈

그 사람들은 당신을 소중하게 여기지 않을 수도 있다.

≈

당신은 '쿨한' 사람들과 함께하기를 원하지 않는다. 그냥 '내 사람'이라고 말할 수 있는 사람들과 함께하고 싶다.

021 현명하게 거절하기

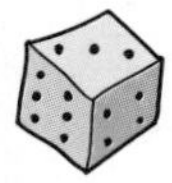

드디어 친한 친구들이 생기니까 얼마나 좋던지. 그런데 아쉽게도 그 친구들을 만날 시간이 나질 않았다.

만약 현대 사회의 40대 성인들을 한 단어로 묘사해야 한다면 그 단어는 '바쁘다'일 것이다. 나만 해도 과거 어느 때보다 사소한 일들을 많이 처리해야 한다. 현재 나의 할 일 목록은 11쪽 분량인데, 그 목록에는 아주 다급해 보이는 것("보험 계약 갱신!")과 나의 희망 사항이 담긴 것("슈테판 츠바이크의 책을 읽는다"), 어마어마한 일이라 엄두가 안 나는 것("가족의 사진들을 몽땅 인화해서 정리한다") 등이 포함된다. 이메일에 답장을 하고 감사 카드를 쓰는 일도 끝이 없다. 내 친구의 친구들이 파리를 방문한다면서 식사하기 좋은 장소를 알려달라고 하고, 잠깐 만나서 가볍게 한 잔 할 생각이 있는지 묻기도 한다. 이 사소한 일들 중 가장 사소한 일을 처리하려고 해도 20분은 내야 하는데, 나에게는 그 20분이 없다. 아, 참. 집안일을 빼먹었네.

이게 배부른 고민이라는 건 나도 안다. 이런 고민들을 할 수 있다는 건 감사할 일이다. 하지만 네덜란드 경제학자 란스 보벤베르그Lans Bovenberg가 제시한 개념인 '삶의 교통 체증'이야말로 우리의 현실이다. 삶의 교통 체증이란 일과 자녀 양육의 임무가 둘 다 정점에 달하고, 사람에 따라서는 노부모까지 돌봐야 하는 시기를 가리킨다. ("우리 엄마는 임신했다는 착각에 빠져 계셔." 코네티컷에 사는 친구가 전한 소식이다. "엄마는 요양원에 계시는데, '여기는 아이를 키우기에 좋은 장소가 못 되는데'라는 말을 달고 사신단다.")

심리학자들은 40대의 바쁨을 '역할 과부하role overload'라고 부른다. 심리학 연구에서 임상 실험에 참여할 사람을 모집할 때도 중년의 남녀는 구하기 힘들다고 한다. (대학생들과 노인들은 자유롭게 쓸 수 있는 시간이 한결 많다.) 존재의 위기 따위는 거론하지도 말자. 몇 년째 영화관 한번 못 가본 처지니까.

나의 경우 40대의 모든 어려움을 멋지게 헤쳐 나가고 있다고 말하기는 어렵다. 언젠가 청소하는 나를 도와주지 않고 부엌에서 노래나 부르고 있는 딸아이를 나무랐더니, 딸은 나에게 "엄마는 '생의 기쁨(프랑스어로 joie de vivre)'을 몰라"라고 말했다. 나는 기가 막혔지만 딸아이의 말에도 일리는 있다고 생각했다. 단 한 번의 아침 시간 동안 변기가 막히지 않게 하고, 치과 교정 전문의를 선택하고, 적당한 생일 선물을 여러 개 구입하는 동시에 내 일도 마감 시간 전에 끝내야 하는 상황에서 '생의 기쁨'을 어떻게 창조하겠는가.

이 모든 일을 잘 처리하려면 항상 선별 작업을 해야 한다. 어떤 일을 우선적으로 처리할지도 중요하지만 언제 '아니오'라고 말할지가 더 중요하다. 아이들의 놀이 약속에서부터 나의 업무에 이르는 온갖 것을 거절하는 기술은 40대에게 반드시 필요하다. 거절할 줄 모르는 사람은 지루한 대화에서 빠져나오지 못하거나 영국인들이 쓰는 표현으로 '잡다한 용무 personal admin'에 갇혀 살게 된다. 바쁨이 40대의 가장 큰 고충이라면 거절은 40대의 대표적인 방어 행동이다.

나는 거절을 잘하지 못한다. 얼음장처럼 추운 어느 겨울날 밤, 나와 별다른 인연도 없는 미국인 요리 블로거가 주최한 파티 장소 앞에 서 있다가 깨달은 사실이다.

그 파티에 꼭 참석하고 싶은 건 아니었다. 감기 기운도 있었고, 저녁 시간을 가족과 함께 보내고 싶기도 했다. 하지만 그 파티도 놓치고 싶지는 않았다. 그 파티에서 어떤 멋진 일이 생길 수도 있잖아? 나에게 거절당했다가 그 블로거가 모욕받은 기분을 느끼면 어쩌지? 초대장에 출입문 번호가 없었으므로(파리의 건물들은 대부분 출입문 번호가 있어서 그걸 알아야 들어갈 수 있다), 나는 그녀가 거리를 향해 열려 있는 호화로운 저택에 살 거라고 추측했다. 그런 저택을 구경할 기회를 놓칠 수는 없었다. 그리고 요리 블로거의 파티인 만큼 음식도 당연히 최고 수준일 거라고 생각했다.

초대장에 적힌 주소지에 도착하니 평범한 아파트 건물이 나왔다. 그리고 출입문 번호도 필요했다. 45분 동안 콜록콜록 기침을 하면서 거리에 서 있자니 몸이 얼어붙는 것 같았다. 창문 너머에서 파티가 열리는 광경이 보였지만, 내가 아무리 소리를 쳐도 그 안에 있는 사람들은 듣지 못했다. 요리 블로거는 파티 주최자라서 그런지 전화를 받지 않았다. 이럴 거면 나를 왜 초대했담? 우리는 딱 한 번 만난 사이인데. 아하, 이제야 알았다. 나도 누군가의 '친구로 지내고 싶은 사람' 명단에 올랐구나.

마침내 한 남자가 담배를 피우려고 그 집 발코니에 나왔다가 나에게 출입문 번호를 큰 소리로 불러줬다. 그 집으로 올라갔더니 요리 블로거는 나를 반갑게 맞이하고 종이 접시에 담긴 초라해 보이는 음식을 손으로 가리키더니 다른 데로 가버렸다. 손님들은 대부분 중년 이상의 미국인 이민자들이었다. 미국에 있는 친구들은 그들의 삶이 근사하다고 생각했지만 실제로 그들은 파리에 와서 실망을 느끼는 실업자 신세였으므로 파티장의 분위기는 우울했다.

한 여자는 나에게 자기 아들이 언어 치료를 받는 이야기를 아주 장황하게 늘어놓았다. 또 한 여자는 공격적인 말투로 자기 이름은 '안-드레-아'라고 알려줬다. 마치 세상 모든 사람이 자기 이름을 잘못 발음한 게 내 탓이라도 되는 것처럼. 그러고 나서 그녀는 나에게 다짜고짜 물었다.

"당신에겐 어떤 사연이 있나요?"

나는 외투를 집어 들고 도망치듯 그곳을 빠져나왔다. '안-드레-아'와 그 블로거에게 작별 인사도 하지 않은 채로. 다음 날 나는 내가 갑자기 나와버려서 파티 분위기가 더 나빠지지 않았을지를 걱정하고 있었다. 그 블로거에게 이메일을 보내서 사과해야 할까?

"그런 이야기를 들을 때마다 내가 무슨 생각을 하는지 알아?" 사이먼이 말했다. "당신 사는 게 참 힘들겠다 싶어. 머릿속에 온갖 고민을 다 집어넣고 살잖아."

남편의 훈계를 듣고 나서야 내가 원하는 일에는 '예'라고 말하고 그 파티처럼 내가 딱히 원하지 않는 일에는 '아니오'라고 말하는 능력을 키워야겠다는 사실을 깨달았다. 그런데 어떤 일이 내가 원하는 건지 아닌지를 미리 알 수 있을까? 저택에서 열리는 멋진 파티를 놓치면 어쩌지? 너무 자주 '아니오'라고 말하다가 초대가 끊기면?

나는 여가와 일 양쪽에서 내 삶을 적절히 관리하는 요령을 서서히 배워나가고 있다.

나 자신의 습관을 잘 파악한다. 만약 일을 하다가 점심식사를 하러 나가는 것 때문에 일에 지장이 생긴다면 누구와도 점심 약속을 잡지 말라. 자유롭게 쓸 수 있는 나만의 시간을 확보하라. 우리 아이들이 밤 9시에 잠자리에 들면 나에게는 취침 전까지 두 시간이 주어진다. 그 사실을 막연하게 인식하는 데 그치지 않고 정확히 '두 시간'이라고 기록하면 이 소중한 시간을 내가 원하는 방식으로 사용하는 데 도움이 된다.

나 자신이 어떤 교환 또는 거래를 하는지를 똑똑하게 인식한다. 경제학자 팀 하퍼드Tim Harford는 한 가지 일에 '예'라고 말한다는 것은 그 시간에 할 수 있는 다른 어떤 일에 '아니오'라고 말한다는 뜻이라고 지적했다. "내 책을 몇 쪽 집필하는 대신 서평을 한 편 쓸 것인가? 잠자리에서 우리 아들에게 책을 읽어주는 대신 학생들에게 강연을 하러 갈 것인가? 아내와 저녁식사를 같이하면서 대화를 나누는 대신 패널 토론에 참석할 것인가?" 하퍼드는 앞날의 계획을 걸러내기 위한 간단한 테스트 방법을 제시한다. 만약 오늘 당장 이 일을 해야 한다고 해도 나의 대답은 '예'인가?

나의 에너지를 따라간다. 몇 가지 중 하나를 선택해야 하는 상황이라면 어떤 것이 나에게 에너지를 주고 어떤 것은 생각만 해도 피곤한지를 생각해보자. (이것은 내가 라이프코치 재닛 오스Janet Orth에게서 배운 기술이다.) 이런 방법은 항상 실행 가능하지는 않다. 우리의 선택에는 현실적인 요인들이 개입하며, 우리 모두가 싫어도 꼭 해야 하는 일들도 있다. 하지만 '에너지'라는 요소를 고려하는 것은 가치 있는 일이다. 우리 성인들도 여러 가지 중에 가장 재미있어 보이는 선택지를 고를 자격이 있다.

작은 일들은 되도록 그 자리에서 처리한다. 작은 일들을 자꾸 미루면 큰 일로 바뀐다.

사람들에게는, 아니 기업들에게도 융통성이 있다. "예전에는 사람들이 초대를 하면 그것에 맞춰서 내 일정을 수정했어요." 버몬트주에 사는 40대의 교사가 내게 말했다. "요즘에는 그렇게까지 하지 않아요. 내가 생각했던 것보다 조정의 여지가 훨씬 많다는 사실을 알았거든요." 만약 상대의 제안이 마음에 들지 않는다면 당신이 스트레스를 적게 받으면서 할 수 있는 다른 일을 제안하라.

내가 아는 어느 자유 계약직 언론인은 원고 청탁을 수락할지 말지 망설여질 때마다 편집자에게 원래 제안한 금액의 두 배를 요청한다. 그가 그렇게 해봤더니 편집자가 그 요청을 받아들이는 경우는 절반쯤 됐다고 한다. 결과적으로 그는 똑같은 돈을 받고 일은 절반만 하게 됐다. 그리고 상대가 그의 원고를 얼마나 절실히 원하는지도 파악했다.

인터넷이 삶을 잡아먹지 않도록 한다. 어느 어린이책 작가는 목요일에만 이메일 답장을 쓴다고 나에게 말했다. 또 다른 작가는 오전 9시부터 오후 5시 사이에는 철저히 오프라인으로만 지낸다고 한다. ("뭘 하나 찾아봤다 하면 한 시간이 훌쩍 지나가거든요.")

장기적인 시각으로 접근하는 것도 도움이 된다. 영국인 작가 제이디 스미스Zadie Smith는 어느 날 이런 생각을 했다. "내가 86세가 됐을 때 '인생의 상당 부분을 잡스 씨에게 내줬구나'라고 생각하고 싶진 않다. 잡스의 우주 안에서, 잡스의 전화기로 잡스의 앱을 사용하면서 보낸 시간들. 내 인생이 그런 것은 아니길 바란다." 그날로 스미스는 구형 폴더폰을 구입하고 컴퓨터에는 인터넷 차단 소프트웨어를 설치했다.

나 자신의 프로젝트를 가장 중요하게 생각한다. 나 말고는 누구도 그 일을 최우선으로 생각하지 않는다. 사람들은 각자 자기 고민거리를 가지고 나에게 와서 '당신만이 이 문제를 해결할 수 있어요'라는 식으로 호소

할 것이다. 그게 사실인 경우는 거의 없다. 누군가의 생명이 달린 문제라거나 그 사람이 둘도 없는 친구가 아닌 다음에야 내가 그 문제를 해결하기 위해 나 자신의 과업에서 벗어날 필요는 없다. 죄책감 때문에 남들의 사소하고 소모적인 일을 처리해주겠다고 나서지 말라. 호의를 베풀 수는 있지만, 어떤 호의를 베풀지는 당신이 선택해야 한다.

때로는 냉정하게 거절해도 괜찮다. 어느 이웃이 나에게 우리 아파트에 딸린 작은 옷장을 자기에게 팔아달라고 부탁했다. 그러면 자기 집에 욕조를 설치할 여유가 생긴다고 했다. 나는 심각하게 고민했다. 나에게는 그 옷장이 필요했지만, 그 이웃도 목욕을 하고 살아야 하니까. 그러다가 한 친구에게 나의 딜레마를 이야기하고 조언을 구했다. 친구는 내가 그런 일로 의논을 한다는 것 자체가 놀랍다는 반응이었다. "나 같으면 그냥 이렇게 말할 거야. '미안해요, 저는 제 옷장을 계속 쓰고 싶네요.'" 친구의 말이었다. 그래서 나는 그 말대로 했다.

계획을 세운다. 계획이 있으면 남들이 당신을 엉뚱한 방향으로 끌고 가기가 어려워지고, 어떤 것이 당신의 목표에 부합하고 어떤 것이 부합하지 않는가를 알아보기가 쉬워진다. 고대 병법의 대가 손자孫子는 "계획대로 되는 일은 아무것도 없다"라고 말했지만, 만약 나에게 아무런 계획이 없다면 나의 실패는 예정된 거나 마찬가지다.

거절은 부드럽게 한다. 단순하면서도 솔직하게 상황을 설명하라. "그러면 좋겠는데, 일 때문에 바빠서요" 정도면 아주 합리적인 (그리고 진실한) 설명이다. 만약 사람들이 그 대답을 좋아하지 않거나 나의 의도를 오해

한다 해도 내가 할 수 있는 일은 별로 없다. 때때로 사람들은 내가 직접적으로 거절할 때 그것을 존중한다. "고마워요. 그리고 거절하는 솜씨가 참 좋으시네요. 당신은 우리 모두에게 불굴의 용기를 보여줬어요!" 내가 지인에게 그녀의 친구를 도와주기에는 내가 너무 바쁘다고 말했을 때 그 지인이 보낸 답장이다.

내가 원하는 일을 더 자주 한다. 한 친구의 40세 생일 파티에 갔더니 훌륭한 레바논식 뷔페가 차려져 있었다. 첫 번째 접시를 싹 비우고 나서 나는 파리 친구 줄리앙에게 "음식을 가지러 한 번 더 가고 싶은데 무례하게 보이지 않을지 걱정된다"라고 했다. 식탁에 앉은 사람들 중에는 아직 음식을 먹지 않은 사람도 있었다.

줄리앙의 대답은 나에게 뷔페만이 아니라 다른 경우에도 적용 가능한 교훈을 제공했다. (그리고 그의 대답을 듣고 나서 나는 그와 내가 친구가 되고 있다는 사실을 알았다.) "당신이 원하는 일, 당신이 하고 싶은 일을 해야죠. 그럴 때 일이 더 잘되고 문제가 술술 풀려요." 사실 이런 메시지를 들려줄 필요가 없을 것 같은 사람도 더러 있다. 하지만 틀에서 조금 벗어나는 일을 가지고도 불안해하는 우리 같은 사람에게 줄리앙의 말은 얼마나 속 시원하게 들리는지. 우리가 파티에 가지 않아도 사람들은 상처받지 않는다. 그리고 일단 파티에 가서는 우리가 뷔페를 한껏 즐겨야 사람들이 기뻐한다. 역설적이지만 우리가 사람들의 기분을 상하게 하거나 규칙을 어길까봐 지나치게 걱정하지 않을 때 분위기는 더 좋아진다.

그리고 40대의 고충도 언젠가는 끝난다. 내가 캘리포니아 출신의 어느

50대 여성에게 40대와 비교해서 달라진 점이 뭐냐고 물었더니, 그녀는 한참 동안 갖지 못했던 진짜 자유 시간이 생겼다고 대답했다. 첫째 아이가 고등학교를 막 졸업했고 둘째 아이도 조금 있으면 졸업이라고 했다. 그녀는 혼자 있는 시간에 뭘 해야 할지 잘 모르겠다고 말했다.
나로 말하자면 10년이 지나도 그런 고민은 하지 않을 것 같다. 그때 나는 오바마 정부 시절부터 밀린 감사 카드를 쓰고 뷔페에서 두 번째 음식을 가지러 가고 있을 테니까.

당신이 40대가 됐다는 징후들

거절하는 요령을 안다.

≈

함께 있으면 기분이 나빠지는 사람들과는 시간을 보내지 않는다.

≈

만약 누군가가 당신과 여가 시간을 같이 보내기를 원한다면, 그 사람이 당신을 진짜로 좋아한다는 뜻이란 걸 안다.

≈

시간이 너무 부족해서 수면 시간을 줄이지만, 할 일을 다 처리하기 위해서는 잠을 자야 한다. 이 역설 때문에 당신은 항상 생산성이 낮다.

≈

부부 관계의 모든 갈등은 섹스 부족 또는 수면 부족에서 비롯된다는 사실을 안다.

≈

작은 것 하나만 바꿔도 삶이 크게 달라질 수 있다는 사실을 안다.

022 완벽한 부모란 없다

40대에 들어서니 내 삶의 여러 영역에서 비밀을 발견한 기분이 들기 시작했다. 하지만 내가 아직도 어려움을 느끼는 하나의 영역이 바로 육아였다. 역설적이지만 모스크바에서 러시아 엄마들에게 나흘 동안 강연을 하고 돌아온 직후인데도 그랬다.

우리 아이들이 더 자라서 자율성이 커진 지금, 나는 어느 정도까지 아이들을 통제해야 하며 언제 아이들의 취향을 존중해서 하고 싶은 대로 놓아두어야 할까? 이 딜레마는 보통 사소한 고민으로 나타난다. 작은아들이 계란 스크램블은 역겹다고 말하는데도 한 번 더 먹어보게 해야 할까? 쌍둥이 중 하나를 더 좋은 선생님이 있는 반으로 옮겨서 둘이 같이 있도록 해야 할까? 둘 중 하나는 혼자 다니고 싶어 하는데?

사소하지 않은 문제들도 있다. 아이들이 어렸을 때만 해도 나는 이사를 자주 다니고 미국에서도 생활할 계획을 세웠다. 하지만 아이들과 남편은 다른 아파트로 옮기는 것조차 꺼려한다. 내가 새로운 나라에 가서 살자는 이야기를 꺼내면 모두가(사이먼도 포함해서) 격하게 반발한다. 내가 우리 집의 여왕이라 해도, 4 대 1이 되면 뾰족한 수가 없다.

게다가 나는 이민자라서 프랑스 학교 4학년 숙제도 믿음직하게 도와주지 못하는 엄마다. 엄마의 권위를 강화해볼 속셈으로 나는 파리 외곽에서 해마다 열리는 '책의 살롱Salon du Livre'이라는 도서 전시회에 빈을 데려갔다. 그 전시회에는 나와 계약을 맺은 프랑스 출판사의 판매대가 있었다. 출판사에서는 내가 두 시간 동안 자리에 앉아 책에 사인을 해주는 순서를 마련했다. 내 책의 애독자들을 만나보면 빈도 엄마를 우러러보겠지.

빈과 나는 길고 좁은 탁자 앞에 앉았다. 탁자의 한쪽에는 책의 저자들이 줄지어 앉아 있었다. 탁자 위에는 내 책이 한 무더기 놓여 있고 내 이름이 적힌 명패도 있었다.

내 왼쪽에 앉은 프랑스어권의 아프리카계 여성은 자서전을 홍보하고 있었고, 내 오른쪽에는 어느 유명한 프랑스 다이어트 전문의가 앉아 있었다. 독자들은 내 양쪽에 앉은 사람들을 만나기 위해 줄을 길게 섰다.

몇몇 사람이 내게 와서 화장실이 어느 쪽이냐고 물었다. 두 시간 동안 내 책을 사러 오거나 사인을 요청한 사람은 아무도 없었다. 나는 개의치 않았다. 모든 행사가 잘되진 않는다는 것쯤은 아니까. 그러나 빈은 충격을 받았다. 여기까지 엄마를 따라와서 옆에 앉아 있는 일이 빈에게는 아주 큰 호의였던 것이다.

"엄마 책을 읽으려는 사람이 아무도 없단 말이야?" 빈이 내게 속삭였다. 그전까지 빈은 우리 집 바깥에서 나의 지위를 알지 못했다. 이제 빈의 눈에 나의 객관적인 지위가 입력되고 있었다. 현실 세계에서 나는 패배자였다. 그게 아니라고 빈을 설득하려고 애써봤자 허사일 것 같았다.

아이들 앞에서 유독 초라해지는 사람이 나 혼자는 아니다. 세 아이를 키우는 내 친구 플로렌스는 자기 아이들이 꼭 해파리 같다고 말한다. 저쪽으로 가라고 해파리를 쿡 찔러줄 수는 있지만 그쪽으로 억지로 밀거나 명령할 수는 없다는 뜻이다.

우리 아이들은 미국 아이들의 생활을 체험하는 그 캠프에 아직도 다녀오지 않았다. 그러나 미국이라는 나라는 다른 방식으로 아이들의 삶에 들어와 있다. 아이들은 비미국인 아빠를 통해 막스 형제Marx Brothers가 나오는 코미디 영화를 봤다. 사실 나도 그 영화는 못 봤는데. 요즘 아이들은 가상의 시거를 손에 들고 집 안을 돌아다니며 노래한다. "그게 뭐든 난 반댈세."

아이들은 나의 모든 관심사를 받아들이지는 않지만, 나는 아이들의 관심사를 다 받아들인다. 나는 프로 축구를 시청하는 일에 상당한 시간을 쏟았다. 아이들이 그걸 "풋볼football"이라고 불러도 나는 실망하지 않았다. 막내아들이 "사무엘 에투Samuel Eto'o가 나이 들어서 슬프다"라고 말했을 때 나는 그게 카메룬 팀의 30대 공격수 이야기라는 걸 알았다.

"모잠비크를 침략했던 그 팀 이름이 뭐라고 했지, 엄마?" 얼마 전에 막내아들이 내게 물었다.

"포르투갈." 내가 대답했다. "그리고 그건 팀 이름이 아니란다. 나라 이름이지."

나에게는 일종의 '연성 권력soft power'이 있다. 아이들은 나에게 인생 경험이 있고 그만큼의 지혜도 있을 거라고 생각한다. 그러나 이 연성 권력마저도 종종 시험을 당한다. 내가 국제 중학교 입학시험을 치르는 빈을 시험장에 데려다주던 날, 빈은 눈에 띄게 초조해 보였다.

"엄마, 나 시험에 떨어지면 어떡해?" 빈이 내게 물었다. 내 직관에 따르면 그건 내가 어른으로서 성숙한 역량을 보여줘야 하는 순간이었다. 나는 격려가 되면서도 긴장을 풀어주는 말을 해주고 싶었다. 그리고 빈은 꼬치꼬치 따지기를 잘하는 아이니까 솔직한 이야기를 해야만 했다.

"넌 준비를 잘하고 왔잖니. 그리고 입학시험에 떨어지더라도 큰일은 아냐." 내가 대답했다.

"그건 내가 듣고 싶었던 말이 아냐." 빈이 말했다.

"넌 합격할 거야. 그리고 학교생활도 아주 잘할 것 같은데?" 나는 다시 시도했다.

빈은 미심쩍은 표정이었다. '이것도 아니로군.'

"네가 입학시험에 합격하건 말건 엄마는 상관하지 않는다!" 이번에는 과감하게 말해봤다.

빈은 좋지도 싫지도 않은 표정으로 나를 쳐다봤다. 나의 말들이 농구 골대에 공을 계속 던져보는 것과 비슷하다는 걸 알아차렸겠지. 나는 무작정 슈팅을 계속하면서 공이 하나라도 들어가기를 바라고 있었다.

학교에 거의 다 왔을 때, 더 나은 대답이 떠올랐다.

"그냥 평소 모습대로 하렴!" 내가 대뜸 말했다. "이렇게 생각하는 거야. '나는 괜찮을 거야. 나는 나야. 나는 잘 해낼 거야.'"

"엄마는 그냥 부모 입장에서 딸한테 해줘야 할 것 같은 말을 하는 거잖아." 빈이 말했다. 틀린 말은 아니로군.

마침내 내가 빈에게 물었다. "그래. 네가 듣고 싶은 말은 뭔데?"

"결과가 어떻게 나오든 괜찮다고." 빈이 대답했다.

"그건 엄마가 처음에 했던 말이랑 거의 똑같잖니."

"나도 알아." 빈이 말했다.

내가 보기에 빈은 아직도 마음이 불안해서 프랑스인들이 말하는 이른바 '테크니크technique'를 찾으려 하는 것 같았다. 어떤 문제에 대한 현실적이고 검증된 해결책. 미국인들은 그걸 '생활의 지혜life hack'라고 부른다.

"네 호흡을 의식해봐." 내가 빈에게 제안했다.

"내가 호흡을 의식하면 이렇게 되는걸." 빈이 헉헉대는 시늉을 했다.

"네가 이 학교에 입학할 운명이라면 입학하게 될 거야." 내가 이렇게 말했더니 빈은 의아한 얼굴이었다. 내가 자기 계발서에 나오는 과장된 말들을 막 던지고 있다는 걸 눈치 챈 모양이다.

우리가 학교에서 한 블록 떨어진 곳에 왔을 때, 빈은 갑자기 기분이 좋아져서 깡충깡충 뛰기 시작했다. 그렇지. 아이들은 한순간에 기분이 바뀔 수도 있지. 나는 새로운 아이디어를 떠올렸다.

"그냥 시험을 즐겨. 재미있게 하고 오는 거야." 내가 말했다. 그 테크니크는 빈의 마음에 들었지만 새로울 건 없었다. 그리고 빈은 나에게서 '생의 기쁨'에 관한 조언을 들을 마음이 없었다.

학교에 도착하니 긴장한 아이들이 시끄럽게 떠들고 있었고 부모들은 건물 앞에서 서성거리고 있었다. 나는 빈에게 '네가 저 애들의 코를 납작하게 해줄 거야'라고 말해줄까도 생각했다. 하지만 그 말 대신 마지막으로 생각나는 말을 던졌다. "네 자신을 믿어." 빈은 내 얼굴을 쳐다봤다. 그리고 처음으로 아무 말도 하지 않았다. 그때 누군가가 빈의 이름을 불렀고, 빈은 뒤도 돌아보지 않고 건물 안으로 들어갔다.

두 시간 뒤 빈이 웃음 띤 얼굴로 나왔다. 그리고 시험을 아주 잘 본 것 같다고 말했다.

"엄마가 해준 말만 계속 생각했어." 빈이 말했다. 내가 해준 말 중에 어떤 거?

"나 자신을 믿으라면서." 당연한 걸 왜 묻느냐는 말투로 빈이 대답했다. 그 아이는 정말로 자기 자신을 믿었다.

부모로서 나는 그때그때 임기응변식으로 대처하고 행동한다. 그런데 알고 보면 다른 부모들도 마찬가지인 것 같다. 육아를 처음 시작할 때는 그게 확실한 과업처럼 보인다. 내 아이들을 어떻게 키워야겠다는 생각이 머릿속에 가득하다. 하지만 결국은 내가 모든 걸 통제할 수 없는 해파리 같은 아이들과 지내게 된다. 우리가 할 수 있는 일은 해파리가 사는 물을 따뜻하게 해주고 올바른 방향으로 쿡 찔러주는 것밖에 없다.

나도 내 충고를 따라 나 자신을 더 믿어보기로 했다. '부모' 역할을 한다고 생각하지 않고 그저 나답게 행동하려고 노력하자. 나의 진짜 이야기가 어떤 것이든 간에 그 정도면 충분하다. 다음번에 내가 어떤 프랑스 명사의 성별을 잘못 말했다고 아이들이 면박을 주면("엄마, 그게 아니야. '르 레프리제라퇴르le réfrigérateur'라고 해야지.") 나는 새로운 시각을 제시해야겠다.

"너희들, 엄마가 왜 프랑스에 왔는지 아니?" 나는 아이들에게 물었다. "다른 나라에 살아보면 재미있을 것 같았거든. 여행을 다니면서 모험을 하고 싶었어. 그래서 어떻게 됐을까? 지금 이 순간에도 엄마는 모험을 하고 있단다."

그러자 프랑스인답게 논리적인 설명을 잘하는 빈이 나에 대한 감정을 자세히 알려줬다.

"가끔 엄마 때문에 창피하긴 하지만, 내가 엄마를 부끄럽게 생각하는 건 아냐. 엄마가 내 엄마가 아니었으면 좋겠다고 생각한 적은 단 한 번도 없어."

나는 빈에게 나중에 커서 뭐가 되고 싶으냐고 물었다. 그러자 빈은 그걸 몰라서 묻느냐는 투로 대답했다. "변호사가 되겠지. 아니면 엄마처럼 작가가 될 수도 있고."

당신이 40대가 됐다는 징후들

갓난아기를 볼 때의 반응이 "나도 하나 더 낳고 싶다"에서
"나도 저런 때가 있었는데 이젠 까마득하네"로 바뀐다.
나중에는 "그래, 인생은 돌고 도는 거야"가 된다.

≈

불과 1~2년 만에 당신은 젊고 혈기왕성한 엄마에서 중년의 엄마로 변신했다.

≈

페이스북에서 고등학교 친구의 사진을 보고는
친구의 10대 딸 사진으로 착각한다.

≈

아이들 앞에서 욕을 한다.
그러나 아이들이 당신 앞에서 욕하는 일은 허용하지 않는다.

≈

아직 피임약을 사용한다. 이제 필요 없을지도 모르는데.

023 공포에 대처하기

그것은 아주 평범한 디너파티였다. 누군가가 벌떡 일어나 전화기를 들여다보면서 이렇게 말하기 전까지는. "스타드 드 프랑스Stade de France 경기장에서 폭발물이 터졌다고 하네요."

사이먼은 그 자리에 없었다. 그는 기사를 쓰기 위해 스타드 드 프랑스에서 프랑스 대 독일의 경기를 관람하고 있었기 때문이다. 모두가 자기 전화기 쪽으로 달려갔다. 나는 파리의 디너파티에서 한 번도 해보지 않았던 말, 지금도 입에 담기가 민망한 말을 했다. "TV를 켜주시면 안 될까요?"

어떤 사람들은 스마트폰에서 눈을 떼지 않은 채로, 총격 사건이 있었다고 보도되는 유명한 음식점들의 이름을 열거했다. 그 음식점들은 모두 디너파티와 우리 아파트 사이에 위치한 곳이었다. 사실 나는 한 시간쯤 전 디너파티에 오면서 그 음식점들 중 한 곳을 지나쳤다. 바타클랑Bataclan 음악당에 사람들이 인질로 붙잡혀 있다는 소식도 들렸다. 바로 몇 시간 전에 나는 큰아들을 데리고 안과에 가느라 바타클랑을 지나치다가 그 앞에 커다란 흰색 관광버스가 서 있는 모습을 봤다. 바타클랑은 우리 집에서 6분 거리였고, 우리 아이들은 베이비시터와 함께 집에 있었다.

프랑스 TV에 나오는 사람들도 사태의 추이를 정확히 알지는 못하는 듯했다. (아니면 우리가 틀었던 채널만 그런 걸까?) 하지만 우리가 사는 도시 전체가 공격당하고 있다는 느낌이 들었다. 디너파티에 참석한 손님들은 트위터 피드를 확인하면서 사망자 집계를 소리 내어 읽었다. 바타클랑 안에 10여 명이 인질로 잡혀 있다고 했다. 그렇다면 경기장 안에 있는 사람들은?

놀랍게도 사이먼과 전화 연결이 됐다. 그의 말에 따르면 폭발은 스타드 드 프랑스 경기장의 외부에서 일어났다. 그는 경기장의 기자 전용석에서 트위터로 상황을 중계하고 네덜란드 라디오와 인터뷰도 했다. 그는 겁먹은 파리 시민이면서 한편으로는 세계에서 가장 큰 뉴스의 중심에 우연히 놓이게 된 언론인이었다. 잠시 후면 모든 사람이 텔레비전에서 사이먼의 이야기를 듣게 된다고 했다. 폭발물이 터진 후에도(폭발은 여러 차례에 걸쳐 일어났다) 경기는 계속 진행됐고, 프랑스가 골을 넣자 관중들은 환호성을 지르며 "파도 타기"도 했다고 그는 말했다.

사이먼은 벌써 우리 베이비시터와도 통화를 했다고 한다. 베이비시터의 말에 따르면 아이들은 폭발이 시작되기 전에 곯아떨어졌고 지금도 잘 자고 있다고 했다. 바타클랑이 포위된 상태였고 도주 중인 범인들이 아직 있으므로 나는 디너파티 장소에 조금 더 머무르기로 했다. 사이먼은 상황을 더 지켜보자면서 이렇게 말했다. "우리 가족의 일차적인 목표는 오늘 밤에 모두 살아남는 거야. 아이들은 집에 있으니 거의 100퍼센트 안전해. 우리 모험은 하지 말자고."

경기장 바깥에서 무슨 일이 벌어지고 있는지, 파리와 그 근교에서 앞으로 무슨 일이 벌어질지 아무도 몰랐다. 디너파티의 주최자는 폭발물 테러의 범인들이 다른 음식점들을 돌아다니며 총격을 가할지도 모른다고 말했다. 지금 그 범인들은 어디에 있는 걸까?

안전요원 훈련을 받은 적이 있는 내 친구가 뉴욕에서 트위터를 보고 사이먼이 그 경기장 안에 있다는 사실을 알게 됐다. 그 친구는 만약 사이먼이 있는 곳에 총격전이 벌어지면 그가 어떻게 행동해야 할지를 내게 문자로 보내줬다. "최대한 바닥에 몸을 붙이고 있어야 해. 꼭 움직여야 할 경우에는 낮게 기어가라고 해." 이 수칙은 모든 상황에 적용되는 건 아니란다. 지금은 적용 가능할까? 나는 이 수칙들을 사이먼에게 이메일로 보냈다. 평소에 사이먼은 내가 조심성이 지나치게 많다고 생각하는데, 이번에도 그렇게 생각할까? (사이먼은 그 이메일을 받지 못했다고 나중에 말했다.)

디너파티에 참석한 어느 부부는 10대인 아이들에게 연락을 시도하고 있었다. 나는 베이비시터와 통화하고 남동생에게도 문자를 보냈다. 내가 트위터에서만 알고 지내는 어떤 남자의 친절한 메시지에도 답장을 썼다. 디너파티 손님들 중 두 명은 이혼한 배우자로부터 그들이 무사한지를 묻는 문자 메시지를 받았다.

"『샤를리 에브도Charlie Hebdo』 때보다 지금이 더 나쁜군요." 나는 방 안에 있는 사람들을 향해 말했다. 10개월쯤 전에 누군가가 우리 집 근처의 어느 신문사와 유대인 슈퍼마켓을 연달아 공격했다. 그 사건의 사망자는 17명에 이르렀다(2015년 1월 파리의 시사풍자지 『샤를리 에브도』가 이슬람 선지자 무함마드를 희화화하는 만평을 실은 후에 무장 괴한들이 『샤를리 에브도』 편집국에 난입해 총기를 난사한 사건을 말한다. 글쓴이가 디너파티 중 겪은 일은 2015년 11월에 약 130명을 사망에 이르게 한 '파리 연쇄테러' 사건이다-옮긴이). 아무도 내 말에 대꾸하지 않았다. 오늘 밤의 공격이 대규모라는 걸 모르는 사람은 없었다.

BBC 방송에서 총격전이 일어난 장소 두 곳의 지도를 보여줬다. 그 지도는 우리 동네의 지도나 다름없었다. 뉴스에 나오는 '파리'는 그냥 파리가 아니었다. 내가 살고 있는 파리 시내의 조그만 구역, 과거에는 노동자 계층의 거주지였는데 이제는 나 같은 "부르주아 보헤미안들"이 점령해버린 구역이 나오고 있었다.

프랑스 사람들은 거리에서 오도 가도 못하는 사람들을 돕기 위해 트위터에 'portesouvertes(집 개방)'라는 해시태그를 붙이고 있었다. 그것은 관대한 일이지만 위험해 보이기도 했다. 누가 이 시점에 자기 집 문을 열어놓겠는가? 경찰에서도 시민들에게 집 밖에 나가지 말라고 경고하는 마당에.

디너파티를 연 집에서는 손님들이 하룻밤 묵어갈 잠자리를 임시로 만들어 제공했다. 아까 아이들에게 연락하던 부부는 차를 몰고 집으로 돌아갈 수 있을지 따져보고 있었다. 그 부부의 아이들은 무사했지만 집에 아이들만 있어서 걸리는 모양이었다. 사이먼은 아직도 경기장 안에 있었다.

프랑스 대 독일의 경기를 관람하러 갔던 프랑스 대통령은 국경 폐쇄를 선언했다. 나는 '통행금지'를 프랑스어로 뭐라고 하는지 알게 됐다. '쿠브르 푀couvre-feu.' 바타클랑 안에서 10여 명이 살해당했다는 보도가 나왔다. 사상자 수는 정확히 파악되지 않았다.

사이먼은 경기장 안에 안전하게 있다가 이제 몇몇 친구들과 함께 파리 중심부로 다시 들어와서 귀가하는 중이라고 했다. 우리 아이들은 아직도 쿨쿨 자고 있었고, 베이비시터는 깨어 있었다. 한 가지 생각이 내 머릿속을 떠나지 않았다. '아이들이 깨면 뭐라고 말해줘야 할까?'

그런데 집에 가보니 내가 아이들에게 테러에 대해 이야기할 필요가 없었다. 베이비시터가 벌써 했기 때문이다. 그녀는 우리 집 소파에서 밤을 보내고, 아이들이 깨어날 때까지 거실에 앉아 있었다. 사이먼도 집에 와 있었다. 새벽 2시에 택시를 타고 도착했다고 한다. 내가 집에 들어서니 사이먼과 아이들이 아침식사를 하고 있었다. 나는 잠을 거의 못 잔 상태였다. (이제부터 항상 가지고 다니는 물건들의 목록에 눈가리개와 수면제도 추가해야겠다.) 우리는 아이들에게 만화영화를 무한대로 틀어주기로 했다. 파리 시내는 고요했지만 어쩐지 밖에 나갈 엄두가 나지 않았다.

얼마 후에는 내가 아는 사람들이 테러 현장에 나보다 훨씬 더 가까이 있었다는 사실을 알았다. 내 친구 카르멜라는 집에서 딸들과 저녁식사를 하던 중 밖에서 울리는 총성을 들었다. 『샤를리 에브도』 사건을 접한 적이 있던 여덟 살 아이가 물었다. "엄마, 테러가 난 건가요?"

"아니, 테러는 아닐 거야. 그럴 리가 없는데." 카르멜라가 이렇게 대답하고 창밖을 내다보는 순간, 길모퉁이에 위치한 '르 카리옹Le Carillon'이라는 식당의 바닥에 널브러진 시체들이 눈에 들어왔다.

사이먼은 그가 아는 유일한 방법으로 공포와 싸우고 있었다. 그가 아는 유일한 방법이란 그 사건에 관해 글을 쓰는 것이다. 나는 그 글을 읽으면서 그가 느꼈던 감정들을 추적했다. "비관적인 생각이 든다." 내가 온라인에서 발견한 어느 기사에서 사이먼은 이렇게 썼다. "공포와 위험이 일상으로 자리 잡을까봐 걱정스럽다. 우리 아이들에게 이걸 어떻게 말해줘야 할지 모르겠다."

프랑스 신문들은 '테러 이야기를 아이들에게 어떻게 해야 하는가'에 관한 기사를 싣기 시작했다. 그들의 충고는 솔직하게 이야기하라는 것이었다. 그것은 '프랑스의 스포크 박사Dr. Spock'라 불리는 정신분석학자 프랑수아즈 돌토Françoise Dolto의 이론에 근거한 충고였다. 돌토는 어려운 시기에도 부모가 아이들에게 단순한 언어로 진실을 알려주고 아이들이 그걸 소화할 수 있도록 도와줘야 한다고 주장했다. 돌토의 이론에 따르면 아이들은 항상 행복할 필요는 없으며, 주변에서 어떤 일이 벌어지는가도 알아야 한다. 어른들은 물론이고 아이들도 잘 살아가기 위해서는 세상사를 파악해야 한다.

지금 당장 소화하기가 힘든 현실도 있다. 아이들은 모두 우리 어른들과 똑같은 의문을 품고 있는 듯했다. 테러 공격이 또 있을까요?

프랑스의 어느 신문사에서는 어린이용 특별판을 발행해서 그 질문에 대한 나름의 답변을 제시했다. "우리에게 일어난 일은 정말 슬프고 힘들었지. 테러는 극히 드문 사건이야. 하지만 지금으로서는 두 번 다시 그런 일이 없으리라고 장담하기는 어렵단다."

"아이들은 화성에서 사는 게 아닙니다." 다른 어린이 신문의 편집장이 내게 했던 말이다. "아이들도 우리와 똑같은 세상에 살잖아요."

빈은 이것이 전대미문의 공포가 아니며 원래 아이들도 이런 일을 흔히 겪는다고 생각하고 싶은 모양이었다. 빈은 불과 1년 사이에 우리 동네에 테러 공격이 두 건이나 있었던 것이 "정상"이냐고 물었다. "엄마 어렸을 적에는 집 근처에 테러가 몇 번이나 있었어?"

빈에게 진실을 말해줘야 한다는 건 나도 알고 있었지만, 막상 대답을 하려니 망설여졌다. 엄마 어렸을 적엔 테러 공격 따위는 없었단다. 이건 요즘 들어 생긴 일이고 우리 모두 처음이야.

024 나의 뿌리 바로 알기

테러리스트들이 우리 동네를 공격한 후로 나는 나 자신의 혈통에 지대한 관심을 가지게 됐다. 예전부터 나의 뿌리가 궁금하긴 했지만, 그 뿌리를 알아보는 데 시간을 많이 투자한 적은 없었다. 일을 하고 아이들을 키우느라 바빴으니까.

그런데 갑자기 뿌리에 집착이 생겼다. 얼마 후에 나는 나의 가계도를 그리는 작업에 평일에는 하루 몇 시간씩, 그리고 주말에는 거의 대부분의 시간을 쓰고 있었다.

왜 그런 집착이 생겼는지는 나도 모를 일이었다. 어쩌면 군인들이 파리를 순찰하고 있었고 내 아이들을 학교에 보내기가 두려워서 그랬는지도 모른다. '마담'이라고 불리는 건 대수도 아니었다. 이제는 내가 자주 가는 카페가 갑자기 습격당할 것이 걱정이었다. 우리 어머니는 미국으로 돌아오라고 재촉하는 문자 메시지를 보냈다. 그런 판국이었으므로 과거는 비교적 안전한 탐구 대상이었다.

테러를 겪고 나니 우리 집안의 역사를 알아보려면 서둘러 움직여야 한다는 생각이 들었다. 나의 외조부모님들은 다 세상을 떠나셨고, 우리 어머니 세대는 쇠약해지고 있었다. 내가 알기로는 친척들 중 누구도 우리의 조상들 또는 불길한 소식이 숨어 있을지도 모르는 우리의 가계도에 커다란 흥미가 없었다. 내가 우리 집안의 역사를 발굴하지 않으면 그 역사는 영영 묻혀버릴 판이었다.

나는 어느 정도 어른다워졌다고 생각했다. 이제 나르시시스트들이 내 삶을 망치기 전에 내가 그들을 알아봤다. 하지만 나 자신의 과거에 대한 구체적인 정보가 많지 않았으므로 나는 여전히 광활한 우주를 떠도는 우주인 같은 기분이었다. 가계도 웹사이트에서 몇 시간씩 머무른 이유는 내가 밟고 선 땅을 단단하게 다지고 싶어서였다. 그리고 내가 배운 바에 따르면 뿌리를 이해하는 일도 지혜의 일부분이다. 뿌리를 이해하면 나 자신을 넓은 맥락 속에 위치시키고 내가 어떤 재료로 만들어졌는지를 파악할 수 있다.

나는 항상 나의 재료가 조금 이상하다고 생각했다. 외모로만 보면 나는 우리 친척들과 닮았다. 하지만 친척들은 대부분 동네 사람과 결혼하고 가게를 열거나 소규모 사업을 하면서 자신들이 어린 시절을 보낸 도시에서 계속 살았다. 어떤 친척들은 어린 시절에 살던 동네를 벗어나지도 않았다. 그런데 나는 외국어를 공부했으며 외국인과 결혼해서 프랑스로 이민을 왔다.

나의 방랑벽은 유전적 우연일까, 아니면 우리 조상들 안에 그걸 설명해주는 뭔가가 있을까? 우리 조상들의 숨겨진 이야기들은 현재에, 그리고 나에게 어떤 흔적을 남겼을까?

나에게는 몇 가지 단서가 있었다. 그중 하나는 내가 몇 년 전에 외조부모님과 인터뷰를 하면서 남긴 몇 쪽짜리 기록이었다. 그리고 외할머니가 돌아가시기 전에 나는 혹시 러시아에 남겨둔 친척이 있는지 알려달라고 졸랐다. 그랬더니 외할머니는 창고에서 뒷면에 러시아어 글자가 있는 세피아톤 사진 세 장을 꺼내 오셨다. 외할머니 말에 따르면 러시아에 남았던 친척들 중 몇몇이 그 사진 속에 있다고 했다. 나는 그 사진들을 문서철에 넣어 간직했다가 이곳 프랑스까지 가져왔다.

나는 내 외증조부모의 고향이 러시아의 민스크 구베르니아Minsk Gubernia(외할머니는 그곳을 '민스키 기베르니야'로 알고 계셨다)라는 사실을 금방 알아냈다. 민스크 구베르니아는 소도시가 아니라 민스크라는 도시를 포괄하는 넓은 행정 구역이었다. 민스크 구베르니아는 수백 개의 소도시와 마을로 둘러싸여 있었다.

우리 가족이 옷에 집착하는 이유도 알아냈다. 우리에게는 의류업의 피가 흐르고 있었다. 내가 인터넷에서 찾아낸 '민스크 구베르니아 거주

유대인의 직업'이라는 표에 따르면 다른 어떤 직업보다도 "의류 제조업"에 종사하는 사람의 수가 많았다. 거기까지 알아내고 나니 우리 외증조부모들 중 세 분이 재단사였다는 데 생각이 미쳤다.

어머니는 나에게 어머니의 외사촌인 배리 아저씨에게 연락을 해보라고 권했다. 배리 아저씨 또한 70대의 퇴직자로서 최근까지 남성용 양복을 만드는 재단사로 일했고 지금은 플로리다 해안 지대의 어느 콘도미니엄에 살고 계셨다. 아저씨와 어머니는 아주 가까운 사이는 아니지만, 어머니는 아저씨가 우리 집안에 대해 많은 걸 아신다고 했다.

배리 아저씨에게 전화를 걸었더니 아저씨는 친절하면서도 신중한 반응을 보였다. 아저씨가 직접 만든 가계도가 있긴 하지만 일단 내가 가진 정보를 모두 이메일로 보내달라고 요구하셨다. 나는 우리가 똑같은 특종 기사를 따내려고 경쟁하는 기자들 같다는 느낌을 받았다. 아저씨는 나에게 가계도를 보내주지 않았다. 그리고 나에게 단서를 주지 않으려고 그랬는지, 아저씨는 당신의 아버지가 다정한 남자였고 그 또한 재단사였다는 이야기를 한참 동안 했다. 아저씨의 아버지는 어차피 나와 피가 섞인 친척이 아니다.

마침내 배리 아저씨가 그렸다는 가계도의 복사본을 얻어내고 보니(우리 어머니가 서랍에서 한 장을 찾아냈다), 아저씨가 그걸 그렇게 숨길 이유가 있었나 싶었다. 그 가계도는 손으로 작성한 한 쪽짜리 도표였는데, 거기에 기록된 내용은 배리 아저씨네 아이들과 손주들의 생일과 기념일이 대부분이었다. 그 가계도에 나는 없었고, 희한하게도 배리 아저씨 누이

네 가족도 없었다. 그건 가계도라기보다는 배리 아저씨가 좋아하는 가족들만 모아놓은 표에 가까웠다.

다른 친척들에게도 전화를 걸어보니 부정적인 이야기들이 조금씩 나오기 시작했다. 나와 한두 번밖에 만난 적이 없는 친척인 돈 아저씨는 정신건강 서비스 담당자로 일하다가 은퇴한 분이었는데, 친척 중 누군가가 당신에게 연락을 했다는 것 자체가 놀랍다고 말씀하셨다.

"내 사촌들은 서로 가깝게 지내려고 하지도 않아." 아저씨가 서글픈 목소리로 말했다. "친척들끼리 멀어진 거지."

돈 아저씨는 우리가 이상하게도 조상들의 역사에 무관심한 일족이라는 사실을 최초로 확인해준 사람이다.

"우리는 과거를 거의 삭제해버린 가족이야. 역사를 부정하는 것과도 비슷하지. 우리는 가족사를 알지도 못했고, 그 이야기를 하고 싶어 하지도 않았단다."

다른 친척들과도 이야기를 나눠보고 나는 새삼 놀랐다. 어떤 사람들의 인생 전체가 한두 문장으로 기억되고 있었기 때문이다. 우리 외할아버지의 남자 형제 한 분은 "유대교 성인식 날에 모든 여자들과 춤을 췄고" 그분의 아내는 "새우 칵테일을 유리병에 담아서 대접했다."

이 사람들은 그래도 운이 좋다. 우리가 아직도 그분들 이야기를 하긴 하니까. "과거에 살다 간 사람들은 대부분 잊히는 거야." 나의 탐구를 지켜보면서 곤혹스러워하던 남편이 말했다. 나의 조상들 모두에게 사망진단서가 있다는 사실은 무거운 교훈으로 다가왔다. 모든 사람은 언젠가 죽는다. 예외는 없다.

우리 집안의 역사는 많은 부분이 소실됐지만 그 흔적은 남아 있었다. 내 사촌 도나가 들려준 이야기에 따르면, 우리 조상들이 민스크 구베르니아에 살던 시절에 나의 외증조할머니 로즈의 자매들 가운데 한 분이 러시아 코사크 기병대에게 납치되어 영영 소식조차 모르게 됐다. 도나는 내가 이 이야기를 당연히 알고 있을 거라고 생각했지만, 누가 나에게 그 이야기를 해줬겠는가?

도나가 말했다. "그건 차르가 통치하던 시절의 일이었어. 말을 타고 다니는 병사가 있었으니까. 우리 엄마가 내게 해준 이야기야. 그리고 우리 할머니 말로는 납치당한 그분이 빼어나게 아름다웠대." 나의 다른 사촌 제인도 똑같은 이야기를 들은 적이 있다고 말했다.

사우스캐롤라이나주 출신이고 선량한 분이었던 나의 외할머니는 자기 고모 중 한 분이 납치당했다는 사실을 알고 있었을까? 어머니에게 물어보니 외할머니는 그런 이야기를 한 적이 없었다고 한다. 하지만 언젠가 외할머니가 나에게 형제자매들의 이름을 다 일러준 적이 있었으므로, 나는 외할머니의 고모들 중에 누가 납치를 당했는지 짐작이 갔다. 에스더. 우리 외할머니도 그분의 이름을 물려받았다.

나는 배리 아저씨의 방어 태세를 허물어뜨리기 위해, 외할머니가 옛날에 그린 5세대 전까지의 가계도와 세피아톤 사진들의 복사본을 아저씨에게 보냈다. 마침내 내가 경쟁자가 아니라는 점을 납득해서인지, 아저씨는 곧 나에게 정기적으로 전화를 걸어 새로 발견한 사실들에 대해 이야기를 나누게 됐다.

어느 날 배리 아저씨는 로즈 할머니가 러시아에서 나올 때 품에 지니고 온 촛대를 당신이 보관하고 있다는 사실을 밝혔다. 그 은촛대는 플로리다의 아저씨네 집 식탁 위에 잘 손질된 상태로 놓여 있다고 했다.

나는 어머니에게 전화해서 내가 알아낸 것들을 보고했지만, 어머니는 집안의 역사에 별다른 관심이 없었다.

"그 은촛대를 달라고 해!" 어머니가 말씀하셨다. (어머니는 배리 아저씨의 자녀들이 그걸 원치 않으리라고 확신했다.)

나는 뒷면에 러시아어로 뭐라고 적힌 세피아톤 사진들 속의 친척들 생각에서 벗어나지 못했다. 외할머니는 러시아에 남은 친척들과 그저 "연락이 끊겼다"라고만 말씀하셨다. 그들은 누구였고, 그들에게 무슨 일이 생겼을까? 지구상에서 그걸 궁금해하는 사람은 나 하나밖에 없겠지. 갑자기 그분들의 생존이 내 손에 달려 있다는 생각마저 들었다.

"드디어 당신도 역사에 관심이 생겼군." 역사학 전공자인 사이먼이 말했다.

"맞아. 그런데 그냥 역사가 아니라 나의 역사에만 관심이 있는 거야." 내가 대답했다.

나는 온라인으로 가계도를 그린 다음 친척들에게 각자가 알고 있는 사항을 추가해달라고 부탁했다. 그 가계도와 19세기 말 러시아의 인구 통계를 교차 분석한 결과, 나는 우리 조상들이 살던 동네가 더 큰 다른 민스크에 있었다고 거의 확신하기에 이르렀다. 그 동네의 이름은 민스크 크라스놀루키Minsk Krasnoluki였다. 우리 집안의 누군가가 이 단어를 입 밖에 낸 것은 적어도 50년 만에 처음일 것이다.

나는 신이 나서 내가 발견한 흥미진진한 사실을 외사촌들 전원에게 이메일로 보냈다. 아무도 답장을 보내지 않았다.

내가 오프라인 만남을 제안했을 때도 반응은 비슷했다. 외사촌들 중 누구도 나와 시간을 보내고 싶다는 의사를 표현하지 않았다. 그러고 보면 다양한 친척들과 장시간 통화를 했는데도 그들 대부분은 나에 대해 간단한 질문조차 하지 않았다. 우리 아이들이 몇 살인지, 내 직업이 무엇인지, 왜 프랑스에서 국제 전화를 했는지 아무도 묻지 않았다. 내 책에 대해 들어본 사람도 있을 법한데 아무도 그걸 언급하지 않았다.

나는 친척들이 쑥스러워서 그런 거라고 생각했다. 그래서 어느 외사촌과의 통화를 끝내기 전에 혹시 궁금한 게 있으면 말하라고 했다. 나에 대해, 아니면 내 생활에 대해 알고 싶은 게 있니?

"아니, 없는데." 외사촌의 대답이었다.

한 달이 넘게 집중적인 조사 작업을 하고 나니 나는 '계보학자의 역설'에 빠져 있었다. 내 조상들에게 몰두한 나머지 내 곁에 있는 직계 가족을 돌보지 않은 것이다. 내가 사무실에 틀어박혀 친척들과 인터뷰를 하고 가계도 웹사이트를 검색하는 동안 아이들의 숙제와 가족의 저녁식사는 사이먼이 다 챙기고 있었다.

사이먼도 일을 도맡아 하면서 슬슬 짜증이 났다. 그는 나의 아마추어 탐정놀이를 탐탁지 않게 여겼다. 어느 집안이나 가족사를 과장하기도 하고 불쾌한 부분을 빼기도 한다고 그는 말했다.

"어느 집에서나 83세 노인이 잘못 기억하고 있는 사실들과 거짓말들을 들려주고 또 들려주는 거라니까." 어느 날 밤, 잠자리에 들기 전에 사이먼이 말했다. "그리고 나중에는 그 이야기조차 미화되지." (사이먼은 자기 조상들은 리투아니아 지식인 집안이라서 그렇지 않았다고 장담했다.)

만약 내가 발견한 것이 우리 집안의 미화된 역사라면, 나로서는 진짜 역사를 별로 알고 싶지 않다. 옛날로 거슬러 올라갈수록 우리 조상들은 보잘것없어지고 사회적 지위도 낮아졌다. 적어도 나는 우리 조상들이 러시아에서 재단사 노릇을 했다고 생각했다. 하지만 돈 아저씨는 나의 외고조할아버지가 "땜장이"였다고 말했다.

"날마다 시골로 나가서 사람들의 깨진 도자기와 냄비 따위를 고쳐주고는 도시로 돌아오셨단다." 돈 아저씨의 설명이었다. (아저씨는 어린 시절에 그 땜장이의 딸과 함께 살았기 때문에 그걸 안다고 하셨다.)

나의 살아 있는 친척들 중에서도 노벨상 수상자는 발견되지 않았다. 내 사촌들의 다수는 땜장이의 후예로서 미국 동부 일대의 업무용 컴퓨터를 수리하며 생계를 꾸린다.

다행히 사이먼의 가족도 특별히 화려할 것은 없었다. 사이먼의 사촌들 중 하나가 나에게 알려준 바에 따르면 사이먼의 아버지 쪽 집안 남자들은 대부분 학자가 아닌 목재 상인이었다.

나는 내가 발견한 친척들 중 한 분에게 동질감을 느꼈다. 나의 외가 쪽 증조할아버지인 벤저민은 1906년, 19세의 나이로 뉴욕에 건너왔다. (그의 아내이자 사촌이던 로즈도 얼마 후 그를 따라 뉴욕에 왔다.) 친척 어른들의 말에 따르면 벤저민은 자신이 타국에 정착한 것을 커다란 모험으로 바라봤던 세계 시민이었다. "벤저민은 호기심이 왕성한 남자였고 미국인으로 살고 싶어 했어. 그러기 위해서 뭐든 열심히 배웠지." 돈 아저씨의 회상이다. 벤저민 할아버지는 「뉴욕타임스」를 꼬박꼬박 읽었으며 수첩을 가지고 다니면서 자신의 관찰, 격언, 유머 등을 기록했다고 한다.

수첩 이야기를 듣고 나는 깜짝 놀랐다. 나도 항상 노트를 가지고 다니면서 프랑스에 대해 내가 관찰한 바를 기록하는데. 벤저민 할아버지는 내 DNA의 8분의 1만 제공하신 분이지만, 그 이야기를 들으니 내 발밑에도 땅이 있는 것만 같았다. 그의 수첩과 나의 노트가 하나로 이어지는 느낌.

그리고 벤저민은 이민자의 삶을 즐겼다. 그는 여러 가지 언어를 구사했다. 우리 외할머니 말씀에 따르면 벤저민은 유대어 외에 러시아어에도 능통했다. 미국에 건너온 후에 벤저민은 아내 로즈와 함께 뉴욕의 친척들 가까이에 계속 머무를 수도 있었다. 하지만 벤저민은 나처럼 생전 처음 가보는 어떤 장소에 정착하기를 원했다. 그래서 결국 사우스캐롤라이나주에 뿌리를 내렸다.

하지만 벤저민의 이민 자체는 나와 달리 어쩔 수 없는 상황 때문에 이루어진 것이다. 그리고 미국에서 생활 형편이 점점 좋아지긴 했지만, 그는 러시아에 남겨두고 온 사람들을 걱정했다. 돈 아저씨의 회상에 따르면 벤저민은 1920년대 내내 러시아의 가족들과 연락을 주고받았다. 나는 벤저민이 할 수만 있었다면 그들 모두를 기꺼이 미국으로 데려왔을 거라고 생각한다. 세피아톤 사진들 속 인물들은 벤저민과 로즈의 형제들인 것 같다. 사진 뒷면의 러시아어 메모는 벤저민의 누이 레이철이 쓴 것이다. "이걸 보고 (우릴) 기억해줘." 그녀는 벤저민과 다시는 못 만나리라는 사실을 미리 알고 있었던 것만 같다.

1930년대에도 벤저민은 가족들과 드문드문 연락을 했다. 하지만 우리 외할머니 말씀에 따르면 전쟁 전에 러시아의 친척들에게 이런저런 물품을 소포로 보낼 때마다 벤저민 할아버지는 이렇게 말했다. "우리는 이걸 보내고, 이게 잘 도착하기를 바라지. 그러나 실제로 어떻게 될지는 몰라."

세피아톤 사진들 중 마지막 것은 민스크에서 찍은 것으로 1938년 1월 27일이라는 날짜가 찍혀 있다. 그 사진 속에서는 세 명의 매력적인 중년 여성이 수심 어린 표정으로 카메라를 응시하고 있다. 배경은 사진관의 스튜디오인 듯하다. 사진 뒷면의 러시아어로 쓰인 글에 따르면 그들은 벤저민의 자매와 로즈의 자매였다. 그 여자들에게는 남편과 아이도 있었을 것이다.

그 무렵 벤저민과 로즈는 미국에서 나름대로 보금자리를 만들어놓고 아이 넷을 키우고 있었다. 1936년에 벤저민은 리치먼드 대학교 학생이었던 딸(우리 외할머니)에게 보낸 편지에 이렇게 썼다. "우리가 너에게 바라는 건 네 또래의 가장 지적인 사람들과 어울리고, 대학 생활을 즐기고,

더 넓은 시야를 가지고 인생을 바라보는 거란다." '추신'에서 벤저민은 다음과 같이 썼다. "너의 잠옷이 월요일에 도착할 거야." 우리 가족들에게 옷은 항상 사랑의 표지였던 모양이다.

그리고 얼마 후 외할머니인 에스더는 우리 외할아버지인 앨버트를 만났다. 앨버트 할아버지가 나중에 나에게 해준 이야기에 따르면 그의 부모 역시 러시아 출신 이민자들로서 표현력이 풍부하지 않았다. 1938년에 외할머니에게 보낸 편지에서 그는 외할머니의 부모인 벤저민과 로즈에 대해 너무나 긍정적이고 유쾌한 분들이라고 감탄했다. 아마도 그래서 외할머니에게 더 매력을 느꼈으리라. "당신은 그렇게 멋진 부모에게서 태어난 걸 자랑스럽게 여겨야 하오. 부모님이 너무나 다정하고, 자연스럽고, 재미있게 사시더군요. 두 분의 행동을 보니 그 어느 때보다 지금 서로를 사랑하시는 것 같았소."

1939년 3월 사우스캐롤라이나에서 두 분이 결혼했을 때, 『컬럼비아 레코드Columbia Record』에서는 에스더 할머니를 '이달의 신부'로 선정했다. 그녀의 친구들은 혼전 축하파티를 여러 번 열었고, 결혼 피로연에서는 현악 6중주단의 연주가 있었다. 내가 가지고 있는 결혼식 단체 사진에서 외할머니는 몸에 꼭 맞는 드레스("하얀 수입산 마퀴제트 원단에 레이스 장식이 달린")를 입고 기뻐서 활짝 웃는 모습이다. 그녀와 우리 외할아버지(할리우드 남자 배우만큼이나 키가 크고 잘생겼다)는 곧 유람선을 타고 신혼여행지인 쿠바로 떠났고, 돌아와서는 마이애미비치에 위치한 아르데코 양식의 아파트에 살림을 차렸다.

증조할아버지 벤저민도 결혼사진 속에서 미소를 짓고 있다. 하지만 그의 눈동자 속에는 시름이 담겨 있다. 아마도 러시아에 있는 가족들로부터 한동안 연락을 받지 못해서가 아니었을까. 결혼식이 열리기 몇 주 전에 독일이 체코슬로바키아를 침공했다. 6개월 후에 독일은 폴란드 영토에 진출했다. 민스크는 폴란드 국경선 바로 동쪽이었다.

외할머니의 결혼식이 열린 지 1년쯤 지났을 때, 벤저민은 집 안에서 갑작스럽게 사망했다. 사망 진단서에는 벤저민의 사망 원인이 "관상동맥 혈전증"이라고 기록되어 있다. 그러나 나는 우리 가족들은 그렇게 이야기하지 않는다는 사실을 알고 있다. 외할머니도 당신 아버지가 단순히 병 때문에 사망했다고 여기시지는 않았다.

"우리 어머니는 나치가 그분의 심장을 망가뜨렸다고 늘 말씀하셨어. 그분은 그 잔인한 참상을 도저히 참아낼 수가 없었던 거지." 돈 아저씨가 말했다. "우리 어머니와 너희 외할머니는 여러 가지 문제에 대해 의견이 달랐지만, 그 점에 대해서만은 동의하셨단다."

어쩌면 벤저민이 그다음에 벌어진 일을 보지 못하고 세상을 떠난 것이 다행일지도 모른다. 1941년 6월, 독일군이 민스크를 점령했다. 7월이 되자 약 10만 명의 유대인이 도시 외곽의 게토에 강제 수용됐다. 1941년 8월과 1942년 7월 사이에 독일군은 게토에 수용된 사람들을 대부분 처형했다.

나는 미국 이민자들의 입국 심사 기록이 있는 엘리스 섬Ellis Island의

웹사이트에 다시 접속해 외증조할머니 로즈의 이름을 다른 철자로 입력해봤다. 그러자 그것과 일치하는 이름이 나왔다. 나중에 로즈는 그녀의 딸(우리 외할머니)에게 자신이 "민스크 지역"에서 왔다고 말했다. 그러나 그녀가 은촛대를 벨로루시산 숄로 감싸 들고 뉴욕항에 도착했을 때는 선원에게 자신의 출신 지역을 더 구체적으로 말한 듯하다. 크라스놀루키. 그 선박의 탑승객 명부에 그렇게 나와 있다.

크라스놀루키의 유대인들은 민스크 게토로 이송되지 않았다. 이스라엘의 유대인 희생자 추모 기념관인 야드바셈Yad Vashem의 기록에 따르면, 1942년 3월 6일 독일과 벨로루시 병사들은 275명쯤 되는 유대인을 한 건물에 밀어 넣었다가 그들을 어느 벽돌 공장의 채석장까지 강제로 걸어가게 했다. 그 275명 중에는 부모, 아이들, 노인들도 있었을 것이다. 채석장까지 걸어갈 수 없었던 사람은 이동 중에 살해당했다. 나머지 유대인들이 채석장에 도착한 후에 독일군들은 벨로루시군의 지원을 받아 그들을 모두 총으로 쏘아 죽였다. 그곳 주민들이 시체를 매장했다.

다른 말로 표현하면 그것은 파리의 우리 집 근처 음악당에서 벌어진 것과 비슷한 집단 학살극이었다. 물론 규모는 훨씬 컸지만.

나는 친척들에게 다시 한 번 메일을 보내 이 모든 것을 알리면서도 누군가가 답장을 주리라고 기대하지는 않았다. 우리 조상들에 관한 정보를 수집하던 몇 달 동안, 나는 내가 발견한 사실들의 일부는 딱 한 사람에게만 유의미하다는 사실을 깨달았다. 그 한 사람은 바로 나였다. 그리고 어른이 된다는 것은 나 혼자서 사실들을 받아들이고 그 사실들을 의미 있게 만드는 것이었다. 나 혼자 청중 노릇을 해도 충분하다.

우리 가족의 역사에 대해 많은 것을 알게 되면서 나는 내가 어린 시절을 보낸 '좋은 소식만을 이야기하는 집'을 이해할 수 있었다. 무엇하러 크라스놀루키 이야기를 하겠는가? 그곳에서 10대 소녀들이 말 탄 남자들에게 납치당한 이야기, 가족들이 마을 가장자리까지 걸어가서 총살당한 이야기를 왜 하겠는가? 그 이야기를 해봐야 무엇을 바꿀 수 있겠는가? 그냥 웨딩드레스와 유람선 생각이나 하면서 당분간 우리만의 안식처를 즐기면 안 될까? 그냥 "더 큰 민스크"에서 왔다는 정도로 이야기하면 되지 않겠는가? 나만 빼고 다들 자세한 사연을 모르고도 그럭저럭 잘 살아가고 있지 않은가.

우리 외할머니는 내가 아는 사람들 중에서도 가장 유쾌한 사람이었다. 그리고 이제 와서 생각해 보니 언제나 감사할 줄 아는 분이었다. 당신이 운 좋은 사람이라는 이야기를 자주 하셨다. 내가 보기에 외할머니가 연락이 끊긴 친척들 생각을 남몰래 계속하면서 사셨던 것 같지는 않다. 하지만 가족들의 사진은 벽장 속 선반 위에 올려놓으셨다. 그리고 사람은 누구나 지금 사는 곳과 비슷하면서도 매우 불행한 세상으로 굴러떨어질 수 있다는 사실을 평생 동안 알고 계셨다. 그 세계가 할머니의 고모와 그 가족들을 삼켜버렸다. 외할머니의 긍정적인 성격은 천진난만함에서 비롯된 것이 아니었다. 그것은 불운한 운명에 맞서려는 의지의 표현이었다.

우리 어머니는 민스크의 학살이 절정에 달할 무렵이던 1941년 10월에 태어났다. 나중에는 그 배경 이야기(우리 친척들이 학살을 당했다는 사실)는 사라졌다. 우리 어머니가 물려받은 것은, 뭐든지 긍정적으로 바라봐야 한다는 절박한 의무감과 그렇게 살지 않으면 위험해진다는 막연한 느낌이었다. 어머니는 그 사건에 대해 절대로 언급하지 말라, 아니 그 비슷한 이야기도 하지 말라고 배웠다. 뭐든 깊숙이 들어가지 않고 나쁜 소식은 회피하는 것이 좋다. 표면 아래에는 어떤 끔찍한 일이 도사리고 있으니까.

그런 다음에 내가 태어났다. 그리고 나는 왜 우리 가족들이 세상의 일들에 대해 이야기를 나누지 않는지 이해할 수가 없었다. 외할머니는 항상 나에게 '언젠가 네가 책을 쓸 것 같구나'라고 말씀하셨다. 어쩌면 그 책에 우리 가족의 이야기가 담기기를 바라셨는지도 모른다.

우리 집안의 역사를 알고 나니 그 역사의 물리적인 흔적을 간직하고 싶은 마음이 들었다. 배리 아저씨가 당신의 아버지에 관한 다른 이야기를 들려주기 위해 나에게 전화하셨을 때, 나는 용기를 불러 모아 그 은촛대 이야기를 꺼냈다. 우리 외증조할머니가 100여 년 전에 크라스놀루키에서 직접 가져오신 물건을 간직할 수 있다면 나에게는 아주 뜻깊은 일일 거라고 말했다.

전화기 너머에서 배리 아저씨가 갑자기 조용해졌다. 그 침묵 속에서 나는 그 촛대를 얻지 못할 것을 직감했다. "넌 씨를 뿌렸어." 아저씨의 대답이었다. "고민해보고 알려주마."

당신이 40대가 됐다는 징후들

근무 시간에, 은퇴한 노부모가 화상 통화로 전화를 걸어서
긴 대화를 나누고 싶어 한다.

≈

이제는 자신의 단점을 부모님 탓으로 돌리지 않는다.

≈

어떤 친척들과는 대화도 하지 않는다.
그들에게 화나는 일이 있어서가 아니라 그냥 그들을 좋아하지 않기 때문이다.

≈

당신이 세상을 떠나기 전에 먼저 세상을 떠날 세대가 하나밖에 남지 않았다.

≈

그 세대는 당신의 부모님이다.

≈

당신이 어른이 됐다고 느끼는지 아닌지에 대해 아무도 상관하지 않는다.
삶이라는 에스컬레이터에 이렇게 오랫동안 머무른 것만으로도
당신은 어른 자격이 있다.

025 40대의 부부 관계

우리 조상과 친척들에 관해 발견한 것을 모조리 사이먼에게 이야기하면서 나는 흥분을 감추지 못했다. 드디어 내 개인사의 비밀을 알아냈어!

그러나 사이먼은 별다른 관심을 보이지 않았다. 요즘에 잠을 충분히 자지 못하는 그는 저녁 시간에는 조용히 지내고 싶어 한다. 잠자리에 들기 전에 내가 뭔가를 이야기하려고 하면 그는 내 말을 자른다. "밤 10시 넘어서 새로운 화제는 금지."

그래도 지금은 예전보다 나아진 것이다. 오래전에 결혼 피로연장에서 부부싸움을 하고 나서 내가 시무룩한 얼굴로 구석에 있었던 적이 있다.

그때 어느 영국 노신사가 나를 발견하고는 사이먼과 내가 GES(Ghastly Emotional Scene. 감정이 극대화한 상태-옮긴이)를 겪고 있다고 알려줬다. 우리에겐 더 이상 GES가 없다. 40대가 되면 어마어마한 충돌이 피곤하고 무의미하게 느껴진다. 40대 부부들은 말다툼의 패턴을 잘 알고 있으므로 부부싸움을 끝내기까지의 시간도 10분의 1로 단축된다.

하지만 40대에는 다른 문제가 생긴다. 우리의 배우자가 원래 가지고 있던 단점들이 하나도 고쳐지지 않은 것이다. 말다툼이 짧아지긴 했지만, 아직도 똑같은 잔소리를 해야 한다는 사실이 놀랍기도 하고 짜증나기도 한다. 그래서 나는 어느 날 점심식사를 함께하던 프랑스인 친구 클레르가 자기 남편에게는 단점이 없다고 말했을 때 깜짝 놀랐다.

그건 좀 이상했다. 나는 클레르의 남편을 조금 아는데, 그의 단점을 대여섯 개는 금방 떠올릴 수 있었다. 그렇다고 클레르가 순종적인 여자라고 말할 수도 없다. 그녀는 내가 아는 사람들 중에서도 고집이 센 편이다.

그런데 우리와 점심식사를 같이하던 다른 친구가 자기의 프랑스인 남자친구도 비슷한 이야기를 한 적이 있다고 말했다. "그 남자친구는 이렇게 말하곤 했어. '나는 당신의 단점 때문에 당신을 사랑하는 거야.'"

나는 흥미를 느꼈지만 뭐라고 말하기가 조심스러웠다. 프랑스에서 이혼은 흔한 일이다. 그 남자친구가 내 친구의 단점을 사랑했을 수도 있지만 어찌됐든 그 둘의 연애는 끝이 났다. 그래도 여기서 내가 배울 점이 있을지도 모른다. 프랑스인들의 연애관에서 나와 사이먼에게 도움이 될 뭔가를 찾을 수 있을까?

나는 현대 미국 사회의 '자기표현적 결혼'이라는 관념의 영향 아래 성장했다. 자기표현적 결혼이란 비교적 최근에 만들어진 개념이다. 1850년대까지만 해도 대다수 미국인들은 기본적인 생활의 필요를 충족하기 위해 결혼을 했다. 그들은 배우자와 힘을 합쳐 농사를 짓고 침입자들을 쫓아냈다는 것이 심리학자 일라이 핀켈Eli Finkel이 이끄는 연구진의 주장이다.

산업화는 이러한 상황을 바꿔놓았다. 사람들이 직접 바느질을 해서 옷을 만들고 자기가 먹을 버터를 제조하지 않아도 되는 시대가 오자 사람들은 사랑, 열정, 소속감과 같은 "감성적인" 이유 때문에 결혼할 수도 있게 됐다.

핀켈의 주장에 따르면 "자기표현의 시대"는 1960년대 중반에 시작되어 현재까지 이어지고 있다. 우리는 여전히 사랑과 소속감을 얻기 위해, 그리고 집세를 함께 부담하기 위해 배우자를 선택한다. 한편으로 우리는 배우자가 한 인간으로서 우리의 성장, 자존감, '서로에 대한 앎mutual insight'의 욕구를 채워주기를 기대한다.

내가 결혼했을 때 나도 이 '개인의 성장'이라는 모델을 당연하게 받아들였다. (비록 나의 전략은 이미 자아실현에 성공한 사람과 결혼한 다음 평생 그 사람에게 조언을 구하는 것이었지만.) 프랑스 인류학자인 레이먼드 캐럴의 저작에 따르면 미국인들은 배우자를 일종의 입주 치료사 겸 응원단으로 본다. 즉 배우자는 "내가 나 자신의 능력을 넘어서도록 이끌어주고 나의 노력을 지원해줘야 하는" 사람이다. "배우자가 무모한 도전을 한다 해도 그 일을 해서 그가 행복해진다면 나는 격려를 보내줘야 한다. 격려하는 사람이 나밖에 없더라도."

그리고 미국인 부부는 사회의 한 단위로 기능한다. 미국에서 부부는 함께 초대를 받고 행사에 참석한다. 미국인 부부가 자발적인 의사에 따라 서로 오랫동안 떨어져 지내는 일은 잘 없다. 캐럴의 글에 따르면 미국 사회에서 "나의 배우자를 초대하지 않는 것은 나에 대한 거부 내지 거절"이다.

이런 부부 관계가 잘 만들어지면 더할 나위 없이 좋다. 핀켈은 "최고의 자기표현적 결혼은 이전 시대의 결혼보다 훨씬 많은 것을 성취한다"라고 말한다. 그러나 부부 관계에서 둘 다 자아실현을 하려면 서로에게 집중하고 함께하는 시간이 많아야 한다. 노동 시간이 길어지고 육아에도 많은 노력을 기울이는 까닭에 미국인들은 배우자와 단둘이 보내는 시간이 과거보다 적다. 그리고 어쩌다 단둘이 시간을 보내게 되더라도 미국의 남편과 아내는 스트레스가 많은 상태고 전자 기기에 주의를 빼앗기기 쉽다.

개인의 성장을 위한 결혼이라는 모델은 유연성이 높지 않다. 만약 배우자가 우리의 자아실현에 도움이 안 된다면 우리에게는 그와 헤어질 권리가 있다. 언젠가 캘리포니아에 사는 지인이 남편과 이혼 절차를 밟고 있다고 나에게 말했는데 그리 슬픈 기색은 아니었다. 그녀는 "그이와 함께 있을 때 나의 가장 좋은 모습이 나오지 않기 때문"에 이혼을 한다고 설명했다. 그녀의 친구들과 가족들은 그것이 지극히 타당한 사유라고 생각했다.

나는 모든 사람이 자아실현적인 부부 관계를 원할 거라고 생각했다. 그런데 프랑스인 친구들에게 그런 이야기를 했더니 그 친구들은 그걸 이상하게 여겼다.

"나를 발전시키는 건 나 자신의 몫이라고 생각해." 10대 아들 둘을 키우는 프랑스 여성 과학자 델핀의 말이다.

델핀은 남편을 사랑하며 자신의 삶에 만족한다고 말한다. 하지만 그들 부부는 서로의 일 또는 사교적인 만남에 개입하지 않는다. 어느 날 우리는 이른 저녁 시간에 만나 커피를 마셨는데, 그녀는 이제 다른 친구를 만나 연극을 보러 갈 거라고 말했다. 남편이 소극장을 좋아하지 않기 때문에 그녀는 친구와 연극을 자주 본다고 했다.

"관심사와 자아실현이라는 영역에서 우리는 마치 평행선처럼 각자의 길을 걸어가." 델핀이 내게 해준 설명이다. "나는 남편에게 내가 하는 일이나 내가 좋아하는 것들에 대해 시시콜콜 이야기하지 않아. 남편도 마찬가지지. 그이는 자기 일에 아주 열심인데, 나는 그 분야에 큰 관심이 없거든."

그 부부에게는 같이 알고 지내는 친구도 별로 없었다. "우리는 관심사보다는 일상생활을 더 많이 공유하는 사이야. 막상 이렇게 이야기를 하려니 조금 우습긴 하네. 하지만 우리는 지금 같은 관계에 만족하는 것 같아."

델핀도 자아실현을 원하는 사람이다. 그녀에게는 여러 가지 계획과 프로젝트가 있고 직업적 포부도 있다. 하지만 내가 만나본 다른 프랑스 중산층 사람들과 마찬가지로 그녀는 자신의 커리어와 인생 계획에서 배우자가 큰 역할을 하리라고 가정하지는 않는다. 개인적 성장은 그녀 자신의 목표일 뿐 결혼 생활의 중요한 부분은 아니다. 그리고 그녀는 거의 모든 일을 함께하는 부부들을 좋게 생각하지 않는다. "그런 부부는 둘이서 완결된 집합을 이루기 때문에 누군가가 같이 있으면 그 사람이 소외된 느낌을 받거든."

그렇다면 프랑스 부부들은 서로에게 무엇을 바랄까? 그들은 부부를 자아실현의 동력을 제공하는 엔진이 아니라 서로 맞을 수도 있고 맞지 않을 수도 있는 두 개의 퍼즐 조각으로 바라본다. 그리고 내가 누군가와 잘 맞는지 여부를 알기 위해서는 나 자신을 알고 상대에 대해서도 아주 정확하게 알아야 한다고 생각한다.

어떤 사람들의 연애가 왜 깨졌는가를 설명할 때 프랑스인들은 일반적으로 "그 남자가 나쁜 놈이었대"와 같은 윤리적 판단을 내리기보다는 두 사람의 성격이 충돌한 이유를 구체적으로 설명한다.

어떤 연령에 도달한 프랑스의 여성 연예인들에게는 다 전 남편이 하나씩 있는 듯하다. 젊은 시절에 결혼했는데 시간이 흐르면서 그 사람이 자기와 맞지 않는다는 걸 깨달은 경우다. "나는 여성적인 면모를 가지고 있어서, 나의 여성성과 공명할 수 있는 남자를 만났어야 했어요." 프랑스의 토크쇼 진행자인 알레산드라 쉬블레 Alessandra Sublet 의 분석이다.

무엇이 나에게 잘 맞고 무엇이 맞지 않는지를 알려면 배우자의 성격을 속속들이 알고 있어야 한다. 연애와 결혼 생활에 대한 프랑스인들의 접근 방식은 육아에 접근하는 방식과도 비슷하다. 프랑스 부모들이 아기를 세심하게 관찰해서 아기의 습관과 취향을 알아내는 것과 마찬가지로, 우리는 배우자를 주도면밀하게 관찰해야 한다. 피부과 전문의 어윈 브레이버맨이 제안한 것처럼, 우리가 어떤 사람을 보고 또 보면 그 사람에 대해 점점 더 많은 것을 알게 된다.

프랑스에서는 사람들을 양면적인 존재로 설명한다. 대부분의 사람은 장점과 단점을 다 가지고 있다. 하지만 장점과 단점은 긴밀하게 연관된다. 나의 단점을 뒤집으면 나의 장점이 된다. 장점이 단점으로 바뀔 위험 또는 단점이 장점으로 바뀔 가능성은 항상 있다.

델핀은 자기 남편의 가장 큰 단점이 그가 '꿈속에서 사는 사람 rêveur'이라는 거라고 말했다. (사이먼이라면 '공상하는 사람'이라는 표현을 썼을 것이다.) 그녀는 자기 혼자 세금과 공과금을 처리하고 집안의 잡다한 일을 처리해야 한다는 것에 절망을 느낀다.

하지만 델핀의 말에 따르면 이러한 단점은 그의 장점이기도 하다. "그는 꿈꾸는 사람이라서 상상력이 풍부해. 특히 우리 아들에게 꿈을 심어줘." 그녀의 남편은 만화책과 애니메이션을 좋아해서 두 아들과 함께 만화를 본다. "만약 나 혼자 아이들을 키웠다면 얼마나 따분했을지. 남편과 내가 서로 다르다는 게 우리 아이들에게는 축복이야."

그리고 결정적으로 프랑스인들의 사고방식으로는 누군가와 사랑에 빠진다는 것 자체가 그 사람의 장점 때문만도 아니고 그 사람이 이상형에 가깝기 때문도 아니다. 우리는 그 사람의 장점과 단점의 독특한 배합을 사랑하는 것이다. 좋든 싫든 장점과 단점은 따로 떨어져 존재하는 것이 아니라 하나로 합쳐져 그 사람의 '성격'을 형성한다. 다시 말하면 우리는 그 사람의 여러 가지 특징이 한데 어우러진 모습에 빠져드는 것이다. 그리고 그 사람의 단점 역시 그 사람의 중요한 일부분이다.

물론 프랑스 사람들도 사람들의 단점을 무조건 용인하지는 않는다. 예컨대 미에 대한 프랑스인들의 기준은 참으로 냉혹하다. 때때로 비만인 사람들은 직장을 구하기도 어렵다. 그리고 프랑스인들은 어떤 일을 하는 최선의 방법에 대한 고정관념이 강하다. 오후 1시에는 사실상 전 국민이 자리에 앉아 점심식사를 한다. 파리에서 디너파티를 여는 어느 미국인은 언젠가 피크닉 형식을 빌려 모든 음식을 한꺼번에 늘어놓았는데, 프랑스 손님들은 기어이 그 음식들을 재배치해서 정찬으로 바꿔놓고 치즈와 샐러드는 마지막에 먹었다고 한다.

하지만 프랑스 사람들의 사고방식은 놀라울 만큼 개방적이다. 프랑스인들의 보편적인 가정에 따르면 어떤 사람이 지극히 불완전하더라도 그 사람은 세상에 하나밖에 없는 존재기 때문에 사랑받을 자격이 있다. (레이먼드 캐럴의 글에 따르면 프랑스에서는 "가장 '형편없는' 사람들, 즉 범죄자나 살인범도 친구를 사귈 수 있다.") 프랑스인들은 자신의 배우자가 장점과 단점을 다 가진 존재라고 생각할 뿐 아니라, 모든 사람을 그런 시각으로 바라본다.

그러니까 내 친구 클레르가 자기 남편에게는 단점이 하나도 없다고 나에게 말했던 건 남편에게 거슬리는 면이 없다는 뜻은 아니었다. 남편의 모든 단점에 대해 그 뒷면의 장점을 봐주기 때문에 그 단점들은 그녀가 좋아하는 꾸러미의 일부분에 지나지 않게 된다는 뜻이다. 그럴 때 그 단점들은 사실상 단점이 아니다.

나는 사이먼에게도 이 방법을 써보기로 마음먹었다. 40대에도 결혼생활을 유지하려면 그게 최선일 것도 같았다. 지금 나는 사이먼이 가진 장점들 때문에 그를 사랑하지만, 그의 단점들은 나를 미치게 만든다. 장점부터 말하자면 사이먼은 상당히 똑똑하고 직관력이 뛰어난 사람이다. 하지만 그는 통조림 따개 사용법도 모른다. 자진해서 신문지를 내다버리는 법이 없고, 어떤 문제가 생기면 그게 영영 해결되지 않을 거라고 생각한다.

하지만 나는 그가 정말로 좋아하는 것이 무엇인지를 가까이서 세심하게 관찰해본 적이 있는가? 나는 그를 연구하려고 노력했던가? 점점 더 많은 것이 눈에 들어올 때까지 그를 보고 또 봤는가? 그건 아니었다. 나는 그의 모습을 피상적으로만 보면서 그를 세상에서 제일 훌륭한 지성인으로 바라보다가 다음 순간에는 까다롭고 무능한 어린아이처럼 취급하곤 했다.

그리고 나는 그의 장점과 단점들이 서로 연관되어 있다거나, 내가 그의 단점을 감내하면서 그를 사랑하는 게 아니라 바로 그 단점들 때문에 그를 사랑한다는 생각은 해보지 못했다. 시험 삼아 그렇게 해보고 결과가 어떤지 지켜보자. 어쩌면 이 작은 변화가 큰 차이를 만들어낼지도 모르니까.

나는 사이먼에 대해 연구하고 그가 하는 말을 주의 깊게 듣기 시작했다. 만약 남자들이 첫 데이트 때 자기가 원하는 바를 말한다는 게 진실이라면, 사이먼은 14년이 지난 지금도 나에게 자기가 원하는 바를 이야기하고 있을지도 모른다.

머지않아 나는 사이먼의 모든 단점은 그의 장점과 짝을 이룬다는 사실을 알았다. 우리 집이 1년 내내 책과 신문으로 너저분하긴 하지만 그건 그가 읽고 쓰는 일을 사랑하기 때문이다. 그건 세상을 뒤흔드는 발견은 아니었지만, 새로운 관점에서 상황을 바라보게 되니 식탁 위에 종이 더미가 쌓여 있는 상황을 참아내기가 조금 더 쉬워졌다.

어느 날 아침 내가 우연히 사이먼의 잠을 깨웠을 때, 그는 내가 앞으로 매일 아침 그를 깨울 거라고 생각했다. 그런 식으로 그는 이른바 '위험한 비탈길 slippery slope(비탈길에서 끝까지 미끄러져 내려가는 것처럼 어떤 부정적인 생각을 한번 하면 중단하지 못한다는 뜻-옮긴이)' 상태에 곧잘 빠져든다. 하지만 바로 그 상태 덕분에 사이먼은 칼럼니스트로서 현재의 상황들을 관찰하는 동시에 미래에 대한 예측을 할 수 있다. 그의 성격의 모든 측면은 양쪽으로 해석이 가능했다. 물론 그는 실생활에 꼭 필요한 일들을 잘 해내지 못한다. (한번은 그가 성냥 켜기에 실패해서 내 생일 케이크 촛불에 내가 불을 붙여야 했다. 나는 불을 붙인 다음 재빨리 식탁 앞으로 달려가서 앉았다. 그러자 사이먼이 케이크를 들고 나에게 왔다.) 그러나 우리 대부분이 풍선 부는 법과 식료품을 봉투에 잘 담는 요령(사이먼은 딸기를 맨 밑에 담는다)을 배우는 동안 사이먼은 책을 읽었던 것이다. 내가 보스니아 전쟁에 대해 물어보면 사이먼은 그 분쟁의 전말에 대해 명쾌한 설명을 해준다. 그 자리에서.

사이먼에게 개인적 성장의 욕구가 있는지는 잘 모르겠다. 책으로 가득 찬 우리의 아파트는 그가 어린 시절을 보낸 집과 비슷해 보인다. 그리고 그의 가치관과 정치적 성향은 사실상 그의 부모님과 동일하다. 옛날 사진을 보면 그의 아기 때 얼굴은 지금 얼굴과 거의 똑같다.

사이먼은 자기 자신을 더 잘 알기 위해 노력하지도 않는다. 내가 심리치료 이야기를 꺼낼 때마다 그는 어떤 영국 소설에서 엄마가 아들에게 꿈 이야기를 그만하라고 하면서 했다는 이야기를 인용한다. "남들의 꿈 이야기를 듣는 것보다 지루한 일은 하나밖에 없어. 그건 남들의 고민거리를 듣는 거란다." 소설 속의 그 엄마가 했다는 말이다.

그런데 가만히 보니 사이먼에게도 욕구가 있었다. 내가 그의 말을 더 주의 깊게 들어본 결과, 그가 14년 동안 나에게 거의 똑같은 이야기를 하고 있었다는 사실을 드디어 알았다. "나는 일을 하고 싶어." 그는 이 말을 기도문처럼 외웠다. 말에 담긴 분노와 좌절의 강도는 그때그때 달랐지만. 그는 내가 그의 일에 참여하기를 원하지는 않았다. 다만 내가 그를 방해하지 않고 얼마 동안 아이들을 봐주기를 원했다. 다행히 나는 그에게 내 꿈 이야기를 들어달라고 강요하지는 않았다. 하지만 나의 개인적 성장 욕구를 채우기 위해 그를 너무 바쁘게 만들었으므로 그에게 여유를 많이 주지는 못했다.

사이먼은 글을 쓰는 사람이기 때문에 나는 온라인에서 그가 쓴 칼럼을 찾아 읽어볼 수 있다. 그의 심리 상태에 관한 기본적인 정보는 인터넷에 다 있었다. 어느 남성잡지에 기고한 글에서 사이먼은 자신의 반사실적인 counterfactual 주말을 다음과 같이 묘사했다. "정오. 스칼렛 요한슨과 몸이 뒤엉킨 채로 잠에서 또 깨어난다. 잠시 후 그녀를 데리고 나가서 천천히 브런치를 먹으며 신문을 읽는다. 여유로운 심정으로 그날 오후에 뭘 할지 공상에 잠긴다……. 일요일 점심때쯤, 스칼렛이 작별 인사를 하는 순간 전화기가 울린다. 샐마 하이에크의 연락이로군." 사이먼은 우리의 생활과 우리 가족을 사랑한다. 하지만 나와 달리 그는 매 순간 그 생활의 기회비용을 의식한다. 40대가 된 지금, 그는 자신이 지금 가진 것을 긍정적으로 받아들이려고 애쓴다.

나는 우리가 이런 대화를 나눈 적이 없다는 점이 걱정되기 시작했다. 미국식 사고에 따르면 애인과 부부 사이에서는 투명성이 좋은 것이며 건강한 연애를 하는 사람들은 서로에게 비밀이 없어야 한다. 하지만 프랑스에서는 부부 사이에도 일정한 거리와 신비로움을 유지해야 관계에 활력이 생긴다고 여긴다. 나의 프랑스인 친구 하나는 자신이 직장에서 생긴 일들을 남편에게 미주알고주알 이야기하지 않기 때문에 친구들과 함께 있는 자리에서 그런 이야기를 꺼내 남편을 놀랜다고 했다.

나도 그런 시도를 해봤다. 내가 아들의 학교 소풍에 따라갔을 때, 우리 아들과 같은 반인 여자아이가 뜬금없이 나에게 자기 부모가 이혼한 이야기를 늘어놓았다. 자기 엄마 이름이 엘로디인데 아빠가 똑같이 엘로디라는 이름을 가진 여자와 재혼했다는 것이었다. "그래서 지금 저는 엄마가 둘이고, 둘 다 이름이 엘로디예요." 그 여자아이가 말했다.

보통 때 같았으면 나는 이런 이야기를 들은 즉시, 혹은 밤 10시 전에 사이먼에게 말했을 것이다. 하지만 이번에는 그 이야기를 아껴놓았다가 일주일 후에 친구들과 저녁식사를 하는 자리에서 써먹었다. 사이먼은 두 명의 엘로디 이야기에 크게 감탄하지는 않았다. 그 이야기를 감춰놓았다가 했다고 나에게 신비로운 아우라가 생기지는 않았다. 하지만 적어도 나는 사이먼이 들어보지 못한 이야기를 가지고 있었다.

그리고 무엇보다 사이먼은 우리 두 사람의 스토리를 좋아하는 것 같다. 퍼즐로 따지면 우리는 서로 잘 맞는 조각들이다.

당신이 40대의 부부 생활을 하고 있다는 징후들

배우자의 나이에 관해 거짓말을 한다.

≈

당신이 배우자를 처음 만났던 이야기를 하면 꼭 지어낸 이야기처럼 들린다.

≈

예전에는 당신의 결혼사진들 중 몇 장만 마음에 들었다.
지금은 모든 사진이 마음에 든다.
그 사진들 속의 당신이 아주 젊어 보이기 때문이다.

≈

결혼식에 초대받은 지가 언제인지 까마득하다.

≈

당신의 결혼식에 참석한 사람들 중 다섯 명 이상이 세상을 떠났다.

≈

이른바 '소울메이트'란 처음부터 정해져 있는 것이
아니라는 사실을 깨닫는다. 노력을 해야 소울메이트가 된다.
그것은 오랜 시간에 걸쳐 만들어진다.

에필로그

어른이 된다는 것

프랑스에는 '자유로운 여성femme libre'이라는 표현이 있다. 이 말을 알고 나니 어디를 가나 그 말이 귀에 들어온다.

"처음으로 당신이 자유롭다고 느꼈던 순간은 언제인가요?" 어느 프랑스 여성잡지는 매주 다른 연예인에게 이 질문을 던진다. 어느 39세 여배우는 『르몽드』와의 인터뷰에서 이제 자기가 금발 미녀들만이 아니라 복잡한 등장인물을 연기한다면서 이렇게 말했다. "나는 더 자유로워진 느낌이에요. 이제 절뚝거리며 걷지 않고, 나의 정체성을 내다 팔면서 살지도 않아요."

'자유로운 여성'들 중에는 젊은 사람들도 몇몇 있지만 대부분은 마흔 언저리 또는 그 이상이다. 『렉스프레스 스틸르L'Express Styles』의 칼럼에 따르면 60대의 영국 여배우 제인 버킨Jane Birkin은 "언제나 독립성을 추구하고 뭐든 솔직하게 말하는 자유로운 여성"이다. 프랑스판 『배니티 페어』는 70세인 카트린 드뇌브에 대해 "무한한 능력을 지니고 있으며 그 어느 때보다도 자유로운 모습으로 여전히 우리를 놀라게 하는 여배우"라고 평한다.

물론 남자들도 자유로운 존재가 될 수 있다. 프랑스에서는 자유로운 사고방식을 가진 남자들을 칭송한다. 하지만 '자유로운 사람homme libre' 이라는 말의 의미는 나라마다 다르다. 대개의 경우 '자유로운 사람'은 감옥에서 방금 나온 사람을 가리키는 말로 해석된다.

그러나 내가 세어본 바로는 프랑스에서 출간된 책들 중 제목에 '자유로운 여성'이 들어가는 것만 열 권이 넘었다. 그 책들은 대부분 자서전과 전기였다. 프랑스에서는 특정한 유형의 여성(작가, 정치운동가, 대중의 사랑을 받던 배우)이 세상을 떠나면 신문들이 약속이나 한 것처럼 "자유로운 여성의 죽음"이라고 외친다.

프랑스에서 '자유로운 여성'이라는 용어는 아주 흔하게 쓰이지만 그 의미에 대한 논의는 별로 없다. 나는 자유로운 여성이라는 용어가 정치적 기원을 가지고 있다는 사실을 알아냈다. 1832년 프랑스에서 발행된 '자유로운 여성La Femme Libre'이라는 제목의 소책자가 있었는데, 이 책에는 여자들이 남편의 명령에 고분고분 따르지 말아야 한다는 '위험한' 주장이 담겨 있었다. 시몬 드 보부아르가 『제2의 성The Second Sex』을 출간한 1949년 무렵에는 '자유로운 여성'이라는 말의 의미가 넓어져서 사회의 여러 현안에 대해 강한 의견을 표출하는 여성을 뜻하는 말로 바뀌었다. 자유로운 여성은 경박하지 않다. "자유로운 여성은 가벼운 여성과는 정반대다." 드 보부아르의 글이다.

현대의 자유로운 여성은 반드시 정치적일 필요는 없다. 그녀는 '자유로운 영혼'에 더 가깝다. (뉴에이지 운동의 용어 아님.) 프랑스의 보편적인 담론에서 여성의 20대와 30대는 남들이 기대하는 행동을 하는 시기로 본다. 하지만 40대가 되면 그녀는 자신에게 진정으로 어울리는 행동을 하면서 점점 더 '자유로워'진다.

60대의 뉴스 진행자 클레르 샤잘Claire Chazal은 그녀의 애정 생활(여기에는 훨씬 젊은 남자와의 연애도 포함된다)을 가리켜 "자유의 표현"이라고 말한다. "나에게 연애는 자율성을 획득하고, 조금은 이기적이 되더라도 내가 원하는 일을 하려는 욕구입니다."

영국계 미국인들도 나이가 들면서 더 자유로워지는 경우가 있지만, 그런 사람들의 모습은 프랑스의 '자유로운 여성'과는 다르다. 미국인들의 자유는 극단적이다. 자유로운 영혼을 획득한 영국계 미국인 할머니는 사회적 규범을 완전히 내려놓고 남들의 생각 따위는 신경 쓰지 않겠다고 선언한다. 영국인들이 사랑하는 제니 조지프Jenny Joseph의 「경고Warning」라는 시에서 한 여성은 자기가 나이 들면 소시지를 실컷 먹고, 침을 탁탁 뱉고, 피곤할 때면 아무데나 털썩 앉고, 자주색 옷을 입겠다

(이 대목이 특히 유명하다)고 말한다.

그 여자처럼 행동하면 자유로워진 기분은 들겠지만, 그럴 날이 기다려질 것 같지는 않다. 그 여자의 행동을 보면 마치 세상이 '당신이 뭘 하든 이제 상관없으니 엄지손가락으로 코를 후비든 자주색 옷을 입든 마음대로 하라'고 판정한 것만 같다.

프랑스의 '자유로운 여성'은 자유와 관습의 혼합물이다. 그녀는 남들과 다른 선택을 하고 자기 자신만을 생각할 수도 있지만, 사회적 규범을 아예 무시하거나 자제력을 잃어서는 안 된다. (자유롭다고 묘사되는 프랑스 여성들을 보면 하나같이 우아한 사람들이다. 꼭 우아해야 자유로운 여성이 되는 건 아니지만.) 프랑스판 '자유로운 여성'의 자유는 대체로 내면에 존재한다. 그녀는 자신의 마음을 정확하게 알고 있으며 자신의 욕구에 맞춰 삶을 현명하게 이끌어간다. 그녀는 넓은 세상 안에 아직도 자기 자리가 있다고 생각하며, 자주색 옷은 입지 않는다.

그리고 영미권 국가들에서는 인생의 "자유로운 시기"라는 표현을 쓰긴 하지만, 프랑스와 달리 그런 자유를 아주 귀중하게 여기지는 않는다. 영미권에는 자유로운 시기를 가리키는 용어가 따로 있지도 않으며 그 시기의 역할 모델이 많지도 않다. 프랑스 경제학자 도미니크 칸Dominique Strauss-Kahn이 호텔 여종업원을 성폭행했다는 혐의를 받았을 때, 칸의 아내이자 유명한 기자인 안 생클레르Anne Sinclair는 칸과 이혼하지 않은 자신의 선택을 다음과 같이 옹호했다.

"나는 천사도 아니고 희생양도 아닙니다. 나는 자유로운 여성이에요."

생클레르가 프랑스판 『엘르』와의 인터뷰에서 했던 말이다. "나는 자유롭게 판단하고 행동하며, 완전히 독립적인 상태에서 내 인생의 중요한 결정들을 합니다." 생클레르의 마음이 바뀌는 것도 그녀의 자유였다. 나중에 그들 부부는 이혼했으니까. 2015년에 출간된 그녀의 전기는 『안 생클레르, 자유로운 여자Anne Sinclair: Une Femme Libre』였다.

마치 프랑스에는 성년기의 발달 단계가 하나 더 있는 것만 같다. 여성들은 그 단계에 도달하기를 갈망하고, 그 단계에 도달하면 축하를 받는다. 어느 날 아침 나는 프랑스 라디오에서 어느 젊은 가수의 인터뷰를 들었다. 진행자가 "사람들이 당신에 대해 뭐라고 이야기해주면 좋겠어요?"라는 질문을 던졌다. 나는 그 가수가 뭐라고 대답할지 충분히 예측할 수 있었다. "글쎄요. 자유로운 여성?" 자유로워지는 것은 프랑스 여성들의 이상이다.

'자유로운 여성'이라는 말에는 아주 성숙하다는 의미가 포함된다. 자유로운 여성에게는 품위가 있고 목표 의식이 있다. 그녀는 어떤 일들에 중요한 의미를 부여한다. 하지만 자기 자신에게 지나치게 몰입하지는 않는다. 그녀는 자신의 몸 안에서 편안함을 느끼고, 쾌락을 누릴 줄도 안다.

이 정도면 제법 괜찮은 목표가 아닐까? 꼭 프랑스 여성이 아니더라도.

나는 아직 자유로운 여성이 되진 못했다. (아직 젊어서 안 된다고 생각하고 싶다.) 그러나 얼마간의 진전은 있었다. 나는 '마담'으로 불리는 것이 싫지 않다. 이제는 그 호칭에 익숙해졌다. 며칠 전에도 아침을 먹으면서 일하려고 카페에 갔는데, 나는 그곳에서 제일 나이 많은 사람이었고 다른 손님들은 모두 나보다 열 살쯤 아래인 듯했다. 하지만 나는 자기 비하에 빠져드는 대신 나 자신에게 '지금의 나이 속에서 편안해지자, 내 나이의 주인이 되자'라고 당부했다.

나의 내면은 여전히 미국인이다. 60대의 프랑스 할머니처럼 주차장의 차 안에서 가터벨트를 빼고 옷을 갈아입은 후에 남편이 있는 집으로 가는 나 자신을 상상하기는 어렵다. 물론 나에게는 차가 없고, 우리 남편은 내 스타킹이 바뀌었는지 어떤지를 알아차리지도 못하겠지만. 또 나는 60세가 된 나 자신을 상상하려고 해도 쉽지가 않다. 그러나 나는 자유의 중요한 의미 하나는 반드시 달성하기로 마음먹었다. '내가 어떻게 나이 들기를 원하는지는 나 자신이 결정한다.' 그러기 위해서는 지금 나의 몸을 내 것으로 받아들여야 한다.

40대가 되고 나서 나는 나 자신을 더 잘 알게 됐다. 지금 나는 나의 뇌가 '숟가락형'이라서 사물의 본질을 파헤치려면 시간이 걸린다는 사실을 인정한다. CIA는 나를 고용하러 오지 않았다.

그러나 나는 인생의 모든 영역에서 첫 번째 유형의 쇼핑객이 된 것 같다. (진짜 쇼핑에서만 빼고. 진짜 쇼핑을 할 때 나는 여전히 환불의 여왕이다.) 요즘 나는 내 마음에 드는 사람이나 장소나 일을 발견하면 그것에 만족을 느끼고 매번 그것을 선택한다.

내 또래 친구들도 대체로 그렇지만, 나는 더 이상 내가 다른 누군가였으면 좋겠다고 생각하지 않는다. 내가 다른 능력을 가진 사람 또는 다른 어린 시절을 보낸 누군가이기를 바라지 않는다. 그래, 나는 장사를 하는 집에서 자랐다. 그래, 우리 부모님은 저녁식사 자리에서 정치와 철학에 관해 토론하지 않으셨다. 뭐 어때? 나는 나에게 주어진 것에서 교훈을 얻어내고, 지금 나의 가정이 조금 독특하지만 안정적이고 화목하다는 것에 감사할 줄 알게 됐다. 브라질의 잡지 편집장이 내게 했던 말처럼. 자기 일을 존중하세요. 내용을 계속 바꾸고, 그 일과 함께 성장하세요. 그게 바로 성숙이에요!

알고 보면 교수 집안에서 자란 사람들에게도 문제는 있었다. ("사회주의에 관해 끝없이 대화를 나눠야 했어요." 어느 학자의 딸은 자신의 어린 시절에 대해 나에게 이렇게 말했다.) 얼마 전 사이먼은 어린 시절 그의 집 저녁식사 자리에는 역사와 철학에 관한 긴 대화도 있었지만 집안의 누가 누구에게 어떤 잘못을 했다느니 하는 말다툼이 끊이지 않았다고 고백했다.

"인생은 처음 40년간은 나에게 텍스트를 준다"라고 한 쇼펜하우어의 말은 옳다. 중년이 되면 우리가 축적한 데이터는 임계 질량에 이르고 어느 정도의 거리도 확보된다. 우리는 우리 자신의 삶을 냉정하게 들여다보면서 그 안에서 점점 더 많은 것을 발견한다. 하지만 그 냉정한 시선은 우리가 남들과 공통점이 얼마나 많은가를 드러내기도 한다. 우리는 젊은 시절보다 훨씬 쉽게 남들과 마음을 나누고 식사를 함께한다. 그래서 삶이 더 재미있다.

내가 알게 된 바로는, 나와 마찬가지로 사람들은 자신이 현재 속한 연령대에 대해서 확실히 알지는 못한다. 항상 그 시기를 보내고 나서야 그 시기에 대해 잘 알게 된다. 하지만 40대의 대부분을 통과한 지금 나는 어른이 된다는 것이 무엇인지 알 것 같다.

어른이 된다는 것은……

남들과 있을 때도 나 자신의 모습을 유지하는 것이다.

사람들과 내가 원하는 만큼의 거리를 유지하는 것이다.

다른 사람을 생각할 줄 아는 것이다.

누군가의 단점 때문에 그 사람을 사랑하는 것이다.

어떤 일에 능숙해지는 것이다.

내가 중요하게 생각하는 것과 내가 아는 것을 남들에게 전달하는 것이다.

솔직해지는 것이다.

누군가가 나에게 감탄하는 것이다.

지금 무슨 일이 일어나고 있는지 알아차리고 그것을 적절한 언어로 설명하는 것이다.

나의 맹점을 아는 것이다.

조금 더 현명해지는 것이다.

내가 희망하는 나 자신의 모습과 실제의 나 자신을 결합하는 것이다.

나와 성향이 비슷한 사람들을 찾아내는 것이다.

무엇이 중요한가를 나 스스로 결정하는 것이다.

어른들이 와서 모든 걸 알려주고 나를 구해주리라는 생각을 버리는 것이다.

임기응변을 할 줄 아는 것이다.

책임을 맡는 것이다.

어른이 되는 데도 몇 개의 단계가 있다. 첫째, 아직 어른이 아닌 것이 분명한 단계. 이때 우리는 어른인 척을 한다. 둘째, 어른이란 없다고 굳게 믿는 단계. 이때 우리는 어른이란 신화 속에나 나오고 현실에는 없다고 생각한다. 그리고 마지막 단계. 40대의 어느 날, 당신은 어느새 어른이 돼 있다.

어른이 된다는 건 내가 상상했던 것과 전혀 다르다. 어른은 뭐든지 다 아는 전지전능한 거인이 아니다. 어른은 겸손하고 단단하며 작은 존재다. 하지만 오랜 시간이 흘러 마침내 나 자신의 모습을 찾은 기분이다. 그리고 지금이 제일 좋은 나이라는 생각이 든다.

there are
no
grown-ups

당신이 40대 후반이 됐다는 징후들

≈

당신에게 아이가 셋이라고 말해도 아무도 놀라는 시늉조차 하지 않는다.

50세 생일 파티에 참석한 적이 몇 번 있다.

친구들이 언제 은퇴할 지에 대해 이야기하기 시작했다.

아이들이 독립하고 나면 어디서 살지 상상해보기 시작했다.

50도 많은 나이라고 생각하지 않는다.

이만하면 잘 살고 있다는 느낌이 슬금슬금 다가온다.

작은 일이라도 뭔가를 결정한다는 건 여전히 두렵다.

질풍노도의 20대로 돌아간 것 같은 느낌을 받을 때가 있다.

마치 영화 「2001 스페이스 오디세이」에서 별들이 휙 스쳐가는 것처럼,
세월이 딸깍하고 한순간에 지나간 느낌이다.

지난 10년을 제대로 설명할 수가 없다.

아직도 당신의 '전성기'인 것만 같다.

머지않아 당신은 40대도 젊다고 생각하게 될 것이다.

참고 문헌

프롤로그: 봉주르, 마담

Agarwal, Sumit, John C. Driscoll, Xavier Gabaix, and David Laibson. "The Age of Reason: Financial Decisions over the Life-Cycle with Implications for Regulation." *Brookings Papers on Economic Activity*, October 19, 2009.

Ashford, Kate. "Your 'High-Earning Years': Salary Secrets for Your 20s, 30s and 40s." Forbes.com, January 13, 2014.

Barnes, Jonathan, ed. *Complete Works of Aristotle, Volume 2, The Revised Oxford Translation*. Princeton, NJ: Princeton University Press, 1984.

Brandes, Stanley. *Forty: The Age and the Symbol*. Knoxville: University of Tennessee Press, 1985.

Brim, Orville Gilbert, Carol D. Ryff, and Ronald C. Kessler. *How Healthy Are We? A National Study of Well-Being at Midlife*. Chicago: University of Chicago Press, 2004.

Chopik, William J., and Shinobu Kitayama. "Personality Change Across the Life Span: Insights from a Cross-cultural, Longitudinal Study." *Journal of Personality*, June 23, 2017.

Chudacoff, Howard P. *How Old Are You?* Princeton, NJ: Princeton University Press, 1989.

Cohen, Patricia. "The Advantages of the Middle-Aged Brain." *Time*, January 12,

2012.

———. *In Our Prime: The Invention of Middle Age*. New York: Scribner, 2012.

Donnellan, M. Brent, and Richard E. Lucas. "Age Differences in the Big Five Across the Life Span: Evidence from Two National Samples." *Psychology and Aging* 3 (September 23, 2008): 558–66.

Gratton, Lynda, and Andrew Scott. *The 100-Year Life: Living and Working in an Age of Longevity*. London: Bloomsbury Information, 2016.

———. "Each Generation Is Living Longer Than the Next (on Average)." www.100yearlife.com.

Grossmann, Igor, Jinkyung Na, Michael E. W. Varnum, Denise C. Park, Shinobu Kitayama, and Richard E. Nisbett. "Reasoning About Social Conflicts Improves into Old Age." *Proceedings of the National Academy of Sciences of the United States of America* 107, no. 16 (2010): 7246–50.

Hartshorne, Joshua K., and Laura T. Germine. "When Does Cognitive Functioning Peak? The Asynchronous Rise and Fall of Different Cognitive Abilities Across the Life Span." *Psychological Science* 26, no. 4 (2015): 433–43.

Karlamangla A. S., M. E. Lachman, W. Han, M. Huang, and G. A. Greendale. "Evidence for Cognitive Aging in Midlife Women: Study of Women's Health Across the Nation." *PLOS ONE 12*, no. 1 (2017).

Knight, India. *In Your Prime*. London: Penguin Books, 2015.

Lachman, Margie E. "Mind the Gap in the Middle: A Call to Study Midlife." *Research in Human Development* 12, nos. 3–4 (2015): 327–34.

Lachman, Margie E., Salom Teshale, and Stefan Agrigoroaei. "Midlife as a Pivotal Period in the Life Course: Balancing Growth and Decline at the Crossroads of Youth and Old Age." *International Journal of Behavioral Development* 39, no. 1 (2015): 20–31.

"Looking for the One, Part 1: The Anxiety." Dear Sugar Radio, podcast episode 39, January 15, 2016. www.wbur.org/news/2016/01/15/dear-sugar-episode-thirty-nine.

Menting, Ann Marie, ed. "The Wonders of the Middle-Aged Brain." *On the Brain: The Harvard Mahoney Neuroscience Institute Letter* 19, no. 3 (Fall 2013).

Mortality.org

Mintz, Steven. *The Prime of Life: A History of Modern Adulthood*. Cambridge, MA: Belknap Press of Harvard University Press, 2015.

Oeppen, Jim, and James W. Vaupel. "Broken Limits to Life Expectancy." *Science* 296 (May 10, 2002).

Roberts, Brent W., and Daniel Mroczek. "Personality Trait Change in Adulthood." *Current Directions in Psychological Science* 17, vol. 1 (2008): 31-35.

Strauch, Barbara. *The Secret Life of the Grown-Up Brain*. New York: Penguin, 2010.

U.S. Equal Employment Opportunity Commission. "Age Discrimination." www.eeoc.gov/laws/types/age.cfm.

001 나는 왜 기자가 됐나

"Air Conditioning." http://exhibits.lib.usf.edu/exhibits/show/discovering-florida/technology/air-conditioning.

Birnbach, Lisa. *The Official Preppy Handbook*. New York: Workman Publishing, 1980.

Galbraith, John Kenneth. *The Great Crash 1929*. Boston: Mariner Books, 1954.

Rosen, Rebecca. "Keepin' It Cool: How the Air Conditioner Made Modern America." *Atlantic*, July 14, 2011.

Teproff, Carli. "Miami's No. 1. Its prize? The Biggest Gap Between Rich and Poor." *Miami Herald*, October 05, 2016.

003 마흔이 시작되던 날

Popova, Maria. "Seneca on True and False Friendship." Brainpickings.org.

004 부모 노릇은 어려워

Donnellan and Lucas. "Age Differences in the Big Five Across the Life Span."

005 마흔의 청력

Dunson, David B., Bernardo Colombo, and Donna D. Baird. "Changes with Age in the Level and Duration of Fertility in the Menstrual Cycle." *Human Reproduction* 17, no. 5 (May 1, 2002): 1399–1403.

Lachman, Margie E. "Development in Midlife." *Annual Review of Psychology* 55 (2004): 305–31.

Mathews, T. J., and Brady E. Hamilton. "Mean Age of Mothers Is on the Rise: United States, 2000–2014." *NCHS Data Brief*, no. 232 (January 2016).

Oster, Emily. *Expecting Better*. New York: Penguin Books, 2014.

Rothman, K. J., L. A. Wise, H. T. Sørensen, A. H. Riis, E. M. Mikkelsen, and E. E. Hatch. "Volitional Determinants and Age-related Decline in Fecundability: A General Population Prospective Cohort Study in Denmark." *Fertility and Sterility* 99, no. 7 (2013): 1958–64.

Shweder, Richard A. *Welcome to Middle Age! (And Other Cultural Fictions)*. Chicago: University of Chicago Press, 1998.

Twenge, Jean. "How Late Can You Wait to Have a Baby?" *Atlantic*, July/August 2013.

U.S. Department of Health and Human Services. "Births: Final Data for 2015." *National Vital Statistics Reports* 66, no. 1 (January 5, 2017).

006 중년의 섹스

Cain, Virginia S., Catherine B. Johannes, Nancy E. Avis, Beth Mohr, Miriam Schocken, Joan Skurnick, and Marcia Ory. "Sexual Functioning and Practices in a Multi-Ethnic Study of Midlife Women: Baseline Results from SWAN." *Journal of Sex Research* 40, no. 3 (August 2003): 266–76.

Carpenter, Laura M., Constance A. Nathanson, and Young J. Kim. "Sex After 40?: Gender, Ageism, and Sexual Partnering in Midlife." *Journal of Aging Studies* 20 (2006): 93–106.

Carpenter, Laura M., and John DeLamater. *Sex for Life: From Virginity to Viagra, How Sexuality Changes Throughout Our Lives*. New York: New York University Press, 2012.

Druckerman, Pamela. "French Women Don't Get Fat and Do Get Lucky." *Washington Post*, February 10, 2008.

Lemoine-Darthois, Régine, and Elisabeth Weissman. *Un âge nommédésir: Fémininitéet maturité*. Paris: Albin Michel, 2006.

Lindau, Stacy Tessler, L. Philip Schumm, Edward Laumann, Wendy Levinson, Colm A. O'Muircheartaigh, and Linda J. Waite. "A Study of Sexuality and Health Among Older Adults in the United States." *New England Journal of Medicine* 357, no. 8 (August 23, 2007): 762–74.

Mercer, Catherine H., Clare Tanton, Philip Prah, Bob Erens, Pam Sonnenberg, Soazig Clifton, Wendy Macdowall, Ruth Lewis, Nigel Field, Jessica Datta, Andrew J. Copas, Andrew Phelps, Kaye Wellings, and Anne M. Johnson. "Changes in Sexual Attitudes and Lifestyles in Britain Through the Life Course and over Time: Findings from the National Survey of Sexual Attitudes and Lifestyles (Natsal)." *Lancet* 382 (2013): 1781–86.

Sontag, Susan. "The Double Standard of Aging." *Saturday Review of the Society*, September 23, 1972.

Thomas, Holly N., Chung-Chou H. Chang, Stacey Dillon, and Rachel Hess. "Sexual Activity in Midlife Women: Importance of Sex Matters." *JAMA Internal Medicine* 174, no. 4 (April 2014): 631–33.

Ussher, Jane M., Janette Perz, and Chloe Parton. "Sex and the Menopausal Woman: A Critical Review and Analysis." *Feminism and Psychology* 24, no. 4 (2015): 449–68.

Wilson, Robert A. *Feminine Forever*. New York: M. Evans and Company, Inc., 1966

009 전문 지식보다 중요한 것

Interview with David O. Russell.

010 중년의 위기?

Barruyer, Cendrine. *"40 ans pourquoi la crise?"* Psychologies.com.

Blanchflower, David G., and Andrew Oswald. "Is Well-being U-Shaped over the Life Cycle?" NBER Working Paper No. 12935 (February 2007).

Agenda for scientific meeting of British Psycho-Analytical Society on June 5, 1957, and minutes of meeting. Provided by Joanne Halford, archivist, Institute of Psychoanalysis.

Donnellan and Lucas. "Age Differences in the Big Five Across the Life Span."

Erikson, Erik H., and Joan M. Erikson. *The Life Cycle Completed*. Extended Version. New York: W. W. Norton & Company, 1997.

Finch, David. "Live Long and Prosper? Demographic Trends and Their Implications for Living Standards." Intergenerational Commission Report, January 2017.

Fried, Barbara. *The Middle-Age Crisis*. New York: Harper & Row, 1967.

"An Intellectual Odyssey: From Alchemy to Science: A Dialogue Between Elliott Jaques and Douglas Kirsner." Elliott Jaques Trust, 2017.

Jaques, Elliott. "Death and the Mid-life Crisis." *International Journal of Psycho-Analysis* 46 (October 1965): 502–14.

Karlamangla et al., "Evidence for Cognitive Aging in Midlife Women."

King, Pearl. "Memories of Dr. Elliott Jaques." *International Journal of Applied Psychoanalytic Studies* 2, no. 4 (2005): 327–31.

Kirsner, Douglas. "The Intellectual Odyssey of Elliott Jaques: From Alchemy to Science." www.psychoanalysis-and-therapy.com/human_nature/free-associations/kirsnerjaques.html.

Lachman. "Development in Midlife."

———. "Mind the Gap in the Middle."

Lachman et al. "Midlife as a Pivotal Period in the Life Course." Lawrence, Barbara S. "The Myth of the Midlife Crisis." *Sloan Management Review* 21, no. 4 (Summer 1980): 35.

Lavietes, Stuart. "Elliott Jaques, 86, Scientist Who Coined 'Midlife Crisis.'" *New York Times*, March 17, 2003.

"Life Expectancy for Men and Women: 1850 to 2000." *Life Expectancy Graphs*. http://mapping history.uoregon.edu/english/US/US39-01.html.

Mortality.org

Muson, Howard. "Society." *New York Times*, December 31, 1972.

Nickle, Blair Warman, and Robert C. Maddox. "Fortysomething: Helping Employees Through the Midlife Crisis." *Training and Development Journal* 42 (December 1988).

Pitkin, Walter B. *Life Begins at Forty*. New York: McGraw-Hill Book Company, Inc., 1932.

Schmeck, Harold M., Jr. "Mid-life Viewed as a Crisis Period." *New York Times*,

November 19, 1972.

Schopenhauer, Arthur. *Essays of Arthur Schopenhauer: Selected and Translated by T. Bailey Saunders*. New York: A. L. Burt, 1902. https://archive.org/stream/essaysofarthurs00scho/essaysofarthurs 00scho_djvu.txt.

Setiya, Kieran. "The Midlife Crisis." *Philosopher's Imprint* 14, no. 31 (November 2014).

Sheehy, Gail. Commencement speech at University of Vermont, 2016. www.youtube.com/watch ?v=5ISkqQ3oAI0.

———. *Passages: Predictable Crises of Adult Life*. New York: Ballantine Books, 1974.

U.S. Department of Labor. "Age Discrimination." www.dol.gov/general/topic/discrimination/agedisc.

Wethington, Elaine. "Expecting Stress: Americans and the 'Midlife Crisis.'" *Motivation and Emotion* 24, no. 2 (2000).

011 융이 주는 메시지

Boynton, Robert S. "In the Jung Archives." *New York Times*, January 11, 2004.

"Carl Gustav Jung: Falling from Favour." *Economist*, March 11, 2004.

Corbett, Sara. "The Holy Grail of the Unconscious." *New York Times Magazine*, September 16, 2009.

Goyer, Amy. "The MetLife Study of Gen X: The MTV Generation Moves into Mid-Life," April 2013.

Jung, Carl G. *Modern Man in Search of a Soul*. New York: Harcourt, Inc., 1933.

McGuire, William, ed. *The Freud/Jung Letters: The Correspondence Between Sigmund Freud and C. G. Jung*. Princeton, NJ: Princeton University Press, 1974.

Perry, Christopher. "The Shadow." Society of Analytical Philosophy. www.thesap.org.uk/resources/articles-on-jungian-psychology-2/about-analysis-and-therapy/the-shadow/.

Schmidt, Martin. "Individuation." Society of Analytical Philosophy. www.thesap.org.uk/resources/articles-on-jungian-psychology-2/about-analysis-and-therapy/individuation/.

Shamdasani, Sonu. "About Jung." Philemon Foundation. http://philemonfoundation.

org/about-philemon/about-jung/.

Staude, John-Raphael. *The Adult Development of C. G. Jung*. Boston: Routledge & Kegan Paul Ltd., 1981.

Stein, Murray. "Midway on Our Life's Journey…: On Psychological Transformation at Midlife." www.murraystein.com/midway.shtml.

Trilling, Lionel. "The Freud/Jung Letters." *New York Times*, April 21, 1974.

"Who Is Philemon?" Philemon Foundation. http://philemonfoundation.org/about-philemon/who-is-philemon.

012 마흔의 옷 입기

Alfano, Jennifer. "Dressing Your Age." *Harper's Bazaar*, April 25, 2013.

Berest, Anne, Audrey Diwan, Caroline de Maigret, and Sophie Mas. *How to Be Parisian Wherever You Are*. New York: Ebury Press, 2014.

Buisson, Simon. *"Quand Simone Veil enlevait son chignon pour la seule fois en public."* RTL, July 1, 2017.

De la Fressange, Ines, with Sophie Gachet. *Parisian Chic: A Style Guide by Ines de la Fressange*. Paris: Flammarion, 2010.

De Maigret, Caroline. "Style Gurus." *Madame Figaro*, January 24, 2015.

Engeln, Renee. "The Problem with 'Fat Talk.'" *New York Times*, March 13, 2005.

Miller, Daniel. *Stuff*. Cambridge, UK: Polity Press, 2010.

———. *A Theory of Shopping*. Cambridge, UK: Polity Press, 1998.

Salk, Rachel H., and Renee Engeln-Maddox. "If You're Fat, Then I'm Humongous!: Frequency, Content, and Impact of Fat Talk Among College Women." *Psychology of Women Quarterly* 35, no. 1 (March 2, 2011): 18-28

Schwartz, Barry. *The Paradox of Choice: Why More Is Less*. New York: Harper Perennial, 2004.

Tett, Gillian. "Power with Grace." *FT Magazine*, December 10/11, 2011.

Thomas, Isabelle, and Frédérique Veysset. *Paris Street Style*. New York: Abrams Image, 2013.

013 우아하게 나이 들기

Barrett, Anne E., and Cheryl Robbins. "The Multiple Sources of Women's Aging Anxiety and Their Relationship with Psychological Distress." *Journal of Aging and Health* 20, no. 1 (February 2008).

Chayet, Stéphanie. *"La vie est belle! Rencontre Charlotte Gainsbourg." Elle*, September 30, 2016.

Clarke, Laura Hurd. "Older Women's Bodies and the Self: The Construction of Identity in Later Life." *Canadian Review of Sociology/Revue canadienne de sociologie* 38 (2001): 441–64.

Diski, Jenny. "However I Smell." *London Review of Books*, May 8, 2014.

Gullette, Margaret Morganroth. *Declining to Decline: Cultural Combat and the Politics of the Midlife*. Charlottesville: University Press of Virginia, 1997.

Kuper, Hannah, and Sir Michael Marmot. "Intimations of Mortality: Perceived Age of Leaving Middle Age as a Predictor of Future Health Outcomes Within the Whitehall II Study." *Age and Aging* 32 (2003): 178–84.

Levy, Becca R., Alan B. Zonderman, Martin D. Slade, and Luigi Ferrucci. "Age Stereotypes Held Earlier in Life Predict Cardiovascular Events in Later Life." *Psychological Science* 20, no. 3 (2009): 296–98.

Popova, Maria. "Ursula K. Le Guin on Aging and What Beauty Really Means." Brainpickings.org.www.brainpickings.org/2014/10/21/ursula-le-guin-dogs-cats-dancers-beauty/.

Shweder, Richard A. *Welcome to Middle Age! (And Other Cultural Fictions)*. Chicago: University of Chicago Press, 1998.

014 삶의 규칙을 대하는 자세

Babylonian Talmud: Tractate Yebamoth, Folio 54a. www.come-and-hear.com/yebamoth/yebamoth_54.html#54a_2.

Klimek, Klaudia. "Dress British, Think Yiddish: Newest Exhibition of the Vienna Jewish Museum." *Jewish Journal*, April 29, 2012.

"Peanut Butter Bracha." Mi Yodeya. https://judaism.stackexchange.com/questions/10218/

peanut-butter-bracha.

"Popcorn, Potato Chips, Corn Chips and Pringles: What Bracha?" Matzav.com, January 5, 2010.

015 지혜란 무엇인가

Agarwal, Sumit, John C. Driscoll, Xavier Gabaix, and David Laibson. "The Age of Reason: Financial Decisions over the Life-Cycle with Implications for Regulation." *Brookings Papers on Economic Activity*, October 19, 2009.

Ardelt, Monika. "Being Wise at Any Age." In *Positive Psychology: Exploring the Best in People. Volume 1: Discovering Human Strengths*, ed. S. Lopez. Westport, CT: Praeger, 2008, 81-108.

————. "Wisdom as Expert Knowledge System: A Critical Review of a Contemporary Operati onalization of an Ancient Concept." *Human Development* 47 (2004): 257-85.

Baltes, Paul B., and Ursula M. Staudinger. "Wisdom: A Metaheuristic (Pragmatic) to Orchestrate Mind and Virtue Toward Excellence." American Psychologist 55, no. 1 (January 2000): 122-36.

Bergsma, Ad, and Monika Ardelt. "Self-Reported Wisdom and Happiness: An Empirical Investigation." *Journal of Happiness Studies* 13 (2012): 481-99.

Carey, Benedict. "Older Really Can Mean Wiser." *New York Times*, March 16, 2015.

Goldberg, Elkhonon. *The Wisdom Paradox: How Your Mind Can Grow Stronger as Your Brain Grows Older*. London: Free Press, 2005.

Grossmann, Igor, Jinkyung Na, Michael E. W. Varnum, Denise C. Park, Shinobu Kitayama, and Richard E. Nisbett. "Reasoning About Social Conflicts Improves into Old Age." *Proceedings of the National Academy of Sciences of the United States of America* 107, no. 16, 7246-250.

Grossmann, Igor, Jinkyung Na, Michael E. W. Varnum, Shinobu Kitayama, Richard E. Nisbett. "A Route to Well-being: Intelligence Versus Wise Reasoning." *Journal of Experimental Psychology: General* 142, no. 3 (August 2013): 944-53.

Grossmann, Igor, Mayumi Karasawa, Satoko Izumi, Jinkyung Na, Michael E. W. Varnum, Shinobu Kitayama, and Richard E. Nisbett. "Aging and Wisdom: Culture

Matters." *Psychological Science* 23, no. 10 (2012): 1059–66.

Hall, Stephen S. "The Older-and-Wiser Hypothesis." *New York Times Magazine*, May 6, 2007.

———. *Wisdom: From Philosophy to Neuroscience*. New York: Alfred A. Knopf, 2010.

Hartshorne, Joshua K., and Laura T. Germine. "When Does Cognitive Functioning Peak? The Asynchronous Rise and Fall of Different Cognitive Abilities Across the Life Span." *Psychological Science* 26, no. 4 (2015): 433–43.

Korkki, Phyllis. "The Science of Older and Wiser." *New York Times*, March 12, 2014.

Qvortrup, Matthew. *Angela Merkel: Europe's Most Influential Leader*. London: Gerald Duckworth & Co, 2017.

Sternberg, Robert J. *Wisdom: Its Nature, Origins, and Development*. Cambridge, UK: Cambridge University Press, 1990.

016 진심을 담아 조언하기

Kalman, Maira. Commencement speech at Rhode Island School of Design, June 2013. https://vimeo.com/67575089.

Popova, Maria. "Wendell Berry on Solitude and Why Pride and Despair Are the Two Great Enemies of Creative Work." www.brainpickings.org/2014/12/17/wendell-berry-pride-despair-solitude/.

Shandling, Garry. *Comedians in Cars Getting Coffee*. http://comediansincarsgettingcoffee.com/garry-shandling-its-great-that-garry-shandling-is-still-alive.

018 새롭게 세상을 관찰하기

Ekman, Paul, Richard J. Davidson, Matthieu Ricard, and B. Alan Wallace. "Buddhist and Psychological Perspectives in Emotions and Well-Being." *Current Directions in Psychological Science* 14, no. 2 (2005).

Epley, Nicholas. *Mindwise*. New York: Vintage Books, 2015.

Hartshorne and Germine. "When Does Cognitive Functioning Peak?"

Kidd, David Comer, and Emanuele Castano. "Reading Literary Fiction Improves

Theory of Mind." *Science*, October 3, 2013.

Jones, Daniel P., and Karen Peart. "Class Helping Future Doctors Learn the Art of Observation," *Yale News*, April 10, 2009.

"Make Sure You're Not Totally Clueless in Korea." Seoulistic.com, April 8, 2013.

Moskowitz, Eva S. *In Therapy We Trust*. Baltimore: Johns Hopkins University Press, 2001.

Weir, William. "Yale Medical Students Hone Observational Skills at Museum." *Hartford Courant*, April 10, 2011.

019 타인의 마음을 읽는 법

Baudry, Pascal. *French and Americans: The Other Shore*. Translated by Jean-Louis Morhange. Pascal Baudry, 2005.

Carroll, Raymonde. *Cultural Misunderstandings: The French-American Experience*. Translated by Carol Volk. Chicago: University of Chicago Press, 1988.

Cranston, Maurice. *The Noble Savage: Jean-Jacques Rousseau*, 1754–1762. Chicago: University of Chicago Press, 1991.

Galantucci, Bruno, and Gareth Roberts. "Do We Notice When Communication Goes Awry? An Investigation of People's Sensitivity to Coherence in Spontaneous Conversation." *PLOS One* 9, no. 7 (July 2014).

Imada, Toshie, Stephanie M. Carlson, and Shoji Itakura. "East-West Cultural Differences in Context-Sensitivity Are Evident in Early Childhood." *Developmental Science* 16, no. 2 (March 2013): 198–208.

Kitayama, Shinobu, Hazel Rose Markus, Hisaya Matsumoto, and Vinai Norasakkunkit. "Individual and Collective Processes in the Construction of the Self: Self-Enhancement in the United States and Self-Criticism in Japan." *Journal of Personality and Social Psychology* 72, no. 6 (1997): 1245–67.

Masuda, Takahiko, and Richard E. Nisbett. "Attending Holistically versus Analytically: Comparing the Context Sensitivity of Japanese and Americans." *Journal of Personality and Social Psychology* 81, no. 5 (2001): 922–34.

Markus, H. R., and S. Kitayama. "Culture and the Self: Implications for Cognition,

Emotion, and Motivation." *Psychological Review* 98, no. 2 (1991): 224–53.

Nisbett, Richard E., Kaiping Peng, Incheol Choi, and Ara Norenzayan. "Culture and Systems of Thought: Holistic Versus Analytic Cognition." *Psychological Review* 108, no. 2 (2000): 291–310.

020 친구 사귀기

Barlow, Julie, and Jean-Benoît Nadeau. *The Bonjour Effect*. New York: St. Martin's Press, 2016.

Carroll. *Cultural Misunderstandings*.

Donnellan, M. Brent, and Richard E. Lucas. "Age Differences in the Big Five Across the Life Span: Evidence from Two National Samples." *Psychology and Aging* 3 (September 23, 2008): 558–66.

021 현명하게 거절하기

Bovenberg, Lans. "The Life-Course Perspective and Social Policies: An Overview of the Issues." OECD, May 31, 2007. www.oecd.org/els/soc/38708491.pdf.

Brim, Orville Gilbert, Carol D. Ryff, and Ronald C. Kessler. *How Healthy Are We? A National Study of Well-Being at Midlife*. Chicago: University of Chicago Press, 2004.

Harford, Tim. "The Power of Saying 'No'" *FT Magazine*, January 17/18, 2015.

Kolbert, Elizabeth. "No Time: How Did We Get So Busy?" *New Yorker*, May 26, 2014.

Kuper, Simon. "Stuck in the Rush-Hour of Life." *Financial Times*, October 1, 2010.

Lachman. "Mind the Gap in the Middle."

Schulte, Brigid. *Overwhelmed*. London, Bloomsbury, 2014.

"Women of the Hour with Lena Dunham: Zadie Smith," podcast episode 4.

022 완벽한 부모란 없다

Druckerman, Pamela. "Curling Parents and Little Emperors." *Harper's Magazine*, August 2015.

———. "We Are the World (Cup)." *New York Times*, June 6, 2014.

Ekiel, Erika Brown. "Bringing Up Bébé? No Thanks. I'd Rather Raise a Billionaire."

Forbes.com, March 7, 2012.

023 공포에 대처하기

Kuper, Simon. "Paris Witness: Simon Kuper in the Stade de France." *Financial Times*, November 14, 2015.

024 나의 뿌리 바로 알기

Bemporad, Elissa. "Minsk." www.yivoencyclopedia.org/printarticle.aspx?id=886.

Korkki, Phyllis. The Science of Older and Wiser. *New York Times*, March 12, 2014.

Staudinger, Ursula M. "The Study of Wisdom." www.ursulastaudinger.com/research-3/the-study-of-wisdom/

United States Holocaust Memorial Museum. Holocaust Encyclopedia, Minsk. www.ushmm.org/wlc/en/article.php?ModuleId=10005187#seealso.

Yad Vashem. "Minsk: Historical Background." www.yadvashem.org/righteous/stories/minsk-his torical-background.html.

————. "Online Guide of Murder Sites of Jews in the Former USSR." www.yadvashem.org/yv/en/about/institute/killing_sites_catalog_details_full.asp?region=Minsk.

Yahad in Unum. Transcripts of testimonies on Minsk.

025 40대의 부부 관계

Bloch, Lian, Claudia M. Haase, and Robert W. Levenson. "Emotional Regulation Predicts Marital Satisfaction: More Than a Wives' Tale." *Emotion* 14, no. 1 (February 2014): 130-44.

Carroll. *Cultural Misunderstandings*.

Finkel, Eli J. "The All-or-Nothing Marriage." *New York Times*, February 14, 2014.

Finkel, Eli J., Elaine O. Cheung, Lydia F. Emery, Kathleen L. Carswell, and Grace M. Larson. "The Suffocation Model: Why Marriage in America Is Becoming an All-or-Nothing Institution." *Current Directions in Psychological Science* 24, no. 3 (2015): 238-44.

Greenspan, Dorie. "The Evening-in-Paris Dinner." *New York Times Magazine*,

October 25, 2017.

Hefez, Serge, with Danièle Laufer. *La danse du Couple*. Paris: Pluriel, 2016.

에필로그: 어른이 된다는 것

André, Christophe. *Imparfaits, libres et heureux*. Paris: Poches Odile Jacob, 2006.

Beauvoir, Simone de. *The Second Sex*. Paris: Gallimard, 1949.

Fabre, Clarisse. *"La nouvelle gloire de Virginie Efira." Le Monde*, May 12, 2016.

Jeanne-Victoire. *La Femme Libre, "Appel aux Femmes,"* August 15, 1832. http://gallica.bnf.fr/ark:/12148/bpt6k85525j/f4.image.

Loustalot, Ghislain. *"Claire Chazal: Une envie de douceur." Paris Match*, September 18-24, 2014.

맙소사, 마흔

초판 1쇄 인쇄 2018년 12월 6일
초판 1쇄 발행 2018년 12월 17일

지은이 파멜라 드러커맨 | 옮긴이 안진이
펴낸이 정원영 | 펴낸곳 세종서적(주)

주간 정소연 | 편집 이진아 | 디자인 전아름
마케팅 안형태 김형진 | 경영지원 홍성우 윤희영

출판등록 1992년 3월 4일 제4-172호
주소 서울시 광진구 천호대로132길 15, 세종 SMS 빌딩 3층
전화 마케팅 (02)778-4179, 편집 (02)775-7011 | 팩스 (02)776-4013
홈페이지 www.sejongbooks.co.kr | 블로그 sejongbook.blog.me
페이스북 www.facebook.com/sejongbooks | 원고 모집 sejong.edit@gmail.com

ISBN 978-89-8407-747-8 03840

이 도서의 국립중앙도서관 출판시도서목록(CIP)은 서지정보유통지원시스템
홈페이지(http://seoji.nl.go.kr)와 국가자료공동목록시스템(http://www.nl.go.kr/kolisnet)에서
이용하실 수 있습니다.(CIP제어번호: CIP2018035254)

• 잘못 만들어진 책은 바꾸어드립니다. • 값은 뒤표지에 있습니다.